치유(Healing)의 통일인문학

탈북민을 위한 문학치료

박재인 Park, Jai In

2000년 건국대학교를 입학하여 이듬해 故정운채 선생님을 만나고 문학치료학을 공부하기 시작했다. 학부시절 중어중문학을 전공하였고, 이후 국어국문학과 고전문학 전공으로 동대학원에 입학하였다. 그리고 2009년 2월 「초월적 여성과의 결연 서사 유형과 그 문학치료적 의미: 『태평광기(太平廣記)』의 여성 서사와 한국의 전기적 남녀결연 서사를 대상으로」라는 논문으로 석사학위를 받았고, 2015년 8월 「한중일 조왕서사를 통해 본 가정 내 책임과 욕망의 조정 원리와 그 문학치료학적 의미」로 박사학위를 받았다. 졸업 후 6년간 몸담은 건국대 통일인문학연구단에 HK연구교수로 일하게 되었고, 이때부터 본격적으로 문학치료학과 통일인문학을 접목한 연구를 시작했다. 지금은 탈북민을 위한 문학치료 설계 연구와 더불어, 통합서사를 활용한 통일교육 방안을 구안하고 현장에 적용하는 연구를 실천하고 있다. 『문학치료 서사사전』(문학과 치료, 2009), 『청소년을 위한 통일인문학: 소통·치유·통합의 통일 이야기』(알렙, 2015), 『통일문화콘텐츠 희(喜)스토리: 새로운 산학협력모델 인문브릿지』(박이정, 2016), 『우리가 몰랐던 북녘의 옛이야기』(박이정, 2015), 『남북이 함께 읽는 우리 옛이야기』(박이정, 2017), 『이야기, 죽음을 통하다』(박문사, 2018)에 공동 저자로 참여하였다.

치유(Healing)의 통일인문학
탈북민을 위한 문학치료

초판 인쇄 2018년 8월 24일
초판 발행 2018년 8월 31일

지은이 박재인 ┃ **펴낸이** 박찬익 ┃ **편집장** 황인옥 ┃ **책임편집** 강지영
펴낸곳 ㈜**박이정** ┃ **주소** 서울시 동대문구 천호대로 16가길 4
전화 02) 922-1192~3 ┃ **팩스** 02) 928-4683 ┃ **홈페이지** www.pjbook.com
이메일 pijbook@naver.com **등록** 2014년 8월 22일 제305-2014-000028호

ISBN 979-11-5848-395-1 (93810)

* 책값은 뒤표지에 있습니다.

* 이 저서는 2017년 대한민국 교육부와 한국연구재단의 지원을 받아 수행된 연구임.
  (NRF-2017S1A5A8021346)

치유-Healing의
통일인문학

탈북민을 위한

문학치료

박재인 지음

(주)박이정

탈북 신화(神話)로의 길 내기, 아직 갈 길이 멀다.

"아, 어디에서 오셨어요?" 하기에 "이북에서 왔어요" 그러니까 "아 그래요?" 하더니, 그분이
절 보고 하시는 소리가 "뿔이 어째 안 났어요?" 그래요. 그래서 "네? 뿔이요?" 그랬거든요.
그러니까 그 사람이 하는 말이 자기가 어린 시절 교육받았을 때는 북에서 내려온 사람들이
뿔 달려 있다고 배웠다는 것이에요. "네? (나는) 이북에서 내려왔는데 뿔이 없는대요?"

　탈북민들 가운데 한 여성이 한국에 와서 겪은 일화를 이야기해 주었다. 한국
주민이 북한사람인데 왜 뿔이 달리지 않았냐고 질문했던 일이었다. 그녀는 교육
이라는 것이 이렇게 무섭다며 그때를 회상했다. 필자가 만난 많은 탈북민들 가운
데 뿔이 난 사람은 한 사람도 없었다. 이 사연은 탈북 트라우마 개념과 한국사회
에서 탈북민들을 위한 치유방안이 필요한 까닭을 잘 설명해준다.

　이 글은 그간 필자가 탈북민들과 함께 울고 웃었던 문학치료 활동의 내용들을
담고 있다. 2013년부터 2018년 2월까지 40여 명의 탈북민들과 문학작품을 감상
하고 많은 이야기를 나누었다. 때로는 상담사가 견지해야 할 중요한 지점을 놓치
며 이들의 이야기에 심취하고, 이들보다 먼저 눈물을 보이는 등 부족한 모습으로
프로그램에 임하였다. 그리고 지금까지의 연구성과가 완전하지 못하다는 것을
충분히 인지한 상태에서 이 연구서를 출간하게 되었다.

　필자는 2013년 문학치료학과 통일인문학이 만나는 접점의 시작으로 '탈북민
을 위한 문학치료'를 연구하였다. 애초에는 故정운채의 기획에서 시작되었고,
2013년에 처음 시작한 문학치료 활동(탈북여성B의 사례)은 정운채의 지도 하에
진행되었다. 16개 기초서사의 자기서사진단도구를 활용한 방식은 그의 기획과
지도로 시작되었고, 이를 기반으로 필자는 〈'이주와 성공'의 고전서사를 활용한
문학치료〉 프로그램을 구안하였다. 그리고 5년 동안 총 8번의 문학치료 프로그

램을 진행하였고, 여기에 탈북민들이 작성한 활동지와 활동 녹취록을 바탕으로 그때의 기록을 솔직하게 담았다.

문학치료 활동은 보통 1회기 당 2시간에 걸쳐 진행하였다. 현장에서 몇 마디를 하지도 않았는데, 목이 다 쉬어버린 적도 적지 않았다. 집중해서 이야기를 듣는 것만으로도 많은 에너지가 소요되었다. 2시간 동안 이들과 활동하고, 돌아와 2시간의 현장 녹취를 전사하며 그 내용을 분석하였다. 전사와 분석 작업은 활동 2시간에 비하여 너무 길고 고된 시간이었다. 2시간의 녹음 파일을 들으며 자책도 하고, 새롭게 깨닫기도 하였으며, 다시 그 현장으로 돌아가 이들의 상처에 몰입하는 재현을 경험하기도 하였다. 필자에게 총 41회기 82시간의 문학치료 현장은 곱절의 아니 몇 배의 연구 시간을 요했고, 후유증은 컸다.

그 시간은 필자가 살아왔던 37년의 시간보다 더 깊은 시간들이었다. 40여 명의 탈북민들의 생애를 하나하나 들어보며, 그들이 경험했던 죽음과 같은 고통 혹은 충격들이 필자에게도 전해졌다. 때로는 고향을 떠나올 수밖에 없었던 사연에 금세 수긍되기도 하고, 때로는 '회피'가 아닌가 하는 의혹이 들기도 했다. 하지만 변하지 않는 사실은 어떤 이유에서건 고향을 떠난 이들의 삶은 쉽지 않았다는 점이다. 후회를 하는 사람도, 만족하는 사람도 '탈북'과 '이주'의 기억은 동화책에 나오는 그림 같은 풍경은 아니었다. 이들을 만나면 만날수록, 이들의 이야기를 들으면 들을수록 한반도의 분단 현실이 아주 차갑게 느껴졌다. 왜 이들은 살고 싶은 땅에서 살아가지 못하는 것일까?

5년여의 시간을 보내면서 연구한 끝에 얻은 깨달음은 탈북 트라우마라는 것이 유독 탈북민에게서만 발견되는 것은 아니라는 점이다. 탈북민의 문제만이 아니라, 고향과 가족을 떠나올 수밖에 없었던 과거 한국사회의 풍경과도 같았고, 이주한 공간에서 문화적 이질감을 겪거나 사회 전환을 경험한 사람들에게 나타나는 모습이기도 했다. 탈북민의 상처는 인류의 역사의 한 지점이기도 하면서, 인류의 역사에서 반복되고 있는 문제이기도 했다.

또한 연구 끝에 얻은 두 번째 깨달음은 탈북 트라우마는 쉽게 치유되지 않는다는 것이다. 매우 회의적인 결론이지만, 사람의 마음을 바꾼다는 것은 그 사람의 인생을 바꾸는 것이고, 그 사람의 역사를 바꾸는 일이라는 것을 깨달았기 때문이었다. 다만 문학치료학을 연구하는 사람으로서 할 수 있는 일은 이들의 이야기에 귀를 기울이는 것과 이들의 이야기와 유사하면서도 보다 건강한 방향으로 전개되는 작품서사를 찾아내고 제공하는 것이었다.

그래서 탐색된 것이 '기존 공간에서의 억압 – 탈출 – 이주 후 물적 성취 – 이주 후 자아실현'의 구조를 보이는 고전 영웅서사였다. 이 작품들에 대한 반응으로 탈북 과정에서 경험한 공포와 충격, 고향과 가족을 등진 죄의식, 녹록치 않은 한국살이로 인한 무력감 등의 탈북 트라우마를 발견했다. 그리고 '이주와 성공'의 고전서사 문법에 따른 창작 활동을 통해 탈북민들이 죄의식과 무망감에서 벗어나 자기 삶의 긍정적 요소와 힘을 발견하기를 기대하였고, '자아실현'이라는 과제에 대해 다시 생각할 수 있기를 바랐다.

탈북민을 위한 문학치료는 목숨을 건 탈북 후 이주 공간에서 나는 어떤 사람으로 살아갈 것인가에 대한 사유의 시간이었다고 할 수 있다. 그리고 이주와 성공의 고전서사 속 영웅들은 서사의 분기점에서 어떠한 길로 나아가며 '자아실현'을 이루는가를 살피며, 자신의 인생을 '비극'에서 '영웅의 신화(神話)'로 조금씩 바꿔가는 노력의 시간이었다. 40명의 탈북민이 모두 성공적인 단계에 도달했다고는 할 수 없다. 그럼에도 희망을 갖는 지점은 문학치료 활동 현장에서는 그 지향점이 뚜렷했다는 점이다. 그리고 이 글은 그 신화를 향해 걸어가는 여정을 담고 있다.

5년간의 탈북민 대상 문학치료 연구는 수많은 사람들의 도움으로 가능했다. 먼저 나의 영원한 스승인 문학치료학 창시자 故정운채 교수님과 한국문학치료학회 역대 회장인 박기석 교수님, 김석회 교수님, 박일용 교수님의 문학치료학 지도는 이 연구의 큰 힘이 되었다. 그리고 "겉만 화려한 논문은 쓰지 말라", "왜 그 이야기이어야 하는가에 집중하라"는 신동흔 교수님의 지도는 '이주와 성공'의 고전서사 문법에 기반한 창작활동을 고안하게 된 계기를 마련해 주었다. 또한 수 년간 탈북민의 살아온 이야기를 수집하며 탈북민 특성에 대해 편견을 깨뜨리고 실체에 접근할 수 있도록 한 김종군 교수님의 가르침도 있었다. 더불어 통일 인문학과 문학치료학을 접목한 연구를 시작할 수 있게 한 건국대 통일인문학연구단 김성민 단장님과 교수님들께, 그리고 문학치료 활동을 도와준 김혜미 박사와 남경우 연구원, 이미화 연구원에게 깊은 감사의 마음을 전하고 싶다.

우리는 누군가와 어떤 관계를 맺을 때 '누구와 어떤 관계를 맺는가, 그 관계를 어떻게 유지해 나가는가, 무엇 때문에 그 관계가 위기에 봉착하는가, 어떻게 관계를 회복하는가, 어떤 결과를 맞이하는가' 등의 질문을 던질 수 있다. 이러한 분기점들에서 여러 방향으로 뻗어가는 다양한 서사의 길을 문학작품으로 만난다는 것이 문학치료이다.

이 연구를 진행하며 필자는 스스로 문학치료 대상이 된 듯 수많은 문학치료를 경험했다. 다수의 탈북민들과 함께 수많은 서사의 길을 함께 걸었다. 많은 장애물을 만났고, 많이 아팠다. 그럼에도 아직 갈 길이 멀어 막막한 기분이 든다. 그럼에도 멈춰 설 수 없는 것이 아직 이들의 탈북와 적응은 끝나지 않았기 때문이다. 이 책을 낸 이후의 연구에서는 진정한 탈북 신화(神話)로의 길 내기가 가능했다고 기록하고 싶다.

2018년 일흔세 번째 광복절에
박재인

목차

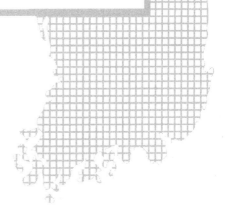

I

탈북트라우마에 대한
인문학적 접근

1. 통일을 사유하는 인문학적 방식

(1) 인문학에 통일의 길을 묻다

분단과 통일은 우리의 현재적 삶에 지대한 영향을 미치는 중요한 사안이다. 그럼에도 이 과제에 관해서 사람의 삶을 살피는 연구는 소홀했고, 사회과학적 문제에 치중하거나 통일을 정치와 경제적인 문제들로만 생각하는 경향이 컸다. 1990년대 동서독의 통일을 지켜보며 분단과 통일에 대한 관심이 집중되었고, 대학 곳곳에서 북한학이라는 특수한 학문체계가 정립되기도 하였으나, 이 또한 사회과학에 의존되어 있었다. 분단과 통일의 과제에서 인간 삶이 어떻게 꾸려지고, 어떠한 지향점을 마련하는가에 대한 논의가 미흡해서인지, 통일에 대한 당위성과 정당성에도 불구하고 여전히 우리 삶에 구체적으로 흡수되지는 않은 실정이다.[1]

그것은 그간에 분단과 통일에 대해서 정치-경제적인 통합의 문제로만 사고하는 경향이 짙었기 때문이다. 이는 분단에서 통일로 나아간 역사적인 선례를 바라보았을 때 그 문제점과 한계를 알아 챌 수 있다. 구체적인 사례로 전쟁이 아닌 평화의 방식으로 통일을 이룬 독일 경우에도 사람과 사람 사이의 통합이 결여된 문제가 있었다. 1990년 10월 3일 독일 통일 선포 후 20여 년이 지났어도 '오시(Ossi; 동독 사람)'과 '베시(Wessi; 서독 사람)'의 대립은 여전하다. 평화적인 방식의 통일이었더라도 민족 간의 이질감이나 소외감을 적나라하게 노출시켜준 결과를 낳았으며, "통일을 통한 분단의 확인"[2]이 되고 말았다.

통일의 문제에서 중요한 것은 사람의 통일, 사회·문화적 통일이다. 독일 통일을 보면서 '마음의 장벽'을 허무는 과제는 '경제의 논리'로만 해결할 수 없으며,

---

1 　김성민, 「분단과 통일, 그리고 한국의 인문학」, 『대동철학』 53, 대동철학회, 2010, 452면.
2 　임정택, 『논쟁 ― 독일통일의 과정과 결과』, 창작과 비평사, 1991, 32면.

사람의 사회와 문화에 대한 논리를 개발해야 되는 것[3]임을 깨달았다. 분단과 통일의 과제는 하나의 국가로 통합되는 결과에 앞서, 민중을 참여시키는 '과정으로서의 통일'[4]이 먼저 사유되어야 한다. 단순한 두 국가의 연합이나 급격한 국가 통합이기보다 통일과정에 사람을 중심에 두면서 통일국가를 꾸려가는 것이다.

통일인문학은 이러한 문제의식으로부터 출발하였다.[5] 사람을 중심에 두면서 분단과 통일을 사유하고, 사람이 살아가는 삶에서부터 '과정으로서의 통일'을 창조하려는 학문이다. 그래서 통일인문학은 분단과 통일의 과제에서 우리의 현재적 삶을 살피는 일부터 시작한다. 우리 사회는 일제강점기에서부터 분단, 전쟁으로 이어지는 아픈 과거의 문제들을 여전히 떠안고 있으며, 해소되지 못한 감정들은 서로를 미워하고 밀쳐내는 적대감으로 변질되었고, 이러한 분단의 역사를 극복하기 위해서는 인문학적 성찰이 필요하다. 통일인문학은 바로 이런 문제의식 하에서 분단극복의 실천적 역사, 미래 생성의 역사를 만들어가고자 하는 노력의 일환으로 시작되었다. 분단 70년으로 갈라진 남과 북의 생활문화를 점검하고 분단을 심화하는 사람의 신체와 정서를 성찰하면서 본격적으로 인문학에 통일의 길을 묻기 시작한 것이다.

3 송두율, 민족은 사라지지 않는다, 한겨레신문사, 2000, 188면.
4 백낙청, 『한반도식 통일, 현재진행형』, 창비, 2006, 79면.
5 김성민, 『소통, 치유, 통합의 통일인문학』, 선인, 2009, 1-191면.

(2) 통일인문학의 실천 과제: 소통·치유·통합의 패러다임

그림 1: 통일인문학의 성과

통일인문학은 인문학적 접근을 통해 통일한반도를 위한 현재적 진단과 구체적 테제를 마련하였다.

▶ 분단의 아비투스

지금까지는 통일이라는 말이 주는 친숙성에 비해 우리 사회 이면에 작동하는 분단과 분열의 원인들에 대한 사유는 빈약했다. 남과 북의 분단과 체제경쟁 속에서 우리 정신과 신체에 깊이 배어든 분단의 아비투스를 간과하고 있다는 것이다. 우리의 삶에서는 분단 구조에 의한 폭력성이 신체에 아로새겨지는 성향과 믿음의 체계인 아비투스[6]가 아무런 자각 없이 돌출되고 있다. 한민족의 통일을 외치면서도 적대하는 북한에 대한 감정, 분단 70년이 흘렀음에도 아직도 도사리고

---

6   박영균, 「분단의 아비투스에 관한 철학적 성찰」, 『시대와 철학』, 한국철학사상연구회, 2010, 378면.

있는 전쟁에 대한 공포, 한국사회 내부에서 갈등의 골을 깊게 하는 레드콤플렉스(red complex) 등이 그러하다. 분단의 아비투스는 그렇게 우리 사회를 통일과 멀어지는 신체와 정신으로 조정하고 있었다. 그렇기에 사람이 중심이 되는 통일을 꾸려가는 데에 있어서 분단의 아비투스는 자신을 검사하고 성찰하는 일에 반드시 고려되어야 한다.

▶ 역사적 트라우마

통일인문학에서는 사람의 통일, 과정으로서의 통일을 사유하면서 소통과 치유, 통합의 인문학적 비전을 제시한다. 그 가운데 치유의 단계는 한국의 근현대사가 빚은 집단적인 역사적 트라우마로 초점화 된다. 식민지 시대부터 거슬러 올라가 우리 민족이 하나가 되어 나라의 주인이 되기를 바랐던 소망이 좌절되고, 사람다운 삶을 박탈당했던 비극이 분단과 전쟁, 내부 분열에 이르기까지 지속되어 왔던 한국인의 아픔을 조망하는 것이다.

일반 트라우마와 달리 역사적 사건으로 인한 트라우마는 집단적인 형태를 띠며, 직접적인 피해자는 물론 그러한 상처를 경험한 사회구조에 살아가는 후세대에게도 전이된다.[7] 예컨대 일제강점기를 경험하지 않은 후세대 역시 청산되지 못한 과거 역사에 분노와 수치심을 느끼며, 일본문화를 선호하면서도 특별한 반감을 품는 묘한 감정에 휘말린다. 또한 일제강점기 때 일본으로 건너가 돌아오지 못한 한민족이 해방 후에도 식민종주국에서 차별과 억압을 당했으며, 현재의 후손들도 제노포비아로부터 자유롭지 못한 채 살아가며 입은 상처가 그에 해당된다. 이에 통일인문학에서는 코리언의 역사적 트라우마를 유형화하고, 그에 대한 치유 방안을 고찰해 왔다. 코리언의 역사적 트라우마의 근원인 식민 트라우마를 비롯하여, 이산 트라우마(남과 북의 주민, 해외 디아스포라), 분단 트라우마(남과 북의 이념적 대립 및 한국사회 내부 분열), 그리고 3만 명이 넘어서는 탈북민

---

7 김종곤, 「"역사적 트라우마" 개념의 재구성」, 『시대와 철학』 24-4, 한국철학사상연구회, 2013, 37-38면.

이 경험한 탈북 트라우마가 그것이다.

▶ 통일인문학이 제시하는 통일의 패러다임: 소통·치유·통합
통일인문학에서는 사람의 통일, 과정으로서의 통일을 사유하면서 소통과 치유, 통합의 인문학적 비전을 제시한다.[8]

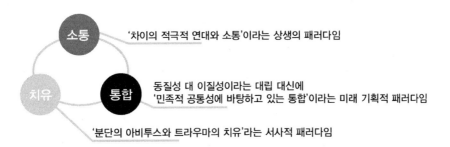

그림 2: 소통·치유·통합의 통일인문학

소통의 의미는 '트여서 통한다(疏; 트일 소 + 通; 통할 통)'이다. 소통은 이렇게 서로 다른 둘 이상이 마주하였을 때 발생하는 일이자, 둘 사이에 무언가 가로막혀 있다는 것을 의미한다. 그러나 남과 북, 혹은 사회 대통합이라는 과제에 있어서 소통의 출발점이 되는 '둘'과 '막힘'을 고려하지 않는다. 역사적으로 볼 때 소통 과정은 오히려 상호 불신과 적대감을 조장하는 경우가 더 많았다. 막힌 것이 트이고 진심이 양자 간을 통하고 흘러가는 소통이 이루어지지 않았기 때문이다. 통일을 위해서는 '둘'이라는 전제 조건을 확인하면서 진정한 소통의 방법을 고민해야 한다.

진정한 소통은 먼저 둘을 인정하는 데에서 출발할 수 있다. 둘 사이를 가로막고 있는 장애물이 무엇인지를 파악해서 이것을 제거하는 방향에서 소통의 전략을 만들어 가야 한다. 둘 사이를 통과하여 흐르는 말로써 '대화'하는 것이 아니

---

8   김성민 외, 『소통, 치유, 통합의 통일인문학』, 선인, 2009, 1–191면.

라, '막힌 것'이 뚫리고 트여서 '서로가 통함'을 만들어 가는 데에 소통의 진정한 목적이 있다고 할 수 있다. 한반도의 통일 역시 바로 이러한 차이를 인정하는 전제에서 시작하는 소통이 요구되며, 그 의미를 확인할 때에 비로소 가능할 것이다. 이때 차이를 인정한다는 것은 '너와 나의 다름'을 확인하는 수준을 넘어 고진이 말하는 "가르치고-배우는 관계"에서 실현 가능한 것이다. 하지만 이는 결코 계몽주의적 방식을 의미하는 것이 아니다. '가르치고-배우는' 관계란 서로 다른 언어적 규칙을 가지고 있는, 다시 말해 공통규칙이 없는 비대칭적 관계에서 타자의 타자성을 승인하는 것이다.[9] 이러한 관점으로 통일인문학은 '동질성'보다는 '차이'를 고려하며 서로 가르치고 배우는 소통에 주목하면서, '차이의 적극적 연대와 소통'을 통한 상생의 패러다임을 지향하고 있다.[10]

'치유'는 앞서 논한 역사적 트라우마와 분단의 아비투스를 극복하는 과정에서 필연적인 과제라고 할 수 있다. 우리의 근현대사 100년은 일제 식민 지배와 남북 분단 · 민족상잔의 한국전쟁으로 얼룩져 있으며, 분단과 대립의 역사는 커다란 상처를 남겼고 지금까지 이어지고 있다. 이러한 역사의 상처는 역사적 상처를 경험한 사람들뿐만 아니라 지금을 살아가는 우리들에게도 끊임없이 영향을 미치고 있다.

특히 역사적 트라우마는 그 아픔에 대한 자극이 지속되는 구조 안에서는 지속적으로 확대, 재생산될 수밖에 없는 특성을 지니고 있다. 그 역사를 직접 경험하지 않은 사람도 아플 수 있는 역사적 트라우마의 전이적 성격 때문에, 치유의 과정이 생략된 채 상처 받은 사람들이 입 다물기만을 바라는 구조 속에서 우리는 분단과 분열의 결과만을 반복하게 될 것이다.[11] 김성민은 "분단과 통일을 사유하는 인문학은 무엇보다도 먼저 '타자'를 사유해야 한다"고 하였으며, "원초적인 고

---

9 柄谷行人, 송태욱 역, 『탐구1』, 새물결, 1998, 13면.
10 박영균, 「통일의 인문적 비전 – 소통으로서 통일론」, 『시대와 철학』 24-3, 한국철학사상연구회, 2013, 211-236면.
11 김성민 외, 『코리언의 역사적 트라우마』, 선인, 2012, 1-367면.

향으로의 복귀라는 과거형이 아니라, 새로운 통일공동체의 건설이라는 미래형"
이라고 하며, 그 과정에서는 반드시 역사적 상처를 추적하고 치유하는 단계를
거쳐야 한다고 하였다.[12] 통일인문학이 주목한 치유는 바로 이러한 한국 현대사
가 야기한 아픔, 서로에 대한 '미움'으로 변질된 상처를 추적하여 그 질곡으로부
터 벗어나는 힘을 마련하는 길을 말한다.

통일인문학은 통일의 문제를 한반도에 거주하는 사람들만의 문제가 아니라 한
민족 전체를 포함하는 차원으로 바라본다. 지역적으로 볼 때 통일은 한반도라는
지리적 공간만이 나닌 동북아시아 전체를 포괄하는 문제라고 할 수 있다. 남북
분단과 통일의 문제는 동아시아를 중심으로 형성되는 국제 관계와 뒤엉켜 있기
때문에, 통일의 가치는 동아시아적 맥락에서, 넓게는 세계자적 맥락에서 이해해
야 한다. 한반도의 통일은 국력의 신장이나 경제적 가치뿐만 아니라, 상생과 공
존의 의미로서 세계적으로 평화로운 가치관을 확산시키며 현대 사회에 반드시
필요한 평화의 한 모델로 자리할 수 있다.

이를 위해 우리는 함께 어울려 행복하게 살아가기 위한 공동의 규칙을 창조해
가며, 생활문화 · 정서 · 가치의 통합을 추구해야 한다. 이때의 통합은 '민족 공통
성(National commonality)'[13]을 말한다. 특정한 지역에 사는 사람들이 내적으
로 공유하는 공통점(community)가 아닌, 둘 이상의 개체가 서로 마주쳐서 만나
고 협력을 맺는 'common'에 의해 만들어지는 속성으로서의 공통성(commonal-
ity)이다. 즉 통일한반도를 위한 인문적 비전은 새로운 정치-문화적 공동체를
만들어가는 것으로, 한민족의 문화가 고유하게 내재하는 어떤 것을 찾는 것이
아니라, 이미 다양한 환경 속에서 변용되어 온 문화들의 공감과 연대를 통해 생
성되는 '미래'적인 것을 말한다.

통일인문학에 말하는 통합은 결국 동질성 대 이질성이라는 대립 대신에 '민족

---

12 김성민, 「분단의 통일, 그리고 한국의 인문학」, 『대동철학』 53, 대동철학회, 2010, 462-463면.
13 박영균, 「코리안 디아스포라의 민족공통성 연구방법론」, 『시대와 철학』 22-2, 한국철학사상
    연구회, 2011, 121-122면.

공통성에 바탕하고 있는 통합'이라는 미래기획적 패러다임이다.[14] 이렇게 '통합'
은 남북한 주민은 물론, 코리언 디아스포라, 그리고 남북 분단의 직·간접적 영
향을 받는 이들에게 현 단계보다 더 나은 인간다운 삶을 제공하는 가치로서의
의미를 갖는다. 세계의 연대와 평화라는 역사적이며 상징적인 의미를 띠는 이정
표로서의 생활문화·정서·가치의 통합, 사람의 통합인 것이다. 분단 70년의 역
사로 빚어진 이질감, 분노, 적대감 등을 모두가 더 나은 삶으로 나아가고자하는
생산적인 힘으로 승화되면서 새로운 역사를 창출해가는 통합의 과정이 요구된다
는 것이 통일인문학이 내세운 비전이다.

   요컨대 통일인문학에서는 서로를 미워하고 갈라내는 집단 리비도의 흐름을 통
합의 민족적 역량으로 전환하여 '통일의 사회적 신체'를 만들어 내는 인문학적
작업이 수행되어야 한다고 한다. 그리고 그 전환의 힘은 소통(communi-
cation)·치유(healing)·통합(integration)에 대한 인문학적 사유에서 시작될
수 있다는 것이다.[15]

---

14 김성민, 「분단의 통일, 그리고 한국의 인문학」, 『대동철학』 53, 대동철학회, 2010, 464면.
15 김성민, 박영균, 「인문학적 통일담론과 통일인문학: 통일패러다임에 관한 시론적 모색」, 『철학
    연구』 92, 철학연구회, 2011, 143-172면.

2. 탈북민을 위한 인문학적 '치유'

(1) 탈북민 현황과 문제

▶ 탈북민의 한국 입국 현황

구분	~'98	~'01	'02	'03	'04	'05	'06	'07	'08	'09	'10	'11	'12	'13	'14	'15	'16	'17	'18.3 (잠정)	합계
남(명)	831	565	510	474	626	424	515	573	608	662	591	795	404	369	305	251	302	188	25	9,018
여(명)	116	478	632	811	1,272	960	1,513	1,981	2,195	2,252	1,811	1,911	1,098	1,145	1,092	1,024	1,116	939	166	22,512
합계 (명)	947	1,043	1,142	1,285	1,898	1,384	2,028	2,554	2,803	2,914	2,402	2,706	1,502	1,514	1,397	1,275	1,418	1,127	191	31,530
여성 비율	12%	46%	55%	63%	67%	69%	75%	78%	78%	77%	75%	70%	72%	76%	78%	80%	79%	83%	87%	71%

탈북민 입국인원 현황(통일부, 2018년 3월)

1995년 이후 한국으로 입국한 탈북민의 수는 급증했다. '고난의 행군 시기'부터 식량난에 빠진 북한에서 많은 이들이 배고픔과 극빈을 견디지 못하고 탈출하였다. 북한에서 탈출한 이들은 대체로 중국 등의 제3국에서 떠돌다가 2001년 한국 정부의 적극적인 수용으로 한국으로 유입되었다. 이로부터 2005년까지 해외에 떠돌던 탈북민은 순차적으로 국내에 정착하였다.

먼저 한국에 입국한 이들은 북에 두고 온 가족들의 탈북을 돕는 경우가 많았다. 그로 인하여 2005년부터 탈북민의 수가 꾸준히 증하였다. 그러면서 국내로 유입된 탈북민은 '식량난민'에서 '노동이주'로 성격이 변화되어 갔다. 한국사회에서 취업이 용이한 여성 탈북민의 수가 늘어갔고, 2016년에는 탈북여성의 비율이 약 87%에 이르렀다.(통일부, 2018년 3월 기준)

2012년부터 탈북민의 수가 급격히 줄어들었다. 김정일 사후 김정은 체제가 들어서면서 국경의 수비가 강화된 것이 직접적인 이유였다. 그리고 탈북민에 대한 한국 정부의 지원이 축소되었고, 결코 행복하지만은 않은 한국살이의 실상이 드러나면서 한국으로 이주하는 탈북민의 수가 줄어든 것이다. 이러한 과정을 거쳐 2018년 3월 현재 한국에 정착한 탈북민의 수는 3만 명이 넘는다.[16]

▶ 탈북민의 한국생활 부적응과 정신건강 문제

한국에 거주하는 탈북민의 수가 늘어감에 따라 중요하게 고려해야 될 문제가 있다. 그것은 탈북민의 한국 생활 부적응과 정신건강의 문제이다. 통일부의 자료(2013)에 따르면 2012년 8월 기준 2만 6천여 명의 탈북민 중 26명 자살, 51명 이민, 796명 행방불명 등으로 조사되었다. 행방불명된 탈북민 가운데는 거주지가 불명확하거나, 해외 출국, 구치소 수감 등의 원인으로 파악되었으며, 이 중에는 월북의 가능성도 높다고 한다. 한국에 입국한 탈북민이 다시 한국을 떠나는 '탈남 현상'은 계속 증가하고 있는 추세이다. 한국정부의 물적 지원, 직업교육으로 이들의 행복은 보장되지 않았으며, 한국사회에서 탈북민의 상대적 빈곤은 지속적으로 대물림되고 있는 실정이다.

탈북민의 한국생활 부적응은 이들의 정신건강 문제와 직결되어 있다. 30%이상의 탈북민들이 우울증상을 호소하고, 신체화, 불안 증상을 보인다고 한다. 탈출 준비 기간, 탈출 과정과 한국 적응에서 이러한 심리적 · 정신적 고통을 수반하기 때문인데, 그 고통이 일상을 침해하는 수준에 이르는 외상 후 스트레스 장애(PTSD) 증상에 가깝다. 그리고 심각한 문제는 탈북민의 현재적 불행이 과거의 고통과 결부되면서 탈북 트라우마를 더욱 가중시키고, 그러한 내면의 아픔이 한국생활 부적응을 더욱 악화시키는 상황이다.

2016년 탈북민 정착실태조사에 따르면 63.1%가 한국생활에 만족한다고 하지만 이들의 생활은 일반국민 평균 수준에 미치지 못하며, 재입북 · 위장망명 · 범죄 등 다양한 부적응 사례도 공존한다. 또한 탈북민은 한국 입국 초기보다 거주기간이 길어질수록 자살충동을 느끼는 경우가 많다고 한다. 2016년 조사 결과

---

16   김성민 외, IHU REPORT 제5호 『탈북민의 국내 적응을 위한 인문치유 모델』, 건국대 통일인문학연구단, 2017, 10-11면.

1년 간 자살에 대한 생각을 가졌던 탈북민의 비율이 17.4%에 이르는데, 그 중에 비교적 한국 거주 기간이 길수록 응답 비율이 높았다.[17] 목숨을 걸고 넘어온 한국에서의 삶이 이들을 행복하게 해주지 못하고 있으며, 부적응 문제가 정신건강에 치명적인 영향을 미치고 있음을 알 수 있다. 또한 탈북민의 부적응과 정신건강은 상호적으로 악영향을 미치므로, 이 악순환의 고리를 끊어내는 근본적인 대책 마련이 시급한 실정이다.

▶ 탈북민의 특성을 충분히 고려하지 않은 지원과 제도

그동안 탈북민의 위한 지원 방안은 다양하게 마련되었다. 한국 정부는 교육, 취업 등 초기정착 지원은 물론 취약계층 생활안정 지원, 탈북청소년 교육 및 장학금 지원 등으로 물리적 지원을 지속해왔다. 또한 그들의 심리적 안정을 위해서 하나원과 하나센터에서는 한국 입국 당시와 이후로도 그들의 심리 상담을 지원한다. 하나원에서는 심리 전문가를 통한 심리평가와 치료, 개인상담 및 집단치료, 정서 안정과 건강 증진에 대한 교육을 실시한다. 탈북민은 지역사회 배치 후 통일부의 하나센터를 통해 초기 정착지원 교육, 진로 탐색과 직업 준비 교육, 개인역량강화교육, 인생설계 등의 교육을 받고, 심리 상담이나 정신질환 치료를 받는다. 이 외에도 탈북민지원재단의 '나를 찾아가는 여행'이라는 심리안정프로그램, 종합상담센터, 24시간콜센터, 취업상담실 지원과 여성가족부 무지개청소년센터의 전문상담, 보건복지부의 외상후스트레스장애 및 우울, 불안에 대한 사례관리 서비스와 방문건강사업이 지원되기도 한다. 그뿐 아니라 그들을 대하는 한국 주민들의 정서 및 태도 개선을 위해서 정부에서는 그들을 다문화의 한 부류로 분류하고, 다문화 사회에 임하는 민주주의 의식을 요구하는 교육도 진행하여왔다.

탈북민의 정착 초기에는 금전적 지원이 주를 이루고, 보호 결정 이후에는 적응

---

17 김성민 외, IHU REPORT 제5호 『탈북민의 국내 적응을 위한 인문치유 모델』, 건국대 통일인문학연구단, 2017, 23면.

에 관한 지원으로 집중된다. 한편 정신건강에 대한 별도의 지원방안을 구성되지 않았고, 의료지원 한도가 설정되어 있어 정신건강을 돌볼 만한 풍요로운 상황은 아니다. 민간 주도의 탈북민 정신건강 지원 프로그램들이 시행되고 있으나, 생계유지 활동을 접어두고 안정적으로 프로그램에 참여할 수 있는 여건이 충분하지 않는다는 점이 한계이다.

학적 분야에서도 탈북민의 정신건강은 중요한 화두였다. 탈북민에 대한 임상학적 연구는 대부분 기존 심리학 분야에서 행해지던 이상심리검사 및 집단미술치료 등으로 이루어졌다. 심리·진로·취업 상담 등이 있으며, 최근에는 음악·미술·독서·갈등해결·관계기술·표현예술을 비롯해 인문·철학·레크리에이션·스트레스 감소와 같은 치유 프로그램도 등장하였다.

지금까지의 탈북민을 위한 지원 방안에 대해서 우종민은 "그들이 정신건강에 대해 지닌 인식과 사회문화적인 특성을 충분히 고려하지 못"하고 있는 문제를 지적하기도 하였다. 실제 탈북민의 문제는 "현대 정신의학과 관련 학문 틀로 설명하기 어려운 경우가 많다"고 하였다.[18] 즉 탈북민 정신건강의 문제에 있어서는 물적 지원이나 진로 적성 개발과 다른 측면에서 삶의 질을 향상시키기 위한 지원책이 요구되고, 기왕의 심리학 방법에서 나아가 그들의 실제적인 고민에 맞닿은 치유 방법이 강구되어야 한다는 것이다.

(2) 인문학적 관점의 탈북 트라우마

지금까지의 탈북민 대상의 치유 프로그램들은 대다수 일반적인 심리상담 기법이나 심리안정 목적의 활동들이 다수를 차지하고 있다. 탈북 과정에서 경험한 상처에 주목하면서 그 이상적 징후에 대해서 자존감 회복, 정서안정과 같은 치유책이 그 대안이 된 것이었다. 이러한 대안은 정신의학 및 심리학적 관점과 관련

---

18 우종민, 『북한이탈주민 정신건강서비스 및 연구개발을 위한 기획연구』, 국립서울병원, 2014, 4면.

된다.

초기의 연구들은 탈북민의 상처를 외상 후 스트레스 장애(PTSD)로 진단하였다. "고문, 강제노동, 굶주림, 감시와 잔혹한 폭력행위 그리고 가족과의 이별 및 죽음 목격, 성폭행, 집단수용소 생활, 생명을 위해하는 질병에 걸림, 수용소에서의 영양실조, 신체적 상해 및 대량학살, 불법이주 생활로 인한 희생의 위험 등"으로 대표되는 난민으로서의 외상(trauma)[19]으로 보았다. 이러한 관점은 신체적 징후를 동반하지 않는 상처들을 간과한다는 점, 이상심리나 성격장애와 같이 개인의 특성으로 치부될 수 있다는 점 등의 한계를 지녔다. 그래서 이들의 아픔에 대하여 복합적 외상후스트레스장애(C-PTSD)로 보는 관점이 제기되기도 하였다. 인지 · 정서 · 행동 · 의미체계 등 인간의 심리 전 영역을 아우르는 다양한 증상들, 가령 인간관계의 문제와 일상생활에서의 정서 문제 등을 포괄하기에, 이상심리나 병리적 징후가 아닌 특성에서도 탈북민의 상처를 발견할 수 있다는 것이었다.[20]

이들의 상처는 정신병과적 아픔이 아닌 '살아온 삶'에 있었다는 점이 중요하다. 역사적 트라우마를 연구한 김종곤은 탈북민의 상처를 고려할 때, 개인적 트라우마로 환원되지 않으면서 동시에 난민/이주민과 구분되는 탈북자라는 특수성을 놓치지 않는 개념으로서의 의미도 간과할 수 없다고 주장했다. 이는 한반도의 분단 역사와 관련되어 있으며, 그 상처는 개인의 것이 아니라 같은 구조 속에서 반복적으로 재생산되고 집단적으로 경험하고 있는 성격을 지닌다는 것이었다.[21] 한반도의 역사와 밀접한 층위에서 그들의 생애를 고찰하는 탈북 트라우마 개념을 제시한 것이다.

---

19 김현경, 「난민으로서의 새터민의 외상(trauma) 회복 경험에 대한 현상학적 연구」, 이화여대 박사학위논문, 2006, 16-17면.

20 김종군 외, 「탈북 트라우마에 대한 인문학적 치유 방안의 가능성 - 구술 치유 방법론을 중심으로 -」, 『통일문제연구』 29-2, 평화문제연구소, 2017, 208면.

21 김종곤, 「남북분단 구조를 통해 바라본 '탈북 트라우마'」, 『문학치료연구』 33, 한국문학치료학회, 2014, 205-228면.

탈북민을 대상으로 심층인터뷰를 진행하고 그들의 생활사를 살피면서[22] 구술 행위에서 발견된 탈북 트라우마 연구를 진행한 김종군은 이들의 상처에 대해 "① 북에서 생활하면서 겪었던 고난과 폐쇄적인 북 체제의 통제와 억압에서 기인되는 외상, ② 중국을 비롯한 제3국에서의 유랑과정에서 겪은 모멸과 공포, ③ 국내 입국 후 정착 과정에서 겪게 되는 갈등"[23]을 포함한 탈북민의 생애사적 범위로 사유되어야 한다고 주장했다.

그리고 이들의 상처는 "한 개인이 겪은 독특한 문제보다는 집단적이고 역사적인 사건들에서 기인한 문제들"이기에 일반적 이야기 치료에서 활용하는 '대안적 이야기'로 해소되기에 어렵다고 주장했다. 그래서 이들을 위한 치유는 상담이나 인터뷰 방식보다는 "자연스러운 생애담(life story) 구술"이 적합하다고 말한다.[24]

이들의 상처에 접근할 때 생애사를 포괄하는 범위로 사유해야 하는 까닭은 또 있다. 탈북민의 탈북과 이주방식의 유형은 시기에 따라 급속도로 변하고 있기 때문이다. 1996년 이후 '고난의 행군 시기'에 탈북한 이들은 탈북1세대로 '생계형 탈북'으로, 이들은 식량난민과 유사한 징후를 보이며, 제3국을 유리한 처절한 경험을 가지고 있다. 탈북1세대가 북에 두고 온 가족의 탈북을 유도하는데, 이를 탈북2세대 '구조형 탈북'로 부를 수 있으며, 대체로 1세대들의 자녀들이다. 탈북한 부모로부터 격리되고 양육을 받지 못한 상처와 가족 해체 경험을 지닌 존재들이다. 이후 탈북1세대들의 대북송금으로 안락한 생활을 하던 북한 가족들이 탄압을 염려하여 탈북하는 경우도 있는데, 탈북3세대 '이주형 탈북'으로 이들은 비교적 순탄한 탈북 노정을 경험한다. 트라우마 강도는 비교적 약한 편이나 자발적 의도가 아닌 탈북과 이주로 심리적 갈등이 있는 경우가 많으며,[25] 특히 한국주민

---

22 김종군·정진아, 『고난의 행군시기 탈북자 이야기』, 박이정, 2012, 1–603면; 김종군, 『탈북청소년의 한국살이 이야기』, 경진출판사, 2015, 1–374면.

23 김종군·정진아, 「탈북자의 역사적 트라우마와 탈북 트라우마의 현재적 양상」, 『코리언의 역사적 트라우마』, 선인, 2012, 120면.

24 김종군, 「구술생애담 담론화를 통한 구술치유 방안 – 『고난의 행군시기 탈북자 이야기』를 중심으로–」, 『문학치료연구』 26, 한국문학치료학회, 2013, 110면.

의 차별과 배제 문제에 있어서 반감의 정도가 크다.[26]

김종군의 견해는 탈북민의 상처란, 생활에서의 특정한 한 사건이나 장면에 한정되는 것이 아니라 분단체제 속에서 살아온 삶의 경로 전반에 걸쳐 있으므로, 사회문화적 맥락을 포함하는 차원에서 그들의 생애사를 살펴보는 것이 알맞은 치유책이라고 것이다. 이러한 포괄적 개념으로 볼 때, 탈북민들이 살아온 삶의 경로에 따라 구체적인 형태의 외상을 추적할 수 있다는 장점이 있다. 고향을 떠나올 수밖에 없었던 이유와 함께, 체제 반대편인 한국사회에서의 고충도 함께 아울러 살펴볼 수 있다고 할 수 있다.

▶ 체제 반대편으로 이주한 탈북민이 감당해야 하는 것

지금까지 탈북민의 아픔에 대한 연구는 탈북 과정에서 경험한 상처와 그로 인한 정신병과적 이상 징후에 집중되었다. 그러나 탈북민의 상처는 기아와 공포, 신체적 폭행 등 탈북 과정에서 경험한 충격적인 경험에 더하여, 한반도의 분단 상황으로 인한 문제도 고려되어야 한다. 한반도의 분단 역사와 관련하여 분단체제 속에서 반복적으로 재생산되는 문제이다. 이들이 감당해야 하는 것은 과거의 상처를 체념하는 것과 더불어, 체제 반대편에서 이주해왔다는 '북'과 관련된 것들이었다.

탈북민들이 정착지를 선택할 때 대한민국을 고려하는 까닭은 '우리 민족의 땅'이기 때문이다. 한국 정부의 탈북민 지원책은 풍부하지만, 생활 속에서 느껴지는 차별과 소외감은 심각하다. 건국대 통일인문학연구단에서 조사한 바에 의하면 탈북민의 60%가 한국사회에서 차별과 소외, 무관심을 경험했다고 응답했다. 그 내용으로는 우월감으로 무시하는 태도와 같은 민족으로 취급하지 않는 태도

---

25 김종군, 「탈북청소년 구술에 나타난 엄마의 해체와 자기치유적 말하기」, 『문학치료연구』 44, 한국문학치료학회, 2017, 115-146면.
26 김종군, 「탈북민의 시기별 유형과 탈북 트라우마 양상」, 『식민/이산/분단/전쟁의 역사와 코리언의 트라우마』, 선인, 2015, 285-305면.

등이 있었다.[27]

5천만 명이 넘는 한국주민들이 탈북민을 직접 만나 소통하는 경우는 드물다. 한국주민들이 탈북민을 접하는 경험은 언론매체를 통한 것이 대부분일 것이며, 그 과정에서 편견을 형성한 경우가 많다. 한국주민들은 대체로 탈북민을 두고, 북과 적대적 관계를 떠올리고 '가난'을 떠올린다. 혹은 나라와 가족을 배반한 몰인정한 사람들이나 문제적인 계층으로 취급하기 일쑤이다. 또한 탈북민에 대하여 한국정부의 퍼주기식 지원책을 두고 역차별이라 비난하는 경우도 많다. 게다가 '재입북'이나 '한국사회 비난' 등 일부 탈북민들이 벌이는 문제들이 언론에 확산될 때마다 탈북민은 개인의 문제가 '전체'에 대한 평가로 이어지는 불편함을 겪어왔다. 개인에 대한 평가가 아닌 '탈북'이라는 단어에 따라 붙는 그 부정적 정서들까지 감내하는 것이 탈북민의 한국살이의 현주소이며, 냉전체제 속에서 고착화된 한국주민의 사고방식에서 탈북민은 자유롭지 못한 것이다.[28]

탈북민은 한국으로 입국하면서 한국주민을 향해 같은 민족의 따뜻한 포용력을 기대했지만, 한국의 현실을 그렇지 않았다. 한국주민은 경제적 부담감이나 북한정권에 대한 거부감을 떠올리며 그들을 밀쳐낸다. 이러한 관계 속에서 탈북민은 한국주민들과 '동일 민족'이라는 강렬한 동포의식이 무참히 깨지는 좌절을 경험한다. 국내 입국 후 동일민족으로서의 욕망이 좌절되는 경험은 사회적 관계에서 오는 트라우마[29]로 기대감과 정반대의 예상치 못한 모멸감은 더욱 큰 상처로 남을 것이며, 일상생활 깊숙이 침투하여 매순간 느닷없이 돌출될 것이다.

탈북민은 체제 반대편에서 살아왔으며, 분단과 이데올로기 문제가 누그러지지 않은 상황에서 이방인 혹은 특수한 계층으로 여타 다문화 인구들보다 편견으로부터 어려운 상황에 놓여 있는 존재이다. 이들은 기본적으로 한국사회와 언어적,

---

27 건국대 통일인문학연구단, 『코리언의 역사적 트라우마』, 선인, 2012, 156–157면.
28 박재인, 「'고향'으로서의 북녘, 통일을 위한 정서적 유대 공간으로의 가능성」, 『통일인문학』 71, 건국대 인문학연구원, 2017, 46–54면.
29 건국대 통일인문학연구단, 『코리언의 역사적 트라우마』, 선인, 2012, 157면.

역사적, 혈통적인 동질성을 가지고 있으면서도 오랜 분단과 전쟁의 경험, 사상적 이질감, 심리적 배타성과 한국사회로의 유입과정에서 제3국을 경유하여 경우도 많아 심리적, 신체적 불안정을 보이기도 한다. 그리고 같은 민족의 나라라는 친근함이 오히려 그들의 기대를 더욱 큰 좌절감으로 바꾸어 놓고 있기 때문에 이들에게서 한국 사회 적응 문제는 또 하나의 탈북 트라우마 원인으로 작동되고 있다. 탈북민의 정신건강 문제는 무엇보다 이러한 사회문화적 요인과 탈북 및 이주라는 맥락적 관점, 그리고 그 삶의 경로에 맞추어 접근해야 한다.

▶ '탈북'과 '적응'으로 누적된 문제

탈북민의 실제적 문제는 현재 삶의 불행이다. 이는 탈북과 이주라는 엄청난 선택의 결과라는 점에서 그 문제의 심각성을 더한다. 이들에게는 현재의 불행이 끝나지 않는 비극으로 여겨지면서, 과거의 고통과 함께 혼성되어 자기 삶과 운명을 비관하는 심각함으로 치닫는다.

문학치료 사례에서 발견되는 특징을 들어 보면, 탈북민들은 보편적인 생활사건이나 아픔을 탈북 상처와 결부시켜 감정이 뒤섞인 상태를 보였다. 사고의 전치와 왜곡의 문제였다. 이러한 왜곡이 일상사의 사고와 판단에 영향을 준다면, 한국사회에 살아가는 내내 그 고통으로부터 자유로워지기 어려울 것이라고 판단된다.[30]

많은 탈북민들은 탈북 과정에서 임금 착취, 강제송환, 성매매 등의 신체적·심리적 고난 속에서 생활하였다. 이러한 신변의 위협과 정신적인 고통이 가중되어 탈북민들은 한국행을 결심할 수밖에 없었는데, 한국살이는 행복을 보장해주지 않고 무력감과 사회적 고립을 안겨주었다. 더 심각한 문제는 이 과거의 상처가 현재의 스트레스와 결합되면서 여전히 상처를 주는 아픈 기억으로 작용하고 있다는 점이다.

---

30 박재인, 「탈북과 적응이 남긴 문제에 대한 문학치료학적 접근—적응에 성공한 탈북여성의 사례를 중심으로」, 『고전문학과교육』 30, 한국고전문학교육학회, 2015, 381-419면.

이 연구는 탈북민에게 탈북과 이주의 경험이 상처로만 기억되는 문제에서 출발하였다.

> 그래서 초등학교 다닐 때는 북한에 돌아가고 싶다는 생각 많이 했죠. 삼촌 만나기 전까지는 되게 많이 했죠, 솔직히. 처음에 별 생각 없이 있다가 그게, 점점 알게 되잖아요. 이게 뭔 뜻이고, 이게 뭐고, 내가 어떤 대접을 받고 있는지. 처음에는 몰라도 점차 알게 되는 거잖아요. 그게 점점 알게 될수록 저는 힘들어지고 더…. '내가 왜 이러고 살아야 하나. 언제부터 이러고 사나, 뭐 때문에 이러고 사나.' 어린 맘에 되게 그런 잊혀지지 않죠. 어릴 때, 되게 그랬어요.
>
> — 탈북청소년(남)의 심층인터뷰 中

> 그 시기의 나도 엄청나게 고초를 겪으며 힘들었을 때 그런 모든 게 겹쳐지면서 짜증이 나요. 짜증이 나고. 그리고 이거 따지고 보면은 도대체 누가 우리를 이렇게 만들었나. (웃음) 제가 너무 황당하다니까요. 살아가면서 어느 순간에 내가 여기 와서 이러고 있지. 꿈에도 못 꿨거든요, 이런 생활을.
>
> — 탈북여성 20대의 문학치료 활동 中

> (하나원에서 '애국가'를 합창하던 날의 기억) 하ㅡ 세상에 애국가 바뀌는 사람이 세상에 몇이나 될까? 그래 우리는 왜 애국가가 바뀌어야 되냐? 애국가라는 건 한 번 밖에 한 번 밖에 택할 수 없는 게 애국간데. 내가 막 그날에 디굴디굴 구르고 울었어. '세상에, 나는 애국가가 바뀌었나? 나는 내 나라가 바뀌었나?' 싶으면서 있지, 내 그날에 얼마나 가슴이 탁 메이는지, 그런 걸 다 겪었어요. 우리는 다 감정상, 그러나 이거 한 번도 표현을 못 해. 고저 이런 감정이 나도 다 묵상이고, 이런 감정이 나도 묵상이고.
>
> — 탈북여성 60대의 심층인터뷰 中

위의 자료들은 통일인문학연구단의 인터뷰에 참여한 탈북민들이 털어 놓은 이야기이다. 청소년(男)과 20대, 60대 여성으로 이들은 모두 다른 탈북민들에 비하여 비교적 양호한 삶을 영위하고 있는 대상들이다. 탈북청소년은 고등학교에서 우수한 성적으로 생활하고 있으며, 20대 여성은 나름의 진로를 개발하여 활발하게 직업 활동을 하고 있다. 60대 여성 역시 지혜와 연륜을 바탕으로 슬기롭게 한국사회에 적응한 탈북민이다. 그러나 털어놓은 감정에서는 탈북민이라는 정체성과 고달픈 삶에 대한 회한이 남아 있다. 이들은 공통적으로 '하필 내가 왜 이런 일을 겪었나'라는 삶에 대한 부정적인 평가를 표현하고 있었다.

탈북민이 한국입국을 선호하는 까닭은 대한민국은 우리 민족이 사는 '우리나라'이며, 북한과 달리 자유와 희망이 있는 땅이기 때문이다. 이들은 다양한 경로를 통해 경제적으로 발전한 한국의 빛나는 모습을 인지하고 있었으며, 그 기대감이 팽창된 상태로 한국에 입국한다. 그러나 죽을 고비를 경험하고 온갖 수난을 감수한 것에 비하여 한국살이는 만만치 않았다. 그렇기 때문에 이들의 고통의 과거 기억은 더욱 진하게 남고, 한국살이의 어려움과 결합되어 하나의 탈북 트라우마 형태로 그들의 삶에 침투한다.[31]

탈북의 동기와 과정, 한국사회 적응기는 그들에게 갖가지 우여곡절을 경험하게 하는데, 그것이 '고난'으로만 기억되고 삶을 살아가는 힘으로 작동되고 있지 않았다. 그들의 경험 속에는 남다른 지혜와 생존능력이 발견되고, 이러한 능력은 현대사회에서 순기능적 특장이 됨에도 불구하고, 비관의 원인으로 작동하고 있었다. 벗어날 수 없는 운명적 고난으로 기억이 굳혀지는 현상을 보며, 이러한 비관의 논리는 우울증적 성향을 강화시킬 수 있는 역기능적 신념에 해당되고 적응유연성의 요인과 상반되기 때문에, 현재 불행의 원인이 될 수 있다.

주디스 허먼은 트라우마를 논하면서, 그 상처의 핵심은 무력감과 고립이고,

---

31 Park, Jai-in, 「Study on the Development of Healing Programs For North Korean Refugees Using Classical Narratives」, 『S/N Korean Humanities』 2-2, 2016, pp.59-61.

치유 원리에 대해서 '생존자의 안전 확립, 기억과 애도, 일상과의 연결'이라는 과정을 논한다.[32] 탈북민의 과거 기억에 대한 비관은 바로 '기억과 애도' 과정을 미처 해결하지 못한 지점에 처한 것이다. 그래서 탈북민의 현재적 문제는 과거의 기억과 애도를 건강하게 처리하지 못하는 문제이며, 그것이 일상과의 연결을 어렵게 하고 무력감과 고립에 머물게 하는 것으로 볼 수 있다.

(3) 살아온 삶에 근거한 인문학적 치유 방법

탈북민의 부적응과 정신건강 문제의 심각성이 지속되자, 2014년 통일부는 이들의 정착에 대한 최우선 과제로 "탈북민들의 정신건강 지원"을 선정하였다. 이는 정부가 지난 10여 년 동안 탈북민들의 한국 사회 정착을 위해 다양한 지원 정책을 강구하였음에도 불구하고 효과성이 미비하기 때문에 근본적이며 장기적인 대안을 수립하기 위한 선회라고 볼 수 있다. 이러한 사회적 요구에 따라 이 연구는 탈북민의 실제적 문제에 적실한 근본적인 치유 방안으로서 사람을 사유하고 탐구하는 인문학적 방법론을 적용하고자 한 것이다.

탈북민의 살아온 삶 자체에 주목하는 탈북 트라우마 관점은 다양한 삶의 맥락과 경험의 결, 다양한 탈북 동기와 탈북 과정의 경험에서 비롯한 여러 가지 변화들에 주목할 수 있게 한다. 가령 북한에서 삶의 경험이 탈북 동기와 한국 적응 문제에 큰 영향을 미칠 수 있으며, 탈북민의 세대별로도 탈북 과정과 이주 동기가 급속도로 변화하기도 한다.

가령 고난의 행군 시기의 생계형 탈북과 먼저 탈북한 가족의 지원으로 이주해 온 구조형이나 이주형 탈북은 명확히 구분되며, 그 삶의 모습이나 탈북 상처의 경험도 다른 모습이다. 그렇기 때문에 생계형 탈북에 해당하는 외상 후 스트레스 진단 기준으로 현재의 2·3세대 탈북 트라우마를 점검하기는 어렵다. 현재에도 변화하고 있는 다양한 요인을 반영할 수 있으면서도, 상처의 내용들을 시시각각

---

32 주디스 허먼 저, 최현정 역, 『트라우마―가정폭력에서 정치적 테러까지』, 플래닛, 2007.

포착할 수 있기 위해서는 '탈북 이전–탈북 과정–탈북 이후'의 삶 자체에 주목하는 탈북 트라우마 관점이 필요하다는 것이다.[33] 이를 고려할 때 탈북민의 살아온 삶의 맥락에 가깝게 접근할 수 있으면서, 삶의 이야기를 긍정과 희망의 방향으로 전환할 수 있는 분야가 인문학적 치유 방법이다.

▶ 탈북민을 위한 인문학적 치유 방안들

탈북민에 대한 인문학적 접근의 치유 방안은 다양한 방면으로 시도되었다. 인문학적 방법론의 치유 방안의 필요성이 역설되었고,[34] 인문치료의 언어 교정에 관한 연구나[35] 구술 행위에서 비롯한 해원의 치유 방안[36]이 논의되기도 하였다. 또한 문학치료 방법론의 프로그램도 시도되었으며, 일반적인 문학치료 프로그램을 적용하였을 때의 특이점을 중심으로 결과가 논의되었고 특정 작품에 대한 반응을 두고 그들의 탈북 트라우마와 연결시키는 작업까지 이어졌다. 그리고 구비 설화로 탈북청소년의 내면에 대한 진단의 가능성이 논문들로 확인되었으며,[37]

33 김종군 외, 「탈북 트라우마에 대한 인문학적 치유 방안의 가능성 ―구술 치유 방법론을 중심으로―」, 『통일문제연구』 29, 평화문제연구소, 2017, 199–240면.

34 박상옥 외, 「탈북민의 안정적 직업생활을 위한 교육요구―인문학 교육적 접근의 필요성」, 『Andragogy Today: International Journal of Adult & Continuing Education』 14–2, 한국성인교육학회, 2011, 107–135면.

35 정성미, 「탈북민의 언어 표현과 치유―사례를 중심으로」, 『우리말교육현장연구』 9–1, 우리말교육현장학회, 2015, 121–150면.

36 김종군, 「구술생애담 담론화를 통한 구술 치유 방안―『고난의 행군시기 탈북자 이야기』를 중심으로」, 『문학치료연구』 26, 한국문학치료학회, 2013, 107–134면; 김종군, 「구술을 통해 본 분단 트라우마의 실체」, 『통일인문학』 51, 건국대 통일인문학연구단, 2011, 37–65면; 강미정, 「탈북민의 탈북경험담에 나타난 트라우마 분석」, 『문학치료연구』 30, 한국문학치료학회, 2014, 413–437면; 김종군, 「탈북청소년 구술에 나타난 엄마의 해체와 자기치유적 말하기」, 『문학치료연구』 44, 한국문학치료학회, 2017, 115–146면; 김종군 외, 「탈북 트라우마에 대한 인문학적 치유 방안의 가능성 ―구술 치유 방법론을 중심으로―」, 『통일문제연구』 29, 평화문제연구소, 2017, 199–240면.

37 나지영, 「문학치료학적 관점에서 본 탈북 청소년의 자기서사 진단 사례 연구」, 『통일인문학』 52, 건국대학교 통일인문학연구단, 2011, 71–112면; 박재인, 「탈북여성B의 구비설화에 대한 이해 방식과 자기서사」, 『고전문학과 교육』 26, 한국고전문학교육학회, 2013, 291–324면; 박재인, 「탈북여성의 부모밀치기서사 성향과 죄의식」, 『구비문학연구』 39, 한국구비문학회,

또한 탈북민이 한국사회에 적응하는 데에 중요한 역할을 할 수 있는 문해력을 신장시키는 데에도 구비설화를 활용한 문학치료의 효용성이 제시되기도 하였다.[38] 그리고 탈북민 생애사와 밀접한 고전서사를 선별하여 탈북민의 적응을 돕는 치유 방안이 개발되고, 그 성과가 축적되기도 하였다.[39]

▶ 탈북과 이주의 경험을 '긍정적 자기 신념'으로 기억 바꾸기

탈북민의 정신건강 개선을 위한 방책은 그들의 실제적인 문제에서부터 고민되어야 한다. 구술치유, 문학치료 등 인문학적 치유 프로그램을 통해 직접 접한 탈북민들은 공통적인 특성이 발견된 바 있다. 그 중 중요한 문제는 탈북과 이주 경험을 '비극'으로만 기억한다는 점이었다. 이는 탈북민의 살아온 삶의 과정에서 누적되어 왔던 탈북 트라우마 문제에 심각한 원인이 될 수 있다. 탈북민이 탈북 과정에서 겪은 고난과 시련이 비극의 기억으로 남아있는 상태에서, 한국사회 적응 과정에서 느낀 좌절감과 고립감을 더욱 비극적으로 인지하게 작용한다. 그래서 이들은 종종 운명적인 비극으로 치부하는 경향이 있다. '팔자', '운명'이라는 말로 자신을 삶을 낮게 평가하고, 불행을 숙명으로 단념한다는 것이다. 이는 탈북민의 심리를 고찰한 연구에서 '무망감'[40]이라는 중요한 개념으로 제시되기도

2014, 73-114면; 박재인, 「탈북과 적응이 남긴 문제에 대한 문학치료학적 접근—적응에 성공한 탈북여성의 사례를 중심으로」, 『고전문학과교육』 30, 한국고전문학교육학회, 2015, ·381-419면; 김정애, 「구술담과 문학치료 활동을 통해 본 탈북민 P씨의 남한 적응 요인과 그 의미」, 『통일인문학』 65, 건국대 인문학연구원, 2016, 171-209면.

38 나지영, 「설화 〈내 복에 산다〉의 재창작을 통한 탈북 청소년의 문해력 신장 사례 연구」, 『고전문학과 교육』 23, 한국고전문학교육학회, 2012, 151-176면.

39 Park Jaiin, 「Study on the Development of Healing Programs for North Korean Refugees Using Classical Narratives」, 『S/N Korean Humanities』 2-2, The Institute of The Humanities for Unification, 2016, pp.55-84; 박재인, 「이주와 성공의 고전서사를 활용한 탈북민 대상 문학치료 사례 연구」, 『문학치료연구』 41, 한국문학치료학회, 2016, 335-370면; 박재인, 「탈북민 대상 문학치료 사례 연구 –'이주와 성공'의 고전서사와 자아실현의 문제를 중심으로」, 『다문화사회연구』 11-2, 숙명여대 아시아여성연구원, 2018, 75-103면; 박재인, 「〈해와 달이 된 오누이〉에 대한 탈북민의 반응과 문학치료 효과」, 『인문사회21』 9-4, 아시아문화학술원, 2018, 251-264면.

하였다.

한국생활의 불행과 정신건강이 상호적으로 악영향을 미치는 악순환 문제에서 운명론적 비극의 사유 방식은 핵심적 원인이라고 할 수 있다. 실제로 그들이 탈북과 이주 과정에서의 경험들, 모험과 인내, 생존능력 등은 험난한 자본주의 사회에 강점이 되는데도 비관의 원인으로만 작동하고 제 기능을 발휘하고 있지 못하는 상태인 것이다. 이 지점이 악순환의 문제에 대한 해결은 사유의 개선에서 비롯될 수 있다는 실마리를 제공한다. 그래서 이 연구에서 기획한 치유 목표는 바로 탈북과 이주 경험을 비극으로만 기억하는 문제에서 자유로워져서, 그 경험을 재해석하여 삶에 대한 자신감과 긍정적인 신념을 회복하는 단계에 이르는 것이라고 할 수 있다.

---

40 "무망감이란 자신에게 바람직한 일이 일어 날 것 같지 않고, 그들이 노력하는 일이 결코 성공하지 못할 것 같고, 중요한 목적은 달성될 수 없고, 나쁜 문제들은 결코 해결될 수 없다고 인지하는 것이다(Beck & Steer, 1988). 무망감 이론은 부정적 귀속양식과 부정적 생활사건을 경험한 사람들이 직면하는 부정적 사건에서 우울 발생적 귀속을 한다는 것이다."(우종민, 『북한이탈주민 정신건강서비스 및 연구개발을 위한 기획연구』, 국립서울병원, 2014, 2면.)

3. 탈북민과 문학치료

(1) 문학치료란?

서사학과 인지과학 영역에서는 정신활동의 기본 양식을 서사의 형태라고 본다. 서사학자 툴란은 아침부터 잠자리에 이르기까지 심지어 꿈마저 사람이 행하는 모든 것은 서사로 보이고, 설정되고, 설명될 수 있다고 하였다. 사람은 서사를 만들어내고, 이해하며, 보존하면서 자신과 자신을 둘러싼 세계를 더 많이 이해하게 된다고 했다.[41] 그리고 인간의 마음에서 이루어지는 정보 처리 과정을 연구하는 인지과학자 마크 터너(Mark Turner)는 서사는 인간 정신활동의 기본 양식이며, 인지과학의 핵심은 서사적 마음(literary mind)에 있다고 하였다.[42] 이들의 견해는 서사에 대한 이해 능력은 곧 인지 능력이자, 자신과 세계를 이해하는 능력이라는 것이다. 서사를 이해하고 소통하는 능력이 발달할수록 정신활동 내용의 성숙도가 고취될 수 있으며, 자신을 둘러싼 현실에 대한 인지 능력이 발달할 수 있다고 말한다. 이러한 관점으로 보면 사람의 문학 활동은 삶에 대한 의지라고 할 수 있다. 이러한 서사의 힘을 치유에 적용한 것이 문학치료학이다.

---

41 마이클 J. 툴란 저, 김병욱·오연희 역, 『서사론: 비평언어학 서설』, 형설출판사, 1993, 15면.
42 Mark Turner, The Literary Mind, New York, Oxford: Oxford University Press, 1996, p. V.

▶ 문학치료학

그림 3: 문학치료학의 '서사'

　여기에서 말하는 문학치료학은 정운채가 정립한 '서사(敍事;epic)'의 개념을 중심으로 그 치료 원리를 밝히는 학문이다. 정운채가 말하는 서사는 기존 서사학에서 규명한 바와 같이 어떤 사건(들)을 글이나 말로 진술하는 것(narrative)을 넘어서 서사는 "인간관계의 형성과 위기, 회복에 관한 서술"로 정의되며,[43] 주체의 관계 맺기 방식에 반영되는 일종의 논리적 체계라고 할 수 있다. 이 논리적 체계에 따라 작품의 텍스트도 구성되고, 사람의 인생살이도 구현된다는 것이다. 예를 들어, 주체의 구애를 거부한 대상에게는 복수를 해야 한다는 뼈대(작품서사)로 복수형 텍스트가 구현될 수 있듯이, 복수형 자기서사가 한 사람의 내면을 장악하고 있을 때는 그의 인생살이에서 복수 사태가 빈번히 일어날 수 있다는 관점인 것이다.

▶ 문학치료의 원리

　문학치료학은 세상을 이해하는 방식과 문학작품을 이해하는 방식이 연동된다는 관점의 치료학이다. 그리고 그 과정은 문학작품에 대한 이해방식을 근거로 내면을 진단하고, 문학작품에 대한 이해방식을 확장하고 성숙하게 함으로써 내

43　정운채, 「고전문학 교육과 문학치료」, 『국어교육』 113, 한국국어교육연구학회, 2004, 103-126면; 정운채, 「인간관계의 발달 과정에 따른 기초서사의 네 영역과 〈구운몽〉 분석 시론」, 『문학치료연구』 3, 한국문학치료학회, 2005, 7-36면.

면을 성장시키는 활동이라고 할 수 있다.

작품서사(作品敍事) 자기서사(自己敍事)

그림 4: 작품서사와 자기서사

　문학치료의 원리는 자기서사와 작품서사 간의 관계로 설명된다. 문학작품을 감상하고 창작하는 활동을 통해 자기서사와 작품서사가 소통하여, 취약한 자기서사가 작품서사와 소통하면서 개선될 수 있다는 것이다. 사람에게 기본적으로 이야기 본능이 내재되어 있고, 문학의 본질적인 기능이 '치료'에 있기 때문에, 문학을 분석하는 방법으로 사람을 분석하여 문제를 발견하고, 문학을 창작하는 방식으로 건강한 인생을 개척할 수 있다고 보는 것이 문학치료학의 기본 관점이다.[44]

▶ 문학치료의 진단과 치료

　인간은 텍스트 너머 작품의 서사에 몰입하고, 자기의 서사와 작품의 서사가 충돌하거나 통합되는 과정을 경험한다. 정운채는 서사능력을 '주어진 텍스트를 분석하여 서사를 구성해내는 능력'이고, '서사접속능력'은 자기서사가 용납하기 힘든 서사를 잘 이해하고 내면에 구성해내는 능력이라 하였다. 서사접속능력의

44　정운채, 「고전문학 교육과 문학치료」, 『국어교육』 113, 한국국어교육연구학회, 2004, 103-126면.

향상이 곧 문학치료의 과정임을 역설하면서, 자기서사와 작품서사가 충돌을 거쳐 통합되는 과정을 거쳐야 치료 단계에 이를 수 있다고 본 것이다.[45]

결국 작품서사와 자기서사와의 충돌 지점이 곧 진단의 중요 근거가 될 수 있을 것이다. 문학작품에 대한 반응은 그 사람의 내면 상태를 알려주는 신호와 같다. 그래서 문학치료의 진단은 내담자가 '선호하는 이야기 전개 방향, 몰입하기 쉬운 이야기 주제, 특정 장면이나 인물에 대한 특별한 반응' 등을 근거로 가능하다.

또한 그 치료 과정은 많은 문학작품의 서사를 기억하게 하고, 심도 깊은 이해를 촉구하며, 문학과 삶을 연결시키는 해석력을 강화하는 것에 중점을 둔다. 치료의 단계, 즉 자기서사가 작품서사와 통합되었는가의 문제는 작품서사에 대한 이해를 시작으로 공명 수준에 이르러서야 가능하다. 정운채는 자기서사의 변화가 이루어지는 과정은 공감과 감동에 있으며, 자기서사의 변화를 궁극적으로 가능하게 하는 공감 및 감동의 원리를 서사의 공명 현상이라고 명하고, 서사의 공명 현상으로 작품서사에 대한 기억과 재창작이 가능하다고 한 바 있다.[46] 이는 작품서사에 대한 심도 있는 이해가 인간의 자기서사의 성숙과 관련될 가능성이 높다는 의미이다.

(2) 탈북민 대상 문학치료

문학작품의 서사로 인간의 자기서사를 개선하는 원리의 문학치료학 방법론은 탈북민들이 한국사회에서 새로운 삶을 재구성하고 인간적인 행복을 구현해 나가는 일에 중요한 역할을 할 수 있다. 특히 문학치료학에서는 서사를 "인간관계에 대한 형성 · 위기 · 회복에 대한 서술"로 정의하며 그 치료 활동의 중점이 인간관계에 있기 때문에 새로운 공간에서 낯선 사람들과 어울려 살아가야 하는 탈북민

---

45 정운채, 「프랑스의 서사이론과 문학치료학의 서사이론」, 『문학치료연구』 17, 한국문학치료학회, 2010, 191-206면.

46 정운채, 「자기서사의 변화 과정과 공감 및 감동의 원리로서의 서사의 공명」, 『문학치료연구』 25, 한국문학치료학회, 2012, 361-381면.

에게 중요한 영향을 미칠 수 있다.

여기에서는 한민족이 모두 공감할 수 있는 옛이야기와 고전소설을 활용한 문학치료에 대해서 소개하려고 한다. 인간의 근원적이고 보편적인 문제를 제기하고 그 해결의 고민을 담고 있는 고전문학의 작품서사는 인간의 성숙도를 가릴수 있는 지표가 될 수 있으며, 자기 삶의 비극을 껴안고 상대와 '나'의 상생의 길을 열어간 영웅들의 이야기는 탈북민의 살아온 경로와 유사한 지점이 많다. 그래서 탈북민을 위한 문학치료는 인간관계의 전면을 다루는 구비설화 작품과 이주와 성공의 이야기를 담은 고전서사를 활용한 두 가지 프로그램이 적용되었다. 하나는 정운채가 개발한 '자기서사진단도구—서사분석형'을 활용한 프로그램이며, 다른 하나는 탈북민의 이주와 유사한 삶의 장면들을 품고 있는 고전서사를 활용한 프로그램이다.[47]

문학치료 활동의 핵심은 고전서사에 대한 '이해'와 '창작'이다. 과연 작품서사에 몰입하고, 그것을 토대로 자신의 작품을 창작하는 것이 성찰적 사고와 구체적인 인생설계와 같은 긍정적인 변화를 가능하게 할까? 알래스데어 매킨타이어(Alasdair Machintyre)는 '서사적 자아(narrative self)'의 인간상을 주장한다. 인간은 탄생부터 죽음까지 진행되는 하나의 이야기를 살아가는 과정 속에 존재한다. 그리고 한 이야기의 주체로서 존재한다는 것은 이야기 될 수 있는 삶을 구성하는 행위와 경험에 책임을 진다는 것을 의미한다며 '서사적 자아'를 설명한다.[48] 그는 역사와 사회적 맥락 속에서 자신의 인생과 행위를 (자신과 타인에게) 이해 가능한 것으로 해명해야 할 책임을 지닌 자아를 발견하는 일을 중시하며, 덕의 발현을 기대했다. 개인의 역사와 자기 삶에 대한 덕의 발현 역시 사람의 인생살이를 서사적으로 이해하고 구상하는 일, 곧 서사적 상상력으로 가능할 것이다.[49] 문학치료학에서도 이러한 관점에서 창작치료의 방법론을 인정해왔다.

---

47 프로그램에 대한 자세한 설명은 Ⅱ장과 Ⅲ장 초두에 제시하였다.

48 알래스데어 매킨타이어, 『덕의 상실』, 문예출판사, 1997, 320-323면.

49 매킨타이어의 이론과 문학치료학의 접점에 대한 견해 및 서사적 상상력을 통한 의식 변화의

문학치료학에서는 서사가 지닌 다기적인 속성을 활용하여 창작 활동의 가능성을 확인하였고, 창작 활동의 진단과 치료적 효과를 인정해왔다. 고전서사를 기반으로 갈등의 기점에서 다양한 서사적 경로를 선택하게 함으로써 새로운 작품을 창작하게 하는 문학치료 활동을 진행하면서 참여자의 서사에 대한 이해방식의 변화를 유도하는 것이다. 정운채의 서사분석형 자기서사진단검사 역시 원하는 서사 방향으로 원래의 서사를 변형하는 활동으로 자기서사의 형태를 추론하는 방식이었다. 이밖에도 설화 다시쓰기, 소설과 시 창작에 대한 문학치료 성과가 마련되기도 할 만큼 문학치료학에서는 창작 활동의 치유 효과를 인정해왔다.

이러한 긍정적인 변화에 대한 가능성은 탈북민 대상 문학치료에서 발견된 사항으로 확인되었다. 탈북여성을 대상으로 한 문학치료 활동을 통해서, 기존 공간에서의 탈출과 새터로의 이주, 성공과정을 담은 영웅서사에 깊이 몰입하며 자신의 경험과 견주는 적극적인 몰입 현상을 발견하였다. 그러면서 영웅서사의 문법을 자기 삶에 적용하는 문제는 그리 쉽게 이루어지지 않았다. 영웅들이 성공, 특히 타인들과의 상생을 도모하면서 확장된 범위의 자기실현에 이르는 과정에 대한 부담감 내지 거부감이 있었다. 또한 이 사례와 유사하게 영웅의 성공 결과를 기억에서 누락시키고, 그에 대한 문학적 해석을 수용하지 않는 현상은 다른 탈북민에게도 발견되는 특징이었다.

이것은 무엇을 의미하는가? 문학치료학 관점으로는 영웅들의 이주와 성공과정의 맥락을 거부하는 것은 작품서사와 자기서사가 충돌하는 징후라고 할 수 있으며, 그들의 내면상태를 드러내는 특별한 반응이라고 할 수 있다. 이는 작품서사에 대한 심도 있는 이해가 인간의 자기서사의 성숙과 관련될 가능성이 높다는 바를 의미한다. 인간의 근원적이고 보편적인 문제를 제기하고 그 해결의 고민을 담고 있는 작품일수록 인간의 성숙도를 가릴 수 있는 지표가 될 수 있다는 것이다. 결국 작품에 대한 특별한 반응은 자기의 서사와 작품의 서사가 충돌하거나

효과에 대한 논의는 박재인, 「서사적 상상력과 통일교육」, 『통일문제연구』 28-1, 평화문제연구소, 2016, 38-40면.에서 논의한 바 있다.

통합되는 현상의 징후를 나타내는 것으로 이해할 수 있으며, 적극적으로 자기서사와 작품서사가 소통하는 상태를 나타낸다고 할 수 있다. 그리고 무관심보다그 문제에 대한 특별한 관심을 보이고 있다는 반증이기도 하다. 바로 이러한 점때문에 탈북민의 삶과 유사한 면을 지닌 고전서사에 대한 몰입 및 그러한 성공과정에 대한 깊은 감흥과 신념을 일깨워가는 과정이 필요하고, 또한 긍정적인 효과가 가능하다고 예측한 것이다.

▶ 탈북민을 위한 문학치료 활동 내역
필자가 진행한 탈북민을 위한 문학치료는 2013년 1월부터 시작되었다.

	상담유형	대상	한국입국	참여 기간	프로그램	회차
1	개인	탈북여성B (1989년생)	2008년 입국	2013년 1~2월, 2013년 5월 21일 사후 검사	자기서사진단도구를 활용한 문학치료	5회기
2	개인	탈북여성D (1986년생)	2002년 입국	2014년 10~11월	자기서사진단도구를 활용한 문학치료	5회기
3	개인	탈북여성E (1991년생)	2004년 탈북, 2006년 입국	2016년 8월	'이주와 성공'의 고전서사를 활용한 문학치료	4회기
4	집단	탈북여성 14명	한국 입국 5년 미만	2017 1월	한국적응과 가족안정성 향상을 위한 동화창작 프로그램	4회기
5	집단	탈북민 15명 (남성 5명, 여성 10명)	한국 입국 10년 이상	2017년 4~10월	'이주와 성공'의 고전서사를 활용한 문학치료	8회기
6	집단	탈북민 5명 (남성 3명, 여성 2명)	한국 입국 10년 이상	2017년 11월~ 2018년 1월	'이주와 성공'의 고전서사를 활용한 문학치료	10회기
7	개인	탈북여성F (1997년생)	2015년 탈북, 2017년 입국	2018년 2월	'이주와 성공'의 고전서사를 활용한 문학치료	4회기
8	집단	탈북민 10명 (남성 2명, 여성 8명)	한국 입국 10년 이상	2018년 6월	미운 고향에 대한 이야기, 이청준의 『눈길』	1회기

초기에는 문학치료의 기초형에 해당하는 프로그램으로 진행하였다. 기초서사 영역 16개의 설화를 활용한 프로그램으로 개별 상담을 시작하였다. 그리고 사회적 기업 힐링마더와의 공동 작업으로 집단 형태의 입국 초기 탈북민을 대상으로 구비설화를 활용한 동화장착 프로그램을 진행하였다. 그러는 가운데 특정 작품에 대한 탈북민의 특성을 발견하고, 무엇보다 현재적 문제 그리고 삶에 대한 미래기획적 치유 방안의 필요성을 깨달았다.

이러한 경험을 바탕으로 '이주와 성공'의 고전서사 프로그램을 기획하고 4번에 걸쳐 개인과 집단 상담을 진행하였다. 이중 ③ 탈북여성E를 대상으로 한 개인 상담은 처음 프로그램을 기획하고 그 적합성을 살피기 위해 단축형 프로그램으로 진행하였다. 이때 발견한 한계점을 보안하기 위해 작품서사화 활동을 추가하면서 그에 대한 탈북민 반응을 대략적으로 살피는 작업으로 ④와 ⑤의 활동을 진행하였다. 이들에게 이주 후 고향에 대한 복합적 감정과 이주 공간에서의 자아실현의 문제가 중요함을 파악하고, 그것에 초점을 맞춰 프로그램을 조정한 것이다. 프로그램 보완 후 ⑥과 ⑦의 활동을 진행하며, '이주와 성공'의 고전서사에 대한 반응으로 본 탈북 트라우마 징후와 함께 그 문학치료적 가능성을 파악하였다.

그 가운데 고향에 대한 복합적인 감정을 해소하기 위한 방안으로, 1970년대 한국현대소설에 주목해보았다. 한국사회 산업화 도시화의 영향으로 고향으로부터 떠나올 수밖에 없었던 이들의 회한을 담은 작품들을 문학치료 활동에 적용해보고자 한 것이다. ⑧의 활동은 그것을 위한 첫 발걸음에 해당한다.

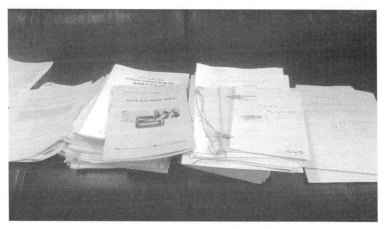

그림 5: 탈북민 대상 문학치료 활동 ①

이 글에서는 필자의 문학치료 기획 〈자기서사진단도구를 활용한 문학치료〉와 〈'이주와 성공'의 고전서사를 활용한 문학치료〉 활동을 주로 담았다. 활동 가운데 탈북민들의 특수성을 파악할 수 있고, 소정의 치유 효과를 발견할 수 있었던 주요 성과들만 선별한 것이다. 그리고 기초형 문학치료 활동을 통해 파악된 정보를 기반으로 '이주와 성공'의 고전서사를 활용한 문학치료 방안을 구안해낼 수 있었기 때문에, 그 탐구의 여정을 담아내었다.

그래서 Ⅱ장에서는 자기서사진단도구를 활용한 문학치료 과정을 개관하고, 탈북여성B와 D의 사례를 소개하였다. 탈북여성B는 탈북1세대 '생계형 탈북'에 해당하며, 자녀밀치기서사 특성을 보여주었고, 그녀의 실제 삶 속에서도 북에 두고 온 가족에 대한 죄의식이 발견된 바 있다.[50] 탈북여성D는 탈북2세대 '구조형 탈북'에 해당한다. 부모의 적극적인 지원으로 한국사회 적응에 성공한 케이스임에도, 여전히 그녀의 마음 속에 있는 공포와 울분, 가족해체에 대한 상처를 드러낸 경우였다.[51]

---

50 박재인, 「탈북여성의 부모밀치기서사 성향과 죄의식」, 『구비문학연구』 39, 한국구비문학회, 2014, 73-114면.

그림 6: 탈북민 대상 문학치료 활동 ②

이들에게서 발견된 특징은 '이주와 성공'의 고전서사를 활용한 문학치료 기획의 근간이 되었다.[52] 이 프로그램에 대한 정보와 탈북민 문학치료 활동보고는 Ⅲ장에 담았다. 감상과 재창작 활동으로 꾸려진 이 프로그램은 먼저 시범형으로 진행되었고, 이때 탈북여성E에게서 기존 공간(고향)에 대한 심리적 분리와 독립을 어려워 한다는 점을 발견했고, 한국사회 적응에 힘이 부칠 때마다 이러한 징후는 더욱 도드라진다는 점을 알 수 있었다. 그에 대한 문학치료는 기존 공간으로부터 심리적 분리가 어려운 그녀의 성향을 지속하면서도, 새로운 공간에서의 독립 문제를 해결할 수 있는 방향으로 제안되었다.[53]

시범형 활동과 ④, ⑤의 활동에서 발견된 문제점은 탈북민들이 '성공과 이주'의 고전서사에 대한 몰입이 생각보다 어려울 수 있다는 점이었다. 비현실적 조력이나 과정이 생략된 허황된 성공 기대한다거나, 고전서사의 영웅과 자신들의 삶

---

51 박재인, 「탈북과 적응이 남긴 문제에 대한 문학치료학적 접근—적응에 성공한 탈북여성의 사례를 중심으로」, 『고전문학과교육』 30, 한국고전문학교육학회, 2015, 381-419면.

52 Park Jaiin, 「Study on the Development of Healing Programs for North Korean Refugees Using Classical Narratives」, 『S/N Korean Humanities』 2-2, The Institute of The Humanities for Unification, 2016, pp.55-84.

53 박재인, 「이주와 성공의 고전서사를 활용한 탈북민 대상 문학치료 사례 연구」, 『문학치료연구』 41, 한국문학치료학회, 2016, 335-370면.

을 견주면서 그 영웅들의 성공을 비현실적이라고 보고 자기 삶을 비관하는 특징들이 있었다. 이에 대한 방안으로 필자는 '기존 공간에서의 억압 - 탈출 - 이주 후 물적 성취 - 이주 후 자아실현'의 과정으로 '성공과 이주'의 고전서사에 내재된 문법을 각인할 수 있는 활동을 첨가하였다. 물적 성취와 자아실현의 문제를 구분할 수 있도록 다수의 작품서사를 추가하였으며, 자아실현의 문제를 보다 집중하는 창작 활동을 진행하였다.

'이주와 성공'의 고전서사는 탈북민들 내면에 자리한 상처를 드러내는 데에 적절했다. 탈북과정에서 경험한 공포의 재현, 이주 후 낯선 공간에 대한 두려움, 성공에 대한 비관, 고향과 가족에 대한 죄의식, 만만치 않은 한국살이로 인한 무력감 등이 그것이다. 그 중에는 고난과 상처의 연속으로 자기 삶에 대해서 비관하는 습관이 드러난 것이 가장 심각한 문제라고 생각되었다. 그래서 필자는 탈북민에게 탈북과 이주의 경험이 '비극'으로 종결되는 것이 아니라 미래의 삶을 헤쳐나가는 원동력으로 재구성될 수 있도록, 이주와 성공의 영웅들 이야기를 통해서 자기 삶에 대한 기억을 조정할 수 있게 하였다. '내 삶의 동아줄'을 기억해내는 활동, 영웅들의 이야기에 맞추어 자기 삶의 자아실현의 장면을 기억하거나 상상해보는 창작 활동 등이 그것이다.[54]

이 책에서 밝히는 문학치료 활동집과 녹취록은 모두 탈북민의 사전 동의를 얻어 공개한 것이다. 문학치료 1회기에 사전 동의서를 받았으며, 매 회기마다 활동집에 "이 자료는 연구에 활용할 수 있다"는 내용에 허락해 주기를 부탁했고, 녹음 시작 시에도 녹음과 그 내용을 전사할 것임을 알렸다. 또한 탈북민들이 공개하기 꺼려했던 내용은 삭제하였으며, 그 때문에 탈북민 정보를 소개하는 내용에서 약간의 비약이 있음을 밝힌다.

---

54 박재인, 「탈북민 대상 문학치료 사례 연구 -'이주와 성공'의 고전서사와 자아실현의 문제를 중심으로-」, 『다문화사회연구』 11-2, 숙명여대 아시아여성연구원, 2018, 75-103면; 박재인, 「〈해와 달이 된 오누이〉에 대한 탈북민의 반응과 문학치료 효과」, 『인문사회21』 9-4, 아시아문화학술원, 2018, 251-264면.

II

자기서사진단도구와
탈북민 문학치료

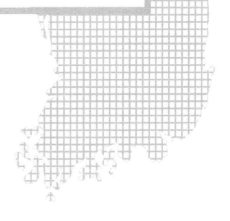

1. 문학치료 진행 과정

(1) 기초서사영역의 구비설화를 활용한 자기서사진단도구

탈북민을 위한 문학치료 현장에서 쉽게 활용할 수 있는 것이 자기서사진단도구이다. 자기서사진단도구는 16개의 설화 작품을 토대로 구성되어 있다. 인간관계의 원형(자녀 · 이성 · 배우자 · 부모로서의 인간관계)을 토대로 한 기초서사(基礎敍事, Fundamental epic)영역[1]에 해당하는 설화들이 활용되었다. 16개 기초서사들은 피검자가 선호하는 서사를 선택하는 행위로 인간관계 맺기 방식의 경향성을 파악할 수 있도록 연역적으로 구성되어 있다. 16개의 기초서사영역의 대표 설화작품은 다음과 같다.[2]

자녀서사	〈간 뺏길 뻔한 전처 아들〉	부부서사	〈고부곡어황천〉
	〈해와 달이 된 오누이〉		〈호랑이 눈썹〉
	〈내 복에 산다〉		〈지네 각시〉
	〈효불효 다리〉		〈도량 넓은 남편〉
남녀서사	〈역적 누명과 회초리〉	부모서사	〈지붕에 소 올리기〉
	〈여우구슬〉		〈칠십생남비오자〉
	〈여색 멀리하는 신하 깨우친 임금〉		〈복 빌린 나무꾼〉
	〈여인과 목욕하고 금부처가 된 남자〉		〈장모가 된 며느리〉

---

1 기초서사영역에 대한 논의는 정운채, 「인간관계의 발달 과정에 따른 기초서사의 네 영역과 〈구운몽〉 분석 시론」, 『문학치료연구』 3, 한국문학치료학회, 2005, 7~36면.에서 시작되었으며, 정운채, 「자기서사진단도구 개발을 위한 기초서사척도」, 『고전문학과교육』 14, 한국고전문학교육학회, 2007, 213~241면.에서 심화되었고, 정운채, 「문학치료학의 서사이론」, 『문학치료연구』 9, 한국문학치료학회, 2008, 247~278면.에서는 문학치료학 서사이론 가운데 기초서사영역 개념의 필요성 및 정립 의도가 상세하게 설명되어 있다.

2 이 작품들은 모두 『한국구비문학대계』에 2편 이상 수록되어 있는 설화이며, 이 설화들의 제목은 『문학치료 서사사전』에 제시된 바를 따르고 있다.(정운채 외, 『문학치료 서사사전』(설화편), 문학과치료, 2009.)

문학치료학에서는 자녀서사(子女敍事, son and daughter epic)영역, 남녀서사(男女敍事, man and woman epic)영역, 부부서사(夫婦敍事, husband and wife epic)영역, 부모서사(父母敍事, father and mother epic)영역을 인간관계의 발달 과정에서 필연적으로 거치게 되는 네 가지 기초서사영역이라고 하였다. 각 영역의 대표 서사는 서사의 주체가 자녀·이성·배우자·부모로서 살아갈 때 인간관계를 맺는 방식의 경향성을 파악할 수 있는 특징을 담은 구비설화로 선별되었다.

가령, 자녀서사의 경우 서사의 주체가 자녀의 위치에서 세상과 인간관계를 맺을 때, 세상의 법칙을 '순응(順應)'하는 문제가 주안점이다. 서사의 주체가 자녀적인 존재로서 순응을 하고자 할 때 대상에 대한 '확신'이나 '의혹'의 시선으로 대하는가, 그리고 자녀적인 존재로서 대상과의 관계에서 기존 가치를 '추구'하는가 아니면 '초극'하는가의 경우로 나누어 관계맺기 양상을 구분하는 것이다.

자녀서사를 예로 들어 간단히 설명하면, 순응을 주안점으로 삼을 경우 대상에 대하여 확신하면서 기존가치를 추구하는 경우가 〈간 뺏길 뻔한 전처 아들〉이다. 전처 아들을 서사의 주체로 볼 경우, 자신을 죽이려하는 계모에 대해 확신하고, 나쁜 계모를 처벌하며 전처 아들은 안정을 되찾고 지위를 확보하는 줄거리의 작품이다.

이에 반해 〈효불효다리〉는 칠형제를 서사의 주체로 보았을 때, 밤마다 외간남자를 만나러 가는 홀어머니의 문제를 확신하고 있으나, 어머니의 야행을 돕는 효행을 발휘한다. 홀어머니가 외간남자를 만나는 일에 대하여 세간에서는 비난할지언정, 칠형제는 '어머니가 즐거워하는 일을 그저 하도록 돕는다'는 생각으로 어머니가 건너다니는 개울에 돌다리를 놓는다. 그렇게 기존가치를 초극하고 순응을 실천한 칠형제는 결국 칠성신으로 거듭난다.

이렇게 각각의 서사들은 자녀서사의 순응, 남녀서사의 선택(選擇), 부부서사의 지속(持續), 부모서사의 양육(養育) 문제를 중심으로 전개되는 이야기들이다. 그리고 16개 작품서사들은 확신과 추구, 의혹과 추구, 의혹과 초극, 확신과 초극

등 인간관계 속 위기에 대처하는 방식에 따라 서사의 주체가 성공에 이르는 결말을 보이는 작품이다.

이러한 이야기들은 피검자의 내면에 어떠한 서사의 경향성이 많은 비중을 차지하는지 확인시켜준다. 모두 성공에 이르는 행복한 결말이기 때문에, 피검자들은 자신들이 상상하기 쉬운 방향으로, 보다 익숙한 방향으로, 혹은 자신이 판단하기에 논리적·합리적이라고 생각하는 방향으로 서사를 선택할 수 있다. 즉 피검자들은 대상에 대한 확신과 의혹, 기존가치에 대한 추구와 초극의 길 가운데 자신이 선호하는 방향으로 서사를 선택하게 된다는 것이다.

예컨대 한 피검자가 〈효불효다리〉의 칠형제의 행위를 이해하지 못한다고 하자. 이 사람은 부모의 성욕을 알게 된 것으로도 벅찬데 굳이 부모의 외도를 도와줄 필요까지 있느냐는 마음으로 〈효불효다리〉의 서사를 거부할 수 있다. 이럴 경우 피검자는 '부모적인 존재들을 대하는 방식에 있어서' 선악시비호오와 같은 세상의 기존가치를 그대로 따르는 일에 익숙한 반면, 기존가치를 넘나드는 일에 대하여 부담감과 불편함을 느끼는 성향일 가능성이 있다. 순응의 문제에서 비교적 안정성을 추구하고, 기존가치의 선을 지키며 인간관계를 맺는 경향성이 크다는 것이다.

▶ 자기서사진단도구의 종류와 특징

이렇게 문학치료학의 자기서사진단도구는 선호하는 이야기 방향을 선택하는 행위로 내면의 상태를 가늠하도록 구성되어 있다. 여기에서는 정운채가 개발한 진단도구를 활용했는데, 서사분석형[3]과 정서반응형 및 기억진술형[4] 검사지를 사

---

3 이는 정운채가 개발한 자기서사진단도구의 하나로, 이 진단도구 설계 과정은 정운채, 「자기서사진단검사도구의 문항설정을 위한 예비적 검토」, 『겨레어문학』 41, 겨레어문학회, 2008, 361~397면을 통해 상세하게 제시한 바 있고, 진단도구의 형식은 정운채, 「자기서사진단검사도구의 문항설정」, 『고전문학과 교육』 17, 한국고전문학교육학회, 2009, 125~160면을 통해 확인할 수 있다. 이 문학치료 활동에 활용한 작품서사의 줄거리는 정운채의 논문에서 인용한 것이다.

4 자기서사진단검사의 정서반응형과 기억진술형은 2013년 정운채 교수가 구안한 문학치료의 검

용한 바 있다.

그 가운데 서사분석형 검사지는 16개의 구비설화를 동일하게 6단락으로 줄거리를 정리하고, (2), (4), (6)단락에서 다른 방향으로 전개되는 서사로 4개의 문항들을 삽입한 형태이다. 피검자는 (1)단락에 이어 (2)단락에 와서는 총 4개의 길로 벌여있는 서사적 갈림길에 서서 자신이 선호하는 이야기 방향으로 문항을 선택하는 것이다. 이 검사로 피검자가 원래의 서사적 전개를 선호하는지, 아니면 원래의 서사적 전개를 거부하는지를 파악할 수 있다.

정서반응형 검사는 각 구비설화의 줄거리를 제시하고, "Q. 이 이야기에 대한 자신의 느낌을 아래의 선택항에서 골라보세요."라고 질문한다. 이에 피검자는 '① 감동적이다. ② 흥미롭다 ③ 보통이다. ④ 지루하다. ⑤ 거부감이 든다.'와 같은 5가지의 선택지 중 자신의 느낌에 가까운 지문을 선택한다. 이 검사를 통해 피검자가 작품서사를 어떻게 받아들이고 있는지 정보를 얻을 수 있다.

기억진술형은 주로 문학치료 활동 후 사후 검사로 활용하는데, 작품의 줄거리를 제공하지 않은 채로 "Q. 〈호랑이 눈썹〉의 줄거리를 기억나는 대로 적어보세요."라고 요구하는 검사이다. 이때 문학치료사는 피검자에게 기억나는 대로 최대한 상세하게 기술하라고 요구할 수 있다. 줄거리에 대한 기억은 피검자의 내면에 자리 잡은 작품서사의 형태에 가깝다. 즉 자기서사와 충돌하거나 통합된 결과물일 가능성이 높다는 것이다. 각자의 서사접속능력 역량에 따라서 새롭게 제공된 작품서사를 이해하고 기억하는 정도가 다를 수 있다. 피검자가 기술한 작품의 줄거리는 최종적으로 기억된 작품서사의 형태이며, 서사접속능력 정도를 판가름할 수 있는 단서가 된다. 그러므로 이 검사지에 기술된 줄거리는 피검자가 작품서사를 어떠한 방식으로 기억하고 있는지 가장 극명하게 드러내는 자료이기 때문에, 하나의 어휘까지도 분석대상이 된다.

사 방법임을 밝힌다. 애초에 연구자가 이 진단도구를 사용할 때는 태도측정형과 기억기술형이라고 지칭하였으나, 정운채 교수가 진단도구의 명칭을 정정하였다.

(2) 자기서사진단도구 기반의 문학치료 프로그램

이 문학치료 프로그램은 가장 기초적인 수준의 프로그램이며, 기초서사영역에 해당하는 16개의 설화 작품을 토대로 진행된다. 탈북 경험을 염두에 두어 그 트라우마를 밝혀내는 프로그램을 먼저 실행하지 않고, 일반 내담자들에게도 상용되는 기본적인 프로그램을 먼저 실행한 까닭은 이 프로그램의 취지로 설명된다.

인간은 특정 경험으로 인하여 내면적 특성이 형성될 수도 있으며, 오히려 내면적 특성으로 인하여 특정 경험이 오랜 시간 삶에 영향을 미칠 수도 있다. 문학치료학적으로 설명하면 충격적인 경험으로 자기서사가 형성될 수도 있고, 자기서사의 영향으로 특정 경험을 인지하고 기억할 수도 있다는 것이다.[5] 후자에 무게를 두면 내담자가 본질적으로 지니고 있는 자기서사의 영향이 탈북 경험에 대한 트라우마나 이상증상들을 조장하고, 한국 사회의 적응을 방해할 가능성이 높다고 할 수 있다.[6] 이 프로그램은 이러한 전제를 바탕으로 구상되었기에, 누구에게나 적용할 수 있는 16개 기초서사영역의 대표 설화로 문학치료를 실행하였다.[7]

▶ 문학치료 과정과 회기별 주안점

탈북민에게 이 프로그램을 적용하기로 한 기획은 정운채의 구상으로 시작되었

---

5   정운채, 「심리학의 지각, 기억, 사고와 문학치료학의 자기서사」, 『문학치료연구』 20, 한국문학치료학회, 2011, 9~28면.에 상세히 논의되어 있다.

6   이와 유사한 견해를 밝힌 선행 연구가 있다. 최빛내·김희경, 「탈북 여성의 외상 경험과 성격병리가 심리 증상에 미치는 영향」, 『상담 및 심리치료』 23-1, 한국심리학회, 2011, 195~212면.에서는 탈북여성이 경험할 수 있는 외상 경험 중 가장 강력한 공포를 유발하는 사건은 강제 북송이라고 할 수 있는데, 실제 외상후 스트레스장애의 증상에 강제 북송 경험자들의 비중이 낮으며, 탈북여성의 외상 경험 자체보다는 성격문제가 심리 증상에 미치는 영향이 크다는 것을 시사한다고 밝힌다. 심리학에서 성격적인 문제로 간주한 것과 같은 원리로 문학치료학에서는 자기서사의 문제로 이해하고 그에 대한 분석을 시도할 수 있다. 그렇게 되어야 문학작품이 치료제가되는 문학치료적인 대안을 마련할 수 있기 때문이다.

7   탈북민들에게 어떤 특정 부분이 결핍되어있을 것이라는 판단은 진정한 적응을 위한 대안을 마련하는 일에 장애가 될 수 있다고 본다. 자기서사의 취약성은 의식적인 검열에 의하여 가려져 있을 가능성이 높기 때문에, 치료사의 편견으로 문제를 한정짓지 말아야 한다. 보편적인 잣대로 판단 후에 그들에게 필요한 지점을 제공하는 방식의 접근이 더 효율적이라 본다.

다. 아래와 같은 과정으로 총 5회기를 5주 동안 진행한다. 탈북민 대상 문학치료에서는 1회기 당 2시간을 넘지 않는 것을 원칙으로 하였다.

- 자기서사진단도구—서사분석형(16문항)으로 진단 검사
- 원래의 이야기 전개를 잘 따라간 작품 8개에 대한 반응 검토
- 원래의 이야기 전개와 다른 방향으로 선택한 작품 8개에 대한 반응 검토
- 16개의 작품에 대한 이해 시도
- 소감 및 마무리

16개의 기초서사영역 설화작품들을 기반으로 1회기에서는 간단한 방식으로 자기서사의 대략적인 경향성을 파악할 수 있는 자기서사진단도구—서사분석형(16문항) 검사를 실행한다. 이 과정을 통해 2회기와 3회기의 활동을 결정한다. 먼저 2회기에서는 검사 결과 비교적 원래의 이야기를 잘 따라간 작품을 중심으로 상담을 진행하고, 3회기에서는 비교적 원래의 이야기를 잘 따라가지 않은 작품들을 중심으로 상담을 진행한다. 내담자가 받아들이기 쉬운 작품들에 대한 서사적 소통 시간을 가지고 난 후, 내담자가 내면화하기 어려운 작품들에 대한 소통을 시도하려는 전략이다.

이때에는 원래의 줄거리를 먼저 들려주고, 내담자가 선택한 전개의 이야기와 비교하여 공통점과 차이점에 대해 질문하고 답을 듣는다. 또는 어떤 지점이 마음에 들고, 어떤 지점이 마음에 들지 않았는지 간명한 형태의 질문을 던진다. 그러는 과정에서 내담자가 원래의 이야기를 능동적으로 감상하고, 자신이 선택한 이야기와 비교하며 스스로 서사를 분석할 수 있도록 유도한다.

이러한 2~3회기는 투사적 검사(projective test)의 의도에 부합하는 과정으로 내담자의 다양한 반응이 도출될 수 있는 장점을 지닌다.[8] 작품의 줄거리를

---

8 투사적 검사는 검사 자극이 모호할수록 자극을 인지적으로 해석하는 과정에 개인의 욕구, 갈등, 성격과 같은 심리적 특성의 영향이 강하게 포함된다는 전제하에서, 비구조적인 검사 과제를 통해 개인의 독특성을 최대한 이끌어내려는 목적을 가진 검사 방법이다. (최정윤 저, 『심리검사

다시 제공하고 그에 대하여 자유롭게 이야기하는 여건을 마련해주는 등 문학치료사의 개입을 최소화하는 것이 특징이다. 내담자가 가능한 한 자유롭게 반응하도록 허용하여 평소에 의식화되지 않았던 사고나 감정이 도출될 수 있도록 하는 기법이다.

그리고 보다 정밀하게 자기서사를 분석해내기 위하여 1회기의 분석 결과를 바탕으로 2회기의 반응 탐색 결과와 견주는 작업이 필요하다. 자기서사진단 검사 시에 모든 분기점에서 원래의 서사 경로를 선택하였다 하더라도, 그 작품서사에 대해 완전한 이해하고 있다고 판단하기 어렵기 때문이다. 그녀가 보여준 2~3회기 때의 반응은 작품서사에 대한 이해도를 확인하는 데에 중요한 정보가 된다.

4회기에는 2~3회기 때 탐색된 정보들을 바탕으로, 내담자가 누락시키고 있거나, 왜곡하여 기억하고 있는 작품서사의 의미들을 전달한다. 이해의 개선을 도모하는 과정으로, 교육하는 방식이 아닌 정보를 '전달'하는 태도로 구비설화의 줄거리와 서사적 의미를 상기시켜주고, 내담자가 중간 중간에 자유롭게 개입하여 감정을 토로할 수 있도록 허용한다. 텍스트를 제공하는 수준을 넘어 서사적 의미를 전달하기 때문에, 이 회기는 내담자가 수용하기 어려워하는 지점이 무엇인지 극명하게 드러나기도 한다. 내담자가 가장 이해하기 어려워하는 작품서사가 무엇인지 파악된다는 것으로, 결국 그의 취약점을 드러나게 할 수 있다는 것이다.

마지막으로 5회기에는 문학치료 활동을 마감하면서 소감을 밝히는 시간을 가진다. 이 회기에는 내담자의 작품에 대한 언급에 주의하면서 반응을 살펴야 한다. 한 달여에 걸쳐 16개의 구비설화를 소화한 후 그의 내면에 강한 자극을 남긴 작품서사가 무엇인지 파악되면, 그의 자기서사와 통합되거나 여전히 충돌하고 있는 지점이 무엇인지 이해하기 용이하다.

의 이해』 제2판, 시그마프레스, 2010, 6~7면.)

2. 사례 1: 부모밀치기서사와 죄의식[9]

(1) 가족 부양과 자아실현 사이에서 고민하는 탈북여성B

	상담 유형	대상	한국입국	참여 기간	프로그램	회차
1	개인	탈북여성B (1989년생)	2008년 입국	2013년 1~2월, 2013년 5월 21일 사후 검사	자기서사진단도구를 활용한 문학치료	5회기

필자가 진행한 탈북민 대상 문학치료 활동의 첫 대상은 탈북여성B였다. 그녀는 1989년생으로 2013년 당시 서울 소재 대학교에 재학 중이었다. 유년시절 고난의 행군시기를 경험하고, 어린 몸으로 가족 부양을 책임지다가 돌연 집을 나와 중국을 거쳐 2008년 한국으로 입국하였다. 탈북시기를 뚜렷히 밝히지 않았으나, 3년 간 중국에서 생활한 것으로 말했다. 잘 먹지도 못하고, 어머니 대신 중국 등짐장사를 하느라 키가 매우 작았는데, 중국에서 생활한 지 한 달 만에 30cm가 자랐다는 그녀의 말이 기억에 남는다.

2013년 당시 20대 초반이었던 탈북여성B는 정부의 지원으로 대학생활을 유지하고, 부가적으로 아르바이트를 하고 지냈다. 목돈을 모으면 북에 있는 가족들을 도왔다. 그녀는 늘 가족 부양과 자아실현의 문제를 두고 내적 갈등을 겪었고, 힘들어하였다. 솔직한 감정 표현과 강인한 생활력이 그녀의 특장이었고, 권력과 재력에 대한 관심이 많았으며 강자에게 유리한 인간사회의 한계점에 대해 절감하는 특징이 있었다.

탈북여성B에게 적용된 문학치료 활동은 약 일주일 씩 격차를 두고 5주간 진행한 총 5회기의 정규과정과 그로부터 한 달 뒤의 자기서사진단도구 재검사 실행과정까지 포함된다. 앞서 설명한 바와 같이 이 연구는 구비설화의 작품서사에

---

9   이 장에 해당하는 글은 박재인, 「탈북여성의 부모밀치기서사 성향과 죄의식」, 『구비문학연구』 39, 한국구비문학회, 2014, 73-114면.을 수정 보완한 것이다.

대한 이해가 인간 사회를 인지하는 능력 및 인간 문제를 풀어가는 능력과 직결된다고 보고, 16개 작품서사에 대한 탈북여성B의 이해 방식을 주목하였다. 이 5회기의 정규과정 및 재검사 실행 과정은 모두 작품서사에 대한 그녀의 이해 방식을 이해하는 데에 정보를 제공해주었다.

이와 같은 정규과정을 거친 후에 탈북여성B는 2차 문학치료 과정에 참여하기로 자진하였다. 그래서 2차 과정을 설계하기 위하여 자기서사진단도구의 재검을 실행하였다. 앞과 동일한 16개의 구비설화를 활용하여 다른 검사 방식으로 자기서사를 진단하였다. 상세한 검토를 위하여 각 작품서사에 대한 그녀의 느낌을 드러내게 하는 정서반응형 검사를 실행하고, 이어 16개의 구비설화 줄거리를 얼마나 잘 기억하고 있는지를 드러내게 하는 기억진술형 검사를 실행하였다.

여기에 담은 내용은 탈북여성을 대상으로 한 문학치료 프로그램의 결과를 보고한 필자의 두 번째 논의로,[10] 특별히 탈북여성B의 자녀서사에 초점을 맞추어 그 진단과 치료과정을 논하고자 한다. 자녀서사는 서사의 주체가 '순응(順應)'의 방식으로 대해야 하는 존재와의 관계에서 운용되는 서사인데,[11] 사람은 태어나면서부터 수많은 법칙과 규점에 응하며 살아갈 수밖에 없기 때문에 가장 기초에 해당하는 서사영역이라 할 수 있다.

그런데 탈북여성B는 자녀서사영역 작품들의 일부를 강하게 거부하는 반응을 보이는 특성을 드러내었다. 그녀가 거부반응을 보이는 지점들에는 유사한 패턴이 발견되었는데, 이는 그녀가 자녀서사영역에서 나쁜 부모를 감싸고 포용하는

---

10 첫 번째 논문에서는 탈북여성B가 가장 잘 이해한 작품 〈호랑이 눈썹〉과 가장 이해하기 어려워한 작품 〈역적 누명과 회초리〉를 중심으로 자기서사의 특성을 분석하였다. 그 결과, 그녀의 자기서사가 지닌 취약점은 '(현상적인) 이별은 곧 관계의 단절', '대상의 거절-분노-복수'라는 서사에 고립되어 있어 다른 경로의 서사를 외면하고 있다는 것이었다. 그래서 이별을 고하거나, 구애를 거절한 대상을 포용할 수 있는 성숙한 자기서사로의 개선을 목표로 한 치료과정을 제시하면서, 그녀가 해당 작품서사를 이해하고 수용하는 변화지점을 제시하기도 하였다. (박재인, 「탈북여성B의 구비설화에 대한 이해 방식과 자기서사」, 『고전문학과 교육』 26, 한국고전문학회, 2013, 291-324면.)

11 순응의 대상은 부모, 스승, 상사를 넘어 몸담고 있는 사회체제 내지 인생살이의 이치까지도 포함될 수 있다.

문제에 취약한 부모밀치기서사 성향을 갖고 있다고 해석될 수 있었다. 이 문제는 그녀의 삶에서도 유사한 패턴을 드러내며 발견되었으며, 심지어 그 문제로 인한 죄의식이 그녀를 정서적으로 괴롭히고 있을 수 있다는 단서가 포착되기도 하였다.

(2) 자녀서사에 대한 탈북여성B의 이해 방식

이 프로그램에 활용된 자녀서사영역의 작품으로는 〈간 뺏길 뻔한 전처아들〉, 〈해와 달이 된 오누이〉, 〈내 복에 산다〉, 〈효불효다리〉가 있다.[12] 이 작품들은 모두 서사의 주체인 자녀가 부모의 부정적인 면을 직면하고, 부모와의 관계에서 위기를 어떠한 방식으로 해결해 가는지를 중심으로 구현되어 있으며, 모두 성공적인 결말로 마무리 되는 이야기들이다.

이 작품들에 대한 탈북여성B의 반응은 다음과 같은 특성을 드러내었다. 첫 번째 특징은 부모의 부정적인 면이 드러나는 서사적 전개를 비껴가는 경향성이 발견되었다는 점이다. 두 번째는 부모적인 존재의 악한 면을 직면하고 대응하여 성공하는 서사적 전개를 회피한다는 점이다. 세 번째, 자녀가 욕망에 흔들리는 부모를 감싸는 지점에 대해 거부하는 반응이 반복적으로 발견되었다는 특성이 있었다.

▶ 부모의 부정적인 면이 드러나는 서사적 전개를 회피하는 경향성

탈북여성B가 자녀서사영역의 작품들을 이해하는 방식에서 드러난 첫 번째 경향성은 특히 1회기의 자기서사진단 검사에서 자주 발견되었다. 아래와 같이 진

---

12 〈간 뺏길 뻔한 전처아들〉은 전처아들이 자신을 죽이려한 계모와 관계를 끊고 성공에 이르는 이야기이고, 〈해와 달이 된 오누이〉는 오누이가 어머니로 위장하여 자신들을 잡아 먹으려한 호랑이를 밀쳐내는 일에 성공하고 해와 달이 되었다는 이야기이다. 〈내 복에 산다〉는 셋째딸이 아버지에게 '내 복에 산다'고 말하여 쫓겨났다가, 정말 자신의 복으로 잘 살 수 있음을 입증한 후 아버지를 되찾아 성공하는 이야기이다. 그리고 〈효불효다리〉는 일곱 형제가 밤마다 냇가를 건너 외간 남자를 만나러 가는 어머니를 위해 돌다리를 만들고 북두칠성이 되었다는 이야기이다.

단지에서 〈간 뺏길 뻔한 전처아들〉의 (2)단락, 〈해와 달이 된 오누이〉의 (4)단락, 〈효불효다리〉의 (2)단락은 부모적 존재에 해당하는 인물들의 부정적인 면이 발각되는 장면이다. 그런데 탈북여성B는 부모의 부정적인 면이 발각되는 원래의 전개 방향과 다른 방향으로 전개되는 장면을 선택하는 경향이 있었다.

〈간 뺏길 뻔한 전처아들〉

(1) 한 남자가 아내와 함께 아들 하나를 낳아 길렀는데 아내가 죽자 새로 아내를 얻었는데, 후처가 아들을 낳게 되었다.

(2-1) 후처는 병이 나서 죽게 되었다.

(2-2) 후처는 전처의 아들과 자신의 아들을 한 방에 놓고 같이 길렀다.
(B의 선택)

(2-3) 후처는 꾀병을 부리며 전처 아들의 간을 먹어야 한다고 하였다.

(2-4) 앞의 세 가지 가운데는 마음에 드는 것이 없다.

〈해와 달이 된 오누이〉

(3) 호랑이가 젖을 먹이는 척하면서 아기를 잡아 먹어버렸는데, 그 소리를 듣고 오누이가 호랑이에게 무엇을 먹느냐고 물었다. 호랑이는 부잣집에서 얻은 밤을 먹는다고 하였다.

(4-1) 낌새를 알아차린 오누이는 똥이 마렵다는 핑계를 대고 나와서 마당에 있는 느티나무 꼭대기로 올라갔다.

(4-2) 오누이는 우리들도 배가 고프다며 먹을 것을 달라고 하였으나
주지 않자 먹을 것을 찾으러 돌아다니다가 마당의 느티나무에
올라갔다. (B의 선택)

(4-3) 오누이는 심심해지자 밖으로 나가 마당에 있는 느티나무에 올라가 놀았다.

(4-4) 앞의 세 가지 가운데는 마음에 드는 것이 없다.

〈효불효다리〉

(1) 아들 칠형제를 데리고 사는 홀어머니가 아들들이 잠이 들면 살그머니 나가서 새벽이 되어야 돌아왔는데, 항상 치마 끝이 젖어 있는 것이었다.

(2-1) 아들들은 걱정이 되어서 어머니에게 밤에 다니시지 말라고 당부하였다.

(2-2) 아들들은 어머니가 칠형제를 먹여 살리기 위해 매일 밤 고기를 잡으러 나간다고 생각하였다. (B의 선택)

(2-3) 아들들은 밤에 나가는 어머니를 따라가 보았는데, 어머니는 시냇물 건너 마을에 사는 영감을 만나러 다닌 사실을 알게 되었다.

(2-4) 앞의 세 가지 가운데는 마음에 드는 것이 없다.

〈간 뺏길 뻔한 전처아들〉에서는 원래의 전개인 '(2-3) 후처는 꾀병을 부리며 전처 아들의 간을 먹어야 한다고 하였다.'가 아닌, '(2-2) 후처는 전처의 아들과 자신의 아들을 한 방에 놓고 같이 길렀다.'를 선택하였다. 후처가 전처아들을 배척하는 장면이 아닌, 친자식과 구분짓지 않고 양육하는 장면을 선택한 것이다.

> 탈북여성B: 제가 2번을 고른 이유가, 그래도 엄마니까. 전처의 자식이든, 그 전전처의 자식이든, 같은, 자기 아들도 있으니까, 전처 자식도 같은 아들로 생각하고, 길러주지 않았을까.[13]

2회기에서 그녀는 위와 같이 말하며, 계모가 전처자식에게 덕행을 발휘하기를 기대하는 마음을 드러내기도 하였다. 기왕의 연구에서 악한 계모의 등장을 전승자들의 불만과 우려를 반영한 형상으로 분석한 바 있는데, 이를 테면 여성들이 일반적으로 자신의 남편이 자기 이외의 여성과 애정을 주고받는 상황에 대한 불안감을 의미한다고 하였다.[14] 이러한 관점은 자녀-부모의 관계에도 적용될 수

---

13 탈북여성B의 문학치료 2회기 녹취본(2013.01.20.)

있다. 자녀의 위치에서 부모를 바라볼 때 부모가 다른 이성과 긴밀한 애정관계를 맺어갈 때 발생하는 자녀의 불안, 혼란 등이 이러한 계모의 형상과 관련된다는 것이다. 이렇게 보면 계모의 악행으로부터 극복하고 성공하는 이 설화의 서사는 자녀로서 부모를 대할 때 심리적 분리와 물리적 독립에 대한 사람의 세계관을 진단해 낼 수 있는 지표로 충분한 요건을 가지고 있다.

그리고 그녀는 〈해와 달이 된 오누이〉에서는 원래의 전개인, '(4-1) 낌새를 알아차린 오누이는 똥이 마렵다는 핑계를 대고 나와서 마당에 있는 느티나무 꼭대기로 올라갔다.'가 아닌, '(4-2) 오누이는 우리들도 배가 고프다며 먹을 것을 달라고 하였으나 주지 않자 먹을 것을 찾으러 돌아다니다가 마당의 느티나무에 올라갔다.'를 선택하였다. 호랑이가 아기를 잡아먹었다는 점에서 이제 곧 오누이 역시 잡아먹을 것을 예상할 수 있다. 그녀가 (4-2)를 선택하였다는 것은 호랑이의 포악성이 곧 자신들에게까지 미칠 것이라는 의구심이 배제된 방향으로 전개되는 서사를 선호했다는 의미이다. 먹을 것을 주지 않았다는 점 보단 막내를 잡아먹었다는 장면이 더욱 호랑이의 잔인성을 드러내고 있으므로, B는 그것에 비껴가는 방향으로 선택하였다는 것이다.

〈효불효다리〉에서 역시 원래의 전개인 '(2-3) 아들들은 밤에 나가는 어머니를 따라가 보았는데, 어머니는 시냇물 건너 마을에 사는 영감을 만나러 다닌 사실을 알게 되었다.'가 아닌, '(2-2) 아들들은 어머니가 칠형제를 먹여 살리기 위해 매일 밤 물고기를 잡으러 나간다고 생각하였다.'를 선택하였다. 어머니가 밤마다 치맛자락이 젖어서 돌아온 까닭은 자신의 욕망을 채우기 위해서가 아닌, 밤에도 자식들을 위해 양식을 마련하러 고생하고 있다는 서사적 전개를 선택한 것이다.

위와 같이 그녀는 부모의 부정적인 면이 발각되는 장면으로 이어지는 원래의 서사적 전개를 비껴가는 경향이 있었다. 부모가 자녀에게 부정적인 존재일 수 있다는 의구심이 반영된 원래의 서사적 전개보다도, 여전히 자녀들을 위해 희생

---

14 이인경, 『화자의 개성과 설화의 변이』, 서울대학교 석사학위논문, 1992, 97-100면.

하는 존재로 그려지는 이야기를 더 선호하는 것으로 보인다. 이러한 이해 방식을 통해 그녀가 부모에게 기대하는 바를 이해할 수 있었으며, 부모가 자녀들을 위해서 희생만 할 수 없는 불완전한 존재라는 진실을 받아들이기 힘들어 한다고 추측된다.

▶ 부모의 악한 면을 직면하고 대응하여 성공하는 서사적 전개를 회피하는 특성
탈북여성B의 또 다른 특성은 부모적 존재의 악한 면을 직면하기를 회피하면서, 이 문제에 대응하지 못하고 좌절하는 이야기가 더 현실적이라고 느낀다는 점이었다. 이는 〈해와 달이 된 오누이〉를 이해하는 방식에서 드러났다.
〈해와 달이 된 오누이〉에 대해서는 어머니로 위장한 호랑이의 위협으로부터 극복하는 서사적 전개를 거부하는 반응을 보였다. 그녀는 자신이 이 설화를 이미 알고 있었는데, 오누이가 호랑이에게 잡혀먹힌 결말로 기억하고 있다고 말했다.

> 탈북여성B: 당신은 엄마가 아니에요. 엄마 맞아 하고, 손 내 보여줘라 그러니
> 까, 호랑이 손이니까, 이건 엄마 손이 아니에요 이러니까, 호랑이
> 가 화가 나서 문을 뜯고 들어간. 거기에서 잡아먹힌 이야기로 기억
> 이 나가지고, 그래서 이것도 그냥 먹히지 않았을까.[15]

그리고 그녀는 원래의 서사적 전개가 비현실적이라며 거부하는 반응을 보였다. 그녀는 특히 오누이가 호랑이로부터 피신하고, 하늘에 의해 구원되는 과정에 대해서 잘 수용하지 않았다.

> 탈북여성B: 그냥 느낌에 찍었어요. 이렇지 않을까. 만약에 동생이 도끼로
> 찍고 올라갔다고 이야기를 했잖아요. 호랑이도 도끼로 찍고 올라갔
> 으니까 잡아 먹히지 않았을까. 호랑이 되게 올라가는 시간이 빠르

---

15 탈북여성B의 문학치료 3회기 녹취본(2013.01.27.)

잖아요. 하늘에 소원 비는 시간이면 능히 잡아 먹히지 않았을까. 그냥 상상과 추측으로?[16]

연구자: 좀 마음에 들지 않는다거나, 이상했던 부분이 있을까?
탈북여성B: 해와 달이 되는 거요. 어떻게 인간이 죽어서 해와 달이 될까요? 저는 기독교라서, 해와 달은 하나님이 만드셨으니까. 사람이 죽어서 해와 달이 됐을라면, 이건 또 눈물나게 그런 동화도 아니고. 그냥 낌새를 알아채고 느티나무에 올라가서, 헌 동아줄이고, 새 동아줄이고 해서 올라가서 해와 달이 되었다는 것은 이건 말이 안 되는 것 같아요.[17]

이처럼 그녀는 하늘의 힘으로 호랑이의 위협으로부터 구원되는 과정을 받아들이지 않고, 현실성을 거론하며 그 구원이 불가능하다고 지적하였다. 그리고 오누이가 하늘이 내려준 동아줄을 타고 가서 해와 달이 되었다는 장면에 대해서는 종교적인 신념을 근거로 부인하였다. 이와 같은 반응은 설화의 함축적인 문학적 전략을 이해하지 못하였기 때문이거나, 혹은 북한에서 교육받은 문학사관의 영향으로 리얼리티를 추구하는 경향성이 드러난 반응일 수도 있다.
원래의 이야기에 대해서는 리얼리티를 근거로 거부한 반면, 자신이 선택한 비극적 결말의 이야기에 대해서는 심화된 해석을 하고 있었다. 호랑이를 사회적 강자로 보며, 설화의 함축적 의미를 우리 삶의 현실 문제에 적용하며 해석하고 있었다.

탈북여성B: 비유를 한다면 사회에서 약자는 힘 센 자한테 어차피 먹히게 돼있으니까, 힘 센 자는 약한 자를 잡아먹거나 죽일 것이고. 왠지 그런 의미가 있지 않나. 이런 동화를 만들어 낸 사람도 거기에

---

16 탈북여성B의 문학치료 3회기 녹취본(2013.01.27.)
17 탈북여성B의 문학치료 3회기 녹취본(2013.01.27.)

비유를 해서 만들지 않았나.[18]

그녀는 사회에서 약자는 힘 센 자에게 '어차피' 잡아먹힐 수밖에 없다, 힘 센 자는 약한 자를 죽일 것이라고 하였다. 호랑이와 오누이의 관계를 사회적 강자와 약자의 관계로 치환하여 이해하고 있었는데, 여기에서 말한 강자와 약자의 관계에 대한 논리와 그녀가 기억하고 있는 비극적인 〈해와 달이 된 오누이〉와 동일했다. 강자는 포악스럽게 약자를 억압하고, 약자를 위협하면서 무도한 방식으로 자기 욕망을 채울 것이고, 약자는 처참히 희생당할 수밖에 없다는 인간관계의 논리가 공통적으로 반영된 것이다.

〈해와 달이 된 오누이〉의 '호랑이' 형상에 관해서 심리학적 관점에 따른 분석 연구들은 어머니의 한 측면으로 이해하기도 하였다. 선행 연구들은 어머니의 무의식에 도사리고 있는 파괴적 본능의 발현 등으로 보고, 호랑이를 물리치고 해와 달이 되는 오누이를 '자기실현의 과정'이나 '독립된 주체화의 과정'으로 해석해 본 연구가 지향하는 설화 해석의 기반이 되었다.[19] 이러한 기본 관점에 비하여, 실제 탈북여성B는 호랑이와 오누이의 관계를 '어머니와 자식'에서 '사회와 자아'의 관계로 확대하여 이해하고 있는 면이 새롭게 드러났는데, 이러한 해석 역시도 세상의 (포악한) 권위에 대응하는 자아의 모습으로 자녀서사영역에서 고려되어야 할 중요한 지점으로 보인다.

그녀는 설화들을 접하면서 설화 속의 판타지들을 좋아한다고 한 바 있다. 여우가 사람이 되고, 호랑이 눈썹으로 보면 사람이 닭으로 보이는 등 설화의 전기적 요소들을 즐겁게 받아들이는 경향이 있었기 때문에 그녀가 극복형 이야기를 비현실적이라고 거부한 지점에는 다른 이유가 있을 가능성이 있다. 오히려 위에서 말한 강자의 횡포에 약자는 희생당할 수밖에 없다는 서사적 논리가 그녀의 내면

---

18 탈북여성B의 문학치료 3회기 녹취본(2013.01.27.)
19 이부영, 『한국민담의 심층분석』, 집문당, 1995, 108-132면; 노제운, 「해와 달이 된 오누이에 나타난 변형된 모성, 나르시시즘적 욕망」, 『어문논집』 47, 민족어문학회, 2003, 289-326면.

에 강하게 자리 잡혀 있어서, 원래의 극복형 서사적 전개를 거부하는 것일 가능성이 있다.

▶ 자녀가 욕망에 흔들리는 부모를 감싸는 지점에 대해 거부하는 반응
그녀의 자녀서사영역 설화들에 대한 이해방식에서 드러난 세 번째 특징은 자녀가 부모의 잘못을 덮어주고 감싸는 지점에 대해 거부한다는 점이었다.
첫 번째, 〈간 뺏길 뻔한 전처아들〉에 대한 반응이다.

> 탈북여성B: 이게 6번에 6-3인가요? 고향에 간 전처 아들은 과거에 아무
> 일도 없었던 듯이 모른 척하고 지냈다. 아, 이거는 말이 안 되는
> 거 같아요.(웃음) 계모가 자기 간을 빼서 먹으려고 그 어떻게 아무
> 일도 없었던 듯이 지나갈 수 있겠어요. 저라면 죽여 버렸을 꺼
> 같아요.(웃음) 이걸 보고는 이 내용이 안 좋았어요. 저는 이게.
> 연구자: 이게 불쾌했어?
> 탈북여성B: 네. 왜 이걸 죽이거나 복수를 안 하고 가만히 놔두지? 그런 생각
> 이 많았어요.
> 연구자: 왜 참아야되지?
> 탈북여성B: 예, 그렇죠. 그 분노를 터뜨리고. 사람의 간을 먹는 것은 살인인
> 데, 그 살인 죄인을 어떻게 (웃음). 다스려야죠.
> 연구자: 맞어. ○○이에게 가장 불쾌하게 했던 구절은 여기였구나.
> 탈북여성B: 예, 이게 좀 안 좋았어요.[20]

이 작품의 줄거리는 자신의 간을 빼앗으려한 계모로부터 도망쳐 나와 성공한 후 고향에 돌아와, 계모는 엄히 벌하고, 아버지와 자신을 살려준 백정부부를 모셔다가 잘 살았다는 것이다. 1회기의 자기서사진단검사에서는 이야기의 결말을 서로 다른 방향으로 전개되는 서사들을 제공하였는데, 탈북여성B는 원래의 줄거

---

20 탈북여성B의 문학치료 2회기 녹취본(2013.01.20.)

리에 해당하는 '(6-2) 전처 아들은 계모의 죄를 엄하게 다스리고 아버지와 백정 내외를 모셔다가 잘 살았다.'를 선택하였다. 그런데 2회기 때 그녀는 '(6-3) 고향에 간 전처 아들은 과거에 아무 일도 없었던 듯이 모른 척하고 지냈다.' 문항이 마음에 들지 않는다고.불쾌한 반응을 보였다. '저라면 죽여 버렸을 꺼 같아요.'[21] 라며 계모의 죄를 묵인하는 서사적 전개를 마음에 들지 않았다고 하였다. 계모의 죄를 묵인한 채 살아가는 이야기보다 악한 계모를 처벌하는 원래의 이야기를 더 선호하는 편이었다.

〈내 복에 산다〉의 경우, 자신이 원래 알고 있었던 이야기라고 하면서 셋째딸이 자기를 내쫓은 부모를 다시 모시고 와 사는 지점이 마음에 들지 않는다고 하였다.

> 연구자: 아까 앞에서 이야기 했듯이, 그냥 이건 좋았고, 이건 싫었고. 머 이런 식으로 이야기해도 돼. 자유롭게.
> 탈북여성B: 네. 아빠가 왜 딸을 내쫓았을까.(웃음)
> 연구자: 왜 딸을 내쫓았을까.
> 탈북여성B: 예. 내 복에 내가 산다는데, 아빠가 부자고, 엄마가 부자끼리 만나서 결혼을 해서 애들이 태어났으면, 그게 자기 복이 아닌가요? (웃음) 그렇게 이야기를 했는데, 왜 아빠가 딸을 쫓았을까? 그런 생각이 들었고요. 딸을 쫓았는데, 왜 이 딸이 부자가 되었을 때 쫓겨난 부모를, 자기를 쫓아낸 부모를 왜 데려다가 같이 잘 살았을까. 자식이라서? 그런 생각이 들었어요. 머 물론 자식은 부모를 모셔야 되긴 하지만. 저는 조금 냉정해가지고 (웃음)[22]

그녀는 누구 복에 사느냐는 질문에 내 복에 산다고 말한 대답한 셋째딸을 쫓아낸 아버지를 부당하다고 보면서, 셋째딸이 아버지를 모셔오는 지점이 잘 받아들

---

21 탈북여성B의 문학치료 2회기 녹취본(2013.01.20.)
22 탈북여성B의 문학치료 2회기 녹취본(2013.01.20.)

여지지 않는다고 하였다. 그리고 이 이야기에서 셋째딸은 아버지를 되찾기 위해 백일 동안 거지잔치를 열었는데, 이에 대해서도 마음에 들어 하지 않았다. "머한 달만 하게 되면 그 소문이, 천리만리를 가겠는데, 왜 굳이 백 일을 했을까. 그 얼마나 많이 나가겠어요. 돈은 얼마나 또 나가고, 버는 건 없겠는데. 신기한 것보다는 좀 미련한 짓 같아 보였어요."라고 하였다.

탈북여성B는 이 설화를 접하면서 4회기에 이르자 자신의 부모를 언급하기 시작하였다. 연구자가 아버지를 되찾은 셋째딸에 대해서, 설사 아버지가 틀렸더라도 정말 내 덕에 살 수 있도록 아버지를 부양하는 지점이 이 이야기에서 중요한 부분이라고 하자, 다음과 같이 말했다.

> 탈북여성B: 착하네. 힘들지도 않는데, 참 씁쓸하네요. 그렇게 유쾌하지도 않고, 제가 아버지에 대한 기억이 안 좋거든요. 감동적이지도 않고, 와닿지도 않고. 혼자서 잘 살 수도 있었는데. 그냥 모르고 지나갈 수도 있지 않았을까.[23]

자신은 아버지에 대한 기억이 좋지 않다고 하면서 혼자서 잘 살 수도 있지 않았느냐고 하며, 셋째딸이 아버지를 거두는 태도를 수용하지 않았다. 그 이유에 대해서 베푼 만큼 돌아온다는 것이 자기한테는 통하지 않았다면서,[24] 또 다시 백일 간의 거지잔치에 대해서 "백일잔치까지 너무 길다. 정정 삼 개월 넘게. 재산이 다 거덜나겠네요. 얼만큼 벌어야 거덜나지 않을까. 여기서부터 경기도까지 오만 원짜리를 일 메타 쫙 쌓으면 될까요?"라고 하며, 부담스러움을 표현하였다.

연구자가 나를 버렸던 부모도 다시 거두고, 거지잔치를 열어 수많은 이들을 먹일 수 있는 인물이었기에, 우연히 황금을 발견해 부자가 될 수 있었던 것이다.

---

23 탈북여성B의 문학치료 4회기 녹취본(2013.02.09.)
24 저는 친구들 생일 다 챙겨요. 정작 제 생일 다 안와요. 걔네들이 안 챙겨주는데 다른 사람들이 생각해서. 나는 오만원어치를 해줬는데 십만원어치를 해주니까. 아 나가는 길 다르고 들어오는 길 다르구나. 남에 꺼를 얻어 먹으려면 내 꺼 열 개는 나가야 한다잖아요.

큰 부자가 되는 것과 남들에게 크게 베푸는 것 모두 셋째딸이 말한 '내 복에 산다'라고 생각된다고 말했다. 이에 그녀는 "팔자죠. 나는 어릴 적부터 주기만 해가지고, 받는 걸 못해봐서 그 기분이 어떤 건지 몰라요. 엄마가 와서 밥 해주고, 빨래해주면 좋을 꺼 같긴 한데요."라고 하였다. 그리고 셋째딸과 자신을 비교하며, 집에서 나오게 된 상황을 말했다.

> 탈북여성B: (손동작을 하며) 이게(가슴이) 넓네요. 나는 좀 또라이 쓰고 나왔는데. 이 여자는 다르네요. 굉장히 현대문명이 발전하다 보면은, 시집 갈 때 엄마 친구 딸들 보면 굉장히 잘 가요. 엄마들이 중국이랑 거래를 함으로써, 그릇도 그게 북한에서 스텐 그릇이라고, 언니도 알잖아요. 그걸 중국 백화점에서 사다가 시집갈 때 가져간단 말이에요. 그건 북한에서 굉장히 최고의. 예. 엄마가 굉장히 걱정을 하는 거예요. 나는 너를 어떻게 하냐. 제가 또라이에요. 나는 북한에 있을 애가 아닌데 뭐. 걱정하지 말라고. 엄마가 이 미쳤냐고, 어디 갈 꺼냐고. 나는 캐나다를 갈 꺼라고. 우리 엄마가 있다가 뒷통수를 한 대 때리고, 이년이 미쳤냐고 하던데. 그리고 한 삼 개월 만에 나왔어요. 근데 캐나다를 못 가고 대한민국에 있네요. (이제 갈 꺼야) 멋있네, 셋째딸.[25]

그녀는 북한에서 어머니 대신 밀매업을 하며 고생스러운 나날을 보내다가 탈북하게 되었는데, 아무 말 없이 집을 나온 기억을 떠올리며 셋째딸과 자신을 비교하였다. 그러면서 자신을 '또라이 쓰고 나왔다'고 하고, 셋째딸은 '멋있다'고 표현하였다. 셋째딸의 아량은 멋있지만, 자기는 감당하기 어렵다는 감정을 표현한 것으로 보인다.[26]

---

25 탈북여성B의 문학치료 4회기 녹취본(2013.02.09.)
26 기왕의 연구에서는 버림받은 딸이 아버지를 구원하는 맥락은 거부당하고 내쫓겼던 자식이 끝끝내 아버지에 대한 도리를 외면하지 않은, 희생적이고 헌신적인 여성 영웅이자, 지극한 효를

마지막으로 〈효불효다리〉에서는 보다 격하게 거부하는 반응을 보였다. 이 이야기에서는 냇가를 건너는 어머니를 위해 다리를 놓는 일에 대해 넷째가 우리가 왜 이렇게까지 해야 하느냐고 하니, 첫째가 어머니가 좋아하시는 일이라는 그저 하시도록 해 드리는 거라고 타이른다. 그리고 일곱 아들이 북두칠성이 되는데, 네 번째 별은 작고 희미하다며 이야기가 마무리 된다. 이에 대해서 탈북여성B는 넷째 아들에게 공감이 간다고 하였다.

> 탈북여성B: 네째의 심정도 저는 이해가 갑니다. (웃음) 어찌보면 엄마가 불륜인데.
> 연구자: 나도 그랬어. 이걸 내가 왜 도와주어야 하나. (웃음)
> 탈북여성B: 불륜인데, 자식된 도리로서는, 저라면 안 도와줬을꺼 같아요. 넷째의 심정이 충분히 이해가 됩니다. 왜 그랬는지. 아버지가 죽었던 간에 아니면 생이별을 했던 간에, 머. 예. 불륜. 매일 저녁 왔다 갔다하는 엄마가 싫었을꺼 같아요. 그래서 마지막에 중간에 반항을 하지 않았을까. (웃음) 왜 도와줘야 해 하는 그런 생각도 들긴 합니다.[27]

그녀는 어머니가 '좀 밝히는 여자 같이 보였'다면서 밤마다 왔다 갔다 하는 것은 불쾌한 반응을 보이다가, 얼마나 외로웠으면 그랬을까하고 이해하는 반응[28]

실천한 딸의 표본, 역설적 자시 실현 등으로 해석되어 왔다. (황인덕, 「〈내 복에 먹고 산다〉형 민담과 〈삼공본풀이〉 무가의 상관성」, 『어문연구』 18 , 어문연구학회, 1988, 125-126면. 김영희, 「"아버지의 딸"이기를 거부한 막내딸의 입사기(入社記) ―구전이야기 〈내 복에 산다〉를 중심으로―」, 『온지논집』 18, 2008, 379-427면.) 이후 이주여성의 생애와 관련시켜 한국과 베트남의 〈내 복에 산다〉형 민담을 비교하면서 그 문학치료적인 의미를 밝힌 연구도 있는데, 여기에서 '살아온 곳으로부터의 이주와 정착의 문제와 더불어, 기존의 연구성과를 결합하여 '아버지 구원을 통한 역설적 자기 실현'의 의미를 적용하면 탈북여성의 반응 분석을 심화할 수 있는 기반이 될 수 있다. (하은하, 「결혼 이주 여성의 자아존중감 강화를 위한 〈내 복에 산다〉형 설화의 문학치료적 의미: 베트남 설화집 『영남척괴열전』 소재 〈일야택전〉과 〈서과전〉을 중심으로」, 『구비문학연구』 33, 한국구비문학회, 2011, 227-264면.)
27 탈북여성B의 문학치료 3회기 녹취본(2013.01.27.)

도 보였다. 그리고 자신의 부모를 떠올리기도 했다. 그녀는 설화의 내용과 다른 데 왜 그런 생각이 떠오르는지 모르겠다며, 평소 활기가 넘쳐 밖에서 장사를 했던 어머니도 참 힘들었겠다, 또 어머니가 장사 때문에 몇 개월 간 집을 비운 사이 아버지는 얼마나 외로웠을까 하며 부모님의 노고가 생각난다고 말했다.

4회기 때는 더욱 상세하게 부모님에 대해 털어놓았다. 어머니가 장사 수완이 좋고 성격도 당차서 주변에 친하게 지내는 남자가 많았는데, 어릴 때는 그것이 좋아 보이지 않았고, 아버지가 좀 안쓰럽기도 하였다고 했다. 그렇지만 지금은 그것이 어머니가 장사를 잘하는 노하우였다고 평가하였다. 그러면서 다음과 같이 말했다.

> 탈북여성B: 그런데 엄마를 성격까지는 그게, 사업적인 수완까지는 조금 배웠는데, 사람들 관리하는 거를 못 배웠던거 같아요. 신뢰는 확실하게 준다고 생각하는데, 베푸는 걸 한다고 하죠. 엄마처럼 다 퍼주진 않죠. 엄마를 확실하게 데려다가 물어봐야겠네.[29]

어머니는 베푸는 방식으로 사람들과의 관계를 유지하면서 그것을 사업의 성과로 이끌었는데, 자신은 그 지점만은 못 배운 것 같다며, 어머니를 모시고 와서 물어보아야 하겠다고 말했다. 〈내 복에 산다〉에서 부모를 되찾아 오는 일을 부담스러워한 것과는 다른 반응이었다.

그러나 이내 곧 부모를 감싸는 지점에 대해서 강한 거부 반응을 보였다. 연구자는 그녀가 부모를 감싸는 방식에 대해 잘 수용하지 않다가 조금 열린 자세로 받아들이는 듯 싶어서, 〈내 복에 산다〉와 〈효불효다리〉에서 부모의 잘못을 덮어

---

28 탈북여성B: 밝힌다면 좀 오바긴 한데, 여자 나이는 젊었는데, 외롭고 젊었고, 남편은 없고, 일곱 아들만 있고, 근데 그게 자기 욕구는 채워지지 않고 하니까, 때마침 강 건너에 머 아저씨가 있었던 거 같아요. 대놓고 아저씨 집에 눌러가 앉고 살기는 너무 많은 욕을 먹을꺼 같고 하니까. 밤마다 간통(강조해서)을 하지 않았을까.(탈북여성B의 문학치료 3회기 녹취본(2013.01.27.))
29 탈북여성B의 문학치료 4회기 녹취본(2013.02.09.)

주고 감싸는 방식의 가치에 대해 말해 보았다.

> 연구자: 내 생각에, 항상 설화들을 읽으면, 그전에는 내가 맞다는 걸 증명해
> 내면 이기면 되는 줄 알았는데. 설화를 보면, 싸워서 이기는 게
> 이기는 것이 아니구나. 잘못을 덮어주고 북두칠성이 되는 거. 그게
> 정말 좋은 결과구나 라고 생각하기 시작했어. 특히 이 북두칠성이
> 되는 지점에서, 앞의 이야기들의 문제점을 보게 되었어. 사람이 그
> 럴 수 있구나, 누구나 욕망은 있지. 그럴 때 말없이 덮어주는 게,
> 탈북여성B: (말을 끊으며) 엄마를 이해하는 거. 그냥 배제해도 되지 않아요?
> 이해 안 되는 걸 이해하려고 애를 쓰면 오히려 더 다칠 꺼 같은데.
> 이 이야기를 들으니까 멘붕이 되네요. 머리가 헤롱헤롱 되네요. 지
> 금 기억이 싹 안나고. (언성이 높아지며) 헤머가 빡 친거 같네요.
> 아 뭐, 그런 욕망은 이해가 되요. 아빠가 외롭고. 이해가 안 되는
> 부분이 뭔지를 지금 찝어 못내겠어요. 멘붕이 와요, 거기서. 왜 이러
> 지. 그런 거 있잖아요. 성적 욕망, 돈의 욕망이던 야망이던. 엄마가
> 성적인 욕망을 가진 데까지만 이해하는 데까지만 해도 되지 않았을
> 까. 뭐 물에 돌다리가 되어주고. 그냥 이해만. 그게 이해가 안 가요.[30]

그러자 그녀는 어머니가 욕망을 가진 데까지만 이해하고 싶지, 돌다리가 되어
주는 것까지는 받아들여지지 않는다고 하였다. 그러면서 '멘붕', '헤롱헤롱', '헤
머가 빡 친 거 같다'와 같은 표현으로, 혼란스러움을 드러내었다. 부모 역시 욕망
을 지닌 존재이고, 자식 생각보다 그 욕망을 추구하는 일이 앞설 때도 있다는
사실은 이해하고 받아들이지만, 그러한 부모를 감싸는 지점은 그녀에게 잘 수용
되지 않았던 것이다.

〈효불효다리〉는 일곱아들이 다리를 놓아드리는 행위는 어머니에게는 효이고,
돌아가신 아버지에게는 불효라는 의미로 해석되어오곤 하였으나, 이에 대해서

---

30 탈북여성B의 문학치료 4회기 녹취본(2013.02.09.)

장덕순은 불사이부(不事二夫)의 유교적 교훈과 관습에 대한 불효인 것이라고 그 순응의 대상을 정밀화한 분석을 주장하기도 하고[31], 보다 현대적 현실에 적용하여 한부모의 자녀로서 부모의 이성관계에 대한 이해의 편폭으로 그 순응의 최고치로 분석한 주장도 있었다.[32] 본 연구는 세상의 큰 틀인 이념이나 도덕에 대한 불효를 넘어서서, 실제적인 어머니를 대하는 방식에 주목하였으며, 이는 현실의 우리에게 '욕망 앞에 나약하게 흔들리는 부모' 내지 '자식의 안위보다는 욕망을 앞세운 부모'로 초점화하여 자식과 부모의 관계에 대한 내담자의 성향을 파악하려고 했다.

이처럼 그녀는 자녀를 죽이려 했던 부모를 용서하거나, 자녀를 버린 부모를 되찾기 위해 많은 돈을 써야 하거나, 부모의 성적 욕망을 위해 수고를 아끼지 않는 원래의 서사적 전개를 거부하는 특성이 있었다. 그녀가 거부한 장면들에서 자녀들은 공통적으로 욕망을 앞세운 부모를 위해 희생하고 있었다. 초반에 그녀는 자녀보다 자신의 욕망을 앞세운 부모에 거부감을 표했으나, 나중에는 부모가 그럴 수 있다고 받아들이는 데에까지는 수긍했다. 그러나 그러한 부모를 위해 자녀가 희생하는 서사적 전개까지는 받아들이기 힘들어 한 것이다. 앞서 제시한 그녀의 신체화 반응이 그 강도를 짐작하게 한다.

(3) 부모밀치기서사 성향과 실제 삶, 그리고 죄의식

여기에서는 앞서 정리한 자녀서사영역의 작품들을 이해하는 특성으로 그녀의 자녀서사를 추론해보고, 그와 긴밀히 연결된 그녀의 삶을 조망해보려고 한다. 그녀가 자녀서사영역의 작품들을 이해하는 방식에서 발견되는 특징은 (1)부모의 부정적인 면이 드러나는 장면을 회피하는 경향이 있으며, (2)부모의 악한 면을 직면하고 대응하여 성공하는 서사적 전개를 받아들이지 못한다는 점과, (3)욕망

---

31 장덕순, 『한국설화문학연구』, 서울대출판부, 1978, 129-131면.
32 김혜미, 「한부모의 이성 관계를 거부하는 아동에 대한 문학치료 사례 연구 ─설화에 대한 반응을 중심으로」, 『겨레어문학』 45, 2010, 5-35면.

을 앞세우는 부모를 포용하는 지점에 강한 거부감을 드러낸다는 것이었다. (1), (2), (3)은 서로 긴밀히 연결되어 그녀가 자녀로서 세상을 살아갈 때 작동되는 자녀서사의 특성을 드러낸다.

(1)은 부모 역시 사람이기에 불완전한 존재라는 진실을 외면하고 있는 그녀의 자녀서사 특징을 드러낸다. 그렇기에 그녀에게는 '부모란 모름지기 자식을 위해 희생하고 보호해 주어야 한다'는 의식이 고정되어 있으며, 그렇지 않을 때에는 부모를 부정하게 되고, 나쁜 부모가 된다. (2)는 권위를 지닌 대상의 횡포에 약자는 속수무책으로 당할 수밖에 없다는 논리가 그녀의 자녀서사를 장악하고 있다는 것을 의미한다. 이는 (1)과 관련되는데, 약자를 휩쓸어버리는 공포스러운 힘이 만연한 세상에서 자신을 완벽하게 보호해주지 못하는 부모는 나쁜 부모인 셈이다. (3)은 욕망을 앞세우는 부모에 의해 나의 행복이 흔들릴 수 있으니 배척해야 한다는 자녀서사의 특성을 드러낸다. 결국 그녀가 자녀적 존재로서 살아갈 때 우선적으로 작동되는 서사는 '약자를 휩쓸어버리는 공포스러운 힘이 만연한 세상에서 자신을 완벽하게 보호해주지 못하는 부모는 나쁜 부모이고, 자기 욕망을 앞세우는 부모에 의해 나의 행복이 흔들릴 수 있으니 배척해야 한다'는 논리를 띠고 있는 것이다.

▶ 그녀의 삶과 자기서사의 관련성

그녀의 자녀서사 특징과 실제 삶을 견주어 보기 위해 먼저 그녀가 토로한 북한에서의 삶을 요약해 보면 다음과 같다.

북한에서의 삶	■ 부유한 생활을 하였다가, 도적떼의 공격으로 한순간에 가난해지면서, 학교에서 교사와 학우들로부터 멸시를 받음. ■ 6.25때 사라진 할아버지 때문에 사상불순의 문제로 대학진학길이 막힘. 많이 배워서 성공하겠다는 의지도 좌절되면서, 이때부터 돈을 많이 가진 사람이 되어야겠다고 결심함. ■ 불법의 장사를 한 어머니로 인해 생활의 안정을 회복하기도 했지만, 감옥행을 면하기 위해 많은 돈을 바쳐야 했고, 생존환경은 급변함.

	■ 부모님과 관계가 매우 좋지 않았음. ■ 결국 더 이상 어머니가 장사를 할 수 없게 되자, 자신이 그 위험천만한 장사길로 내몰림. ■ 많은 돈을 만지게 되는 성취, 가정은 안정을 되찾아 갔지만, 나의 행복을 완전히 보장해주지 않음을 깨달음. ■ 도피 선택, 부모에게 말도 없이 도망침.

공포스러운 강자의 힘이 약자를 공격한다는 자녀서사는 돈과 권력이 없는 약자로서 생존권과 자율성을 박탈당했던 북한에서 삶에 대한 기억과 맞닿아 있다. 그러한 세상에서 자신을 지켜주지 못한 부모를 부정적으로 평가하는 자녀서사의 특성은 부모와 관계가 좋지 않았던 기억과 관련된다. 또한 그녀는 누구도 자신을 지켜주지 못하는 상황에서 돈과 권력의 힘을 인지하게 되고, 돈에 집착하게 되었다. 그러니까 국가나 부모가 자신을 보호해주지 못하는 결핍된 자리에 돈과 권력이라는 물질적 힘에 대한 신념으로 채워버린 것이다. 물신주의라는 부모적 존재(초자아)에 의존하는 방식의 삶을 선택하면서, 국가와 부모를 밀어버리게 된다. 결국 탈북을 결심한 것인데, 이는 나쁜 부모에 의해 나의 행복이 흔들릴 수 있으니 배척해야 한다는 논리의 자녀서사와 긴밀한 관련이 있다.

그리고 그녀의 자녀서사는 현재의 삶을 구현하고, 또한 그녀가 처한 현재의 환경은 그녀의 자녀서사에 영향을 미칠 수 있다. 그녀가 진술한 한국에서의 삶을 요약해 보면 다음과 같다.

한국에서의 삶	■ 생활은 호전되고, 대학에 진입하고, 중문과를 선택함. ■ 공부를 열심히 해서 사회적으로 성공하고 싶지만, 대학공부도 어렵고, 취업을 위한 준비도 벅참. ■ 돈맛이 들려 유흥업소로 빠진 하나원 동기들의 실패담. 돈을 얻어내기 위해서 유부남과 관계를 유지하는 친구 이야기. 잘 될 것이라고 예상했던 사람들이 실패함. ■ 돈과 권력의 야욕을 성취하기 위한 드라마나 영화들만 눈에 들어옴. 돈과 권력의 힘에 인간관계가 좌우된다고 믿음. 돈에 대한 집착 때문에 인간관계의 갈등이 잦음. ■ 아르바이트를 하며 북한으로 돈을 보내주긴 하지만, 아르바이트까지 하다간 취업 준비를 제대로 할 수 없어 관둠. ■ 큰병에 걸렸다는 어머니의 건강이 걱정됨. 최근에 중국에서 어머니를 만나기로 약속했으나, 생각보다 너무 많은 돈이 들어간다고 하고 한국 이모의 권유로 취소하고, 중국에

한국에 입국하면서 삶은 호전되었으나, 이 사회 역시 나의 행복을 보장해줄 수 없기에 물신주의의 자리가 바뀌지 않았다. 물질적 힘을 갖기 위해 더욱 노력해야 하지만, 하나같이 어렵기만 하였다. 돈의 힘에 휩쓸린 하나원 동기들은 유흥업소에서 빠져나오지 못했다. 그들이 성공할 것이라는 그녀의 예상과 기대는 좌절된 것이다.

그녀가 진술한 실패담에서 돈의 힘에 장악되어 자신의 자율성을 잠식당한 여인들은 마치 호랑이에게 떡 하나, 둘에서 시작되어 팔 한 쪽, 다리 한 쪽, 그리고 온 몸을 먹힌 어머니의 모습과 유사하고, 달콤한 유혹으로 그녀들을 타락시킨 돈의 횡포는 가장 인자한 모습으로 위장한 호랑이의 실체와 유사한 점이 있다. 그녀의 좌절형 자녀서사에서 오누이를 잡아먹는 포악한 힘의 실체는 돈과 권력 같은 물질적 힘일 수 있는데, 그렇게 보면 그녀가 느끼는 공포의 대상은 인간의 자율성을 박탈하는 돈의 힘이나 권력의 힘 그 자체일 수 있다.

결국 그녀는 자신의 생존권과 자율성을 위협하는 나쁜 부모(북한사회나 부모님)를 밀쳐내고, 나를 완벽하게 보호해줄 돈과 권력에 의존해 왔으나, 그 삶 역시도 생존권과 자율성을 위협하고 있었다. 누구나 원하고, 노력하면 큰돈을 가질 수 있는 자본주의 사회에서의 삶 역시도 녹록치 않았기 때문이다. 한국에서의 삶 역시도 그러하기 때문에, 그러한 자녀서사가 더욱 강화되고, 또 드라마나 영화만 눈에 들어오는 실정인 것이다.

이러한 자기서사는 현재적 문제를 야기하기도 한다. 그녀는 돈에 대한 집착 때문에 주변사람들과 자주 싸우게 된다고 하며, 자꾸 드러내지 않으려는 데도 잘 안 된다고 고백했다. 또한 탈북민이라는 이유로 한국남자와의 소개팅도 취소되는데, 이럴 바에야 자신이 탈북민인지, 한국인인지 구별하지 못하는 중국으로 가서 시집을 가겠다는 생각을 했다고 말했다. 한국사회를 밀어버리고, 그 기억하기도, 말하기도 싫은 중국으로 돌아가겠다는 것이다. 이렇게 갈팡질팡하는 지점은 (1)의 특성과 같이 부모적 존재에 대해 막연한 기대를 갖기도 하면서, 조금이라도 부정적인 면모가 발각되면 나쁜 부모로 평가하고 밀어버리는 자녀서사와 긴밀히 연결된다.

이처럼 부모밀치기 성향은 탈북 및 반복되는 이주 고려의 문제, 그리고 돈과 권력에 대한 맹신 등 생활 기반에서의 문제와 관련되었다. 그리고 그녀에게 '죄의식'을 남기는 문제를 야기하기도 하였다. '동생을 잡아먹는 꿈'을 꾸고 이 꿈이 무엇을 의미하는지 집착하는 그녀에게서 죄의식의 단서를 포착할 수 있었다. 부모를 건사할 책임을 그녀가 외면해버리면, 동생이 감수해야 할 것이기 때문이었다. 그러면서 자신은 동생에게 할 만큼 해주었다든가, 동생은 잘 먹어서 키가 엄청 크다는 등의 진술을 자주 하는 편이었는데, 이는 죄의식을 회피하고자 하는 방어기제로 짐작된다.

이 죄의식은 현재 눈에 띄는 문제를 보이고 있지 않으나, 죄의식이 자극받을 때마다 예민한 반응을 보이는 지점은 문제가 될 수 있다. 〈효불효다리〉의 부모를 감싸는 장면에서 강한 거부감을 보이며, 두통과 같은 신체화 증상을 호소하기도 하였는데, 이는 죄의식을 그녀 스스로 감당해내지 못해서 발생한 사태이자, 트라우마적 징후로 판단된다. 부모밀치기와 같은 선택들이 그녀의 행복을 보장해 준다면 별 무리 없는 인생을 꾸려 갈 수 있겠으나, 그러한 선택들로 인하여 죄의식에 휩싸이는 사태가 반복적으로 출현한다면 문제가 심각해질 수 있다. 사회적 생활에서 불시에 받는 자극에서 두통이나 두근거림을 경험하거나, 뚜렷한 근거 없이 갑자기 분노로 대응하는 사태가 벌어질 가능성이 있다.

가장 중요한 문제는 그녀에게 있어서 생존의 문제였던 '탈북'이라는 선택이 죄의식을 품게 한다는 점에 있다. 평범한 삶을 영위하면서도 지속적으로 북에 두고 온 가족들에 대한 죄의식을 품게 된다면 그녀는 스스로를 악하게 평가하여 자존감이 약화될 수 있기 때문이다. 자신의 행복을 위해 주변사람들을 외면한 드라마

주인공들에 대한 과도한 몰입이나 집착도 그녀의 죄의식으로부터 야기된 징후일 수 있다. 그러한 악인들의 성공가도를 보면서, 혹은 그러한 인간의 본능을 인정하면서 자신의 선택을 정당화하고자 하는 방어책일 수 있다는 것이다.

(4) 죄의식에 대한 치유 문제

현시점에 그녀에게 필요한 것은 그러한 죄의식으로부터 자유로워지는 일이라고 판단된다. 부모밀치기서사로부터의 해방은 곧 부모적 존재에 대한 막연한 기대를 해체하고, 인간은 누구나 자신의 욕망을 추구하는 삶을 살 권리가 있다는 점을 성숙하게 이해할 수 있게 할 것이라 본다. 그러한 깨달음이 부모님의 삶과 자신의 삶을 재평가하게 할 것이며, 현재 자신을 괴롭히는 죄의식으로부터 벗어나고, 자기 욕망을 앞세웠던 부모를 포용하는 '화해'를 가능하게 할 것이라 예상된다.

▶ 문학치료 성과

이러한 문제에 대한 이 문학치료 활동의 성과는 다음과 같다. 첫째는 자신의 욕망을 앞세운 부모에 대한 이해가 시작되었다는 점이다. 자녀서사영역에 해당하는 네 편의 설화들은 우리로 하여금 자녀로서 부모를 대할 때의 다양한 문제들을 인식하게 한다. 네 편의 설화들은 나를 죽이려한 어머니, 어머니로 위장한 위협적 존재, 나를 버린 아버지, 성욕에 정신 팔린 어머니를 보여주면서, 우리에게 부모적 존재가 자녀를 위험에 빠뜨리면서까지 자신의 욕망을 더 앞세울 수 있는 불완전한 존재라는 진실을 이해하게 한다.

애초에 탈북여성B가 1회기 자기서사진단검사에서 자신의 욕망을 더 앞세운 부모의 모습이 발각되는 장면을 비껴가는 선택을 하였다는 것은 당시 그녀에게 부모가 자녀들을 위해서 희생만 할 수 없는 불완전한 존재라는 진실이 내재화되어 있지 않았다는 점을 의미한다. 그런데 변화지점이 포착된다. 〈효불효다리〉에 대한 반응에서, 당시 아버지가 많이 외로웠겠다고 회고하고, 어머니도 힘들었겠다고 되돌아보면서, 그녀의 부모님 역시 삶에 힘겨워하는 불완전한 존재라는 진실을 받아들이기 시작하였다. 부모님의 불완전성에 대한 이해의 폭이 확장되었다는 것이다.

두 번째, 〈해와 달이 된 오누이〉에 대한 기억이 바뀌었다. 실제로 북한의 설화집에는 우리가 알고 있는 극복형 〈해와 달이 된 오누이〉가 수록되어 있다. 그리고 다른 탈북여성은 자기서사진단 검사에서 극복형을 선택하였다. 그러니까 좌절형 서사에 대한 그녀의 선택은 북한 지역 설화 전승 양상에 해당된다고 하기 어렵고, 북한 주민의 보편적 반응이라고 하기도 어렵다. 그러므로 좌절형 서사를 선택한 그녀의 특성이 그녀의 취약점과 관련될 수 있다.

〈해와 달이 된 오누이〉에 대한 이해 방식이 개선되었다는 증거가 확연히 드러난 것은 사후 검사 결과에서였다. 미리 제공된 16개의 설화 줄거리를 읽고 난 후, 16개의 설화 줄거리를 차례로 기술하는 기억진술형 검사를 실행한 결과, 그녀는 두 편의 설화는 아예 기억하지 못하였고, 5편 가량의 설화를 비교적 상세히 기억하고 있었다. 그중 〈해와 달이 된 오누이〉에 대한 기억은 비교적 상세한 편이었다.

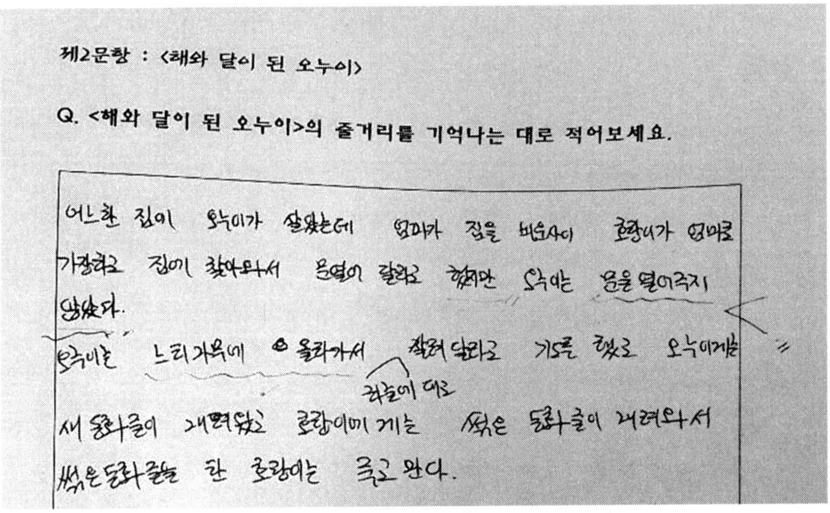

그림 7: 탈북여성B의 기억진술형 검사 결과

어느 한 집에 오누이가 살았는데 엄마가 입을 비운사이 호랑이가 엄마로
가장하고 집에 찾아와서 문열어 달라고 했지만 오누이는 문을 열어주지
않았다.
오누이는 느티나무에 올라가서 하늘에 대고 살려달라고 기도를 했고 오누
에게는 새 동화줄이 내려왔고 호랑이에게는 썩은 동화줄이 내려와서
썩은 동화줄을 탄 호랑이는 죽고만다.[33]

기억진술형 검사에서 눈에 띄는 지점은 그녀가 〈해와 달이 된 오누이〉를 좌절
형 서사에서 극복과 구원의 서사로 기억하기 시작하였다는 점이다. 정당한 소망
을 꿈꾼 오누이가 하늘의 동아줄로 구원되고, 반대로 호랑이는 죽게 되었다는
원래 서사의 큰 틀을 기억하고 있었다. 원래의 서사적 전개를 거부했던 경향성이
개선된 점이 확인되었다.

---

33 사후검사(기억진술형 진단검사) 결과(2013.05.21.)

그러나 미결된 사항도 발견되었다. "오누이는 문을 열어주지 않았다."는 진술은 원래의 서사에서 바꾼 장면이다. 문을 열어주지 않았다면 호랑이와 대면할 필요도 없고, 느티나무로 도망가는 장면으로 전개될 수도 없는 논리적 결함이 있다. 호랑이와 직면해야 포악한 호랑이의 정체를 확인하는 지점까지 나아갈 수 있는데, 아직 그녀의 내면에는 호랑이와 직면할 용기가 마련되지 않은 것으로 해석된다.

또한 이 기억진술형 검사에서는 탈북여성B가 마지막 장면을 기술하지 않았다. 줄거리를 요약한다는 것은 서사적 전개에서 중요하고, 중요하지 않음을 가리는 사고과정이 발생하는데, 그녀에게서 마지막 장면은 중요하게 여겨지지 않았던 것이다. 하늘이 내린 동아줄로부터 구원된 오누이가 스스로 세상의 어둠을 몰아내는 빛이 되었다는 것은 〈해와 달이 된 오누이〉가 자녀서사로서 지니는 가치가 고스란히 드러나는 지점이다. 오누이와 같이 부당한 권력으로부터 분리 독립에 성공해야 하는 근본적 이유는 오누이가 스스로의 성장을 이룩한다는, 그리고 그 자체가 세상을 지속시키는 희망의 표상이 된다는 점에 있다. 결국 건강한 순응의 결과가 마지막 장면에서 밝혀진다는 것인데, 탈북여성B는 아직 이러한 서사적 의미를 내재화하지 못한 것이다.

그럼에도 애초의 반응과 달리 〈해와 달이 된 오누이〉의 서사를 수용하기 시작한 면모가 발견되었다는 점은 고무적이라 할 수 있다. 그녀의 내면에 강력하게 작동하고 있었던 좌절형의 자녀서사가 무도한 강자의 횡포를 극복하고 구원되는 서사로의 길내기가 시작되었다는 증거가 포착되었기에, 문학치료를 실행한 소정의 성과라 할 수 있다.

▶ 향후 과제

탈북민들에게서 한국에서의 인간관계는 심리적 안정을 위해서 아주 중요한 사항이다. 이를 위해서도 애초의 문학치료 목표와 같이 그녀가 자유자재로 건강한 인간관계맺기를 성취할 수 있도록 그 활동은 지속되어야 하겠다. 이에 향후 문학치료 계획은 다음과 같다.

첫째, 부모적 존재에 대한 의존성에서 벗어나, 혼자서도 우뚝 설 수 있는 진정한 순응을 지향하게 해야 한다. 그녀는 지금까지 돈과 권력이 장악한 사회구조, 돈을 벌어오라고 사지로 내몬 부모에 순종하다가 탈출하는 방식을 택해왔다. 그러한 부모적 존재들에 순종하는 삶은 행복할 수 없다고 밀쳐내면서, 탈북 및 부모와 결별을 선택한 것이다. 그리고 이제는 돈, 권력과 같은 더 강한 힘에 순종하는 물신주의를 선택한 상태이다. 돈과 권력과 같은 더 강한 힘에 순종하는 것 또한 행복을 보장하지 않는다. 적응실패담, 취업에 대한 고민, 중국으로의 도피 생각, 인간관계 갈등 만연 등등이 이를 입증한다.

문제는 그녀가 순종하는 대상이 잘못되었다는 점에 있지 않고, 순응하지 않았다는 점에 있다. 다음은 자녀서사의 주안점 '순응(順應)'에 대한 설명이다.

> 그런데 여기서의 순응은 자포자기나 무기력이나 대처능력 상실과는 거리가 면 순응이다. 오히려 순천자(順天者)는 흥(興)하고 역천자(逆天者는) 망(亡) 한다고 할 때의 순응이다. 순응을 잘 해야 성인군자가 될 수가 있지, 순응을 잘 못하면 성인군자가 될 수 없다. 그러므로 순응을 분리독립과 반대 개념으로 사용하는 것도 잘못이며, 오히려 순응을 잘해야 분리독립도 잘 된다고 볼 일이다.[34]

위와 같이 '순응'의 지향점은 '하늘을 따르는 자는 흥하고, 하늘을 거스르는 자는 망한다'로 설명된다. 서사의 주체는 하늘의 뜻에 부합된 법칙과 규범에 순응하며, 그 여부로 순응의 결과를 감당한다는 것이다. 이러한 지향점을 바탕으로 자녀서사영역이 설정되고, 이에 부합한 작품들이 자녀서사로 선별된 것이다.

이로 볼 때 〈해와 달이 된 오누이〉가 지닌 강점은 자녀서사의 지향점을 고스란히 반영하였다는 데에 있다. 특히 호랑이는 죽이고 오누이를 구원한 하늘의

---

34 정운채, 「문학치료학의 서사이론」, 『문학치료연구』 9, 한국문학치료학회, 2008, 247-278면.

동아줄은 '하늘을 따르는 자는 흥하고, 하늘을 거스르는 자는 망한다'의 원리를 그대로 반영하고 있다. 〈해와 달이 된 오누이〉는 세상에 대한 긍정적인 신념을 확신시키면서, 그 힘으로 부당한 권력의 횡포로부터 분리 독립에 성공하는 건강한 순응의 방식을 제시하고 있다. 이러한 〈해와 달이 된 오누이〉의 서사가 내재화되었을 때, 물신주의에 순종하는 현재적 문제로부터 벗어날 수 있을 것으로 예상된다.

둘째, 그녀에게는 대상에 대한 포용력이 발휘되는 서사가 요구된다. 그녀에게 제공된 네 편의 설화들은 각각의 문제로부터 자녀들이 어떠한 방식으로 극복해 나가는지 보여준다. 〈간 뺏길 뻔한 전처 아들〉과 〈해와 달이 된 오누이〉는 나쁜 부모를 배척하여 성공하는 방식이고, 〈내 복에 산다〉와 〈효불효다리〉는 나쁜 부모를 포용하면서 성공하는 방식이다. 나쁜 부모와의 관계를 배척과 포용으로 구분하면, 배척하는 이야기에서는 나쁜 부모는 사라지고, 포용하는 이야기에서는 나쁜 부모와도 잘 산다. 이렇게 자녀서사영역의 설화들은 우리에게 나쁜 부모를 대하는 다양한 방식의 성공 사례를 보여주는 것이다.

그녀가 배척의 서사에 경도되어 있다는 것은 이 문학치료 활동에서 발견된 가장 큰 특징이었다. 나쁜 부모를 배척하지 않아도 잘 살 수 있다는 〈내 복의 산다〉나, 나쁜 부모를 포용할 때 더 잘 살 수 있다는 〈효불효다리〉의 서사는 그녀의 내면에 자리 잡지 못한 것이다. 이는 여태껏 많은 고난과 시련을 견뎌온 그녀가 마음의 벽을 세우고 힘들어 하고 있다는 것을 의미한다.

나쁜 부모를 배척하지 않아도 잘 살 수 있다는 서사적 힘은 자기 확신에서 비롯된다. 나쁜 부모를 포용할 때 더 잘 살 수 있다는 서사적 힘은 그러한 포용력이 나의 삶을 더욱 풍요롭게 할 것이라는 신념에서 비롯된다. 그러니까 그녀의 자녀서사는 바로 이러한 자기 확신과 포용력에 대한 신념이 결핍되어 나쁜 부모를 밀어내는 성향을 띠고 있다는 것이다. 끔찍했던 중국으로의 재이주를 고려하고, 동생을 잡아먹는 악몽을 잊지 못하고, 죄의식이 자극되면 신체화 반응을 일어나는 현재적 문제는 〈내 복에 산다〉와 〈효불효다리〉의 서사가 내재화되었을 때 해소될 수 있다. 무조건적인 희생과 포용을 구분하여 이해하고, 대상에 대한 포용 역시 결국 나를 위한 길임을 이해하고 실천할 수 있도록 이 서사들에 대한 이해가 강화되어야 할 것이다.

이러한 사항들을 염두에 둘 때, 그녀는 기왕에 제공되었던 구비설화들을 다시 읽고 이해하는 시간을 충분히 갖아야 할 필요가 있다. 그러나 반복적으로 불쾌감을 느끼고, 죄의식이 자극되도록 하는 치료방법은 역효과를 야기할 것이다. 이럴 때는 유사한 서사 구조를 띠면서도, 구비설화보다는 더 상세히 텍스트가 구성되어 있으면서, 장면화가 구체적으로 이루어진 다른 작품을 통해 문학치료를 구상하는 것도 방법이 될 수 있다. 그러한 작품으로는 〈심청전〉을 들 수 있다. 심청전은 '나약한 부모-고난-분리-성장-부모거두기'의 서사적 맥락을 보이면서도, 장면 장면이 구체적으로 구현되어 있어 서사로의 몰입을 쉽게 할 수 있다는 장점이 있다.

〈심청전〉에서 아버지가 삼천 석을 약속하는 장면은 자녀보다 욕망을 추구했던 부모의 실수에 해당한다. 아버지의 개안을 위해 심청이가 동해바다에 빠지는 지점은 나약한 부모로부터의 분리가 자의가 아닌, 아버지의 행복을 위한 행위로 제시되어 있기 때문에 탈북여성B의 죄의식을 덜 자극시킬 수 있다. 〈심청전〉의 후반부는 심청이가 왕의 아내로 우뚝 서고, 걸인잔치를 벌여 아버지를 불러들이고, 아버지가 개안한다는 심청이의 성공과정이 흥겹게 제시되어 있다. 〈내복에 산다〉에서 걸인잔치를 두고 100일이나 해야 하느냐며 경제적 부담감을 표현하였던 탈북여성B에게 부모를 거두는 일은 상당한 압박이었다. 그러나 왕의 아내가 된 심청이에게서 걸인잔치는 왕후로서, 국모로서의 아량과 인자함으로 받아들여지기 때문에, 그녀에게 긍정적으로 비춰질 수 있다. 가능한 영역 내에서의 타인에 대한 배려 및 포용력과 부담스러운 희생을 구분하여 인식하게 하는 계기가 될 수 있는 것이다. 또한 아버지가 스스로 자신을 찾아오게 하는 걸인잔치의 기능이, 아버지를 거두면서도 정당한 길로 인도하는 심청이의 순응의 태도임을 그녀가 이해하고 받아들이게 하는 데 효과적일 것이라 예상한다.

심청이가 왕의 아내이자, 나라의 어머니가 되는 큰 성과는 탈북여성B에게 포용력의 가치를 이해하는 일을 도울 것이다. 눈먼 아버지를 위한 고난은 결국 심청의 성장에 밑받침이 되었기 때문이다. 부모를 밀쳐내지 않고 감싸는 서사의 가치는 바로 그것이 곧 내가 성장하고 더 큰 성취로 이끄는 힘을 마련해 준다는 데에 있다는 것을 이해하게 할 수 있다는 것이다. 그리고 '나약한 부모-고난-분리-성장-부모거두기'와 같은 서사는 현재 죄의식을 떨쳐내지 못한 그녀에게 도움이 될 수 있다. 나의 행복을 흔드는 부모로부터 정당한 분리는 필수적이며, 당장은 아니어도 나 자신 스스로가 더 성장하였을 때 타인을 포용할 수 있다는 신념이 강화되면, 보다 죄의식을 능숙하게 처리할 여력이 마련될 수 있을 것이다.

3. 사례 2: 탈북과 적응이 남긴 문제[35]

(1) 적응에 성공했다는 탈북여성D

	상담 유형	대상	한국입국	참여 기간	프로그램	회차
2	개인	탈북여성D (1986년생)	2002년 입국	2014년 10~11월	자기서사진단도구를 활용한 문학치료	5회기

여기에서는 2002년에 한국에 입국하여 활발히 활동하는 탈북여성D(1986년생)의 사례를 중심으로, 탈북과 한국사회 적응 과정이 남긴 문제에 대해 논하고자 한다. 부잣집 막내딸로 살면서 자기 손으로 무엇을 해 본적이 없고, 한 시간도 혼자 있었던 적이 없었다는 그녀는 급격한 환경 변화와 갖은 고초를 견뎌서, 지금의 활발하고 건강한 생활을 영위하고 있다. 그녀에게는 적응유연성과 같은 성격적 특장이 발견되기도 하지만, 탈북과 적응 과정에서 겪은 외상의 흔적들도 발견된다. 과거형으로 고백되는 상처와 애환에 대해서 그녀는 이제는 호전된 것으로 정리하기도 하였으나, 현재에도 탈북 트라우마가 끊임없이 추동될 만한 갈등 요인들도 잔존하는 것이 사실이다.

건국대 통일인문학연구단에서는 2013-2015년에 걸쳐 한국사회에서 직장을 가지고 건강하게 살아가고 있는 탈북민 5명을 대상으로 심층인터뷰를 여러 차례 진행하였다. 그 가운데 탈북여성D는 특유의 활발함과 유쾌함으로 인터뷰에 응했으나, 그녀가 부모님과의 관계에 말하기를 꺼려하는 특징이 포착되기도 하였다.

---

35 이 장의 글은 박재인, 「탈북과 적응이 남긴 문제에 대한 문학치료학적 접근- 적응에 성공한 탈북여성의 사례를 중심으로 -」, 『고전문학과 교육』 30, 한국고전문학교육학회, 2015, 381-419면.을 수정 보완한 것이다.

탈북여성D의 심층인터뷰를 보고 그녀에게 부모라는 대상이 특별하다는 것을 전제로 문학치료를 기획하였다. 16개의 기초서사에 해당하는 구비설화에 대한 이해방식을 기준으로 그녀의 내면 상태를 점검해보았으며, 특히 그녀의 '자녀서 사(주체가 자녀로서 세상/부모적 존재를 대할 때 작동되는 내면의 스토리)'가 어떤 모습일지 중점으로 5회기를 진행하였다.

그녀에게 적용된 프로그램은 자기서사진단도구—서사분석형(16개문항)을 통한 기초적 문학치료 활동이며, 2014년 10월 21일부터 5회기 진행되었다. 우선 삶 전반의 자기서사를 전면적으로 살피기 위해서 일반인들에게도 적용하는 기초 프로그램으로 접근하였다. 연구자가 예상했던 바대로 그녀는 갖가지 설화에서 유난히도 부모님과 자신의 모습을 투영시켜 이해하는 등 다양한 인간관계 가운데 자녀서사에 몰입하는 특징이 있었다.

▶ 탈북여성D의 생애

본격적인 논의에 앞서 탈북과 한국사회 적응 과정과 관련된 그녀의 생애를 정리하면 다음과 같다.

북한에서 상류층의 삶을 살아가던 그녀는 14살에 아버지가 사상범으로 몰려 집안의 쇠락을 경험하였고, 먼저 탈북한 아버지의 인도에 따라 2001년 북한의 국경을 넘게 되었다. 그녀는 고난의 행군시기에 북한에서 성장하였지만 늘 풍족하고 자유롭게 생활하다가, 14살 가장 예민한 사춘기 시절부터 집안의 쇠락을 감당하고, 탈북 및 한국에서의 적응 과정을 버텨냈다. 아버지의 수감으로 급격한 환경 변화와 주변의 멸시, 느닷없이 찾아온 가난 등 북한에서의 고초 또한 굉장한 충격으로 다가왔을 것이며, 중국—베트남 등으로 이어졌던 1년 간의 탈북 과정은 그녀가 생전 겪어보지 못한 일들로 가득하였다. 또한 그녀는 한국에 와서도 무역업으로 생활의 기반을 다지기 위해 늘 집을 비우셨던 아버지, 자기 삶을 찾아 서울로 간 오빠를 챙기며, 홀로 온양에서 고등학교를 다니며 자립적으로 한국사회에 적응하였다. 그러한 적응의 시간을 거쳐 그녀는 서울 소재 대학교 예체능 학과를 졸업하였고, 현재는 다양한 방면에서 활동하고 있다.

숱한 고난을 겪으며 탈북한 그녀는 10년 넘게 적응과정을 거쳐 한국사회에 자신만의 진로를 찾아 전문성을 쌓기 위해 다방면으로 활동하고 있다. 일상생활 및 꿈과 희망, 긍정적인 정서 상태로 보았을 때 한국사회 적응에 별다른 고충이 발견되기 어려우며, 자신 또한 미래를 낙관하고 있었다. 이 사회에서 자신의 사회적 역할, 그에 대한 긍정적인 신념을 갖춘 상태만으로도 그녀는 탈북민의 적응 성공 사례로 꼽힐 만하다. 탈북여성D를 포함하여 세 명의 탈북민의 한국사회 적응기를 수록한 연구서에서는 그녀의 적응성공 요인을 미래에 대한 꿈과 실천력, 한국사회 내에서의 사회적 역할 확인, 그리고 그들과 만난 사람들이 북돋아준 진로에 대한 지지와 응원을 들고 있다.[36]

문학치료 실행 전, 적응 성공 요인을 살펴보기 위한 인터뷰에서 드러난 내면 갈등의 흔적으로 가장 두드러진 지점은 어머니에 대한 애착과 불편함이었다. 아버지가 사상범으로 수감되면서 어머니와 자동으로 이혼하게 되었고, 어머니는 가족과 다른 길을 가게 되었다. 아버지가 탈북을 결심하고 그녀와 오빠를 한국사회로 이끌면서, 어머니와 이별하게 되었다. 그녀는 한국사회에서 외로운 시간을 버텨오면서 어머니를 애타도록 그리워하였다. 이러한 내막을 알게 된 아버지는 어머니가 한국으로 올 수 있는 방편을 마련하였다. 그러나 그녀는 그토록 그리웠던 어머니와 만나면서 내적 갈등을 경험했다고 토로하였다.

---

36 그녀의 한국사회적응기에 대한 자세한 사연과 적응 성공 요인 분석 결과는 다음의 연구서를 통해 확인할 수 있다. (건국대 통일인문학연구단, 『탈북민의 적응과 치유 이야기』, 경진출판, 2015, 1-377면.)

한국 사람들의 은근한 멸시, 혼자 감당해야 한다는 외로움 등 그녀는 적응기간을 버텨오면서 끊임없이 어머니를 그리워했지만, 7년 후에 재회한 어머니는 오히려 그녀가 보호해주어야 할 대상이 되어 있었다. 7년 간의 세월 동안 자신이 어머니보다 신체적으로 커 있었고, 어머니는 한국 사회에 대한 정보가 부족하고, 쉽게 위축되는 등 자신보다 약한 모습을 노출했다.

그리고 현재의 어머니는 북한에서 고생한 기억을 자주 이야기하였는데, 그녀는 그런 어머니의 기억이 자신도 힘들게 한다고 했다.

> 탈북여성D: 저희는 막 엄마가. 지금도 와서 있으면서. 그게 그렇게 어렵게 산 기간이. 엄마한테는 그 인생에서. 삶에서 완전 진짜 미세한 부분이거든요. 그전에 정말 더 부유하게 산게 더 많았었는데. 다 까먹었어요. 어렵게 살던 것만 기억하더라구요. 그래서 정말 와 난. 그래서 이게 기억을 막 어느 때부터 어느 때까지 잃어버린다고 TV에서 한창 나오는데 난 말이되냐 했는데. 기억 상실증. 막 부분적으로 잃어버리고 그런 것 있잖아요. 딱 그렇다니까요. 완전히 잃어버렸어요. 그래서 난 막 엄마가 어떨땐 어려운 이야기 막 하면. '엄마 우리 좋을 때도 있었는데 그런 생각은 안나?' 하면 '나는 나쁜 생각만 나지 좋은 생각은 하나도 안나' 하더라구요. 하여튼 타격이 너무 컸던 거예요. (심층 인터뷰 중)

과거의 아픈 기억만을 떠올리는 어머니는 확실히 현재의 그녀에게 불편한 감정을 들게 하는 것은 사실이다. 위와 같이 갖은 고초만을 기억하는 어머니를 두고 그녀는 '기억상실증'이라고 표현할 만큼 불쾌함을 드러내었다. 위약한 어머니를 직면하는 것도 부담이겠으나, 그로 인해 자신의 내면 깊숙이 자리 잡은 불안도 함께 자극되기에 심란함이 가중되었으리라 짐작된다.

그러면 그럴수록 그녀는 어머니에게 자신이 간절히 원했던 모성애를 제공하려고 고심하였다. 아버지 집에서 나와 어머니와 함께 거처하기로 결정하고, 자신이 원했던 바대로 늘 옆에서 의지가 될 만한 사람이 되어 주는 일에 몰두했던 것이다. 그러나 그것만으로는 어머니의 불안이 해결되지는 못했다.

> 탈북여성D: 왜냐하면 그 땅에서 살아온 그게 있고 생활패턴이나 이런 것들이 너무 바뀌다 보니까 그런 것들을 너무 힘들어하고 뭔가 옆에 얘기를 하면서 이러 의지할 사람 필요하잖아요. 솔직히 자식 있다고 다 되는 것도 아니고, 그렇기 때문에 많이 힘들어해서 어느 순간 제가 한번 물어 봤어요, 엄마한테도. 저도 우울증을 겪어 봤으니까.
> "엄마, 엄마도 살기 싫을 때 있냐고"
> "지금 그렇다고" (웃으며) 그래서 너무 당황스러웠어요.
> 아, 내가 이렇게 한다고 하는데도 그래도 다 못 채우는 부분이 있구나, 이런 생각도 많이 들고 해갖고 그담부턴 나가서 계속 엄마가 신경이 쓰이는 거에요. 나랑 엄마랑 계속 같이 있어줘야 돼, 엄마 우울할 텐데, 이런 생각을 계속 했어요. (집에서) 나와 있는 게 어떻게 보면 제가 편할려고 그런걸 수도 있어요. (엄마랑 지내면서) 아, 이게 자식이 다 채워줄 수 없는 부분이 있구나 그걸 느꼈어요. (심층 인터뷰 중)

한국에서의 어머니는 행복감을 느끼지 못하였고, 그녀는 그러한 어머니를 보면서 자신의 한계를 인정하였다. '자식이 다 채워줄 수는 없는 부분이 있다'는 말에서 알 수 있듯이, 딸의 애정과 관심만으로는 어머니가 안정될 수 없었던 것이다.

여기에서 드러난 그녀의 고민은 두 가지였다. 하나는 '어머니의 적응 문제'였다. 그에 대해 그녀는 자신이 간절히 원하였던 것을 어머니에게 제공하는 투사적 방식만으로 완전히 해결할 수 없다는 한계점을 직면하게 되었다. 두 번째는 어머니의 불행에 대해 투사적인 방식으로 접근했다는 것이다. 자신에게도 결핍되었던 바는 그녀의 언술에서도 드러나듯이 그녀가 경험했던 '우울증'이다. 나도 그랬기 때문에 어머니도 '살기 싫을 때'가 있을 것이라고 예견하고, 투사 방식으로 어머니의 내면적 결핍을 채워주기 위해 무단히 노력했던 것이다. 그렇다면 아직까지도 그녀에게 자극을 주는 내면의 상처가 존재한다는 추측도 가능하다.

애초에 탈북여성D의 문학치료를 기획하면서 염두에 둔 특별한 사항은 부모님의 불화문제와 어머니에 대한 애착 등이었다. 가설을 설정하고 5주간 문학치료를 진행한 결과 발견된 특징은 북한에서의 집안 몰락, 탈북 등 지난날에 대한 공포와 울분이 아직도 생생히 남아있다는 점이었고, 탈북과 무관하게 벌어진 부모님의 불화가 여러 감정들과 뒤섞인 채 기억되고 있다는 점이었다. 여기에서는 그녀가 특별한 반응을 보였던 〈해와 달이 된 오누이〉, 〈장모가 된 며느리〉에 초점을 맞추어 그녀의 특징을 정리하려고 한다. 두 작품은 보호자 없이 견뎌온 탈북과정을 떠올리게 하였거나, 어머니와 아버지에 대한 특별한 감정을 털어놓게 하였다는 특징이 있었다.

(2) 여전히 남겨진 탈북 과정에서의 공포와 울분

그녀의 자기서사 전반적 특성을 진단하기에 앞서, 이 글에서는 인터뷰 과정에서 드러난 그녀의 독특한 특징과 맞물린 주요한 반응들만을 제시하려고 한다. 우선 가정 먼저 눈에 띠는 특징은 자녀서사 〈해와 달이 된 오누이〉에 대한 반응이다. 그녀는 16개의 이야기 중 이 설화를 가장 기억에 남는 이야기로 꼽기도 하였다.

연구자: 특별히 기억에 남는 장면이 있어요?
탈북여성D: 뭐... 장면이... 그 자맨가? 옛날에, 그, 옛날 동화들이죠. 호랑이가 엄마처럼 변신해서 목소리 내가지고. 그거 기억나고. 옛날에 다 들었던 거라서, 북한에서도 들었던 거라서, 기억에 남네요.[37]

---

37 탈북여성D의 문학치료 활동 2회기 녹취록(2014.11.07.)

이 설화에 대한 1회기의 자기서사진단검사 결과는 다음과 같다.

	원래의 서사	그녀가 선택한 서사
제시항	(1) 오누이와 어린애를 집에 두고 일하러 갔던 어머니가 얻은 떡을 머리에 이고 고개를 넘어오는데, 호랑이가 나타나 잡아먹고는 어머니 옷을 입고 와서 오누이에게 어머니 왔다며 문을 열라고 하였다.	좌동
선택항	(2-3) 오누이가 어머니 목소리가 아니라고 하니, 호랑이는 추운데 떨어서 목소리가 변했다며 얼른 들어가서 아기 젖 줘야 한다고 재촉하였고, 오누이는 할 수 없이 문을 열어주었다.	좌동
제시항	(3) 호랑이가 젖을 먹이는 척하면서 아기를 잡아먹어버렸는데, 그 소리를 듣고 오누이가 호랑이에게 무엇을 먹느냐고 물었다. 호랑이는 부잣집에서 얻은 밤을 먹는다고 하였다.	좌동
선택항	(4-1) 낌새를 알아차린 오누이는 똥이 마렵다는 핑계를 대고 나와서 마당에 있는 느티나무 꼭대기로 올라갔다.	(4-2) 오누이는 우리들도 배가 고프다며 먹을 것을 달라고 하였으나 주지않자 먹을 것을 찾으러 돌아다니다가 마당의 느티나무에 올라갔다.
제시항	(5) 아이들을 찾던 호랑이는 느티나무 위에 있는 오누이를 발견하여, 그곳에 어떻게 올라갔느냐고 물었다. 그러자 누이는 그것도 모르냐면서 도끼로 찍어 올라오면 된다고 하였고, 호랑이는 가르쳐준 대로 도끼로 찍으며 올라왔다.	좌동
선택항	(6-3) 오누이는 하느님에게 빌어서 하늘에서 내려온 새 동아줄을 타고 올라가 해와 달이 되었고, 호랑이는 하늘에서 내려온 헌 동아줄을 타고 올라가다가 수수깡 밭에 떨어져 죽었다.	(6-4) 앞의 세 가지 가운데는 마음에 드는 것이 없다.

위 표에서도 알 수 있듯이, 그녀는 〈해와 달이 된 오누이〉의 서사 가운데 (4)단락과 (6)단락에서 다른 전개의 이야기를 선택하였다. 호랑이의 포악한 실체를 알아차리는 장면을 비껴 갔으며, 호랑이의 위협으로부터 탈출하여 세상의 빛이 되는 성공적인 결말을 선택하지 않았다. 어머니로 위장한 포악한 대상에 대한 공포를 밀쳐내고 성공에 이르는 서사적 전개를 거부한 것이다.

3회기(2014년 11월 14일)때 이에 대해 그녀는 다음과 같이 설명하였다. (4)항에 대해서 자신이 선택한 장면을 언급하지 않고, 원래의 전개 '(4-1) 낌새를 알아차린 오누이는 똥이 마렵다는 핑계를 대고 나와서 마당에 있는 느티나무 꼭대기로 올라갔다.'에 긍정하는 반응을 보였다. "저 같으면은 그 소리를 듣고, 오도독 오도독 소리를 듣고 의심을 했을 거 같아요. 의심을 했을 거 같고. 눈치를 줘 가지고 오누이가 서로 눈치를 줘가지고 밖에 나갔을 거 같고"[38]라며, 오누이의 기지로 탈출에 성공한 지점에 대해 옹호하였다.

▶ 호랑이에 대한 거부감
이어 호랑이에 대한 강한 거부감을 드러내었다.

탈북여성D: 좀 마음에 안 들었던 부분은, 뭔가 얘들만 뭔가 이렇게 나중에 이런 동아줄 이렇게 해갖고 올라가는 거는 좋은데, 호랑이까지 나무 위에 올라오는 자체가 좋지가 않아요. 그 자체가 싫어요. 그냥 호랑이가 땅에서 나무 위에 올라오는 자체가 싫어 가지고.[39]

오누이가 나무 위로 피신한 점은 마음에 들었지만, 호랑이가 나무 위까지 따라오는 지점은 싫다고 반응하였다. 이어 자신의 탈북 경험에 대해 이야기하였다.

탈북여성D: 음 그런 게 좀 있는 거 같아요. 예전에 탈북을 하면서 어, 경찰들한테 이렇게 피해서 다니고 다니고 하다보니까, 경찰 자체를 보는 거 자체가 너무 무서웠어요. 너무 무섭고, 1년6개월 동안 너무 무서워 가지고 가다가, 오빠랑 길을 걷다가 앞에 경찰만 봐도 정말 더 티나게 그 자리에서 바로 휙 피하고, 도망가고 이랬었거든요. 그러니까 다른 나라의 경찰을 봐도 놀라고, 병원차가 지나가도 놀

---

38 탈북여성D의 문학치료 활동 3회기 녹취록(2014.11.14.)
39 탈북여성D의 문학치료 활동 3회기 녹취록(2014.11.14.)

라고. 한국에 왔는데 한국 경찰만 봐도 놀랐어요. 6개월 동안. 경찰
차만 봐도. 지금은 아 내가 당당하지, 하고 지나가지. 한 일 년
동안, 일 년이 더 되었어요. 한 5년동안 길을 가다가도 갑자기
여기서 놀라지 않았는데, 여기서 뭔가 뚝 떨어졌어요. 심장이 막
뛰고 그랬었거든요. 근데 대부분이 살짝 그런 게 온다고 그러더라
구요. 5,6년이 심장, 정말 심장이 약해져서 그런지 모르겠는데,
경찰을 안 봐도 걸어가다가 갑자기, 아무 일도 없는데 여기서 쿵
하면서 떨리고 그랬었거든요. 그리고 꿈을 꾸는데, 지금도 가끔
꾸는데. 꿈을 꾸면은 경찰한테 잡히지는 않았어요. 결국은 잡혀가
지고 북송 당하는 꿈을 꿔요. 그 생각을 하면 진짜 이런 일을,
여기 와 있지만, 정말 다행이다라고 생각하지만, 이런 일이 일어나
면 안 되는데, 지금도 불안한 그런 게 있어요. 너무 멀리 하고
싶은 마음의, 이런 거와 멀리하고 싶은 마음에, 나무 위에조차 따라
올라 오는 게 너무 싫고. 눈치가 엄청 빨라졌어요, 살아오면서,
그런 과정에 있어서. 그러니까 눈치가 파악을 할 것 같아요. 파악을
하는데. 따라 오는 거는 거부감이 너무 드는. 그런 게 있는 거
같아요.[40]

위의 자료에서 알 수 있듯이, 탈북과정에서 그녀를 가장 괴롭혔던 것은 경찰과
의 대면이었다. 호랑이가 나무 위까지 따라와 오누이를 불안과 공포에 떨게 했던
설화 속 장면은 탈북과정 당시에 그녀를 가장 괴롭혔던 장면과 겹쳐진 것이다.
그녀는 그 공포와 불안이 얼마나 심각했었는지를 이야기했다. 한국에 와서도 경
찰에 대한 공포와 불안은 계속되었고, 5-6년간은 심장이 쿵 떨어지는 듯한 신체
화를 경험하였으며, 현재도 가끔 북송되는 악몽을 꾼다고 말했다.
이렇게 그녀는 호랑이가 나무 위까지 따라오는 장면에 강한 거부감을 느꼈지
만, 한편으로는 호랑이가 오누이가 있는 방안에 들어서자마자 모조리 해치우지

---

40 탈북여성D의 문학치료 활동 3회기 녹취록(2014.11.14.)

않고 어린 동생부터 잡아먹었는데 그 시간 동안 오누이가 도망갈 수 있었다는 점이 마음에 든다고 하였다.

> 연구자: 여기에서 그래도 여긴 좋더라, 그런 게 이 이야기에서 있었어요?
> 탈북여성D: 뭔가 오누이가 눈치를 채고, 처음에 일단은 바로 엄마다 해서 문을 열어주는 게 아니라, 엄마 목소리가 아닌 거 같다고 얘기를 한 부분도 되게 좋았던 거 같아요. 똑똑해 보이고, 그리고 나중에 호랑이가 들어와 갖고 애네를 뭔가 바로 해코지 한 것도 아니고 이런 부분도 좋았고. 그런데 너무 신기한 게, 호랑이가 들어 와가지고 들어오면은 바로 잡아 먹어야 되는데, 들어 와 가지고 애기를 일단은 먼저 이렇게, 이렇게 한 게, 그런 게 신기한 거 같아요. 실제라면 다 한 번에 해치워 버렸을 거 같은데. 이런 다행스러운 부분들은 좋은 거 같아요.[41]

오누이가 탈출할 수 있는 기회가 마련된 점에 대해서 좋았다고 하면서, 실제와는 달라 신기하고도 다행스럽다고 표현하였다. 호랑이로부터 벗어날 수 있는 기회에 대한 호감이나, 서사적 전개의 핍진성에 대한 의혹은 둘 다 호랑이에 대한 그녀의 관념과 연결된다. 호랑이를 강력한 공포의 대상으로 인식하고 있기 때문에, 탈출 장면에 대한 호감과 핍진성에 대한 의혹과 같은 정서적 반응을 나타냈을 수 있다.

〈해와 달이 된 오누이〉에 대한 그녀의 반응은 사례 1의 탈북여성B의 반응과 유사했다. 탈북여성B는 이 설화를 두고, 강자는 포악스럽게 약자를 억압하고, 약자를 위협하면서 무도한 방식으로 자기 욕망을 채울 것이고, 약자는 처참히 희생당할 수밖에 없다고 이해하였다. 호랑이를 포악한 사회적 강자로 인식하며, "비유를 한다면 사회에서 약자는 힘 센 자한테 어차피 먹히게 돼있으니까, 힘

---

41 탈북여성D의 문학치료 활동 3회기 녹취록(2014.11.14.)

센 자는 약한 자를 잡아먹거나 죽일 것이고. 왠지 그런 의미가 있지 않나. 이런 동화를 만들어 낸 사람도 거기에 비유를 해서 만들지 않았나."라며 자신의 세계관을 토로하기도 한 것이다. 이는 탈북여성D가 호랑이에게서 자신을 북송해 갈 '경찰'을 떠올렸던 바와 유사하다.

또한 B는 호랑이가 나무에 올라오는 동안 오누이가 하늘에 빌어 동아줄을 타고 구원되었다는 서사적 전개를 마음에 들어 하지 않았다. "하늘에 소원 비는 시간이면 능히 잡아먹히지 않았을까. 그냥 상상과 추측으로?", "헌 동아줄이고, 새 동아줄이고 해서 올라가서 해와 달이 되었다는 것은 이건 말이 안 되는 것 같아요."이라며 현실성을 거론하며 그 구원의 불가능성을 지적하였다. 이 점 역시 이 글의 주인공인 탈북여성D와 유사한 반응이다.

그리고 B는 유독 이 설화의 성공적인 서사적 전개를 잘 받아들이지 못했으며, 이 이야기를 비극형으로 기억하고, 그 기억을 바꾸는 일을 힘들어 하였다. 사후검사인 기억진술형 검사에서 〈해와 달이 된 오누이〉를 좌절형 서사에서 극복과 구원의 서사로 기억하기 시작한 지점이 발견되기도 하였으나, 여전히 "오누이는 문을 열어주지 않았다."고 줄거리를 기술하여, 아직 그녀의 내면에는 호랑이와 직면할 용기가 마련되지 않은 것으로 진단되었다. 문을 열어주지 않았다면 호랑이와 대면할 필요도 없고, 느티나무로 도망가는 장면으로 전개될 수도 없는 논리적 결함이 있다. 호랑이와 직면해야 포악한 호랑이의 정체를 확인하는 지점까지 나아갈 수 있고, 극복의 실마리가 마련되기에 이러한 반응은 매우 유의미하다고 할 수 있다.

이는 호랑이를 굉장한 공포를 자극하는 대상으로 인식하는 것으로, 이 역시 탈북여성D와 B의 공통점이다.[42] B에 비해서는 D는 대인관계도 원만하고, 진로에 대한 확신과 노력도 강렬하며 적응의 성공 가도를 달리는 그녀지만, 여러 징

---

42 D와는 달리, B는 문학치료 활동 과정에서 탈북경험을 진술하지 않는 특징이 있었다. B는 D처럼 아버지의 보호권 하에 브로커의 도움으로 탈북을 한 것이 아니라, 어린 나이에 홀로 국경을 넘었고 한참이 지나서야 한국의 이모의 도움으로 입국할 수 있었기에 보다 강한 상처로 자리 잡아 차마 그 기억을 다시 꺼내어 놓기 싫은 것으로 보인다.

후들을 보이는 B와 유사한 반응이라는 점은 D에게도 아직 미진한 문제가 남아 있을 것으로 추측되는 단서가 되기도 한다.

▶ 복수형 〈해와 달이 된 오누이〉

한편, 좌절형의 〈해와 달이 된 오누이〉에서 잘 벗어나기 힘들었던 B와는 달리, D는 복수형의 결말을 만들어 내는 차이점을 보이기도 했다. 그녀는 1회기 자기서사진단도구(서사분석형) 검사에서 다음과 같은 반응을 보였다.

제시된 항목 가운데 〈해와 달이 된 오누이〉에 결말로 마음에 드는 것이 없다고 선택한 것이다.

> 연구자: 원하는 결말이 있어요?
> 탈북여성D: 복수요. 총을 쏘거나, 멀리서 가까이 대는 거 싫고, 총이나 활로
> 죽이는 거예요. 그렇게... (호랑이에게) 가까이 다가가긴 싫어요.[43]

여전히 호랑이가 오누이에게 가까이 접근하는 것에 대한 불쾌함을 버릴 수는 없지만, 그녀가 원래의 서사 전개 '(6-3) 오누이는 하느님에게 빌어서 하늘에서 내려온 새 동아줄을 타고 올라가 해와 달이 되었고, 호랑이는 하늘에서 내려온 헌 동아줄을 타고 올라가다가 수수깡 밭에 떨어져 죽었다.'를 선택하지 않았다. 그 이유는 오누이 스스로 호랑이를 처단하기를 바라는 마음 때문이었다. 이는 탈북여성B가 이 옛이야기는 호랑이를 마주하지 못하는 내용으로 줄거리를 기억하는 것에 비해서는 보다 능동적으로 상황을 헤쳐나가는 주인공을 바라는 점에서 긍정적으로 평가되기도 한다.

> 탈북여성D: 많이 좋아졌어요. 많이 좋아졌는데도, 제가 익숙한 공간에 혼자
> 있는 거는 괜찮은데, 익숙하지 않은 공간에 혼자 있는 거는 못

---

43 탈북여성D의 문학치료 활동 3회기 녹취록(2014.11.14.)

견뎌요. 지금도. 너무 좋아졌어요. 그런 것들이 탈북 자체에서 내가 이겨냈다는 자체가. 그러니까 저 같은 경우에는 엄청난 거를 이겨내고 온 거를, 정말 인간 승리 같은 그런 거예요. 와 가지고 자신감이 그렇게 넘쳤어요. 와서. 내가 이런 거를 이겨냈는데 더 이상 못할 게 뭐 있어가 되게 강했어요.[44]

인터뷰 때와 마찬가지로 그녀는 〈해와 달이 된 오누이〉에 대한 감상평을 이야기하며, 삶에 대한 강한 자신감을 내비쳤다. 탈북과정이 자신에게는 '인간 승리'와 같은 엄청난 성취감을 주었다고 이전과 같이 말하였다. 호랑이를 직접 처단하는 스토리 전개를 더 선호하는 그녀의 특성은 바로 이러한 지점과 관련되어 있을 것으로 보인다.

한편으로는 그녀가 자신이 겪었던 상처나 고통에 대한 원망이나 분노가 여전히 내면에 잔존하는 것은 아닌지 의혹이 들기도 한다. 원래의 이야기에서는 하늘의 힘에 의해 호랑이가 처단되는데, 그녀는 오누이가 직접 복수해야 한다며 원래의 결말에 만족스러워하지 않는 것이다. 분노를 처리하는 방식에서 보다 공적인 방식, 이를 테면 법적 기구를 통한 정당한 분노 표출의 방식으로는 여전히 그녀의 원망이 해소되지 않고, 피해 당사자가 직접 표출하는 방식이 그녀에게 만족감을 준다는 것으로 해석될 수 있다.[45] 그렇다면 탈북과 같은 역사적 사건에 대한 트라우마의 잠재 가능성을 의심해 볼 만하다.

탈북여성D는 문학치료 과정에서 다음과 같이 울분을 터뜨리기도 하였다.

---

44 탈북여성D의 문학치료 활동 3회기 녹취록(2014.11.14.)
45 분노조절장애에 대한 심리학 이론으로 해석하면, D가 꾸려낸 복수형 〈해와 달이 된 오누이〉의 분노 표출 방식은 분노조절 능력에 못 미친다고 할 수 있다. Spielber, Krasner & Solomon (1988)은 분노표현방식을 세 가지로 구분하였는데, 분노를 자기 내부로 돌리거나 분노를 부정하는 분노억제(anger-in), 분노대상에 대한 비난, 욕설과 같은 언어적 폭력이나 신체적 행위로 표현하는 분노표출(anger-out), 분노대상을 존중하면서 공격적이지 않은 언어로 분노를 전달하는 분노조절(anger-control)이 그것이다. (김우정, 『분노가 대인관계효능감에 미치는 영향: 분노조절과 정서인식의 명확성의 매개효과』, 가톨릭대학교 석사학위논문, 2014, 1~55면.)

탈북여성D: 제가 너무 황당하다니까요. 살아가면서 어느 순간에 내가 여기 와서 이러고 있지. 꿈에도 못 꿨거든요, 이런 생활을. 그리고 무슨, 탈북자라고 하면은, 또 내가 어느 순간에 탈북자라는 꼬리표를 붙이고 뭔가 사람들이 나를 보는 눈빛이 달라진 이 환경에 와서 살지. 따지고 보면 이런 얘기를 하다 보면은, 내가 원한 게 아닌데 사실은, 내가 원한 삶이 아닌데. 내가 거기서 태어나고 싶어서 태어난 게 아닌데, 그냥 나와 보니까 북한이었고, 부모님들이 원해서 오게 되었는데. 따지고 보면 내가 겪지 않아도 될 것을 겪었다는 그런 생각에 열 받아요.

나도 사실은 내 상황에 열 받고. 어디 가서 행패부리고 그럴 데도 없고, 따지고 보면 열 받고 하죠. 겪어서 내가 성숙해졌다고 해도, 굳이 내가 안 겪어도 살 사람은 다 살아가고. 굳이 이렇게 해야 됐었나. 심장도 많이 약해졌고.

그걸 통해서 성숙해졌다 하는 것도 짜증이 나요. 친구들 하고 생각 없이 놀고 그런 시기에 그 모든 걸 겪어 가지고, 모든 걸 뛰어 넘어서 이렇게 됐다는 거 자체도... 너무 싫어요. 내가 왜 이렇게 됐지.

그래서 탈북자들을 보면은 더 애틋해지는 거 같아요. 그래서 도와주고, 얘기 들어주고. 얼마나 힘들겠니. 저는 엄마 없이 와서 혼자 지내다 보니까, 그게 너무 이해가 가가지고.[46]

이와 같이 그녀는 탈북과정, 탈북자라는 꼬리표도, 자신도 인정하고 있는 '외상 후 성장'한 점도 사실은 '따지고 보면 내가 겪지 않아도 될 것을 겪었다'라고 하며 여전히 남은 울분에 대해서 털어놓았다. 지금까지 삶의 여정이 자신이 원하던 것이 아니었다는 언술에서는 그녀가 원망이나 분노를 누르고 있을 뿐, 아직은 그 고난의 기억에서 완전히 자유로워진 상태가 아니라는 것이 드러난다.

---

46 탈북여성D의 문학치료 활동 3회기 녹취록(2014.11.14.)

이러한 문제는 설화 속 오누이가 해와 달이 되었다는 결말에 대한 심화된 이해를 통해 조정이 가능할 것으로 예측된다. 오누이에게 내려진 동아줄은 공명정대한 힘(하늘)에 의해 정당한 꿈은 성취될 수 있다는 세상에 대한 긍정적인 신념을 의미한다. 그리고 그렇게 구원된 오누이가 해와 달이 되었다는 점은 오누이 역시 세상의 어둠을 밝게 비추는 존재로 성장하였다는 서사적 의미를 지닌다. 공포스러운 호랑이와 대면해야 했던 위기는 결국 오누이의 성공의 밑거름이 된다는 것이다. 이러한 서사적 이해는 호랑이에 대한 분노를 조절하는 데에 큰 힘을 발휘할 수 있다. 그녀가 자신의 의지와 상관없이 겪어내야 했던 공포나 울분의 감정들은 미래의 자산으로서 가치가 빛날 것이라는 확신을 강화해줄 것이다.

(3) 탈북민의 애환으로 전치된 부모에 대한 불만

그녀는 16개의 설화 가운데 기억에 남는 이야기로 부모서사인 〈장모가 된 며느리〉를 꼽았다.[47] 1회기 자기서사진단검사의 결과는 다음과 같다.

	원래의 서사	그녀가 선택한 서사
제 시 항	**(1) 아내가 죽어 홀아비가 된 남자가 아들이 하나 있었는데, 아들이 장가든 지 얼마 만에 죽어서 며느리도 과부가 되었다.**	좌동
선 택 항	(2–3) 시아버지가 가만히 생각해보니 젊은 며느리의 신세가 너무나 한심하였다. 어느 날 밤에 시아버지는 며느리를 부르더니 궤짝을 열고 가장 큰 패물을 꺼내어 보자기에 싸 주면서 여러 말 말고 닭 울기 전에 삼십 리 밖을 나가서 처음으로 눈에 띄는 남자를 배필로 알고 살라고 하였다.	좌동

---

47 [치료사: 그리고 또 기억나는 거 있었어요?] 그리고 기억에 남는 게, 며느리에 관한 게 있었는데… 며느리랑 시아버지랑 그런 것도 기억에 남고…(문학치료 활동 녹취록 중 2회기, 2014년11월7일)

	원래의 서사	그녀가 선택한 서사
제시항	(3) 며느리는 발 닿는 대로 길을 떠나서 고개를 넘어 한참을 가다가 똥 장군을 짊어진 남자와 마주치게 되었다. 여자는 무작정 그 남자를 따라서 조그마한 오두막집으로 들어갔다. 부엌에서는 한 열일곱 정도 된 처녀가 혼자 조반을 차리고 있었다.	좌동
선택항	(4-3) 여자가 남자에게 몸을 맡기려 한다고 하니 남자가 자기같이 못난 사람과 어떻게 살겠느냐고 하였다. 여자가 세상에 못난 사람 잘난 사람이 어디 있느냐며 그날로 남자와 내외를 맺었다.	(4-2) 여자는 남자가 몹시 가난하고 다 큰 딸까지 있는 것이 마음에 걸리기는 하였지만 사정이 급하니 일단 한 번 살아보자 하고 그 날로 남자와 내외를 맺었다.
제시항	(5) 한 달쯤 지나서 부인은 보따리에 든 패물을 꺼내어 반반한 집 한 채를 사서 이사를 하고는 이제 전처의 딸을 결혼시키자고 하였다.	좌동
선택항	(6-3) 남편이 마땅한 곳이 있느냐고 하자 부인은 전처의 딸을 자신의 옛날 시아버지한테 보내면 어떻겠느냐고 했다. 그렇게 해서 며느리가 시아버지의 장모가 되었는데, 시아버지는 아들 형제를 낳았고 며느리도 아들 삼형제를 낳아 잘 살았다.	(6-1) 어느 날 밤 부인은 전처의 딸을 부르더니 궤짝에서 큰 패물을 꺼내어 보자기에 싸주면서 날이 새기 전에 삼십 리 밖을 나가서 처음으로 눈에 띄는 남자를 배필로 알고 살라고 하였다.

이 이야기는 시아버지의 도움으로 새 삶을 찾은 며느리가 재가한 집의 전처딸을 시아버지에게 시집보냈다는 파격적인 결말이 제시된 작품이다. 부모서사로 배치한 가장 큰 지점은 사회적 규범이나 세상의 평판을 넘어서서 시아버지가 며느리의 행복을 우선시하며 자립을 도왔다는 지점에 있다.

▶ 어머니를 떠올리게 하는 설화

1회기 자기서사진단검사 결과 탈북여성D는 〈장모가 된 며느리〉에서 (4)단락과 (6)단락에서 다른 서사적 전개를 선택하였다. 시아버지의 배려로 재가하게 되었을 때 가난한 새남편의 상황에 망설이면서도 하릴 없이 재혼하는 장면으로 선택하였으며, 자신이 받았던 동일한 방식으로 전처딸을 시집보내는 마지막 결말을 선택한 것이다.

탈북여성D는 우선 "옛날이나 지금이나 며느리들은 남편이 죽고 나면은, 보는 눈이 그렇잖아요. 그런데 시아버지는 인자한 사람이구나."라며 시아버지의 인품을 긍정하였다. 그러면서 "저희 할아버지가 인자하고 똑똑한 사람이었어요. 그래서 우리 엄마를 인정해주고, 그러셨는데. 신세가 한심해 보이다 보니까 할아버지가 인자하시게 배려를 해 주신 거죠. 며느리 같은 경우는 의지할 데도 없고, 엄마가 떠올랐는데."[48]라며 이 설화의 상황을 어머니에 대입하였다.

그리고 (4)단락을 선택한 것에 대해서, "엄마의 신세 같아 보였거든요."라며, 북한에서 아버지와 헤어진 뒤로 갈 곳 없어진 어머니가 재가했던 사연을 털어놓았다. 아버지가 구속된 후 어머니가 자신들을 챙기지 않고 재가했을 때 당시는 원망도 많고 그리움도 많았지만, 그녀는 "찾아 가서 여기서 나가면 더 이상 살길이 없으니까. 그래 가지고 이렇게, 어쩔 수 없는 상황에서는. 다른 방도가 없었겠죠. 내가 여기서 나가면 죽겠구나."라며 어머니의 선택을 나름으로 이해하려고 했다.

〈장모가 된 며느리〉의 상황은 일반적으로 불쾌감을 자극한다. 시아버지-며느리라는 관계가 장모-사위관계로 전복되는 상황은 '가족제도'나 '성'에 대한 금기 불안을 자극하기 때문이다. 이 설화에서는 어쩔 수 없이 재가를 선택한 것도, 생존의 불안함으로 시아버지와 전처딸을 연결시킨 것도 아니었다. 그러나 탈북여성D는 어쩔 수 없이 재가를 선택할 수밖에 없었던 어머니에 대한 이해의 실마리를 이 설화에서 찾고 있는 듯이 보였다. 그녀에게 어머니의 재가는 여러모로 불편한 사건이지만 어머니를 전면 부정할 수 없기에, 어쩔 수 없이 재가를 선택한 상황으로 서사를 전개시키면서 어머니를 대입하고 있었던 것이다.

이어 어머니가 그간에 겪었던 고생담을 풀어놓고 다음과 같이 말했다.

> 탈북여성D: 엄마가 얘기를 하면, 우리랑 떨어져 있을 때 그 고생을 했다고
> 생각을 하니까 미쳐 버릴 꺼 같은데, 또 그 시기의 나도 엄청나게
> 고초를 겪으며 힘들었을 때 그런 모든 게 겹쳐지면서 짜증이 나요.

---

48 탈북여성D의 문학치료 활동 3회기 녹취록(2014.11.14.)

짜증이 나고. 그리고 이거 따지고 보면은 도대체 누가 우리를 이렇게 만들었나. (웃음)[49]

위와 같이 그녀는 어머니가 재가, 불행 등 과거의 아픈 기억을 토로할 때마다 강하게 거부감을 표출한다고 했다. 그 이유는 자신의 불행에 대한 기억도 자극되기 때문이었다. 언제나 탈북과 적응 과정이 자신을 강하게 만들어주었고, 어떤 일이든 자신 있다고 말했던 그녀였지만, '따지고 보면 도대체 누가 우리를 이렇게 만들었나.'라며 한탄했다. 자신이 성숙해졌다고 해도, 굳이 겪지 않아도 될 일을 겪은 것이 억울하다는 심정을 토로한 것이다.

여기에서 중요한 점은 어머니의 고초와 불행에 대한 동일시 반응을 보인다는 것이었다. 위와 같이 그녀는 어머니가 자신들과 떨어져 있을 때 고생을 했다고 생각하니까 "미쳐 버릴 꺼 같은데"라고 하며, 자신의 고초와 겹쳐진다고 말했다. 어머니의 고생도 너무 애처로우나, 그녀가 말해온 가족사와 견주어 보면, 어머니와의 분리는 탈북과정과 무관하다. 아버지의 수감 이전부터 어머니가 자발적으로 가족과 분리한 삶을 선택하였고, 이후 가난으로 인한 고초도 아버지의 수감과 무관했다. 그녀의 말에서도 알 수 있듯이 '도대체 누가 우리를 이렇게 만들었나'와 같은 어머니와의 동일시는 인과관계가 성립되지 않는다.

고생스럽다, 이전과는 너무 다른 질의 삶을 살아가고 있다는 현상에 대한 유사성으로 어머니와 자신의 고충을 연결 짓는 것은 아주 자연스러운 일일 수 있다. 문제는 이러한 내면 갈등이 아버지에 대한 현재의 반감을 유발한 것으로 보인다는 점이다. 나약한 어머니에 비해 아버지는 비교적 한국 사회 적응에 성공한 편이었고, 인터뷰에서도 알 수 있듯이 그녀에게 영웅적 이미지로 표현된다. 그러나 인터뷰 때와 달리 문학치료 활동에서는 어머니보다 아버지에 대한 불만이 큰 것으로 드러났다.

이 설화에 대한 반응에서 새롭게 드러난 문제는 아버지의 재혼에 대한 언급이

---

49 탈북여성D의 문학치료 활동 3회기 녹취록(2014.11.14.)

었다. 〈장모가 된 며느리〉는 부모서사로 배치된 설화이지만, 보통 연령층이 낮은 대상들은 등장인물 가운데 자녀에 몰입하여 반응하는 특징을 보인다. 전처딸을 이전 시아버지에게 시집보낸 며느리의 행위를 비난하거나, 전처딸의 희생에 대해서 강한 연민을 품는 반응이 일반적이기도 하다. 탈북여성D 역시도 그러한 반응을 보이기도 했다.

> 탈북여성D: 시아버지에게 시집보내는 게, 너무 이기적인 거 같아요. 너무
> 아닌 거 같아요. 얘는 얘 나이에 맞는 뭔가를, 배필이라고 만나서,
> 정말 자기 자식이라고 생각해서 배려했을 거 같아요. 그래도 잘
> 살던, 못 살던 간에 자기가 엉덩이를 붙이고 살 수 있는 집 자체가
> 있다는 것만으로도 본인한테 뭔가 살아갈 힘이 됐을 거기 때문에.
> 똑같이 이런 배려를 해줬을 거 같아요.[50]

위는 원래의 서사 전개에 대해 며느리의 이기심이 보인다고 평하면서, 자신이 선택한 이야기 전개 '(6-1) 어느 날 밤 부인은 전처의 딸을 부르더니 궤짝에서 큰 패물을 꺼내어 보자기에 싸주면서 날이 새기 전에 삼십 리 밖을 나가서 처음으로 눈에 띄는 남자를 배필로 알고 살라고 하였다.'에 대해 설명한 것이다. '정말 자기 자식이라고 생각해서 배려'했다면 시아버지가 며느리에게 베풀었던 바와 똑같은 방식으로 전처딸의 행복을 지지해 주었어야 했다는 것이다.

> 연구자: 며느리가 이기적이에요?
> 탈북여성D: 자기는 받은 게 있고, 시아버지를 혼자 두고 온 게 항상 신경이
> 쓰였을 거 같아요. 그리고 딸을 보니 마음에 들고, 얘가 시아버지한
> 테 보내도 가능하겠다. 자기가 편하려고, 자기 마음이 편하려고.
> 자기가 편하려고. 그 딸보다는 시아버지가 그 마음엔 더 컸을 거

---

50 탈북여성D의 문학치료 활동 3회기 녹취록(2014.11.14.)

같아요. 그래가지고. 이기적으로 보였어요, 좀. 딸을 희생시키는 거잖아요. 자기 친엄마면 안 그러죠. 친엄마면 그렇게 하진 않았을 거 같고 의붓 엄마니까 그렇게 한 거 같아요.

전처딸을 이전 시아버지에게 시집보내는 행위는 시아버지의 아량과 인간미에 대한 며느리의 최고의 평가로 해석될 여지가 있다. 그러나 그녀는 애초에 시아버지에 대한 평가를 우호적으로 했음에도, 이 사태를 '며느리의 이기심/전처딸의 희생'으로 이해하고 있었다. 이 설화의 결말에 대한 이해 방식은 보편적인 반응이기도 하지만, 그녀의 특별한 상황에 비춰보면 내면의 여러 갈등에 대한 단초로 해석되기도 한다. 의붓엄마이기에 전처딸을 희생시킨 것이라는 해석, 그리고 이 설화에 대한 해석을 진술하는 과정에서 아버지 재혼에 대한 언급이 있었다는 점은 그녀의 실제 삶과 긴밀한 관련성을 지닌다.

▶ 어머니와 아버지에 대한 감정적 온도 차, 무엇 때문일까?

그녀는 탈북과 적응 과정에서 부모님의 재혼을 경험하였다. 그녀는 어머니는 어쩔 수 없이 살기 위해서 재혼을 선택하였다며, 어머니의 지난날 고생과 자신의 아픔을 동일시하고 충분히 이해할 수 있다고 평한다. 반면 아버지의 재혼에 대해서는 인정하면서도 서운한 감정을 미처 해소하지 못한 듯이 하소연 하였다. 사실만을 고려하면 어머니와 아버지 모두 새로운 배우자를 만난 것임에도, 부모님에 대한 감정이 약간의 차이를 보이고 있었다.[51] 양자 간의 차이는 무엇일까.

1회기 자기서사진단검사 결과, 그녀는 욕망 앞에 흔들리는 부모를 감당해내는 자녀서사가 취약한 편이었다.

---

51 탈북여성D는 문학치료 활동에서 부모님의 이혼에 상세한 경위를 털어놓은 바 있으나, 개인의 의사를 반영하여 이 글에서는 밝히지 않는다. 다만 그 사건과 탈북은 무관하며, 자동 이혼 이전부터 부모님은 별거를 시작하였다고만 밝히겠다.

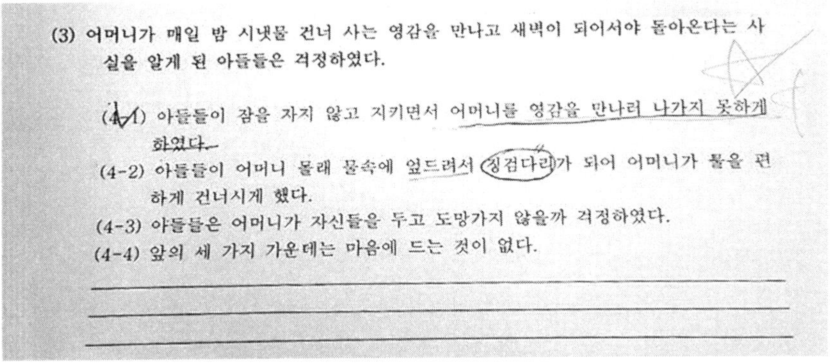

(3) 어머니가 매일 밤 시냇물 건너 사는 영감을 만나고 새벽이 되어서야 돌아온다는 사실을 알게 된 아들들은 걱정하였다.

(4-1) 아들들이 잠을 자지 않고 지키면서 어머니를 영감을 만나러 나가지 못하게 하였다.

(4-2) 아들들이 어머니 몰래 물속에 엎드려서 징검다리가 되어 어머니가 물을 편하게 건너시게 했다.

(4-3) 아들들은 어머니가 자신들을 두고 도망가지 않을까 걱정하였다.

(4-4) 앞의 세 가지 가운데는 마음에 드는 것이 없다.

그림 8: 〈효불효 다리〉 서사분석형 검사에서 탈북여성D의 선택

자녀서사 4작품 가운데 본래의 줄거리를 선택한 경우는 1/3에 지나지 않았다. 그녀는 다른 서사영역에 비하여 자녀서사의 설화에 원래의 스토리에서 비껴가는 선택을 많이 하였다. 그녀보다 연령이 5세 정도 낮고, 일상생활에서 극명한 갈등을 겪고 있는 다른 탈북여성B의 경우보다도 자녀서사의 원래 이야기를 잘 이해하지 못하는 면이 있었다. 주로 불완전한 실존으로서 부모의 한계점을 발각하는 장면을 거부하는 특성이 있었다.

B는 주변 사람들과 여러 불화를 경험한 바 있으며, 분노조절장애와 같은 징후를 보이기도 한 대상자였다. 이 결과로만 단정 짓기 어렵지만, 연구자는 어쩌면 문제를 직접적으로 노출하는 B에 비하여, D는 더 심각한 갈등을 은폐하고 있을 가능성도 있다고 추측하였다. 그리고 실제로 북한에서부터 부모의 불화를 직접 경험한 것도 D이고, 지금까지도 어머니와 아버지가 서로 다른 인생을 살고 있는 것을 직면하고 있는 것도 D이기에, 욕망 앞에 무력하게 흔들리는 부모를 감당해내야 하는 자녀서사에서 보다 예민한 반응을 보이는 것은 당연한 일이다.

D는 2, 3회기에서도 다른 이성을 만나거나, 부당한 요구를 하는 부모가 등장하는 설화들에 대해 '상황 자체가 마음에 들지 않는다'며 거부감을 드러내기도 하였다. 아버지가 계모를 들이고 그 꼬임에 넘어가 자식을 해치려고 했던 〈간

뺏길 뻔한 전처 아들〉의 원래의 결말, 아버지를 용서하고 부양하는 지점을 완강
히 거부하며 용서할 수 없다는 반응을 보였다.[52] 그리고 자신과 뜻이 맞지 않는
다고 하여 딸을 내쫓은 아버지를 거두어들이는 〈내 복에 산다〉의 결말도 수용하
지 않았다.

> 탈북여성D: 그리고 마지막에 이거는 말이 안 되는 거 같아요. 병이 들어
> 죽었다, 그러기 전에 찾아가 보면 되니까. 부모를 극진히 모시며
> 살았다 이거도, 뭐 그럴 수도 있지만은. 결국엔 이렇게 됐을 거
> 같기도 한데. 그래도 너무 열... (웃음) 열 받죠. 당연히. 그 말
> 한 마디 때문에 내보냈는데, 엄마는 모실지라도, 아빠는 안 모실
> 거 같아요, 열 받아서.(웃음)[53]

위와 같이 마지막 단락이 '말이 안 되는 거 같'다면서, 극진히 모셨다는 셋째딸
의 대응방식이 이해는 되지만 '열 받'는다며 거부감을 표했다. 말 한 마디 때문에
내쫓은 아버지를 모실 수 없다는 것이 그녀의 서사 이해방식이었다.

이렇게 탈북여성D는 부당한 요구를 하거나, 욕망 앞에 나약해지는 부모를 감
당하는 일에 취약한 자녀서사를 지니고 있다. 부당하거나, 욕망 앞에 흔들리는
부모를 감당하는 문제는 그녀가 직면했던 현실적 위기였기에, 그러한 상황이 제
시된 설화에 대해 보다 민감한 반응을 보일 수 있다. 설화의 상황을 매우 낭만적
으로만 해석하는 것 또한 인간 삶에 대한 미숙함으로 평가될 수 있고, 예민한
감각을 세우는 것도 부정적이라고 단정하기보다는 오히려 현실감각이 예리한 측
면으로 이해될 수 있기 때문이다. 부모의 이성문제는 그녀가 당면한 현실이기에,
부모의 욕망을 이해하고 감싸 안는 내용의 자녀서사 설화들을 거부하는 반응을
야기했을 수 있다.

---

52 탈북여성D의 문학치료 활동 3회기 녹취록(2014.11.14.)
53 탈북여성D의 문학치료 활동 2회기 녹취록(2014.11.07.)

그런데 그것이 부모님에게 양가적인 방식의 정서로 표출되는 점이 특이점이었다. 어머니도 아버지도 서로가 아닌 다른 이성을 선택한 일이 있었음에도, 그녀는 어머니의 선택은 이해하려고 노력하는 경향이 있었지만, 아버지에 대한 반감을 은근히 표출하는 특징이 있다는 것이다.

그 까닭은 그녀가 어머니는 혼자서는 살아갈 수 없는 나약한 존재로 인식하고 있으며, 아버지는 강인한 영웅으로 인식하고 있는 점에서 기인된 것으로 이해된다. 어머니의 다른 선택은 공감하고, 아버지의 다른 선택에는 불편한 감정을 지속하는 바는 어머니와 아버지에 대한 기대치가 다르기 때문이라고 보인다. 그래서 그녀에게는 그러한 아버지가 종국에는 자신들이 아닌, 새로운 가정의 삶을 선택한 것으로 기억되고 있으며, 이제는 자신의 의존성이 충족될 여건이 충분치 않게 느껴져서 반감이 생겼던 것으로 보인다.

결과적으로는 과거에 자신들을 방치했던 어머니는 '불행한 여자'이며 현재 아버지와 멀어진 자신의 상황과 동일시가 강화되어 애착이 형성된 것이고, 어머니에 대한 그간의 불만이 쉽게 사그라들고 연민으로 전환된 것이다. 반면 한때는 (북한에서) 아버지의 이성문제에 대해서 묵인했던 바는, 어머니와의 동일시가 강화되면서 아버지에 대한 반감으로 교체된 것으로 보인다. 또한 영웅으로 기억되는 아버지에 대한 기대감은 아버지의 재혼으로 좌절되고, 아버지가 새로운 가정을 꾸리면서 더 이상 자신을 일순위로 여길 수 없을 것 같은 여건이 조성되자, 그녀의 반감이 증폭되었을 수 있다. 의지할 수 있는 '영웅' 아버지에게 버림받은 어머니에게 강하게 동일시하며, 어머니와 자신의 서운한 감정을 더하여 아버지에게 몰고 있는 것으로 해석된다.

그녀는 아버지의 재혼을 비난하지 않았지만, 아버지가 새엄마와 결혼하고 어린 아들을 낳은 현재의 상황을 너무도 받아들이기 힘들었다고 인정하였다. 모성애에 대한 갈구나 일방향적인 의존성이 강했던 점을 미루어 볼 때, 한국에서 아버지가 재혼한 일은 상당한 충격으로 다가왔을 것이다. 아버지의 재혼에 대한 불편감은 인정되나, 아버지에 대한 감정은 정리될 필요가 있다.

사실 아버지는 어머니와 D를 버린 적도 없으며, 실제로 한국에 입국하자마자 자기 안위를 안정시키기 이전에 먼저 D와 오빠의 탈북을 도모하였다. 아버지는 새 가정을 꾸린 후에도 어머니에게로 간다는 그녀를 만류하며 계속 함께 살기를 요구하였고, 현재에도 그녀와 오빠의 미래를 위하는 일에 열중하는 것이 사실이다. 그리고 분리된 삶을 시작했음에도 그녀와 어머니를 위해 어머니의 탈북을 주도하는 등 어머니와 그녀가 소속된 가정 역시 보호하려는 노력은 계속되었다.

앞 절에서 논한 바와 같이 그녀에게 탈북 및 적응 과정은 성취감만 남기지 않았다. 여전히 그녀에게 그간의 공포와 울분이 잔존한다. 한편 부모님의 불화는 분단의 역사적 상황과 무관하게, 아버지가 수감되기 전부터 예고된 사태였다. 그런데 '도대체 누가 우리를 이렇게 만들었나'라는 그녀의 언술에서는 그 공포, 울분과 가족 해체의 상처가 구분되지 않은 채 내면에 자리 잡혀 있는 징후가 보인다. 현재의 상황(한국에서 탈북자라는 꼬리표를 달고 사는 상황)에 맞물려서 가족 해체의 상처를 결부시켜 감정이 뒤섞인 셈이다. 이는 사고의 전치,[54] 왜곡의 문제이다.

이렇게 볼 때 그녀는 보편적인 생활 사건이나 아픔까지도 탈북 상처와 결부시켜 이해하는 문제가 잠재되어 있을 가능성이 있을 수 있다. 자신의 갖가지 불행과 고충이 탈북민이라는 처지와 연쇄되어 사고 판단에 영향을 준다면, 그녀는 탈북민 출신으로 살아가는 내내 그 고통으로부터 자유로워질 수 없다. 어머니에 대한 애착, 아버지에 대한 반감도 역시 마찬가지이다. 부모님에게 전적으로 의지할 수 없는 상황과 탈북 및 적응 과정에서의 고충을 뒤섞는다면, 탈북이 남긴 상처로부터 헤어 나오기 어려울 것이다.

---

54 어떤 사상, 감정 또는 소망을 수용 가능한 다른 사상, 감정 또는 소망을 바꾸어 놓음으로써 거기에 따르는 걱정을 줄이기 위해 사용하는 일종의 방어기제(defense mechanism)를 의미한다.

(4) 부모와 자기 삶의 분리·독립을 위한 길

문학치료 활동을 통해 드러난 탈북여성D의 내면적 갈등은 그간에 고초와 관련된 공포와 울분이 남아 있다는 것과 가족 해체에 대해 여러 요인을 뒤섞여 기억하고 있다는 점이었다. 이 두 가지는 설화 〈해와 달이 된 오누이〉와 〈장모가 된 며느리〉에 대한 반응에서 추론되었다. 이 글에서는 두 설화에 대한 그녀의 이해 방식이 어떻게 조정되었나를 살피면서 문학치료 활동 결과를 정리하고자 한다.

▶ 오누이의 성공에 대한 기억 누락

먼저 〈해와 달이 된 오누이〉에 대해서, 4회기 때는 원래의 줄거리를 상기시키면서 기존 문학적 해석을 전달하는 시간을 가졌다. 이때 연구자는 호랑이보다 더 큰 힘이면서, 공명정대한 힘인 하늘이 그들을 구원하였다는 점, 오누이가 성장한 후에 세상의 빛이 되었다는 지점을 강조하였다.

그러자 탈북여성D는 탈북과정에서 늘 자신을 보호해 주었던 오빠에 대한 기억을 떠올렸고, 오빠가 있었기에 버틸 수 있었다고 말했다. 그리고 아버지가 수감되었을 때 자신에게 호되게 굴었던 어른을 떠올리며, 그 분이 안 좋게 돌아가셨다는 소식을 들었다는 이야기를 했다. 〈해와 달이 된 오누이〉의 이야기에 반영된 정당한 힘과 인과응보에 대한 기대감을 표현한 것으로 보인다.

그러면서도 자신에게 호되게 굴었던 어른의 죽음에 대한 감정이 부당한 권력자에 대한 분노가 묻어져 나왔다. 앞 절에서 밝힌 바와 같이 복수형 〈해와 달이 된 오누이〉를 만들었던 그녀의 내면에는 부당한 권력자에 대한 응당한 처벌에 주목하는 특성은 좀처럼 변하기 어렵다는 판단을 하였다. 복수, 보복으로부터 자유로울 수 있는 길은 자신의 행복에 대한 객관적 관점을 유지하는 데에서 출발할 수 있는데, 그녀가 오누이의 성공에 미처 큰 관심을 두지 않는 것이 보복에 매몰된 특성과 관련되어 있다고 판단된다.

5회기를 마친 후 사후검사에서 그녀는 다음과 같이 이 이야기를 기억하고 있음을 확인하였다.

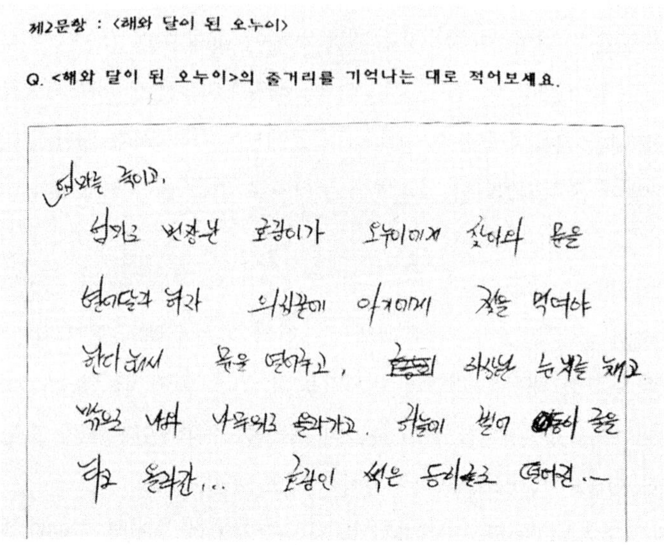

제2문항 : 〈해와 달이 된 오누이〉

Q. 〈해와 달이 된 오누이〉의 줄거리를 기억나는 대로 적어보세요.

그림 9: 탈북여성D의 기억진술형 검사 결과

> 엄마를 죽이고, 엄마로 변장한 호랑이가 오누이에게 찾아와 문을 열어 달라 하자
> 의심 끝에 아기에세 젖을 먹여야 한다해서 문을 열어주고, 이상한 눈치를 채고. 밖으
> 로 나와 나무위로 올라가고, 하늘에 빌어 동아줄을 타고 올라간... 호랑인 썩은 동아
> 줄로 떨어진. −55

이전에 그녀가 선택하였던 결말은 오누이 스스로 호랑이에게 복수하는 형태였
으나, 하늘에 빌어 오누이는 살고 호랑이는 죽었다는 원래의 전개를 기억하는
변화된 모습도 보인다. 하늘에 힘에 의해서 호랑이가 처단되는 결말에 대한 공명
한 힘의 의미를 이해하고 수용한 것으로 평가된다. 그러나 이 기억진술형 검사에

---

55 탈북여성D의 사후진단 '기억진술형'검사 결과(2014.12.28.)

서 그녀가 기억하는 이 설화의 줄거리에는 오누이가 하늘로 올라가 해와 달이 되었다는 지점은 생략되어 있었다. 서사 주체의 성공 및 성장에 대한 관심이 여전히 미흡한 상황이었다. 이 지점이 보충되어야 보다 호랑이의 위협을 바탕으로 더 크게 성장할 수 있었다는 서사에 대한 신념이 강화될 것으로 보인다.

▶ 더 기댈 수 있었던 존재, 아버지

그녀의 내면적 갈등의 두 번째 특징은 가족 해체의 상처와 탈북, 적응 시기의 고난에 대한 감정이 뒤섞인 면에 있었다. 특히 어머니에게는 연민의 감정을, 아버지에게는 불편한 감정을 보인다는 것이 주요한 특징이다. 연구자는 이를 염두에 두고 4회기 때 〈장모가 된 며느리〉에서 계모와 전처딸의 관계, 그리고 〈간 뺏길 뻔한 전처아들〉, 〈내 복에 산다〉의 부모 자식 관계를 설명하였다. 이 설화들은 우리가 부모라는 존재들을 어떻게 바라보아야 하는지 진실을 말해준다고 하였다.

그녀는 〈장모가 된 며느리〉에 대해서, 계모와 전처자식간의 관계가 어쩔 수 없다고 이야기하였다.

탈북여성D: 남자는 여자가 있어야 하고, 제가 편하기 위해서라도 (새엄마가) 있었으면 했어요. 아빠의 입장에서 보면 아빠를 좀 더 잘해주었으면 좋겠고-.[56]

위와 같이 말하면서 자신도 아버지의 재혼을 원했고, 자신이 좀 편하게 지내고 싶어서라도 바랐다고 했다. 그러나 새어머니가 아버지에게 조금 더 잘해주기를 바라는 마음도 들었다고 이야기하며, 친어머니와 비교하였다. 친어머니의 수고, 고생을 이야기하며, 그것에 대해 아버지가 부당한 평가를 한다고 하였다. 아버지가 어머니에게 하는 태도, 오빠에게 하는 강압적인 훈육방식에 대한 불만을

---

56 탈북여성D의 문학치료 활동 4회기 녹취록(2014.11.20.)

털어 놓았다.

> 탈북여성D: 얘기하다 보니까 내가 아빠한테 무슨 한이 있는 것 같애.(웃음)[57]

탈북여성D는 감정이 높아져서 이야기하다가, 이내 안정을 찾고 위와 같이 말하였다. 자신이 아버지에게 '한'이 있는 것 같다며 자조하는 모습이었다. 아버지에 대한 자신의 반감을 설명하는 와중에, 자신과 직접적인 사건을 이야기하는 것이 아니라, 어머니, 오빠에 대한 부당함을 들어 설명하는 것이 특이하였다.

연구자는 자녀서사의 작품들을 거론하면서, 부모도 욕망 앞에 흔들리는 나약한 인간이며, 우리의 기대와 달리 완전한 존재일 수 없으며, 그에 대한 측은지심을 품게 하는 이야기들이라고 하였다. 그녀에게 어머니는 이미 그러한 존재이지만, 아버지는 그렇지 않다고 하자 다음과 같이 털어 놓았다.

> 탈북여성D: 아빠는 워낙에 대단하게 잘 나가고 그런 존재였어요. 나가면 사람들이 다 막 이러고, 그런 사람이었어요. 우리 아빠는 돌 위에 세워 놓아도 다 할 수 있고, 아빠가 있으면 우리는 이 세상 무서울 게 없다, 어디 가서 무엇을 해도 다 하는 이런 사람이었죠. 그런데 그런 사람들이 집에 와서는 〈생략〉 (어머니와의 불화에 대한 불편한 감정 토로)[58]
> 먹고 산다고 사람이 개, 돼지도 아니고, 그것으로 끝나는 것도 아니고. 자식을 먼저 배려해 주었어야 했고. 차라리 풀죽 먹더라도 마음 편히 살고 싶다는 얘기를 했어요. 어릴 때부터. 그러면서도 밖에서는 아버지가 막 이렇게(크게) 보이고.[59]

---

57 탈북여성D의 문학치료 활동 4회기 녹취록(2014.11.20.)
58 이 부분은 내담자의 특별한 요청으로 공개하지 않는다.
59 탈북여성D의 문학치료 활동 4회기 녹취록(2014.11.20.)

탈북여성D는 아버지가 자신에게 워낙 큰 존재였는데, 그에 반면 가정에서는 소홀한 면이 있었다고 했다. 그녀는 어머니의 고충을 이야기하며 아버지의 결점을 지적했다. 그러는 가운데 '자식을 먼저 배려해 주었어야 했'다는 내심을 털어 놓았다. 강한 신뢰감을 주는 대상인 아버지가 가정 내에서도 자신의 심리적 안정에도 신경 써주기를 바랐던 소망을 내비친 것이다. '풀죽을 먹더라도 마음 편히 살고 싶'었다며 아버지에 대한 불만을 이야기하면서도, 밖에서는 우러러 보는 대단한 존재였던 아버지에 대한 호감이 교차한다고 하며 혼란스러워 하였다. 연구자는 그 둘 다 진실이고, 합당한 감정이라고 대응했다.

　위와 같은 반응은 앞 절에서 밝힌 바와 같이 자녀서사 작품에 대한 그녀의 이해방식, 그리고 어머니와 아버지에 대한 상반된 감정의 해석과 일치한다. 북한에서의 삶은 경제적으로 풍요로워 잠재울 수 있었으나, 현재 한국에서의 삶에서는 눌러왔던 불만이 터져 나왔던 것으로 보인다. 무슨 일에서도 만능인 아버지에 대한 기대감과 의존심에 의한 반감이었던 것이며, 그녀가 그토록 갈망하던 '모성애'는 아마도 그 기대감과 의존심이었고, 아버지의 재혼으로 좌절되자 어머니에 대한 그리움이 증폭된 것으로 추측된다.

　5회기를 마치고 사후 검사 때, 그녀는 〈장모가 된 며느리〉를 포함하여 자녀서사 설화의 줄거리를 대부분 기억하고 있었다. 특이한 점은 〈간 뺏길 뻔한 전처 아들〉의 기억진술형 검사에 대한 결과였다.

> 본처가 죽고 아들 하나를 데리고 후처를 맞은 남편이 와이프가 아픈데 아들 간이 필요하다 하자, 간을 **빼려고** 하는 눈치를 챈 아들이 달아나고, 나중에 성공하는...[60]

　위의 자료에서 알 수 있듯이 탈북여성D는 이 설화의 줄거리 가운데, 마지막 단락인 성공한 아들이 자신을 도와준 백정부부와 함께 아버지를 데려와 부양한

60　탈북여성D의 사후진단 '기억진술형'검사 결과(2014.12.28.)

다는 결말을 누락시켰다. 여전히 다른 길을 걷고, 자녀의 안위를 돌보지 않아 위기를 자초한 아버지에 대한 분노가 소화되지 않은 상태였다.

그녀는 4회기 때 어머니와 아버지의 만남을 자신이 거부한다는 말을 한 바 있다. "두 분은 서로 보고 싶어 하기도 한데, 내가 막아요. (웃음) 제가 못 만나게 만들어요. 〈중략〉 이해하려고 하는데 짜증이 나는 거예요. 엄마를 지켜보면. 〈중략〉 엄마를 보여주고 싶지도 않고."[61]라고 하였다. 어머니를 보여주지 않는 행동은 그녀 내면에서 아버지를 이해하지 못하는 지점과 맞닿아 있다. 그녀는 어머니에 대한 강한 애착을 품은 정도로 자신과 동일시하고 있기 때문에, 어머니를 만나게 하지 못하는 것으로 일종의 거부감을 표현하고 있는 것으로 판단된다.

이상으로 문학치료 결과 그녀가 차마 털어놓지 못했던 과거에 대한 공포와 울분, 아버지에 대한 반감이 드러났고, 그 회복을 시도하였으나 획기적인 변화는 이루지 못하였다. 자기 성취감에 대한 확신이 강한 만큼 내면의 변화도 어려우며, 활동 내내 자신의 감정에 대한 인과관계를 설득하는 일에 치중했기에 연구자 역시 강요할 수 없었다. 보다 장기적인 안목을 가지고 접근해야 하는 작업이라고 판단하였다.

▶ 탈북여성D에게 필요한 것

연구자가 2차례에 걸쳐 탈북여성의 문학치료 활동을 진행하면서 공통적으로 느낀 바는 그녀들에게 현재까지도 괴롭히는 문제는 탈북 트라우마보다 지금 현재의 한국에서 감당해야 하는 인간관계 문제가 시급하다는 점이었다. 그 문제들은 탈북의 상처, 한, 응어리에서 야기되었을 수도 있으나, 그녀들의 기본 성향에서 기인하기도 하였다. 이에 연구자는 탈북과 적응 과정에서 필연적으로 겪게 되는 외상에 대한 치유도 시급하지만, 현재적 문제들을 외상과 결부시켜 이해하는 사고의 전치나 왜곡을 조정하는 일이 더 중요하다는 생각을 해왔다.

---

61 탈북여성D의 문학치료 활동 4회기 녹취록(2014.11.20.)

한국사회에서 만족할 만한 성과를 이뤄낸 탈북여성D에게도 여전히 해결되지 못한 문제는 '탈북'이나 '한국에서의 불편감'보다, 현재적 인간관계였다. 연구자는 가족 해체의 상처와 탈북의 기억을 분리하는 것이 급선무라는 판단이 들었다. 특히 아버지에 대한 감정이 정리되어야, 어머니에 대한 애착이 건강한 방향으로 조정되고, 가족 해체의 멍에로부터 자유로워질 것이라고 보았다.

이 문제에 대한 문학치료학적 계획은 건강한 자녀서사 확립에 있다. 그녀가 끝내 해결하지 못한 것은 부당한 권위자나, 아버지에 대한 포용력이었다. 이는 보편적인 반응이며, 초월적인 에너지를 요구하는 어려운 문제이다. 그러나 그에 대한 분노는 처절한 복수를 가능하게 하지도 않으며, 자신의 삶도 위태롭게 할 수 있다.

권위자 내지 부모에 대한 원망에서 벗어나는 시작은 그들의 삶과 자기 삶의 분별을 통해 시작된다. 그 삶과 자기 삶을 아주 긴밀히 연결시킬수록 기대는 커지고, 좌절되면 분노도 커진다. 적절한 분별은 심리학에서 말하는 자기정체성 확립의 시작이다. 기초서사영역의 자녀서사 설화 주인공들 역시 감싸기 단계로 나아갈수록, 부모에 대한 원망과 분노가 상쇄되어 있는데 이 역시 자립심에 근거한다. 그리고 주인공들은 그 신념이 현실화 되었을 때, 부모의 삶을 자신의 삶 영역으로 끌어안으며 부모감싸기서사를 이룩한다. 그녀에게 필요한 향후 조치는 바로 부모 삶과 자기 삶의 분별을 통해 자립하여 성공한 후 부모의 삶을 포용하는 구조의 부모감싸기서사에 대한 이해를 강화하는 것이다.

그간 탈북여성들의 자기서사 연구를 진행해 오면서 특별히 발견된 바는 그들이 자녀로서 세상(국가, 부모, 세상의 규범이나 법칙)을 대할 때 작동되는 자녀서사의 문제였다. 각각의 사연을 떠안고 그동안 살아온 국가를 등지고 한국으로 입국하고, 그 과정 속에서 가족들과 이별하면서 이들에게 부모적 존재를 대하는 자기서사의 성향은 그들이 살아온 인생살이 방식과 유사한 부모밀치기서사에 가까웠다. 이들에게는 이제 새로운 삶의 터전에 적응하기 위해 건강한 성인으로서 내면과 신체가 요구되고, 북에 두고 왔던 부모에 대한 죄의식 내지 연민의 감정을 건강하게 처리할 수 있는 능력이 요구된다. 이들의 건강한 삶을 위해서는 부모밀치기서사에서 감싸기서사로의 성장이 더욱 간절해지는 것이다.

이는 탈북민 본인 스스로의 노력만으로는 부족할 수도 있다. 남다른 활달함과 진로에 대한 확신으로 비교적 성공적 삶을 살아가는 탈북여성D의 경우에서도 알 수 있듯이, 탈북과 적응 후에 남겨진 내면의 상처가 현재적 고충을 더할 수 있기 때문이다. 탈북민의 내면 상처에 대한 섬세한 사회적 관심 및 조치와 더불어, 특히 무엇보다 자녀서사의 조정, 새로운 사회의 건강한 성인으로서의 자립과 성장을 위한 치유적 조치가 필요하다는 것이다.

III

'이주와 성공'의 고전서사와
탈북민 문학치료

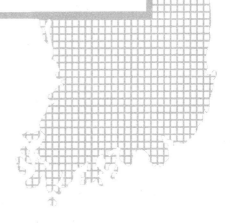

1. 문학치료의 진행 과정

(1) 탈북민의 살아온 이야기와 닮은 고전의 영웅서사[1]

탈북민의 실제적 문제는 현재의 불행이고, 이는 탈북과 이주라는 엄청난 선택의 결과라는 점이다. 이들에게는 현재의 불행이 끝나지 않는 비극으로 여겨지면서, 과거의 고통과 함께 착종되어 자기 삶과 운명을 비관하는 문제로 치닫는다. 탈북민의 살아온 이야기를 들으며 그들의 과거 경험은 애처롭기도 하지만, 그 안에는 예사롭지 않은 생존능력과 지혜가 발견되기도 한다.

▶ 탈북민의 살아온 이야기: 고향에서 새터로의 이주

다음은 탈북여성B의 탈북과 이주과정에 대한 이야기이다. 탈북여성B의 '고향에서 새터로의 이주' 생애담은 먼저 북한에서의 삶에서부터 시작되었다. 자신을 둘러싼 한계를 극복하고 성공하고자 북한에서 한국으로 건너온 내력이 확인된다.

먼저 그녀는 가난을 극복하는 설화를 접하고 자신이 가난을 극복하기 위하여 어떠한 고생을 하였는지 상세히 이야기하였다. 그 이야기는 시작은 자신이 겪은 좌절감에서 시작되었다. 그녀는 가난해서 겪었던 수모를 떠올리며 다음과 같은 기억을 털어놓았다.

> 탈북여성B: 그때가 제가 초등학교 1학년 땐가, 일곱 살 때인데. 여섯 살,
> 일곱 살 초반까지는 진짜 잘살았는데. 도둑 맞치니까 진짜, 못 살던
> 사람이 잘살면 모르겠는데, 잘살던 사람이 못 살면 어떻게 되는지

---

1 이 논의는 Park Jaiin, 「Study on the Development of Healing Programs for North Korean Refugees Using Classical Narratives」, 『S/N Korean Humanities』 2-2, The Institute of The Humanities for Unification, 2016, pp.59-61.에 수록한 논문을 수정 · 보완한 것이다.

아세요? 학교가면 왕따당해요.(웃음) 아무리 공부 잘하고 그래도, 북한 애들은 그런 게 있거든요. 선생님이 해달라는 거 다 해주다가 못하면, 그런게 있거든요, 선생부터 학생을 막 다루고, 그래가지고 제가 일곱 살 때부터 돈맛을 느껴가지고, (웃음)[2]

부유하던 외갓집이 10여 차례 도둑을 맞게 되자 가난을 면할 수 없었고, 이때 외갓집에 머물던 그녀는 부유한 혜택을 누리다가 가계의 상황에 따라 자신의 삶도 변화되었다고 인식하였던 것이다. 선생님의 요구 사항을 충족하다가 그렇게 되지 못할 경우에는 "선생부터 학생을 막 다루"었다면서, 학교에서의 멸시당한 경험을 이야기하였다. 그녀의 기억에서는 "잘살던 사람이 못 살게 되면" 겪을 수밖에 없는 고난이 7살 아이에게 학교라는 가장 기초적인 생활공간에서부터 발생한 것이었다. 또한 그녀는 "돈맛"을 느끼게 되었다고 표현하는데, 돈이 가진 힘에 대하여 깨닫게 되었다는 그녀의 인식을 이해할 수 있는 표현이었다.

그리고 사상문제가 걸림돌이 되어 자신의 진로가 막혔던 기억을 털어놓기도 하였다. 북한에서는 초등학교 4학년 때 다음 교육과정으로 진입하는데, 일류 학교에 들어갈 경우 바로 대학교에 진학할 수 있는 시스템이 있었다고 말했다. "거기를 가고 싶어서 공부를 했는데, 못 간다는 거예요, 성적도 좋았는데."라며, 다음과 같은 그때의 기억을 이야기해 주었다.

> 탈북여성B: 남북도 안하고, 남쪽으로도 안 오고, 중간에서 없어진거니까 북한에서는 그게 큰 문제인거죠. 그래서 그기는 태도가 걸린다, 못 간다니까 공부할 필요성을 못느끼는 거예요. 그래서 에라, 공부 며, 이 사회에 공부 해봤자 걸리는데, 내가 돈이라도 많아서 걔네들을 쥐락펴락 해보자. 그냥 공부를 안하고 돈만 벌었어요.[3]

---

2   탈북여성B의 문학치료 활동 2회기 녹취록(2013.01.20.)
3   탈북여성B의 문학치료 활동 2회기 녹취록(2013.01.20.)

남쪽 출신 친할아버지가 6.25때 사라졌다는 것이 사상문제로 걸림돌이 되어서 그녀는 공부할 의욕을 잃게 되었다고 말했다. 공부를 하더라도 이 사회에서는 통할 수 없다고 판단하고, 재력이라도 갖추어서 그 사람들을 휘두를 수 있는 강자가 되겠다고 결심했다는 것이다. 이런 과정을 통해서 그녀는 점차 돈을 버는 일에 몰두하는 삶을 살게 되었던 것이다.

그녀의 결심이 어떤 방향으로 실천되었는가는 그녀의 가난 극복 과정에서 자세히 알 수 있었다. 집안의 경제 상황이 어려워지자, 외갓집의 맏딸이었던 어머니가 '남들이 하지 말라는 장사'를 시작하였다고 토로하였다. 어머니가 주도하시고 자신이 그 심부름을 하여 장사를 하다 보니 집안 경제 상황이 나아지기 시작하였다고 했다. 비록 전과 기록이 남긴 하였지만, 그 노력으로 집안이 일어나게 되었다고 설명하였다.

그리고 보통의 방식으로는 돈을 벌 수 없고, 불법으로 되어 있는 방식이 '획기적인' 효과를 거둘 수 있다고 보고 있었다. 사실 그녀의 가치판단과 달리 사실상 어머니의 장사는 지속적인 안정을 제공하지 못하였다. "저희 집도 엄마가 돈을 많이 벌어 놨는데, 한 번 잡히는 바람에, 싹 다 그게 다 날아가 버린 거예요."라며 수차례 어머니가 감시망에 걸려들었고, 수감을 막기 위해서 많은 돈을 지불해야 했고, 결국 다시 가난해졌다고 말하였다. 동네에서 잔심부름을 하던 방식에서 자신이 직접 장삿길에 뛰어든 이유는 바로 어머니가 더 이상 그 일을 할 수 없게 되면서부터였다고 했다.

그 뒤에 그녀는 25kg정도의 짐을 들고 일주일이 걸리는 길을 감시망을 피해 다니면서 장사를 하였다고 말했다. 세 명씩 조를 이루어 감시망을 피해 배고픔과 싸우면 무거운 짐을 나르는 일을 하여 점차 집안이 안정을 되찾았다고 말했다. 자신의 고생으로 어머니가 잡힐 때마다 팔았던 물건들을 채워 넣기 시작했고, 부모가 살아있는데도 소녀가장과 같은 처지였으며, 일 년에 일주일 정도밖에 쉬지 못하는 고생을 감당하였다고 말했다. 그녀가 감당했던 고생은 가난에서 비롯된 것은 사실이었지만, 그 안에는 어머니의 불법 장사가 또 다른 위기를 야기하였다는 사실 또한 담겨져 있었다.

그녀는 문학치료 활동 중에 자주 성공에 대한 열망을 표현하곤 하였는데, 그 안에는 사회에서의 생존 방식으로 사회적 성공을 인식하고 있었기 때문이었다.

> 탈북여성B: 역시 권력? 그렇게 생각났어요. 왜 그렇게 생각났는지는 잘 모르겠는데. 역시 이 사회는 아는게 힘이고, 권력이, 그 힘을 바탕으로 해서 권력에 있던가, 아니면 돈이 많던가 그래야 되겠다. 자꾸 그런 생각밖에 안 들더라구요. 영화도 요즘에 되게 그런 영화들 많잖아요. 돈이 없는 사람은 애매하게 감옥에 몇 십 년 가고, 그런 걸로. 내가 돈이라도 많아야 되겠구나. 아는 게 힘이고, 가진게 많아야겠구나. 자꾸 그런 생각밖에 안 들어요. 이상한 건가요?[4]

> 탈북여성B: 그전에도 돈이 많아야 되지. 왜, 맹목적으로 많아야지. 내가 살려면 많아야지. 이걸 하다보니까 내가 이 사회에서 죽지 않고 살아남으려면 뭔가는 있어야 되겠구나. 다른 사람보다. 그냥 있어서는 안 되고 많아야 되겠구나. 한 가지 확실히 확 튀어나게 많아야 되겠구나. 그런 생각을 하고 있는데, 영화도 다 그런 거고, 드라마도 다 그런 거고. 그런 거 밖에 생각이 안 나고 안 보이니까,[5]

위와 같이 그녀는 이 사회에서 살아남기 위해서는 '뭔가'는 있어야 한다고 표현한다. 그 뭔가에 해당하는 것은 아는 것, 혹은 권력 내지 부(富)라고 설명하고 있다. 그리고 "죽지 않고 살아남으려면"이라는 표현에서 알 수 있듯이 이와 같은 것을 소유하지 않으면 사회에서 생존할 수 없다고 인식하고 있었다. 그리고 영화나 드라마에서도 그러하다면서 그러한 판단이 더욱 확고해진다는 것을 스스로 인정하고 있는 지점에서 여전히 그러한 인식 아래에서 벗어나지 못하는 점 또한

4　탈북여성B의 문학치료 활동 5회기 녹취록(2013.02.17.)
5　탈북여성B의 문학치료 활동 5회기 녹취록(2013.02.17.)

발견된다.

생존하기 위해서 뿐만 아니라, 그녀는 가장 높은 사람이 되고 싶다고 자주 말을 해왔었다. 그녀의 좌절감에서 비롯된 분노가 강한 성취욕으로 발현되고 있는 것으로 보였다. 그녀의 굳센 노력으로 생계는 어느 정도 유지되었으나, 그녀의 성공에 대한 열망이 성취된 것은 아니기 때문에 그녀는 탈북을 꿈꾸게 되었다고 하였다. 어머니가 그녀의 미래에 대해서 걱정을 하자 그녀는 '북한에 있을' 사람이 아니라며 고향을 떠날 의지를 밝혔다고 했다. 북한에서 성공의 가능성이 희미해지자, 그녀는 걱정하는 어머니를 뒤로하고 자신의 성공 소망을 성취할 수 있는 다른 세상으로 떠나고자 했던 것이다.

우여곡절 끝에 한국으로 입국하게 되었지만,[6] 한국에서의 생활도 만족스러운 것은 아니었다. 5회기의 과정이 끝난 후 또 다시 문학치료의 도움을 받고 싶다고 찾아온 그녀는 전공 공부에 대한 어려움을 토로하며, 전문대에 입학하여 기술을 배워야겠다는 말을 하기도 하였다. 끝없이 외로워져 신체화 증상이 나타나기도 하며, 북한에 계신 어머니가 보고 싶다고 토로하였다.

'고향에서 새터로의 이주' 생애담 줄거리	생애담 서사 구조
가난하다고 선생님과 학교 친구들에게 멸시를 당했다. 친할 아버지의 사상문제로 좋은 학교에 진학할 수 없다는 사실을 알게 되었다. 학교를 떠났다. 돈을 많이 벌어 그들을 좌지우지 할 수 있는 사람이 되겠다고 결심했다. 어머니에게 전수받은 장사 수완으로 돈벌이를 시작하였다. 자신이 가장이 되어 가정의 가난은 어느 정도 해결되었으나, 자신의 소망은 성취할 수 없었다. 고향을 등지고 한국으로 입국하였다. 한국에서 사회적으로 성공한 사람이 되고 싶었다. 좋은 대학에 입학하게 되었고, 그 전보다 안정된 생활을 할 수 있었다. 현재는 재력가가 되기를 소망하고 있지만 만만하지 않은 문제로 여겨진다.	① 태어난 곳에서의 나는 비천한 존재였다. ② 환경적 요인 때문에 나의 소망이 좌절되었다. ③ 반사회적인 방식으로 성공하고자 했다. ④ 어느 정도는 성취되었으나, 나의 사회적 위치는 변하지 않았다. ⑤ 나는 소망 성취를 위하여 다른 세상으로 떠났다. ⑥ 새터에서의 생활수준은 만족할 수 있었으며, 재력가가 되고 싶은 소망이 있다.

---

6 탈북여성B는 탈북과정이나 타국에서의 체류 경험에 대해 일절 입 밖으로 꺼내지 않는 경향이 있다.

탈북여성B의 생애담 서사는 '나를 비천하게 보는 세상에 반사회적으로 대응하다가, 근본적인 해결이 아니라는 사실을 깨닫고 다른 세상으로의 이동하여 성공하였다.'로 정리될 수 있다. 현재 그녀가 느끼는 어려움은 다른 세상에서의 소망 추구도 어렵다는 데에 있다.

▶ 탈북여성B의 생애담과 유사한 고전서사 작품

이러한 서사 구조와 유사한 작품으로는 설화 〈맷돌과 북과 나팔로 성공한 삼형제〉[7]가 있다.

작품의 줄거리	생애담 서사 구조
① 가난한 홀아비가 아들 셋을 두고 살고 있었다. ② 가난이 좀처럼 해결되지 않아서, ③ 늘 온 식구가 여기저기 돌아다니며 구걸하며 지냈다. ④ 어느 날 큰아들이 아버지에게 이렇게 살 수 없으니 먹고 살 일을 하나 가르쳐 달라고 했지만, 아버지는 죽기 전에 말해 주겠다고 하였다. 아버지는 죽기 전에 큰아들에게는 맷돌을, 둘째에게는 북을 셋째에게는 나팔을 주며 이것으로 살면 된다고 하였다. ⑤ 삼형제는 아버지를 묻고 돌아오는 길에 각자 흩어져 길을 떠났다. ⑥ 큰아들은 맷돌 굴리는 소리로 도깨비를 놀라게 하여 도깨비방망이를 얻고, 부자가 되어 아내를 구했다. 한편 둘째는 자신의 북소리에 춤을 추는 호랑이를 만나 돈을 벌고 장가를 가게 되었다. 막내는 나팔소리로 바람난 대감의 딸을 위협하여 재물을 얻을 수 있었다. 그렇게 삼형제 모두 부자가 되었다.	① 태어난 곳에서의 나는 비천한 존재였다. ② 환경적 요인 때문에 나의 소망이 좌절되었다. ③ 반사회적인 방식으로 성공하고자 했다. ④ 어느 정도는 성취되었으나, 나의 사회적 위치는 변하지 않았다. ⑤ 나는 소망 성취를 위하여 다른 세상으로 떠났다. ⑥ 새터에서의 생활수준은 만족할 수 있었으며, 재력가가 되고 싶은 소망이 있다.

이 설화는 가난한 홀아비 밑에서 자란 삼형제가 구걸하며 살다가 아버지가 돌아가시자 고향을 떠나서 각자의 방식으로 성공하여 유복한 삶을 누리게 되었다는 내용의 작품이다. 가난한 홀아비 밑에서 가난을 극복할 수 없었던 상황은 생

---

7   이 설화는 『문학치료 서사사전』에 의하면 『한국구비문학대계』에 약 2편 가량 수록된 작품이다. 그리고 이 이야기는 지난 교과과정 정책 하의 국정교과서에 실리기도 한 작품이기도 하다. 이 설화의 줄거리는 『문학치료 서사사전』을 참고하였다.

애담의 서사단락①, ②에 해당되고, 그리고 구걸이라는 생계유지 방식은 ③에 해당된다고 볼 수 있다. 첫째가 아버지에게 이렇게 더 이상 살 수 없다고 다른 삶의 방식을 요구한 점은 ④와 아버지의 죽음으로 삼형제가 집을 떠나는 계기가 마련된 지점은 ⑤와 유사하다. 생애담 서사단락⑥과 이 설화의 결말도 역시 상동하다. 탈북여성B가 새터에서 만족할 만한 생활수준을 누리며 살고 있다는 점과 재력가가 되고 싶어 하는 지점은 삼형제가 모두 부자가 되었다는 결말과 동일하다는 것이다.

보잘 것 없는 아버지의 유물을 활용하여 성공에 이르게 된 상황 역시 탈북여성 B의 삶과 유사한 측면이 있다. 이 설화에서 아버지의 유물은 물건 그 자체가 아닌 구걸하는 삶에서 배운 생활지혜, 대처능력 등으로 해석될 수 있기 때문이다. 그녀 또한 그 사회에서 불법이라고 하는 위험한 장삿길을 버티며 훈련된 강인함으로 탈북과정에서 생존할 수 있었을 것이며, 집안의 소녀가장으로 생계를 책임지던 일에서 삶에 대한 책임감과 독립심이 체득되어 현재 생활을 유지할 수 있고, 어머니의 장사 수완을 전수받아서 미래의 자기 사업에 활용하고 싶어하는 등 그녀의 특징과 삼형제가 맷돌, 북, 나팔을 활용하여 부(富)를 축적한 지점은 그 의미가 상통하는 바가 있다. 그녀의 소망 성취는 어쩌면 이 설화의 주인공들이 보잘 것 없는 유물로 부를 획득했던 과정과 유사한 경로로 실현 가능할 수 있다.

그리고 그녀의 '고향에서 새터로의 이주' 생애담과 〈맷돌과 북과 나팔로 성공한 삼 형제〉의 서사구조가 유사하다고 전제하면, 〈주몽신화〉와 〈홍길동전〉의 이야기도 그녀의 삶과 견줄 수 있다. 이 두 작품은 탈북여성B의 생애담 서사단락 ⑤번에 이르기까지 유사한 구조를 보이고 있는 작품이기 때문이다.

먼저 생애담 ① '태어난 곳에서의 나는 비천한 존재였다.'는 주몽과 홍길동의 탄생과 유사한 의미를 찾을 수 있다. 주몽과 홍길동은 본부인에게서 태어나지 못했다는 신분적 제약으로 인해 주위의 멸시와 차별을 받는다. 그러나 실상 그들은 천부지모의 자손이나 청룡의 꿈을 꾸고 태어난 비범한 존재이다. 이면의 고귀한 태생과 비범한 능력을 지녔다는 것은 현실적 제약을 뛰어넘는 타고난 야망의 크기나 사람의 그릇을 가졌다는 것으로 해석할 수 있다. 이는 탈북여성B 역시 성공할 수 있는 자질과 그릇을 지녔다는 점에서 서사단락①과 유사하다고 볼 수 있다.

주몽이 금와왕 태자의 모함에 의하여 마구간에서 일하게 되는 상황과 홍길동이 서자라는 이유로 호부호형을 하지 못하고 사람대접을 받지 못하는 처지에 놓인 것은 그녀의 생애담 서사단락② '환경적 요인 때문에 소망이 좌절되었다.'와 동일하다. 주몽이 금와왕의 눈을 속여 준마를 가로채는 과정과 길동이 도적들과 함께 조선팔도를 휘젓는 일은 생애담 서사단락③ '반사회적인 방식으로 성공하고자 했다.'와 유사하다.

그리고 부여를 떠나기로 한 주몽의 결심에 벗들이 동참했다는 점, 길동이 도적들의 우두머리가 되었다는 점은 그녀가 불법장사를 도맡아 하여 가정의 빈곤을 해결하는 가장 노릇을 하였다는 점과 유사하다. 이는 생애담 서사단락④ '어느 정도는 성취되었으나, 나의 사회적 위치는 변하지 않았다.'에 해당한다고 볼 수 있다.

또한 주몽이 출가를 결심하여 부여에서 탈출하는 것, 길동이 임금의 제안한 벼슬을 거절하고 성도로 떠나는 것은 북한을 탈출하게 되어 커리어우먼의 꿈을 실현하기 위해 한국으로 건너온 상황과 유사하다. 그래서 서사단락⑤ '나는 소망 성취를 위하여 다른 세상으로 떠났다.'에 부합된다고 볼 수 있다.

그러나 새로운 세상을 찾아 온 과정까지는 유사하지만, 그녀의 현시점에 해당하는 서사단락⑥부터가 서사의 분기점에 의하여 〈주몽신화〉와 〈홍길동전〉과 달라진다. 주몽은 새로운 세상에서 '고구려'라는 자신의 나라를 건국하였으며, 길동도 역시 새로운 세상을 통치하다가 이웃의 율도국을 점하고 그 나라의 왕이 되는 위업을 성취한다. 새로운 세상의 왕이 된다는 점은 새로운 세상에서 주변인이 아닌 주역으로 자리 잡는다는 바로 해석할 수 있는데, 그렇다면 새터에 적응해야 되는 탈북민들에게 중요한 의미가 될 것이다.

특히 길동이가 처녀들을 납치한 요괴를 물리치는 구원자의 역할을 하면서 영웅으로 자리 잡는다는 점은 중요하다. 왜냐하면 길동의 영웅성을 개인의 소망만을 달성하는데 그치지 않고, 다수의 소망과 나의 소망이 일치되어 실현될 때 획득되는 것이라는 점을 보여주는 지점이기 때문이다. 또한 주몽이 훗날 부여에서 자신을 찾아온 자손에게 왕위를 물려주었다는 점과 길동이가 왕위를 물려주고 선도를 닦다가 승천하였다는 점은 간과할 수 없는 중요한 지점이다.

탈북여성B의 경우 사회적으로 지위가 높은 사람이 되기를 희망하나, 주몽과 길동이 영웅성을 획득하는 '과정'에 대해서는 깊게 고려하지 않고 있다. 그리고 그들이 물적 성취를 넘어 기존공간을 떠나올 수밖에 없었던 원인을 스스로 극복하며 자아실현을 이뤘듯이, 그녀의 생애 또한 세속적 욕망만으로는 완성될 수 없다는 점을 이해해야 한다. 물질적 능력에 대해 집착하는 그녀의 성향으로 볼 때 이들의 영웅성 획득 과정이 문학치료적 효과를 마련해 줄 수 있을 것으로 기대된다.

한편 〈홍길동전〉에서 길동은 갈등을 벌이던 아버지와 화해하고 호부호형을 허락받고 출가하였고, 임금에게 벼슬자리를 제안 받고 임금의 도움으로 조선 땅을 떠났다. 이는 탈북여성B의 생애담 서사와 다른 점이다. 그는 소망이 성취되었는데도 안주하지 않고, 더 큰 소망을 추구하며 더 큰 세상(집→나라→나라 밖)으로 나아간다는 점이 그녀의 생애담과의 차이점이다.

정리하면 그녀의 생애담의 서사는 현실에 만족할 수 없어 새로운 세상으로 이주하여 성공하였다는 점에서 〈맷돌과 북과 나팔로 성공한 삼 형제〉, 〈주몽신화〉나 〈홍길동전〉과 동일한 구조이다. 그러나 주몽과 길동이 새터에서의 영웅, 주역이 되었다는 점이 아직 그녀의 생애담에서 발견할 수 없는 지점으로 그녀가 삶의 목표나 지향점으로 삼을 수 있는 중요한 성공비결이 될 수 있다.

이러한 차이점은 새로운 세상에서 적응하는 문제로 고민하는 탈북민들에게 하나의 치유적 힘을 제공할 수 있다. 탈북여성B의 생애담이나 여타 탈북민들의 사연 속 이주 과정은 홍길동이나 주몽과 같은 자아실현을 위한 시도이기 보다는 좌절로 인한 탈출 혹은 도피로 이어진 경우가 많다. 학업에서 장사의 길로, 그리고 탈북으로 이어지는 과정이 현실에 대한 회피일 수 있는 문제가 잠재되어 있기 때문에 더 큰 소망을 추구하는 바에 대한 확신이 요구된다. 현실에 대한 회피가 지속될 경우 한국에서의 성공도 장담할 수 없고, 새터로의 이주가 오히려 그녀에게 독이 되는 사태가 벌어질 수 있다.

신화학자 캠벨은 영웅신화가 한 인간이 태어나 통과의례적 시련을 거쳐 가치 있는 인간으로 성장하는 과정의 이야기라고 하였으며, 세계로부터 분리되고 힘의 원천을 통합하여 귀환하는 구조라고 하였다.[8] 탈북민의 과거 경험은 이러한 영웅서사의 문법으로 보자면 성공 기반이 될 수 있다. 작품 속 이주 공간에서 영웅되기는 탈북 트라우마의 핵심이라고 할 수 있는 무력감, 사회적 고립, 무망감 등에서 극복하는 단계로 이해될 수 있다. 결국 영웅서사는 이들에게 현재의 좌절에서 벗어날 수 있는 여러 방도를 알려주는 지침으로 기능할 수 있다는 것이다.

그리고 탈북민의 문학치료 현장에서 한민족의 고전서사는 특별한 효과를 발휘할 수 있다. 한민족은 예로부터 정착의 삶을 중시하고, 다민족국가가 아니라는 점에서 이방인이나 유랑민에 대해 동정과 연민의대상으로 여기는 인식이 기층적으로 깔려 있다. 이러한 기존 관념은 탈북민의 고충을 가중시키는 문제가 되기도 한다.

그러나 이 연구에서 주목하는 고전서사의 영웅들은 모두 기존 공간에서 탈출하여 더 크게 성장하는 인생스토리를 보이기 때문에 탈북민의 자신의 처지를 비관하는 문제에 특별한 효과를 유도할 수 있다. 우리의 정신적 뿌리인 고전서사의 영웅들이 이주를 통해 성공했다는 점은 이들에게 이방인으로서의 비관에서 떨쳐 나오게 하는 큰 원동력으로 작용할 수 있다.

이에 이 연구는 우리 민족이 향유하여온 영웅들의 이주 서사를 기반으로 탈북민의 치유프로그램을 구안하였다. 그들의 과거가 '고난'으로만 기억되지 않고,

---

8   조셉 캠벨 저, 이윤기 역, 『천의 얼굴을 가진 영웅』, 민음사, 1999, 1-504면.

'성공의 밑거름'으로 자각될 수 있도록 고전 영웅서사를 이해하고, 자기 삶으로 적용하는 문학치료 활동을 기획한 것이다.

(2) '이주와 성공'의 고전서사 기반의 문학치료 프로그램

우리 고전서사에는 탈북민과 유사한 경험이 영웅으로 성장하는 밑거름이 되는 이야기가 많다. 각종 민담에서 신화, 고전소설에 이르기까지 기존 공간에서의 억압과 한계, 탈출, 이주, 그리고 성공과정을 그려낸 이야기가 장르별로 다양하게 존재한다. 주인공들의 성공 과정에서 기존 공간의 억압과 한계는 그들을 더 크게 성장하게 하는 필수적 · 필연적 결핍이며, 그로 인하여 주인공들은 초극적 능력을 발휘하게 되고 영웅으로 성장한다. 이러한 점에 착안하여 영웅의 성장으로 전개되는 서사가 탈북민의 내면에 내재화되면, 탈북과 이주의 삶을 비극적 운명으로 치부하고 그로부터 자신을 가두는 탈북민의 심리적 문제로부터 자유로워질 수 있다고 예측하였다. 그래서 기획된 것이 이주와 성공 과정을 담은 고전서사를 활용한 문학치료 프로그램이다.

▶ '이주와 성공'의 고전서사

고전서사를 활용한 문학치료 프로그램을 구성하기 위해 다음과 같은 기준으로 고전서사를 선별하였다.

고전 영웅서사 선별 기준 〉〉	탈북민의 탈북과 이주 경험을 표상하는 영웅들의 고난과 성공
	· 기존 공간에서 겪는 억압과 한계
	· 기존 공간에서 이탈하는 이주 과정
	· 이주 후 이전보다 더 확장된 범위로 내면적, 물질적 성취
	· 이주공간에서의 사회적 자기 실현

그림 10: '이주와 성공'의 고전서사

위의 기준으로 선별된 고전서사는 설화 〈맷돌과 북과 나팔로 성공한 삼 형제〉, 〈내 복에 산다〉, 고전소설 〈홍길동전〉, 건국신화 〈주몽신화〉이다. 설화의 경우는 이전 문학치료 과정에서 탈북민들이 자신의 탈북과정과 견주는 반응을 보였던 작품이었다. 고전소설과 건국신화는 이 설화들과 유사한 틀로 전개되면서도 주인공들의 자아실현이 상세하게 그려지거나, 확대되는 면모가 발견되는 작품들로 선정되었다. '기존 공간에서 겪는 억압과 한계'로부터 탈출해서, 이주 공간에서 이전 보다 넓은 범위로 물적 성취가 확대되고, 자기실현이 뚜렷하게 드러나 있는 구조의 작품들이다.

이 작품들은 기존 공간의 억압과 한계에 있어 가난, 생명위협, 부모의 방만한 양육환경, 사회적 차별과 무시 등 탈북민이 경험한 고난과 닮아 있다. 또한 그들이 기존 공간에서 탈출하는 이주과정은 위험천만한 장면들로 채워져 있다. 그렇기 때문에 탈북민들의 자기 경험을 상기시키고, 몰입하는 데에 적절한 작품이라고 할 수 있다.

그러면서도 이주 공간에서 성취한 자기실현의 범위는 각각의 작품의 따라 깊이와 폭이 다르다. 〈맷돌〉[9]는 기존 공간의 질곡에서 벗어나 지혜와 통찰력으로 새로운 공간에서 인간다운 행복을 찾은 서사라면, 〈내 복의 산다〉는 그 지점에서 더 나아가 기존 공간에서 억압의 주체들을 포용하는 서사이다. 〈홍길동전〉은 소망이 성취된 현실에 안주하지 않고 더 큰 세상으로(집→나라→나라 밖)으로 나아가 자신의 세상을 건설하는 서사이다. 이와 유사하게 〈주몽신화〉는 새 나라를 건설한다는 점에서 견고한 자기세계를 구축하며 새로운 역사, 새 시대가 시작된다는 의미를 지닌 서사로 이해할 수 있다.

물론 탈북민에게 고전서사의 영웅들처럼 새로운 나라를 건설하는 왕이 되라고 하는 것은 아니다. 다만 우리가 익히 들어 알고 있는 고전의 영웅들에게서 자기 삶과 유사한 지점을 발견하고 그 성장의 가능성을 신념화할 수 있다면 고전서사

---

9   이후 이 설화의 제목은 단축하여 〈맷돌〉로 표기하였다.

는 탈북민의 삶에 긍정적인 기여를 할 수 있다. 즉 이러한 영웅서사의 문법으로 보자면 탈북민의 과거 경험은 미래의 성공 기반임에 틀림없으며, 고전서사의 영웅들처럼 어떠한 경로를 추구하느냐에 따라 이주 공간에서 자기실현의 미래가 그려질 수 있다는 것이다.

그들의 탈북과 이주의 과거가 '고난'으로만 기억되는 지점에 머물지 않고, '성공의 밑거름'으로 자각되는 것이 이러한 고전서사를 활용한 문학치료의 일차적 목적이다. 인간의 사유 단위인 '서사'가 지닌 힘을 활용하여, 과거 고난의 기억을 위로하고 영웅으로의 성장 과정으로 재해석할 수 있도록 내면의 서사를 조정하는 것이다. 그리고 영웅들의 성공 스토리를 자기 삶에 적용하면서 성찰적 사고를 동반하여, 구체적인 인생설계도 가능하다. 이에 고전 속 영웅들의 이주성공담에 대한 이해와 몰입을 유도하고, 영웅들의 성공스토리를 자기 삶으로 적용하여 사유하는 문학치료를 구안하였다.

▶ 문학치료 프로그램 과정

이 문학치료 프로그램은 고전서사에 대한 충분한 이해와 자기 삶을 녹여낸 창작 활동을 담았다. 다음의 4단계가 그것이다.

- 1단계: 고전서사의 뒷이야기 창작하기
- 2단계: 고전서사를 감상하고, 자신의 이야기와 비교하기
- 3단계: 고전서사의 의미 해석하기
- 4단계: 자신만의 이야기로 창작하기

먼저 1단계는 고전서사의 주인공이 기존 공간으로부터 탈출하는 시점까지 서사를 제공하고 이후의 상황을 어떠한 이야기를 만들어 내는가를 살피는 과정이다. 이는 탈북민이 서사의 경로에 중요한 영향을 미치는 분기점에서 어떠한 선택을 하는지를 살피는 과정으로, 문학치료가 실행되기 이전의 내면을 점검할 수

있다. 이로부터 기존 공간에서 탈출하는 과정에 두려움을 어떻게 처리하는가, 이주한 새로운 공간에서 어떠한 삶을 상상하는 데에 익숙한가 등 탈북과 이주에 관한 다양한 사항들을 점검해 볼 수 있다.

2단계는 1단계에서 창작한 자신의 이야기와 본래의 고전서사를 견주는 활동이다. 먼저 고전서사의 줄거리를 다시 상기시키고, 정서적 반응을 점검한다. 그리고 자신이 창작한 이야기와의 공통점과 차이점을 꼽아보게 한다. 이러한 비교 과정은 평면적인 고전서사 감상 활동보다 더욱 서사에 몰입하게 하면서 작품 곳곳의 장면들을 유심히 고찰하게 하는 사유활동을 자극한다. 또한 자신이 창작한 작품의 특징을 구체적으로 인지하게 하여 자기 내면의 '무엇'이 이러한 서사를 상상하게 하였나를 자각하게 하여 자신의 내면적 성향을 발견하도록 한다.

이어 3단계에서는 다시 고전서사의 줄거리를 환기하며, 탈북민이 누락시켰거나 오해하고 있는 지점에 대해 조정하는 시간을 갖는다. 그리고 여러 장면들이 내포하고 있는 중요한 의미를 문학적 해석으로 설명하며 작품에 대한 이해를 돕는다.

마지막 4단계에서는 탈북민의 자유로운 창작활동을 행한다. 그동안 접했던 고전서사를 떠올리고, 자기 삶에 적용할 수 있는 형태로 자연스럽고 상세한 이야기로 창작하기를 요구한다. 창작된 이야기는 이주와 성공 과정을 담은 고전서사의 의미가 내면화된 정도를 확인하는 과정이다. 1단계에서 창작한 이야기와 비교하면서 탈북민의 긍정적인 변화를 확인하는 것이다.

2. 사례 3: 기존 공간과의 심리적 분리와 독립을 위하여[10]

(1) 여전히 고향이 그리운 탈북여성E

이 글은 '이주와 성공'의 고전서사를 활용한 탈북민 치유프로그램을 시범적으로 실행한 결과를 논의하는 시론이다. 프로그램의 상세한 절차를 개관하며 문학치료의 목표와 의도를 설명하고, 실제 적용한 사례를 들어 그 적합성을 논의하려고 한다. 온전한 치유의 성과를 논의하기에는 많은 경험이 요구되므로, 이 시론적 성격의 연구에서는 탈북민 내면의 긍정적인 변화를 우선적인 과제로 삼았다. 기존 공간의 좌절을 경험하고 이주를 선택하여 영웅으로 성장하는 내용의 고전서사를 접하면서, ①탈북민이 자신의 탈북과 이주 과정에 적용하며 서사를 고찰하는가, ②탈북과 이주 과정에 대한 자신의 경향성이 드러나는가, ③고전서사와 자기 성향을 견주며 성찰적 반응이 도출되는가, ④자기 삶의 문제에 있어서 보다 긍정적인 내면으로의 전환이 가능한 가 등을 위주로 점검하여 프로그램의 적합성을 논의하려는 것이다.

	상담 유형	대상	한국입국	참여 기간	프로그램	회차
3	개인	탈북여성E (1991년생)	2004년 탈북, 2006년 입국	2016년 8월	'이주와 성공'의 고전서사를 활용한 문학치료	4회기

이 탈북민 치유프로그램은 건국대 통일인문학연구단의 주관으로 2016년 8월에 실행되었다. 탈북여성E는 2004년에 탈북하여 2006년에 입국하였고, 서울 소재 대학을 졸업하고 탈북민과 결혼한 기혼자 여성(25세)이다. 이 탈북여성은

---

10   이 글은 박재인, 「이주와 성공의 고전서사를 활용한 탈북민 대상 문학치료 사례 연구」, 『문학치료연구』 41, 한국문학치료학회, 2016, 335-370면.에 수록한 논문을 수정·보완한 것이다.

본래 기획보다 단축된 형태인 시범형 프로그램에 참여하였다. 자기서사진단검사
가 이루어진 1회기는 8월 8일 오전에 1시간 가량 진행하였고, 2회기는 같은 날
오후에 2시간 동안 진행되었다. 그리고 2~3일 간의 간격을 두고 8월 12일과 8
월 15일에 3, 4회기를 2시간 동안 진행하였다.[11]

　그녀는 먼저 한국에 입국한 어머니의 도움으로 북한과 중국에서 생활한 경험
이 있으며, 이후 정착한 어머니에 의해 기획 탈북한 탈북3세대 '이주형 탈북'에
해당한다. 비교적 탈북 과정에서 끔직한 경험을 하지 않았지만, 북한 가족으로
부터의 외면과 중국에서 살 때 친한 친구로부터의 배신을 경험한 상처를 안고
있다. 이주형 탈북은 자발적 의도로 탈북한 경우가 아니기에 흔히 이주 공간에서
적응에 대한 어려움이 적은 편이지만, 반면 이주 후 경험하는 고난에 대해서 자
신의 탈북을 기획한 부모를 원망하기 쉽다. 그러나 그녀는 어머니에 대한 강한
불만은 없었으나, 낯선 이주 공간에서 보다 세심한 보호와 양육을 원하거나 절대
적인 방식으로 자신을 보호해줄 조력자를 기대하는 특징을 드러내기도 했다. 자
발적 이주가 아니기 때문에 고향에 대한 그리움이 컸으며, 이 글은 그녀의 이러
한 특성에 주목하여 문학치료를 진행한 상황을 논의하였다.

(2) 낯선 공간에 대한 두려움과 막연한 조력자에 대한 기대

　1단계에서는 고전서사의 앞부분을 제시하고 뒷이야기를 창작하는 활동을 진행
하였다. 위의 4개의 작품 줄거리에서 주인공이 기존 공간의 억압과 좌절을 경험
하고 탈출하기로 결심한 지점까지만 제시하고 뒷이야기를 창작하는 것이다. 탈
북여성E가 만들어낸 이야기의 주요특징은 '자신만만해 했던 주인공이 집을 나서

11　이 치유 프로그램 결과 보고 논의는 사례 연구로서 기본 요건을 갖추고 있지 않은 단점이 있다.
　　대상을 1명에 한하였으며, 총4회기가 4주에 걸쳐 진행되는 원래의 기획과 달리 압축적으로
　　진행하였기 때문에 온전한 과정이 아니라는 한계가 있다. 프로그램의 적합성을 점검하는 1차
　　시뮬레이션이기 때문에 압축적으로 단기간에 축소하여 진행하였으며, 이 논의는 프로그램의
　　수정·보완을 위한 전초단계인 시론임을 밝힌다.

자마자 고난을 경험하고 반성한다'는 장면이 자주 등장하는 것이며, '갈 곳 없는 주인공을 도와주는 조력자가 등장한다'는 점이다. 또한 기존 공간에서 함께 지내던 이들과 이별하지 않는 전개로 진행되고, 결말부분에 '주인공이 기존 공간으로 회귀한다'는 점이다. 2단계에서는 이러한 특징을 중심으로 본래의 작품들과 견주어 사유하는 시간을 가졌다.

▶ 이주 후 고난의 시작, 그리고 조력자에 대한 막연한 기대감

상세히 살펴보면, 탈북여성E가 만들어낸 이야기는 주인공이 집을 나서자마자 고난을 경험하고 자신의 오만을 깨닫는 장면이 등장한다. 그리고 이내 곧 뜻밖에 조력자가 나타나 주인공을 구원한다.

〈내 복에 산다〉 뒷이야기
집을 나간 셋째 딸은 자신의 미모를 믿고 지나가는 총각들에게 대시를 하였다. 하지만 아무도 그녀에게 관심을 표하지 않아 의기소침해 있을 때 한 남자가 그 결혼하기를 청했다.

〈홍길동전〉 뒷이야기
서자 아들은 집을 떠나 자신의 능력과 세상을 지배할 수 있는 곳으로 찾으려 했다. 하지만 그의 뜻대로 되는 것이 없어 그는 다시 집으로 돌아가려다 사나이의 자존심이 허락지 않아 거리에서 방황하였다. 그때 노쇠한 어른이 그에게 다가와 집일을 도와줄 수 없냐고 물었고 선택할 여지가 없던 아들은 바로 승낙하였다. (노쇠한 어른은 정의정이었고 남자는 그의 도움으로 영의정이 된다.)

〈주몽신화〉 뒷이야기
오곡종자를 잃어버린 남자아이는 말을 살찌울 방법을 함께 떠한 친구들과 상의를 하였지만 그 방법을 찾지 못했다. 그 모습을 하늘에서 지켜보던 신이

아이가 자고 있을 때 오곡 종자를 신발 안에 가져다 놓았다.[12]

위와 같이 주인공들은 모두 자신이 지닌 재능을 믿고 의기양양하게 새로운 공간으로 이주했다가, 기대와 다른 상황을 대면하고 좌절한다. E는 스스로도 자신이 만들어낸 이야기에 반복적으로 이러한 장면이 등장하는 것에 놀라며 다음과 같이 설명했다.

> 탈북여성E: 저도 쓰고 보니까 동일한 부분이 나와서 그런가 하고 생각을 해 봤는데, 그런 거 같아요. 중국에 온 것은 제 의지로 온 것은 아니고, 엄마아빠 따라 온 거니까. 한국에 처음 왔을 때는 모든 것을 할 수 있을 것 같고, 열심히만 하면 잘 될 것 같고 그랬는데. 생각보다 안 될 때가 많아서 그런 생각들을 갖고 있는 거 같아요."[13]

집을 나서자마자 기대와 다른 상황이 벌어지는 장면은 탈북민으로서 자신의 경험에서 우러나온 삶의 장면이었던 것이다. 한국으로 와서 모든 것을 할 수 있다는 자신감과 달리 생각보다 좌절할 때가 많았던 자신의 과거를 떠올리며, "있던 곳을 떠나거나 하던 것을 그만두고 새로 시작하거나 할 때는 시련과 고생이 닥치겠구나 하고 마음의 준비를 평소에도 하는 거 같아요."라고 했다. 그리고 "저는 대다수의 탈북자들이 와서 (기대가) 다 깨질 거라고 생각을 해요. 잘 되고 싶어서 왔지만 사회가 쉽지가 않으니까."라며 자신의 생각에 대한 확신을 드러내었다. 이와 같은 반응으로 E는 기존 공간에서 탈출하는 과정에 대한 두려움을 가지고 있으며, 이는 막연한 기대와 달리 경험에 기반한 현실적인 판단이라고 해석할 수 있다.[14]

---

12 탈북여성E의 문학치료 1회기 활동지(2016.08.08)
13 탈북여성E의 문학치료 2회기 녹취록(2016.08.08)
14 때로 의존성이 강한 내담자의 경우 주인공이 기존 공간에서 탈출하지 못하거나, 다른 인물이 주인공을 붙잡아 주는 형식으로 이야기를 구성할 때가 있다.

그리고 뜻밖에 조력자가 등장하는 부분에 대해서 누군가의 도움 없이는 새로운 공간에서 살아간다는 것이 힘들기 때문이라고 설명했다. 자신의 경험과 더불어 자신도 늘 좋은 분들을 만났다고 탈북과 정착과정에서 도움을 받은 사례를 이야기하였다.[15]

그런데 E가 창작한 이야기에서 조력자의 등장은 주인공들의 인생에 막대한 영향을 미치는 존재로 등장한다. 〈내 복에 산다〉의 경우 아무도 거들떠보지 않은 여자에게 다가오는 배필도 그러하며, 특히 〈홍길동전〉 뒷이야기는 난생처음 보는 벼슬아치가 서자를 사위로 삼고 높은 벼슬자리로 성공하게 이끈다는 점은 행운에 대한 막연한 기대와 같이 보인다. 주인공에 대한 어떠한 검증도 없이 집안일을 맡기고, 홍판서 아버지도 가능하지 못했던 일을 낯선 벼슬아치가 나서서 그의 인생을 구원해준다는 서사의 전개는 개연성이 떨어진다. 이주 직후의 상황에 대한 현실적 감각과 달리 타개책은 오히려 비현실적인 셈이다.

▶ 기존 공간으로 회귀하는 이야기에 정체되어 있던 그녀

두 번째 특징은 기존 공간에서 함께 지내던 이들과 이별하지 않거나, 결말부분에 주인공이 기존 공간으로 회귀한다는 점이다.

〈맷돌과 북과 나팔로 성공한 삼 형제〉 뒷이야기
… 각자로서는 아무 것도 할 수 없지만, 셋이 힘을 합치면, … 삼형제는 셋이 힘을 합쳐 가난을 이겨나갔다.

〈내 복에 산다〉 뒷이야기
… 셋째딸은 결혼하여 딸 셋을 낳고 나니 떠나온 집이 생각났다. 그리하여 고향을 찾았지만 아버지는 이미 돌아가시고 두 언니는 멀리 시집을 가서

---

15 "늘 막혔을 때 누구의 도움으로 일을 진행했던 스타일이어서 이야기에 그게 나온 거 아닐까 생각을 해요. (탈북여성E의 문학치료 2회기 녹취록(2016.08.08))"

아무도 행방을 모른다고 했다. 그제서야 셋째딸은 자신의 불효를 깨닫고 후회하였다. 몇 년 후 셋째딸의 자녀들은 자신들은 이제 어른이 되어 부모의 도움 없이도 살 수 있다며 가출해 버렸다.

〈홍길동전〉 뒷이야기
… 서자 아들은 영의정이 되어 부모님을 찾아가 부모님을 기쁘게 했다.

〈주몽신화〉 뒷이야기
… 튼실한 말을 데리고 다시 집으로 돌아간 아이는 어머니를 기쁘게 해드리고 왕의 태자에게 자신을 말을 보여주자 태자는 놀라워했다.[16]

위와 같이 탈북여성E는 기존 공간에 함께 지내던 이들과 분리되지 않는 방향으로 서사를 전개시키는 특징이 있다. 분리되더라도 다시 기존 공간으로 회귀하는 서사의 형태를 매번 반복하고 있었다.

특히 눈에 띠는 서사는 〈내 복에 산다〉의 뒷이야기들이다. 먼저 전자에서 E가 만들어낸 서사의 특징은 아버지와 뜻을 달리했던 셋째딸이 집에서 나왔다가, 세월이 흐른 뒤 자신의 행동을 반성했지만 가족들을 다시 만날 수 없었고, 그녀의 딸들이 그녀 방식으로 똑같이 행하여 결국 주인공이 혼자가 된다는 줄거리였다.

E는 셋째딸이 자신의 복에 산다고 말하는 행위를 두고 "자기만 믿고 자기주장만 세우는 사람"이라고 평가하면서, 그런 사람들은 사회에서 잘 되기 힘들다고 생각했다고 말했다. E의 이러한 사고 논리로 이 스토리에서 셋째딸은 홀로 남겨지는 처벌을 받는 결말로 이어지는 것이다.

이에 필자는 본래 작품의 셋째딸은 왜 성공할 수 있었던 것인지 물어보았다. 그러자 E는 "원래 이야기의 사람은 타고난 복이 있는 거잖아요. 복은 어쩔 수 없죠. 타고나는 거니까."라고 자신의 이해방식을 표현하였다. E는 아버지에게

---

16 탈북여성E의 문학치료 1회기 활동지(2016.08.08)

내 복에 산다고 말하고 집을 나간 딸이 자기주장만 내세워 사회에서 성공하기 힘든 경우라고 평가했음에도, 타고난 운명은 어쩔 수 없다고 이해하는 바는 수동적인 운명론적 사고라고 해석할 수 있다. 앞에서 인생을 구원해주는 낯선 조력자의 등장을 기대하는 서사와 함께 고려할 수 있는 중요한 특징이라고 할 수 있다.

본래 이야기에서 셋째딸이 독립적인 삶으로 성공하고 대립했던 아버지를 포용하는 결말로 이어지는 서사가 가능했던 까닭은 집을 나오게 된 근본적인 문제가 해결되었기 때문이다. '아버지 복에 사는가, 나의 복에 사는가'하는 갈등에서 자신의 주장처럼 자기 복에 사는 것임을 정당하게 입증하였고, 그러한 주장이 결코 아버지에 대한 반항이나 적대감이 아니었기 때문에 아버지를 포용하는 결말로 이어질 수 있었다. 본래의 이야기는 자신의 존재적 가치에 대한 정당한 입증의 서사이기에, 탈북여성E가 창작한 이야기에서 나타나는 후회와 좌절이 없는 것이다. 이렇게 보면 〈내 복에 산다〉는 자신의 '복'에 대한 해석이 타고난 운명인가, 자기 확신인가에 따라 서사에 대한 이해가 달라질 수 있다.

그리고 〈주몽신화〉의 뒷이야기 창작에서도 특별한 점이 발견되었다. 〈주몽신화〉 본래 이야기에서 태자는 주몽을 시기해서 모함하는 인물이고, 이에 주몽은 위협을 느끼고 자신의 능력을 펼칠 수 있는 공간으로 나아간 것이다. E는 주몽이 다시 말을 살찌우는 일에 몰두하고 자신의 능력을 입증하여 어머니와 태자에게 인정받는 서사로 이야기를 창작했다. 이는 기존 공간으로 돌아가는 지점에만 몰두한 나머지, 주몽을 시기하고 모함하는 태자의 존재나 주몽이 기존 공간에서는 자신의 능력을 마음껏 펼치기 어려웠다는 이전의 상황을 누락시킨 오류에 해당한다. 그만큼 E는 기존 공간으로의 회귀가 무엇보다 중요한 문제인 것이다.

제시한 4개 작품의 앞부분은 모두 주인공이 기존 공간에서 억압과 좌절을 느끼고 탈출을 결심한다. 기존 공간에서 벗어나는 이유는 분명하게 제시되어 있으나, E가 만들어낸 이야기에서는 주인공의 후회와 기존 공간 존재들의 인정으로 마무리되면서 '떠나옴과 회귀'의 과정이 논리적으로 연결되지 않는다. 문제를 해결하지 않은 채 회귀하는 서사는 기존 공간에 대한 심리적 분리와 독립이 어려운 그녀의 성향을 나타낸다.

(3) 1차 창작물: 나를 데려온 엄마에 대한 기대

E가 창작한 이야기와 본래의 작품을 견주어 보는 2단계 과정을 마무리하면서, E는 "주몽신화도 성경이랑 비슷하고, 여기 이야기들은 성경의 이야기와 매우 비슷해요. 탈북민들이 성경의 이야기들을 많이 공감해요. 다들 원래 있던 곳을 떠나서 새 삶을 구축하는 영웅 이야기니까."라고 말했다. 이 프로그램의 취지를 자연스럽게 이해하게 된 것이다. 이후 중간점검을 위해 지금까지 감상한 작품을 토대로 자신의 삶과 견주어 상상하면서, 자유롭게 하나의 이야기를 창작해 오라고 요청했다.

▶ 이주 공간에서의 자립적 성공보다는 의존성
그녀가 만든 작품은 다음과 같다.

> 부잣집 홀어머니가 아들과 딸을 데리고 호화로운 저택에서 행복하게 살았다. 홀어머니는 재산을 불리는 수완이 좋아 힘들게 일을 하지 않아도 두 자식을 혼자서도 아버지 없는 자식 같지 않게 인성 바르고 재주가 많은 아이들로 키웠다. 그러던 중 딸이 공부를 외국에서 하고 싶다 하여 딸과 아들을 데리고 독일로 갔다. 독일에서의 생활은 두 자녀는 어려워 다시 고향으로 돌아가기를 엄마에게 요청했지만 엄마는 새로운 환경에서 잘 적응할 수 있는 tip을 3가지 알려 주었다. 첫 번째는 자신감, 두 번째는 긍정심, 세 번째는 인정이었다. 두 형제는 어머니가 가르쳐준 대로 자신감이나 긍정심, 인정으로 독일에 차츰씩 정착하여 목적한 공부를 열심히 하여 나라에 도움이 되는 훌륭한 인재가 되었다.[17]

---

17 탈북여성E의 문학치료 3회기 활동지(2016.08.12.)

이 이야기는 〈맷돌〉을 토대로 창작한 이야기이다. 본래의 서사에서 가난한 삶 대신 호화로운 생활환경이 제시되고, 어머니의 역할이 두드러진다는 점이 달라졌다. 그리고 물리적인 배경으로만 낯선 공간에서의 삶을 온전하게 해 줄 수 없으며, 자신감이나 긍정적인 마음, 자신에 대한 인정 등 내면적 요인이 중요하다는 의미를 지향하는 서사이다.

우선 〈맷돌〉 설화를 기반으로 창작한 이유에 대해서 물으니, E는 다른 이야기들이 현실성이 떨어진다고 생각된다고 하였다. "그냥 한 스토리로 생각하면 마음이 편한데, 실제로 일어나기에는 희박하다는 생각이. 거부감은 안 드는데, 내 얘기 같지 않은."이라고 설명했는데, 이는 일종의 거부감의 표현으로 이해할 수 있다. 이 설화는 가난이라는 고난을 해결하는 정도의 성공스토리로, 다른 작품에 비하여 성공과정이 부담으로 다가오지 않는다. 자기실현의 범위가 넓고 깊은 다른 이야기들의 성공과정은 아직은 그녀에게 내면화되기 어려운 상태인 것이다.

어머니의 능력과 호화로운 생활, 원하던 해외유학 등의 설정은 고전의 영웅서사와 다른 성격의 이야기였다. 기존 공간에서의 어려움도 제거되어 있으며, 새로운 공간으로의 이주에서 분리와 독립이 이루어지지 않았다. 여기에서 특이한 지점은 어머니와 아들의 존재이다. 이 작품의 어머니는 "재산을 불리는 수완이 좋아 힘들게 일을 하지 않아도", 아버지 없이 혼자서도 두 자녀를 거뜬하게 보살필 수 있는 능력자이며, 아들은 딸의 의사와 함께하며 유학길도 함께 오르는 존재로 등장한다. 이는 E의 상황과 반대되는 지점들이며, 그녀의 이야기는 자신의 소망이 노골적으로 반영된 형태였다.

필자는 그녀가 자발적 의지로 탈북한 것이 아니라, 어머니를 따라왔다는 점에서 혹시 어머니와 갈등을 빚고 있지 않을까 추측하였다. 먼저 탈북한 부모를 따라온 탈북민들의 경우 이곳에서 현실적 어려움을 느끼면 그 좌절감이 부모에 대한 원망으로 이어지기도 하기 때문이다. 그러나 탈북여성E는 사춘기 때는 그런 적도 있었으나, 지금은 어머니의 용기 덕에 자신이 이렇게 살 수 있고 생각한다고 말했다.[18] 어머니를 원망하는 수준은 아니지만, 물리적·정신적으로 보호해

주길 바라는 욕망은 품고 있다고 할 수 있다. 두 번째 창작물에서도 이주한 공간에서의 자립적 성공보다는 의존성이 발견되고 있기 때문이다.

▶ 영웅들은 왜 기존 공간에서 탈출하는가?

이에 다음 단계는 기존 공간에 대한 심리적 분리와 독립을 중심으로 작품에 대한 해석에 치중하도록 진행되었다. 기존 공간에 대한 심리적 의존성은 탈북민의 내면에 필연적으로 일어나는 현상일 수 있다. 탈북여성E에게서 발견되는 기존 공간에 대한 심리적 의존성 또한 여기 한국사회에서 충족될 수 없는 것이자, 자신을 존재 자체로 받아들여주는 공간에 대한 희구로 이해된다.[19]

그에 반해 고전서사의 영웅들은 이주 공간에서 자신의 존재 자체로 우뚝 서고, 존재의 기원이 되는 공간을 새로운 이주 공간으로 옮겨오기에, 이 지점에 대한 서사적 이해를 중심으로 다음 단계를 진행했던 것이다. 기존 공간에 대한 그리움을 없애는 방식이 아닌, 존재적 공간 설정을 과거에서 현재로 옮겨올 수 있다는 서사적 가능성을 이해하도록 하는 것이다. 쉽게 말해 고향으로 돌아가는 서사와 더불어, 고전의 영웅서사와 같은 서사적 경로 또한 현실적이며 실현 가능한 것임을 인지시키는 과정이다.

3단계에서는 4개의 작품들을 다시 상기시키면서, 본래의 고전서사에서 놓치고 있는 지점들을 짚어주며 문학적 해석을 설명했다. 특히 영웅들이 안정된 길이

---

18 "저는 그냥 엄마의 의지로 와서 원망하고 그런 것은 아닌데, 엄마랑 그런 얘기는 했어요. 엄마 때문에 와서 좋다고. 나는 엄마 같은 용기가 없다고. 나는 성인이 됐어도 그런 용기를 내지 못했을 거 같다고."(탈북여성E의 문학치료 3회기 녹취록(2016.08.12.))

19 강정구는 「탈북이주민 문화의 시적 수용: 탈북이주민 시의 개념과 특질을 중심으로」에서 탈북민의 시작품을 통하여 그들에게 기존 공간인 '고향'이 주는 의미는 특별하다고 분석한 바 있다. 일반인들이 가지고 있는 존재론적 공간의 의미를 보이면서도, 이주한 공간에서 자신들이 품고 있는 문화적 소수성을 보여준다고 말한다. "탈북이주민에게도 고향은 이념이나 향수의 의미를 넘어서서 존재의 기원이자 궁극이 되는 존재론적인 공간이었다. 탈북이주민 시에서는 우리 사회에서 '벌거벗기'를 시도하고 북한을 존재론적인 고향으로 여기는 문화적 소수성을 보여줬다."(강정구, 「탈북이주민 문화의 시적 수용: 탈북이주민 시의 개념과 특질을 중심으로」, 『외국문학연구』 35, 한국외대 외국문학연구소, 2009, 9면.)

있음에도 왜 기존 공간으로부터 나아가는가에 집중하였다. 그리고 영웅들이 기존 공간으로의 회귀가 아니라, 자신의 영역으로 기존 공간의 인물들을 불러들이는가를 중점적으로 이해하게 하고자 했다. 능동적인 이해를 위해 그녀가 만든 이야기와 비교하며 스스로 사유하고, 영웅들의 행적에서 중요한 점을 발견하도록 유도했다.

그녀는 애초에 본래의 이야기에서 주인공들은 고난을 겪지 않고 성공에 이르러 현실성이 떨어진다고 하였는데, 3회기에서는 그녀가 누락했던 각기 주인공들에게 닥친 문제들을 짚어주었다. 그녀는 낯선 곳에서의 성공은 조력자 없이 어려운 일이라고 생각하고 있기 때문에, 주인공들이 조력자 없이 스스로 문제를 풀어가는 과정에 의미를 두지 않고 지나치기 쉬웠을 것이다. 〈맷돌〉의 삼형제가 도깨비, 호랑이, 간통하는 남녀를 만난 상황, 〈내 복에 산다〉 셋째딸이 숯장수에게 시집가서 난생 처음 '가난'이라는 상황에 처한 점, 홍길동이 도적들에게 자신의 능력을 증명해야 했던 일, 주몽이 태자에게 뒤쫓기는 상황 등은 모두 그녀가 늘 염두에 두고 있었던 이주 직후의 고난이었다. 그리고 그들은 선택의 여지가 없을 때 자신의 주관을 바꾸기보다, 자기에 대한 확신으로 문제를 풀어갔던 것이라고 설명했다.

그런 후 E가 창작한 작품에서 자주 등장하는 조력자를 두고, E가 영웅들의 성공과정이 허망하고 현실성이 떨어진다고 하는 장면들과 견주어 사유하게끔 유도하였다. E의 창작품 속 조력자들은 '힘을 주고 격려를 주는 정도가 아니라, 인생을 책임져 주는 존재'이며, 인생에서 그러한 조력자를 만나는 일은 영웅들이 성공하는 과정만큼 희박한 경우라고 했다.

이와 관련하여 자신이 만들어낸 주인공과 비교해서, 홍길동이 임금으로부터 병조판서 자리를 제안 받지만 거절하고 3천 명의 무리를 이끌고 새로운 세계로 떠나는 행위에 대해서 물어 보았다. 그녀는 2회기에서 이러한 홍길동의 선택을 '우두머리가 되고 싶은 소망'이라고 해석했다. 이번에는 자신이 창작한 이야기의 주인공은 '능력이 없지만 도움을 받아서 자리에 올라가는 사람'이고, 홍길동은

'자기 능력을 잘 아는' 인물로 평가했다. 필자는 '자신에 대한 확신'이 중요한 원동력이었을 것이며, 홍길동의 선택은 권위나 존재가치가 타인에게 부여받는 삶이 아니라 스스로 만들어가는 삶을 선택한 것이라고 설명했다.

이어 〈주몽신화〉에 대해서, 주몽이 기존 공간에서 벗어난 이유는 '태자의 시샘과 모함' 때문이며, 다시 돌아가면 태자가 가만히 두지 않을 것이라고 했다. E는 자기가 자세하게 읽지 않아 놓친 부분이 있었다고 하면서, 주몽이 다시 돌아가는 서사를 만든 것은 태자가 아무리 야윈 말을 주어도 다시 살찌울 수 있는 능력을 보여주고 싶었다고 했다. 그러면서 그 모습이 "떠난 사람이 다시 돌아왔을 때의 모습이면 좋겠다고 생각했"다고 말했다.

그리고 셋째딸이 아버지를 포용하는 지점, 새로운 나라를 건설한 후 아버지의 시신을 자신의 땅에 모신 일, 주몽이 아들 유리에게 왕위를 물려주는 지점에 대해서 이야기를 나누었다. 이는 E가 창작한 이야기의 주인공들이 기존 공간으로 회귀하는 서사와 다른 양상으로, 영웅들은 자신이 구축한 세계에 그들을 불러들인다. 이러한 장면들은 자신이 구축한 세계에 갈등했던 존재마저 포용하는 일, 자신의 뿌리 및 정체성을 옮겨오는 일, 자신이 구축한 세계를 중심으로 새로운 역사를 시작하는 일이다. 자신이 구축한 세계는 물리적 공간을 넘어, 자신이 확신하는 가치와 같은 정신적인 공간일 수 있다. 이러한 문학적 해석과 더불어 영웅들의 행적은 기존의 가치에 매어있지 않고 자신이 확신하는 새로운 가치를 추구하는 과정임을 설명했다. 그리고 그것은 허망하고 현실성이 떨어지는 일이기라기보다 자기 존재 가치에 대해 확신하는 일이며, 이는 굉장히 어려운 과제이기에 그러한 감회가 드는 것이 자연스럽다고 했다.

▶ 자신에 대한 자각과 성찰
대화를 마치고 탈북여성E는 다음과 같이 소감을 이야기했다.

탈북여성E: 제가 만든 이야기 4편이 성향이 비슷해서…. 저도 사실 몰랐어요. 귀환 본능? 다시 고향으로 돌아가고 싶어하는 본능? 이런 것들이 제 안에 있는지 사실 몰랐어요. 저는 제가 추구하는 직업들이 예술분야이니까 창의성이나 혁신, 이런 것들이 중요하고 그것이 제 안에 있을 거라고 생각하는 스타일이었거든요. 이거 하면서 나는 그런 사람은 아니구나 하는 생각이 들었던 거. 지금의 위치에서 머무는 것을 좋아한다는 생각. 이야기에서 확인이 되고 납득이 되요. 말로는 그렇게 하고 생각까진 드는데, 지금까지 보면 늘 그랬던 거 같아요. 자기 혁신 부분도 저는 늘 인정받고 싶어하긴 하지만, 자신감이나 이런 부분이 저에게 부족해요. 사람들이 늘 그래요. 맡겨놓으면 잘한다. 근데 뭘 할래? 그러면 자발적으로 하는 스타일은 아니거든요. 그런 것들은 자기 확신이 부족하지 않나 하는 생각이 들어요."[20]

3단계에서 중요한 지점은 그녀가 자신이 '기존의 상황에 머무는 것을 선호하는 경향'을 지녔다고 자각한 부분이다. 평소 자신이 혁신적으로 창의적인 성격이라고 인식했으나, 속에 감추고 있던 수동적이고 안정을 추구하는 성향이 창작한 이야기 속에서 드러났고, 실제 일상에서도 그런 경우가 많았음을 스스로 인정하였다.

그녀는 비교적 적응에 성공하였고, 안정화된 상태에 있는 탈북민이다. '기존의 상황에 머무는 것을 선호하는 경향' 정도의 진단은 심각한 문제가 아니다. 다만 현재의 상태가 자발적 의지의 이주가 아니라는 점에서 잠재된 문제가 있을 가능성이 있다. 자발적 의지에서 탈북 · 이주한 경우가 아니기에 북한의 삶이나 친인척들에 대한 그리움이 큰 것이고, 또한 그녀의 성향은 안정감을 위해 자칫 삶에서의 중요한 가치 기준을 타인에게 싣는 사회적 의존성으로 흘러갈 가능성이 있다. 그럼에도 조심성과 가능성에 대한 확인과정이 중요한 성향은 한국사회에 정

착하는 일에 순기능적으로 작용했을 것임에 틀림없다.

(4) 2차 창작물: 고향으로 회귀의 소망을 담아

마지막 단계로 그녀에게 자유롭게 이야기를 창작하기를 요구했다. 이 과정은
이 문학치료의 궁극적인 목적을 확인하는 최종 점검이자, 결과에 해당된다.

▶ 자아실현 후의 고향 회귀
그녀의 최종 창작물은 다음과 같다.

> 가난한 홀아버지 밑에서 자란 3형제는 아버지가 물려 준 물품들을 이용해서
> 가난을 이기고 예쁜 아내와 아이들을 낳고 행복하게 살았다. 그러던 중에
> 마을에 자신감 있고 당찬 아가씨가 나타나, 자기와 결혼하면 복을 받아 앞으
> 로 만사형통할 것이니 자기와 결혼할 남자를 구한다고 했다. 그때 마을에서
> 성실하지만 무엇을 해도 잘 안 되는 청년이 자기와 결혼해달라고 부탁한다.
> 그래서 이 남자는 여자를 만나 그 동안 잘 풀리지 않던 일들이 술술 잘 풀려
> 아내와 알콩달콩 예쁘게 살았다. 그러다 이 부부는 청룡이 날아오르는 태몽을
> 꾸고 아들을 낳게 되는데, 이 아이는 워낙 영특하고 주위 어른들로부터 많은
> 사랑과 예쁨을 받는다. 이때 가난한 홀아버지의 둘째아들의 아들이 이를 질투
> 하여 어느 날 이 아이를 데리고 놀다가 산골에 버리고 온다. 그리하여 젊은
> 부부의 미움을 받기도 했지만 마을 어른들의 사랑을 독차지하여 기뻐했다.
> 몇 년이 지난 후 마을에 3천명의 군인을 이끈 잘 생기고 체력 좋은 사내가
> 나타나는데 이는 바로 젊은 부부의 아들이었다. 이를 본 둘째아들의 아들은
> 두려움에 떨었지만 젊은 부부의 아들은 그를 집에 초청하여 서로 철이 없을
> 때 일어난 일이고, 그 일로 자기가 촌구석에서 농사나 지었을 내가 군사
> 3천명을 거느리는 사람이 되었다며 오히려 고맙다고 했다. 이후 두 사람은
> 쌍두마차와 같이 서로 힘을 합쳐 작은 산골마을을 한 나라의 거대한 수도로
> 만들었다.[21]

마지막 창작물은 문학치료에서 제공했던 4개의 작품이 모두 동원되어 서사가 꾸려졌다.[22] 작품 구조 상 여러 가지 논리적 문제점이 발견된다. 사건의 배경이 조성되는 과정을 매우 복잡하지만 그에 비해 사태의 전개와 결말은 급격하게 마무리는 된다는 점에서 '사건 당사자의 문제와 그 해결'에 치밀한 상상력이 뒤따르지 않았음을 알 수 있다. 이를 테면, 주인공이 3천 명의 군사를 이끄는 사내로 성장하는 과정이나, 고향으로 돌아오게 되는 과정이 구체화되어 있지 않아, 자칫 요행이나 우연에 의한 성공을 기대하는 바에 머물러 있을 수 있다는 한계가 발견된다. 이는 '조력자에 대한 막연한 기대'라는 그녀의 내면 특징과 연관되는 문제이므로, 이 부분에 급진적인 변화는 어려웠다고 할 수 있다.

그럼에도 최종 창작물 곳곳에서 긍정적인 변화가 발견되었다. 3회기에서 그녀는 〈맷돌〉의 가난한 환경이 싫고, 아버지가 물려준 유품이 마음에 들지 않는다고 하였는데, 여기에서는 본래 작품의 설정이 유지되어 있었다. 그리고 셋째딸에 대한 부정적인 평가는 '자신감 있고 당찬 아가씨'로 변화되었음을 확인할 수 있다. 본래 설화의 상세한 사항들이 생략되어 있으나, 특별한 반응을 보였던 지점이 변화된 것을 보면 두 설화의 줄거리를 온전히 기억하고 이해하는 상태라고 판단할 수 있다.

그녀의 이야기는 여전히 기존 공간으로 회귀하는 서사이다. 하지만 이전과 확연히 달라진 점은 주인공이 기존 공간에서 탈출하는 원인이 분명히 드러났고, 그 문제에 대한 근원적인 해결이 이루어지고 난 후 회귀한다는 점에서 긍정적인 변화로 평가할 수 있다. 〈주몽신화〉에서 주몽이 본래 어머니가 있는 곳으로 돌아올 수 있는 가능성은 태자의 위협으로부터 자신을 보호할 수 있을 만큼 성장한 후이다. 즉 그녀는 그 지점이 놓치지 않고 〈홍길동전〉의 장면을 본따 그 모습을

---

21 탈북여성E의 문학치료 4회기 활동지(2016.08.15.)

22 두 가정이 이루어지는 앞부분은 〈맷돌〉과 〈내 복에 산다〉의 화소로 구현되었다. 두 가정의 자손들이 대립하는 상황은 〈주몽신화〉에서 주몽과 태자의 관계와 닮아 있으며, 후에 젊은 부부의 아들이 군사 3천명을 이끌고 고향으로 돌아오는 장면은 〈홍길동전〉의 장면과 유사하다.

구현했다. 기존 공간으로 회귀하고 싶은 욕망으로 문제를 미처 해결하지 않고 되돌아가는 서사에서 다시 돌아가도 이전과 같은 문제가 발생하지 않는 장치를 마련한 논리적인 서사로 변화된 것이다.

그리고 주인공은 자신을 밀어낸 동네친구를 감싸는 아량을 발휘하고, '쌍두마차'와 같은 동등한 지위로 인정하며 협력한다. 이는 〈내 복에 산다〉에서 기존 공간의 억압 주체를 포용했던 지점에서 바에 더 나아가 동등한 가치를 부여하는 수준이라고 할 수 있다. 스스로의 힘으로 구축한 자기세계(혹은 정신력)에 자신과 상대의 가치를 동등하게 인정하는 범위의 포용력을 발휘하는 영웅을 그려낸 것이다. 이러한 포용과 인정은 기존 공간에서 밀려나는 시련이 성공의 계기가 되어 더 큰 꿈을 실현하는 존재로 거듭나게 되었다는 인과적 해석에서 비롯되고 있어, 이 프로그램 취지에 부합한다고 할 수 있다.

그리고 기존 공간으로 회귀하는 서사임에도 긍정적인 면이 발견되는 지점은 바로 기존 공간이 작은 산골마을에서 '거대한 수도'로 발전되었다는 점이다. 이는 이전의 그녀의 창작물에서 보인 주인공의 의존적 행위와 구별된다. 물리적 공간은 '고향'이지만 그곳이 새로운 가치가 적용되는 공간으로 변화한 것이자, 새로운 문화와 역사의 중심지로 거듭나기 때문에, 영웅들의 성공과도 견줄만한 성취라고 할 수 있다.

▶ 영웅들의 성공 서사를 답습하지 않은 그녀

이렇게 그녀는 영웅들의 성공을 답습하지 않고, 기존 공간을 새로운 가치가 발휘되는 세상으로 변화시키고, 스스로의 힘으로 구축한 자기세계에 자신과 상대에게 동등하게 가치를 부여하는 새로운 성공과정으로 창작해내었다. 이러한 상상력은 영웅들이 지녔던 자기 확신과 혁신적 성향에 자신이 본래 보유하고 있는 성향(기존의 공간과 사람들을 유지하고 싶어하는 성향)이 융합된 결과로 해석된다. 영웅들의 서사가 자신과 맞지 않아 무작정 밀어내기만 하거나, 혹은 자신을 억지로 바꾸어 영웅들의 성공을 답습하는 경우보다 긍정적인 결과라고 할 수 있다.

종합하면, 탈북민E가 최종적으로 창작한 이야기는 '① 기존 공간에서의 좌절 경험이 곧 성공의 밑거름으로 작동하는 서사적 맥락을 갖추고 있다, ② 기존 공간으로부터의 이주가 더 넓은 범위의 성공을 가능하게 하는 결말을 지향한다, ③ 새로운 공간에서의 성공은 확고한 자기세계 구축이며, 확장된 형태로 구현된다'는 특징을 지닌다. 이는 선별된 고전서사에서 영웅들의 성공과정에 부합한다. 또한 그녀는 자기 성향과 융합하여 색다른 성공과정을 그려내었기 때문에, 영웅서사의 문법을 자기 삶에 적용하는 능동적인 활동이 가능했다고 판단할 수 있다.

▶ 기존 공간으로부터 분리·독립이 어려웠던 이유:
　기존 공간에서 떠밀려난 상처의 기억

이 문학치료 프로그램은 탈북민들이 탈북과 이주의 과거를 '고난'으로 기억하는 지점에서 벗어나 '성공의 밑거름'으로 자각하는 내면의 서사를 조정하는 데에 목적을 두고 설계되었다. 탈북민E는 다수의 탈북민과 달리 탈북과 이주의 경험을 후회하거나, 비극적 운명 탓으로 여기는 편은 아니었다. 그러나 기존 공간에서 벗어나는 것에 대한 두려움, 조력자에 대한 막연한 기대, 타고난 운명은 어쩔 수 없다고 생각하는 수동적 운명론에 대한 조정은 필요했다. 기존 공간에서 벗어나는 과정은 더 큰 성장을 위한 단계이며, 이주 공간에서의 성공은 뚜렷한 자기 확신에서 비롯되고 조력자나 타고난 운명에 대한 기대가 더욱 비현실적이라는 깨달음이 이 문학치료 활동의 주된 목적이었다. 그렇게 보았을 때 이번 사례는 영웅들의 성공 스토리를 자기 삶에 적용하면서 성찰적 사고를 동반하여 자신만의 영웅스토리를 창작했다는 점에서 문학치료적 효과가 확인되었다고 할 수 있다. 결과적으로 그녀의 문학치료 활동은 작품서사와 자기서사가 충돌하는 징후를 드러내었다가, 양자가 조화롭게 융합하는 결과를 보였다고 평가된다.

게다가 문학치료 활동 중에 털어놓은 그녀의 실제 삶에 대한 기억은 그녀의 창작물들과 유관한 지점이 있었다. 그녀는 활동 중에 자주 북쪽에 있는 친척들이야기를 하였다. 그녀의 내면에는 그들과 함께 하고 싶은 소망이 크게 자리 잡고 있는 듯했다. 그녀는 어머니가 먼저 탈북하고 남동생과 친척집에 맡겨져 생활했다. 이모와 삼촌의 가정에서 지냈고, 외조부모님도 계셨다. 얼마 후 아픈 남동생이 세상을 떠났고, 돈을 벌기 위해 탈북한 어머니는 자신과 떨어져 있었기에, 홀로 남겨진 그녀에게 외가친척들은 그녀의 상황과 대비되는 온전한 가정이었을 것이다. 현재에도 친척들과 연락은 하고 지내느냐고 물었더니, 그쪽에서 원하지 않는다면서 각자 알아서 잘 살자고 했다는 것이다. 홀어머니와 자신의 존재가 친척들에게 부담이 되었을 것이라는 짐작이 하나의 상처로 남게 되었을 것이다. 그리고 그녀는 첫 번째 탈북과정에서 친한 친구와 다투었는데 그 친구가 신고를 하는 바람에 북송되었던 상황을 털어놓기도 했다. 이는 '기존 공간에서 떠밀려난 상처의 기억'이다.

그녀가 매번 기존 공간에서 함께 했던 인물들과 분리되지 않는 이야기를 창작했던 것, 기존 공간으로의 회귀가 반복되었던 것은 바로 이러한 상처들과 관련되어 보였다. 기존 공간으로부터 심리적 분리와 독립이 어려웠던 서사는 그들로부터 거부당했다는 상처에서 기인한 집착으로 판단된다.

그녀는 이러한 테라피 과정을 좋아한다고 하며, 이전 미술치료를 받은 경험이 있는데, 우울증적인 성향이 있다고 진단받은 바 있다고 털어놓았다. 사회적 의존성은 우울증의 역기능적 신념에 해당된다. 이러한 진단은 사회적 의존성과 관련되는 것으로 보인다. 사회적 의존성과 같이 자신보다 타인에게 집중하는 성향이나, 대학 졸업 후에 취직보다 결혼을 먼저 선택한 점, 가족은 함께 살아야한다는 신념 등은 기존 공간에서 밀려났던 과거의 상처와 관련된 현재의 모습이었다고 할 수 있다.

▶ 고향을 떠나왔을 때와 다른 모습으로 고향에 돌아가고 싶다.
그녀는 마지막 창작물을 마무리하고 다음과 같이 소감을 이야기했다.

탈북여성E: 저는 통일이 된다면, 저의 모습이 나올 때와 똑같지 않았으면 좋겠다는 마음을 늘 있어요. 나올 때처럼 가난하고 어려운 모습이 아니라, 능력 있고 경제적으로 부유하고 이런 모습이었으면 돌아갔을 때 친척 분들한테 부담을 드리지 않고 도움이 되는 사람이었으면 좋겠다 하는 이런 생각들을. 쓰면서 재밌었어요. 마음이 좋아요. 제가 쓴 글 중에 제일 마음에 들어요. 하면서 재밌었어요. 제가 모르는, 제가 느끼지 못한 제 생각. 저를 느낄 수 있고 알 수 있어서 좋았어요. 마지막에 스토리가 바뀐 것이 제가 느끼기에도 신기하고 그랬어요.[23]

그녀가 최종적으로 만들어낸 창작물이나, 마지막 소감은 기존 공간에서 자신을 밀어낸 존재들과의 화해가 중심을 이루고 있다. 애초에는 성공해서 돌아가거나, 그들에게 능력을 인정받는 회귀로 서사가 채워졌지만, 결과물에는 과거에 대한 용서와 이해, 상생의 의지가 발현되고 있었다. 결과물에 대한 그녀의 만족은 이렇게 과거의 얽힌 문제를 풀어내었기 때문일 것이다. 이로 보았을 때 문학치료 결과는 앞서 서론에 밝힌 바와 같이 ①탈북민이 자신의 탈북과 이주 과정에 적용하며 서사를 고찰하는가, ②탈북과 이주 과정에 대한 자신의 경향성이 드러나는가, ③고전서사와 자기 성향을 견주며 성찰적 반응이 도출되는가, ④자기 삶의 문제에 있어서 보다 긍정적인 내면으로의 전환이 가능한가의 적합성은 확인되었다고 할 수 있다. 다만 더 많은 대상으로 확대하여 프로그램을 적용할 경우, 작품서사의 증보와 체계적인 배치가 필요할 것으로 보인다. 탈북민들이 과거를 애도하며 온전히 기억하게 하고, 미래에 대한 긍정적인 신념을 강화하게 할 수 있는 다수의 작품들을 보강하여, 기존 공간과 이주 공간에 대한 가르기-밀치기-되찾기-감싸기 양상이나, 성공에 대한 좌절-승리-상생의 양상 등으로 작품서사를 배치하면, 좀 더 치밀한 진단과 구체적인 치유 설계가 가능할 수 있을 것이다.

23　탈북여성E의 문학치료 4회기 녹취록(2016.08.15.)

3. 사례 4: (집단상담) 탈북이 끝나지 않은 사람들의 자아실현 문제

(1) '이주와 성공'의 고전서사를 활용한 문학치료 집단 상담

이 글은 '이주와 성공'의 고전서사를 활용한 탈북민 문학치료 사례를 다룬 두 번째 논의이다. 2016년 탈북여성E의 시범적 사례 이후, 필자는 2017년 1월에 한국 입국 초기의 탈북여성 14명을 대상으로 문학치료(5회기)를 진행하였고, 같은 해 5~10월에 탈북민 15명을 대상으로 문학치료(4회기)를 진행한 바 있다. 총 3차례의 현장경험 이후 프로그램을 정비하여 11~12월에 한국 입국 경과 10년 이상된 탈북민 5명을 대상으로 정규 프로그램(10회기)를 진행하였다. 여기에서는 보완된 프로그램을 활용한 사례를 보고할 것이다.

이전의 사례에서는 고전서사를 감상하고, 재창작하는 활동으로 진행하였다. 이러한 과정으로 3차례의 문학치료를 진행하면서 이주와 성공의 고전서사는 탈북민으로 하여금 탈북 이전의 삶, 탈북 과정, 현재 이주 후의 삶을 진지하게 사유할 수 있게 한다는 효과를 확인하였다. 기존 공간에서의 탈출과 새터로의 이주, 성공과정을 담은 영웅서사에 깊이 몰입하며 자신의 경험을 떠올리고 작품과 견주는 적극적인 몰입 현상을 발견한 것이다. 그러면서도 많은 탈북민들이 영웅의 성공을 그대로 수용하고 자기 삶에 적용하는 문제를 어려워한다는 점을 알수 있었다.

그래서 '이주와 성공'의 고전서사에 반영된 성공의 서사적 맥락을 보다 효과적으로 이해하게 하는 세 가지 보완책을 마련하였다. 첫 번째는 이전보다 '이주와 성공'의 고전서사를 추가적으로 감상하여, 작품에 대한 이해를 촉진하고자 했다. 탈북민들에게 익숙한 북한의 애니메이션 〈오누이와 나무군〉과 북한영화 〈온달전〉 감상 활동을 추가하였고, 이주와 성공의 서사를 담고 있으면서도 탈북민들이 쉽게 공감할 수 있는 '가난의 문제', '가족과의 문제' 등의 화소가 강렬하게 드러나는 이야기를 포함시켰다.

두 번째는 영웅들의 성공을 유형별로 구분하는 분석 활동을 첨가하며 서사의 문법을 내재화할 수 있도록 했다. 기존 공간의 억압으로부터 탈출하여 이주 후 성공에 이르는 영웅들은 공통적으로 이주 직후 물질적 성취를 이루고, 이후 이주 공간에서의 자아실현을 이룬다. 이에 따라 '① 기존 공간에서 겪는 억압과 한계, ② 기존 공간에서 탈출, ③ 이주 후 물질적 성취, ④ 사회적 자아실현'의 구조로서 영웅서사를 다시 읽고, 이후 그와 같은 틀로 자신의 미래에 대한 이야기도 상상하는 활동을 기획하였다.

다양한 탈북민의 반응을 보면서, 북한에서의 삶보다 안정된 환경을 제공받지만 행복하지 않은 이유가 무엇인지를 살펴보니 이들은 '한국에서 어떤 존재로 살아갈 것인가'라는 자아실현 문제에 무관심했거나, 차마 사유하지 못했던 경우가 많았다. 이들은 대체로 한국 입국 후 위험으로부터 보호되고, 물적 성취를 얻는다. 위태로웠던 만큼 다급하여 우선 입국 초기에는 물적 성취만으로 만족하고, 새로운 삶에 대한 기대로 설렌다. 그러다가 아무리 열심히 살아도 한국 주민만큼 생활수준이 나아지지 않을 것이고, 탈북민이라는 꼬리표는 떼어지지 않아 늘 무시당하는 삶을 살 수밖에 없다는 좌절감에 불행해한다. 돈 없고, 힘 없으면 사람 대접 못 받는 것은 북한이나 한국이나 똑같다고 생각하면서 탈북을 후회하거나, 아니면 과도하게 재물이나 권력 등에 집착하는 모습을 보이기도 한다. 그러는 과정에서 입국 초기의 희망이나 신념을 잊어버리고 무망감에 빠지거나 팔자 탓을 하기 일쑤였다. 그래서 무엇이 탈북민의 불행감을 자극하는가에 대한 치유적 대안으로, 이 프로그램에서는 문학작품 속 영웅들의 성공을 통해 '나는 새터에서 어떤 존재로 살 것인가'에 대한 사유를 시도하고 구체적인 인생설계를 실천할 수 있도록 보안책을 마련한 것이다.

▶ 집단 상담으로 진행된 문학치료 활동

	상담유형	대상	한국입국	참여 기간	프로그램	회차
6	집단	탈북민 5명 (남성 3명, 여성 2명)	한국 입국 10년 이상	2017년 11월~ 2018년 1월	'이주와 성공'의 고전서사를 활용한 문학치료	10회기

보완된 프로그램에 참여한 탈북민은 총 5명이다. 이들은 2017년 11월~2018년 1월 10회기의 문학치료 활동에 참여했다.

■ 탈북민F(남, 1957년생) 1995년 탈북 2001년 입국 (중국 경유)
■ 탈북민G(남, 1958년생) 1993년 소련으로 노동자로 파견, 2004년 입국 (러시아, 독일 경유)
■ 탈북민H(여, 1962년생) 2000년 탈북 2003년 7월 입국 (중국 경유)
■ 탈북민I(남, 1968년생) 2004년 8월 탈북 2004년 9월 입국 (중국, 몽골 경유)
■ 탈북민J(여, 1972년생) 2005년 탈북 2006 입국 (중국, 라오스, 태국 경유)

이 활동에 참여한 탈북민은 위와 같은데, 탈북민F는 건강 상의 이유로 북한에서 중국으로 탈출하여 중국에서 체류하다가 한국에 입국하였고 그 과정에 2-3번의 북송 경험이 있다. 한국에 와 아내와 아들을 기획 탈북시키는 데에 성공하였으나, 아내와는 함께 살고 있지 않고 아들은 다른 지역에서 일하고 있다. 탈북민G는 소련으로 파견된 북한노동자 출신이며 노동 착취에 시달리다 소련과 독일을 거쳐 한국으로 입국하였다. 한국에 와서 탈북민H를 만나 결혼하였다. 탈북민H는 고난의 행군 시기에 탈북하여 중국에 체류하다가 한국에 입국하여 큰 병을 앓고 탈북민G와 결혼한 뒤 조금 건강을 회복하였다고 한다. 탈북민I는 아버지의 분신자살 사건으로 북한 사회의 제약을 받다가 2004년에 탈북하여 한국에 입국하고, 이후 열심히 돈을 벌어 아내와 두 아이를 기획 탈북시키는 데에 성공한다. 현재까지도 아내 탈북민J와 부부관계를 유지하고 있으나, 탈북과 정착 과정에서 탈북민J가 신체적 장애를 얻어 많은 고난을 겪어왔다. 탈북민J는 자유롭게 거동할 수 없는 상태이며, 심각한 우울증을 경험하였으나, 가족들의 도움으로 신체적·정신적 고통을 견디고 있다고 하였다.

이들이 감상한 고전서사는 〈맷돌과 북과 나팔로 성공한 삼 형제〉, 〈내 복에 산다〉, 고전소설 〈심청전〉, 〈홍길동전〉, 건국신화 〈주몽신화〉와 유사한 맥락의 작품들 총15여 편이며, 감상과 재창작 활동으로 프로그램을 진행하였다. 초기에는 이주 후 물적 성취와 가난 극복에 대한 이야기로 시작하여 탈북민의 관심사와 밀접한 화두로 이야기를 나누었고, 후기부터는 '자아실현'의 문제와 고향과 가족에 대한 죄의식을 극복하는 문제에 대한 이야기를 나눌 수 있는 작품으로 문학치료를 진행하였다.[24]

회차	활동 내용	일정
1회기	탈북민 문학치료 자기서사진단검사 실행	11/11
2회기	〈맷돌과 북과 나팔로 성공한 삼형제〉, 〈가난한 아들 도와준 아버지 혼〉, 〈돌 노적 쌀 노적〉, 〈개똥 모아 살림 일으킨 며느리〉 등 가난 극복형 이야기 감상과 재창작	11/17
3회기	〈내 복에 산다〉 형 이야기 4편 비교 감상	11/25
4회기	북한 영화 〈온달전〉 감상과 설화와의 비교	12/02
5회기	〈해와 달이 된 오누이〉와 북한 애니메이션 〈오누이와 나무군〉 감상	12/09
6회기	가장 인상 깊은 장면 그리기와 '내 삶의 동아줄' 기억하기 활동	12/16
7회기	〈홍길동전〉과 〈주몽신화〉 감상과 재창작	12/23
8회기	〈심청전〉 감상과 재창작	12/30
9회기	고전서사 재창작 활동	01/06 오전
10회기	고전서사 재창작 발표 및 감상회	01/06 오후

24 이 활동에서 활용한 고전서사 줄거리는 부록에 첨부하였다.

1회기의 탈북민 문학치료 자기서사진단검사는 총 5편의 고전서사로 뒷이야기 창작하기와 정서반응형으로 구성하였다. 〈맷돌〉, 〈내 복에 산다〉, 〈심청전〉, 〈홍길동전〉, 〈주몽신화〉에서 주인공이 기존 공간의 억압을 경험하다가 그곳을 탈출하는 장면까지 줄거리를 제시하고, 이후의 과정을 참여자의 상상력으로 이야기를 채워보는 것이다.

제1문항 :
Q. 다음 작품의 뒷이야기를 상상하여 보십시오

> ① 가난한 홀아비가 아들 셋을 두고 살고 있었다.
> ② 가난이 좀처럼 해결되지 않아서, 늘 온 식구가 여기저기 돌아다니며 구걸하며 지냈다.
> ③ 어느 날 큰아들이 아버지에게 이렇게 살 수 없으니 먹고 살 일을 하나 가르쳐 달라고 했지만, 아버지는 죽기 전에 말해 주겠다고 하였다. 아버지는 죽기 전에 큰아들에게는 맷돌을, 둘째에게는 북을 셋째에게는 나팔을 주며 이것으로 살면 된다고 하였다.
> ④ 삼형제는 아버지 시신을 묻고 돌아오는 길에 각자 흩어져 길을 떠났다.

이러한 활동을 통해 참여자가 기존 공간에서 벗어나는 일에 대해 어떤 생각과 느낌을 가지는지, 그리고 탈출 후의 삶을 어떻게 상상하는지를 파악할 수 있다. 그리고 정서반응형 검사에서는 '이주와 성공'의 고전서사의 온전한 줄거리를 제시하고, 그 이야기에 대한 선호도를 파악하였다.

이후의 활동은 탈북민 문학치료 자기서사진단검사에 활용된 이야기를 잘 이해할 수 있는 과정으로 유사한 작품서사를 감상하거나, 이야기에 몰입하고 능동적으로 몰입할 수 있는 활동을 진행하였다. 설화 〈맷돌〉을 중심으로 진행한 2회기에는 극한 상황에서 가난을 극복함에 있어서 획기적인 성공보다는 과정과 단계에 성심을 다하는 가난 극복형 이야기들을 감상하는 시간을 보냈다.

그리고 3회기에서는 〈내 복에 산다〉의 상생형 결말을 잘 이해할 수 있도록 부녀갈등서사에서 좌절-승리-상생형의 이야기를 두루 살펴보며, 서사 간의 차이를 통해 상생형의 서사가 지닌 힘을 체감하도록 하였고, 4회기에서는 북한영화 〈온달전〉을 통해서 서사에 대한 이해를 도왔다. 〈해와 달이 된 오누이〉의 시간 은 북한 애니메이션 〈오누이와 나무군〉을 감상하며 오누이의 성공에 대한 확신 을 돋우는 활동을 진행하기도 하였다.

이때에는 이야기에 대한 몰입과 능동적인 감상을 유도하고, 이야기에 대한 선 호도 및 구체적인 감상평을 파악하기 위해서 '가장 마음에 드는 장면과 가장 마 음에 들지 않는 장면 고르기', '가장 인상 깊은 장면 그림으로 표현하기', '마음에 들지 않는 장면 바꿔보기' 등을 진행하였다. 그리고 이 프로그램에서는 '이주와 성공'의 이야기에 대한 이해를 도모하기 위해서 다양한 활동을 더했다. 〈해와 달 이 된 오누이〉의 이해를 돕는 시간에는 '내 삶의 동아줄'을 기억해내는 창작 활동 을 진행하면서 6회기부터는 '이주와 성공'의 고전서사를 자기 삶에 적용해보는 활동을 시작했다.

이후 7회기에서 8회기에는 〈홍길동전〉, 〈주몽신화〉, 〈심청전〉을 감상하는 시 간에는 '자아실현'의 문제를 각인하게 하기 위해서 '① 기존 공간에서 겪는 억압 과 한계, ② 기존 공간에서 탈출, ③ 이주 후 내면적 · 물질적 성취, ④ 사회적 자아실현' 구조에 맞추어 작품의 줄거리를 다시 정리하는 활동을 진행하였다. 긴 줄글을 작성하기 어려운 참여자들은 개조식 혹은 어절 정도로 표현하기를 요청 했다. 그리고 그와 대응되도록 자신이 살아온 삶을 간단히 적어보도록 하였다.

▣ 나만의 심청 이야기를 만들어 볼까요?		
	심청의 삶	나의 삶
① 기존 공간에서 겪는 억압과 한계		
② 기존 공간에서 이탈		
③ 이주 후 물질적 성취		
④ 사회적 자아실현		

탈북민들은 대체로 고전서사의 영웅들이 이룬 성공에 대해 부담스러워 하거나 비현실적이라고 여기는 편이었다. 그런데 이 프로그램에 참여한 '이주와 성공'의 구조에 따라 자기 삶을 기억해내는 일은 비교적 수월하게 수행해냈다. 그리고 자신이 어떤 고난을 극복하며 한국에 와서 무엇을 이뤄냈는지 분명히 인지하는 편이었다.

그러면서도 여전히 어려운 점은 자기 삶에서 '자아실현'을 탐색하는 일이었다. 탈북민들은 고전서사의 영웅들의 성공을 두고 '이주 후 물질적 성취'와 '자아실현'의 항목을 구분하여 파악하는 일을 수월하게 해냈다. 영웅들이 이주 후 안정된 생활 기반을 확보한 점과 그리고 자신의 능력을 발휘하거나 생의 궁극적인 소망을 성취하는 일을 뚜렷이 구분하여 인지하고 있었다. 그런데 자기 삶에서는 한국에 와서 얻은 안정은 쉽게 찾아내면서도, '자아실현'의 항목은 잘 찾아내지 못하는 편이었다. 이러한 활동을 통해서 참여자들은 스스로 이주 후 진정한 행복에 이르는 '성공'을 위해서는 자기 삶에서 무엇이 필요한지 스스로 인지하게 되는 것이다.

이어 9회기에서는 지금까지 감상한 작품 가운데 한 작품을 선정하여 그 작품을 토대로 자신만의 이야기를 창작하는 활동을 진행한다. 이때에는 참여자가 '이주와 성공'의 서사를 어떻게 받아들였는지 내재화된 정도를 파악할 수 있다. 그리고 참여자가 '이주와 성공'의 서사 구조에 맞추어 자기 삶을 재구성하는 일이 가능한가, 즉 자기 삶에서 행복의 힘과 가능성을 찾아내는 일이 가능한가를 파악할 수 있다. 이 프로그램에 참여한 탈북민들은 대체로 제공한 작품의 이야기를 자신의 기억에 맞추어 다시 서술하는 방식으로 창작물을 만들어내기도 하고, 제공한 작품서사에 맞추어 자기 삶을 이야기하는 창작물을 만들어내기도 했다. 아니면 제공한 작품과 상관없이 자신이 하고 싶은 말을 담아내기도 했다.

마지막 10회기에는 참여자들이 자신이 만들어낸 최종 창작물을 발표하고, 서로의 작품에 대해 생각과 느낌을 나누는 시간을 갖는다. 그리고 지금까지 참여한 문학치료 활동에 대한 소회를 털어놓고, 앞으로의 계획에 대한 이야기를 나눈다. 이 마지막 활동에서도 참여자의 자기서사와 문학치료를 통해 변화된 지점에 대한 여러 정보를 파악할 수 있다. 이것으로 프로그램은 마무리된다.

(2) 〈해와 달이 된 오누이〉에 대한 탈북민의 반응과 문학치료 효과[25]

한민족의 대표적 옛이야기 〈해와 달이 된 오누이〉는 어린 오누이가 호랑이의 위협으로부터 탈출하여 하늘의 구원을 받는다는 기본 틀로 전승되어온 옛이야기 이다. 분단의 경계를 넘어 남과 북에서 현재까지도 활발히 전승되는 작품이다. 그런데 탈북민의 문학치료 현장에서는 이 이야기에 대한 특별한 반응이 발견된다. 오누이가 해와 달이 되었다는 결말을 두고 비극형으로 해석하는 탈북민의 수가 적지 않다.

오누이가 해와 달이 되었다는 결말은 이 작품의 정체성을 결정하는 중요한 장면이다. 한국의 연구자들은 이 장면에서 신화적 특성을 발견한다.[26] 물론 이 결말을 두고 고난 극복 혹은 도피로 다양하게 해석하기도 했다.[27] 실제 설화가 향유되는 현장에서도 결말은 중요한 장면이다. 남쪽의 구비설화 전승 자료집에 보면 간혹 해와 달이 되는 지점은 누락되기도 하지만, 하늘로부터 구원되는 장면은 반드시 포함되어 전승된다.[28] 이 설화의 향유자들 역시도 오누이에 대한 하늘의 구원을 핵심적 장면으로 수용하고 있는 것이다.

이렇게 하늘의 구원과 오누이의 성공은 이 설화에서 빠질 수 없는 중요한 장면인데 반해, 탈북민에게는 비극적 형상으로 수용되는 것이다. 북한의 설화자료집

---

25 이 글은 박재인, 「〈해와 달이 된 오누이〉에 대한 탈북민의 반응과 문학치료 효과」, 『인문사회21』 9-4, 아시아문화학술원, 2018, 251-264면에 발표한 글을 수정·보완한 것이다.

26 나경수, 「남매일월설화의 신화론적 고찰」, 『한국언어문학』 28집, 한국언어문학회, 1990; 조현설, 「〈해와 달이 된 오누이〉형 민담의 창조신화적 성격 재론」, 『비교민속학』 33, 비교민속학회, 2007.

27 이관일, 「일월설화 연구」, 『국어국문학』 71, 국어국문학회, 1976; 박정세, 「'해와 달이 된 오누이' 민담에 투영된 역사적 현실과 민중의 희망」, 『신학사상』 94, 한국신학연구소, 1996; 허성애, 「〈해와 달이 된 오누이〉 설화의 구조와 의미」, 『청람어문학』 13, 청람어문교육학회, 1995.

28 이지영, 「〈해와 달이 된 오누이〉의 전승과 그 특징에 관한 연구」, 『한국문화연구』 15, 이화여대 한국문화연구원, 2008.

이나 동화책에서도 한국과 같은 형태로 설화의 줄거리가 제시되어 있어,[29] 북한 내 전파된 설화가 비극적 형태라고 볼 수도 없다. 이 설화를 개작하여 만든 북한 애니메이션 〈오누이와 나무꾼〉(2000)에서도 분명한 해피엔딩을 그리고 있다.

그렇다면 왜 탈북민은 이 옛이야기의 결말을 비극적으로 해석하는 것일까? 탈북민 대상 문학치료 연구 초기에 이 설화가 탈북 과정, 약자로서 경험한 고충을 떠올리게 하는 특성이 있음을 입증한 바 있다.[30] 그런데 다수의 탈북민을 접하면서 탈북 후 한국사회에 적응 기간에 따라 약간의 차이를 보인다는 점을 발견했다.

그래서 이글은 탈북민들이 이 구비설화를 이해하는 방식을 근거로 탈북 트라우마 징후에 대해서 논하려고 한다. 필자는 탈북민의 특수성을 반영한 문학치료 프로그램을 기획하고, 2017년에 한국입국 초기 탈북민 12명과 한국입국 10년 이상 경과한 탈북민 5명을 대상으로 두 차례 문학치료를 진행하였다. 탈북민의 생애사와 닮아 있는 고전서사의 감상과 재창작 활동을 진행하였고, 그 과정에서 탈북 트라우마의 징후들을 발견하였다. 그리고 탈북 트라우마와 관련된 반응 가운데는 한국입국 초기의 탈북민과 10년 이상 경과한 탈북민의 공통점과 차이점이 보이기도 하였다. 그 공통점은 기존 공간에서 경험한 고난과 탈북 과정에서 경험한 공포에 해당하였고, 그 차이점은 이주 기간에 따른 경험의 차이에 해당하였다. 한국살이에 대한 기대감과 자신감이 반영된 반응과 적응 스트레스로 인하여 피로가 누적된 상태의 차이였기에, 본고에서 말하는 이주 후의 삶에서도 지속되는 탈북 트라우마 관점에 부합하는 특성이었다.

그리고 〈해와 달이 된 오누이〉를 중심으로 문학치료 활동 결과를 보고하며 치유 효과를 논하려고 한다. '내 삶의 동아줄'을 주제로 한 문학치료 활동에서 드러난 반응을 중심으로 필자가 설계한 프로그램의 효과 및 한계점에 대한 논의할

---

29 김박문, 『우리 나라 옛이야기(1) 해와 달』, 문학예술출판사, 주체93(2004).
30 Ⅱ장에서 이 설화를 두고, 탈북여성B는 포악한 강자와 착하지만 힘이 없는 약자의 관계를 드러낸 것이라 해석한 바 있고, 탈북여성D는 탈북 과정에서의 공포와 같다고 반응하였다고 논의하였다.

것이다.

① 〈해와 달이 된 오누이〉에 대한 반응으로 본 탈북 트라우마

이 장에서 제시한 자료는 2017년 1월 5회기, 2017년 11월부터 2018년 1월까지 10회기에 걸쳐 진행한 문학치료 활동 현장을 녹취한 전사자료와 탈북민들이 활용한 활동지이다. 1월 5회기에 참여한 대상은 한국 입국 초기(5년 이내) 탈북 여성 14명이며, 2–30대 8명과 50대 6명이다. 이후 10회기에 참여한 대상은 탈북민 여성 2명, 남성 3명이며, 4–50대의 중년층으로 모두 한국에 입국한 지 10년이 지났고, 비교적 한국사회에 무리 없이 적응한 인물들이다. 한국 입국 초기 탈북민 집단을 '집단1'이라고 하고, 한국 입국 10년 이상 경과한 탈북민을 '집단2'로 분류하여 〈해와 달이 된 오누이〉에 대한 반응을 비교하면 다음과 같다.

▶ 집단1(한국 입국 초기 탈북민)의 반응

〈해와 달이 된 오누이〉는 탈북민 대상 문학치료 과정에서 가장 적극적인 반응을 확인하였던 작품이다. 탈북민들은 이 작품을 두고 북에서부터 알고 있었던 '옛말'이었다고 말했다. 북에서부터 알고 있었던 이 이야기의 줄거리를 다시 설명한다든가, 할머니나 부모님께 전해 들었다는 추억을 덧붙여 설명하는 경우도 많았다.

그림 11: 북한의 애니메이션 〈오누이와 나무군〉을 감상하는 탈북여성들

　　한국 입국 초기의 탈북민들은 이 구비설화를 감상하며 탈북 과정에서 경험한 공포가 떠오른다고 했다. 그런데 특이점은 그 과정에서 오누이의 성공 결말과 자신의 상황을 대입하여 해석한다는 점에 있었다. 다음은 먼저 입국한 남편과 시어머니의 부름으로, 홀로 갓난아이를 데리고 탈북을 감행한 김씨의 사연이다.

> 김○○: 호랑이가 오는 순간에 아이들의 심정, 너무나도 무섭고. 아이들의
> 　　　　심정이 얼마나 무서워했어요. 엄마가 돌아오다가 갑자기 그러니까
> 　　　　완전히 (청취불능) 저도 엄마여서 그런가 했어요.
> 김○○: 중국에서 태국으로 갈 때, 라오스 산을 넘을 때,
> 연구자: 그렇게 오신 거예요?
> 김○○: 네 그러니까 3/17에 북한에서 떠났는데, 4월에 들어왔어요. 까딱
> 　　　　삼 일 ** 벼랑 같은 데 (청취불능) 겨울에 떠나가지고 애기가 울지
> 　　　　않고 그 산이 가시나무니까 계속 나무 재끼고 또 가고 또 나무 재끼고
> 　　　　또 가고 이러는데 울지 않는 거예요.
> 연구자: 애기가 도와줬네.

김○○: 그러니까. 그리고 자기도 눈을 딱 이러고 자지 않는데 엄마 따라 1초도 안자고 눈 딱 뜨고 그저 기다렸어요. 날이 밝기를, 애기가 울지 않고. 그래서 너무 고맙고.

연구자: 애기가 알았나?

김○○: 진짜 잊혀지지가 않아요. 다른 사람 애기는 세게 울었다는데, 우리 딸은 진짜 안 울었어요.[31]

김○○씨는 이 이야기를 듣고 탈북 과정에서 경험한 숨막히는 공포를 떠올렸다. 그리고 위태로운 순간에 한 번도 칭얼거리지도 울지도 않았던 자녀를 기특하게 여겼다. 김씨는 탈북과정에서 경험한 극심한 공포와 함께, 기적같이 발현된 행운에 특별한 의미를 부여하고 있었다.

이러한 특징은 다른 대상에게도 발견되었다.

최○○: 청진을 거쳐서 함흥을 거쳐서 강원도로 거쳐서 황해도로 나갔다가 다시 평양으로 돌아갈 것이다 했거든요. 그러니까 시간을 끌었죠. 도망갈 시간을 벌었거든요. 그런게 시간 끄는 것도 어느 정도잖아요. 때 되니까 안 되겠더라고요. 속이 벌렁거리고 ** 점점 가까이 오는 것 같더라고요. 우리 이북에서는 하나님 몰라요. 종교에 대해서 그땐 잘 몰랐어요. 근데 딱 위급한 상황이 되니까 하늘에다 대고 빌었어요. 제발 살려달라고. 애 둘을 저 혼자서 안고 가는데, 빌었더니 진짜 거기 분들이 그러시더라고요. 자기가 이날 이 때까지 인신매매로 사람 많이 건네주고 했는데, 용정에 초소 이날 이때까지 한번도 비워진 적이 없대요. 우리가 걸칠 때 처음으로 초소가 오갈 때 30분 동안 ** 분명히 있었는데 어떻게 데리고 나가냐 그래서 엄마보고 애를 하나 떨구고 여기를 가라고 그러더라고요. 그래서 제가 애들은 못 떨구고 간다고 죽어도 같이 살고(죽고) 살아도 같이 살아야 되겠

31 집단1 문학치료 2회기 녹취록(2017.01.07.)

다. 아편까지 다 가지고 떠났거든요. 우리는 뭐 좀 그런 ** 사니까. 그래 갔는데 금방 전에 들어온 초소도 없어졌어요. 그러니까 그분이 하는 말이 대단하다고 이때까지 용정 초소에서 걸려서 빠꾸한 사람이 많다고 그러더라고요. 그래서 제가 그때 당시 생각을 한 게 오늘날 내가 온 게 내 운이 아니고 하늘에서 그래도 날 도와줘가지고 여기까지 오게 된 게 아닌가 그런 생각 많이 하거든요.[32]

최씨는 위태로운 탈북 과정을 이야기하며, 이야기 속 오누이처럼 하늘에 간절한 바람을 기도했던 기억을 떠올렸다. 그리고 안전하게 탈북할 수 있었던 행운에 대해 하늘이 도운 것이라고 의미화하였다.

　　최○○: 그러니까 이렇게 보게 되면 다 이게 넘어온 사람들이잖아요. 이걸 그런 것과 같다고 생각해요.[33]

그리고 최씨는 이 이야기가 탈북민들의 삶과 닮아 있다고 인정했다.

　　김ㅁㅁ: 그래가지고 내가 우리 딸을, 나는 이 산을 못 넘는데, 이때는 어떻게 해야 하는가? 이 딸을 데려가야 하는데, 이 딸을 여기서 못 버린다. … 그게 얼마나 복이, 행운이 그렇게 차려졌는지, 우리 딸한테는 그렇게 대한민국에서 돈을 많이 투자해가지고 갑자기 그렇게 막 태산같이(?) 라오스에서 그 여행(?) 차들이 다니는 그런 도로로. 우리 딸만 오토바이 빌려가지고 오토바이로 그 길로 산을 넘고. 그런데 그걸 보니까 정말 사람이, 나한테 이런 복이 있어가지고 하나님도 저한테 이렇게 너무나도 감격대로 내 꿈같은 일이 다 생겼다. 그래가지고 딸을 무사히 여기까지 데리고 금방 10월 5일 날 나오게 됐습니

　集団1 문학치료 2회기 녹취록(2017.01.07.)
　集団1 문학치료 2회기 녹취록(2017.01.07.)

다. 막 꿈 같아요 대한민국에 온 것이.[34]

또 다른 탈북민 김□□씨는 먼저 탈북을 하고, 딸을 탈북시켜 국경에서 기다리다가 딸이 위험에 빠진 사건을 이야기했다. 산을 넘어 다시 딸을 데리러 가야하는지 고민하고 마음을 애태우고 있었는데, 기적과 같이 딸이 오토바이를 얻어타서 건너올 수 있었다고 했다. 그러면서 김씨는 탈북해서 한국으로 온 일이 "꿈만 같다"고 연신 감탄했다.

> 김□□: 여기 모든 북한 주민들이 이제 오누이가 하늘의 도움으로 살아났다고
>   했는데, 우리 북한 주민들이 하늘의 도움으로 북한을 이탈해서 대한
>   민국에 들어와서 지금 행복한 생활을 하게 됐다. 총체적으로 그렇게
>   생각했어요.[35]

김씨 또한 이 옛이야기가 탈북민들의 탈북과정과 유사하다고 생각하며, 오누이처럼 하늘의 도움으로 지금 대한민국에 올 수 있었다고 말했다.

이렇게 〈해와 달이 된 오누이〉는 탈북민들에게 탈북 과정에서의 공포를 재현하는 서사였다. 그런데 한국 입국 초기 탈북민들은 탈북 과정에서의 공포를 상기하면서도, 오누이가 하늘로부터 구원받았던 것처럼 기적같았던 행운의 장면들을 포함하고 있었다. 이점은 한국 거주기간이 긴 탈북민 집단과 차이를 보이는 반응이다.

▶ 집단2(한국 입국 10년 경과 탈북민)의 반응

한국에 거주한 지 10년 이상 경과한 탈북민들은 이 작품을 두고 '탈북 과정'이 떠오른다고 하거나 약자로서 경험한 부당한 피해들이 떠오른다고 고백했다.

---

34 집단1 문학치료 2회기 녹취록(2017.01.07.)
35 집단1 문학치료 2회기 녹취록(2017.01.07.)

탈북 과정이 떠오른다는 반응을 살펴보면, 오누이가 호랑이에게 뒤쫓기는 장면을 두고 많은 탈북민들이 탈북 과정에서 경험한 공포를 이야기하였다. 이는 적응 초기 탈북민과 경과 10년 이상 탈북민의 동일한 반응이었다. 다음은 한국 입국 10년 이상 경과한 탈북민의 반응이다.

> 탈북민J(여, 2006년 한국 입국): 밑에 께 3살, 위에 께 7살. 그 저기 뭐야. 밤에 길을 걷는데, 걷다가 뛰었어요. 애들을 업고. 경비대가 있는 거예요. 나도 아들을 업고 뛰는 거예요. 개들이, 나 같은 개들이 20마리가 뛰어나오는 거예요. 모르겠어요. 그 다음에는 그 몇 메다 간격으로 따라오기 시작하는데, 20마리가 따라오는 거예요. 그 다음에는 똥줄이 타가지고 그게 막 따라와 가지고. 한 30메타를 뛰었거든요. 그 다음에는…
> [청자: 여자 몸으로 감당하기 힘들지.]
> 그 다음에는 어떻게 왔는지 모르겠더라고요. 거기다가 우리 조가 한 12명이 되었거든요. 우리는 개처럼 막 끌려오고. 소리도 못 내고, 소리를 내면 안 되니까. 지금 이거를 막 이야기하니까 지금 호랑이가 지금 뒤에서 따라오는 심정이에요. 이야…[36]

위의 자료는 탈북여성이 아이 둘을 데리고 국경을 넘는데 큰 개 20마리가 자신을 뒤쫓아서 죽을 각오로 뛰었다는 사연이다. 호랑이가 오누이를 뒤따라 나무 위로 오르는 장면을 보니, 그때 개들이 뒤따라오던 공포스러운 순간이 생생하게 느껴지는 심정이라고 했다. 탈북 과정에서 위급한 상황을 경험하였을 당시의 공포가 떠오른다는 이야기였다.

이와 같은 반응은 Ⅱ장에서 논의하였던 탈북여성D의 반응과 같다. 한국 입국 경과 10년 이상 되었고 비교적 적응에 성공했다고 하는 D의 경우 호랑이에 대한

---

36 집단2 문학치료 5회기 녹취록(2017.12.09.)

거부감을 드러냈는데, 오누이를 잡아먹기 위해 나무까지 따라 올라오는 호랑이에게서 탈북 당시 나를 뒤쫓던 경찰의 모습이 떠오른다고 말했다. 그리고 이 여성은 이 설화를 재창작 하면서 오누이가 멀리서 활이나 총으로 호랑이를 쏘아 복수하는 이야기를 만든 바 있다. 자신을 위협하는 권위자에 대한 분노와 공포심이 반영된 결과였다.

또 다른 반응은 약자로서 경험한 부당한 피해들에 대한 이야기였다. 탈북민들은 힘없고 돈 없는 약자들이 당할 수밖에 없는 피해들을 이야기하며, 부당하게 운영되는 세상에 대한 비판의식을 드러냈다.

> 탈북민H(여, 2003년 한국 입국): 못된 사람들이 더 잘살고. 악한 사람들이
>   더 잘살고.
> 탈북민I(남, 2004년 한국 입국): 마음이 고운 사람들은 빨리 죽고 악한 사람
>   들이 더 잘살고 오래 살고.
> 탈북민H(여, 2003년 한국 입국): 오누이가 정말 무섭잖아요. 그 배고픔에
>   나무에 올라갔는데 대처할 능력도 없잖아요. 아무것도 없는 상황에
>   서 오누이를 잡아먹으려는 호랑이는 죽었으면. 그냥- 그냥 죽었으
>   면. 우리도 배가 고파서 여기로 왔지만, 북한 지도층은 잘 먹고
>   잘살잖아요. 우리는 아무 힘도 없잖아요. 그 상황하고 비슷한
>   거예요.[37]

악한 사람들은 잘 살고, 착한 사람들을 못 사는 불합리한 세상에 대한 불만들과 불우한 처지에 처해도 저항할 수 없는 약자로서의 동질감을 표현하는 반응들이었다. 이러한 반응은 Ⅱ장에서 논의한 탈북여성B에게서도 보인 반응과 같았다. 그녀는 호랑이와 오누이의 관계는 사회적 강자와 약자의 관계라고 말했다. 강자는 포악스럽게 약자를 억압 위협하고, 무도한 방식으로 욕망을 채우며, 약

---

37 집단2 문학치료 5회기 녹취록(2017.12.09.)

자는 처참히 희생당할 수밖에 없다는 논리라는 것이었다. 호랑이에 대하여 '악한 강자'라고 하면서, 자신들을 힘없는 약자로 인식하는 공통된 특징이다. 북한에서 고향을 떠나올 수밖에 없었던 이유와 탈북 과정에서 신고당할까 늘 두려움에 떨어던 시절, 그리고 한국사회에서 외면당했던 기억들과 맞물려 인식한 결과라고 판단할 수 있다.

중요한 것은 〈해와 달이 된 오누이〉는 포악한 강자 호랑이를 물리치고 하늘에서 내려준 동아줄을 타고 하늘에 올라가 해와 달이 되는 결말인데 몇몇의 탈북민들은 이 이야기의 결말을 비극형으로 선호한다는 점에 있었다. 이는 탈북여성B와 D에게서도 보인 반응과 같았다.

> 탈북민H(여, 2003년 한국 입국): 이 어린애들이 생각이라던가 이게 떨어지는 사람이 있고, 엄마, 배고픔. 호랑이가 잡아 먹겠다고 따라 올라오니까. 일단 얘네들은 너무 어리고, 호랑이가 올라오면 잡아먹힐 것은 뻔한데. 그 어린 영혼들이 뭐라고 해야 하나. 어린 애들이 호랑이한테 잡아 먹혔으니까 그거에 비유해서 하늘에서 혼을 달래주는.
> 연구자: 어른은 안 될까요?
> 탈북민H(여, 2003년 한국 입국): 어른도 안 되죠. 무방비 상태인데.
> 탈북민J(여, 2006년 한국 입국): 힘들죠.
> 연구자: 어머니는 살아남으셨잖아요.
> 탈북민J(여, 2006년 한국 입국): 그게 얼마나 힘들었겠어요.[38]

> 탈북민I(남, 2004년 한국 입국): 북한은 종교의 자유도 없고, 말살. 하늘에 빌어도 안 되는데. 자력갱생하라는. 북이나 남이나 자본주의나 사회주의나 강자와 약자는 같애. 제가 생각할 때는, 호랑이가 물어보잖아요. 철없는 동생이 솔직하게 대 주는 거잖아요. 애들이 당할 수밖에 없고, 호랑이는 원래 잡아먹는 포악한 동물이니까요. 혼이

전해져서 해와 달이 죄었다는 전설적인.[39]

한국 입국 경과 10년 이상된 탈북민 5명 가운데 3명은 비극형 결말이 더욱 논리적이라고 하였다. 막강한 호랑이의 위협으로부터 약자인 오누이는 살아남기 힘들다는 것이었다. 필자가 계속해서 여러분들은 그런 상황에서도 다 살아남지 않았느냐고 물었다. 이 구비설화의 서사에서 성공적인 결말로 해석할 수 있는 여지를 확인하기 위한 질문이었다.

계속된 질문에 탈북민 집단 중 유일하게 오누이의 성공과 호랑이의 죽음이 통쾌했다고 반응[40]한 탈북민G씨가 대변하여 다음과 같이 답변하였다.

> 탈북민G(남, 2004년 입국): 죽음의 공포 저까지 다녀왔으니까 그렇게 말이 나올 수밖에 없는 거지. 그러니까 사람이 범 앞에서 정신만 올바르면 산다고 하잖아요. 오누이도 간절히 기도했고, 하늘에서 도와주고. 죽지 않으면 살기로 뛰었으니까 살았지. 상상을 해봐요. 압록강을 건너면서 여서, 일곱 되는 사람들이 같이 건너와요. 물살이 쎄서 떠내려가요. 서너 명은 죽고 서너 명은 살아남았어요. 절반은 죽었잖아요. 압록강을 건너다 보면 시체들이 빨가벗고 둥둥둥 떠서 다니는 것이 보인데요. 그런 것을 경험했으니까 자기들은 죽음의 문턱을 넘나들었으니까.[41]

탈북민들은 죽음의 공포를 경험했기 때문에 비극형의 결말이 더욱 현실적이라고 느껴진다는 대답이었다. 탈북민G씨는 이 탈북민 집단 중에 유일하게 공포의

39 집단2 문학치료 5회기 녹취록(2017.12.09.)
40 "하늘에서 악한 놈을 벌을 주고 착한 사람에게는 행복을 주는 이야기로 느꼈어요. 얼마나 좋아요. 호랑이 밑구멍이 딱 찔려서 피가 났다니까 시원하더라고. 호랑이는 똥구멍이 질려 죽고 아이들은 하늘로 올라가 해와 달이 되었다니까 가슴이 시원하더라고." (집단2 문학치료 5회기 녹취록(2017.12.09.))
41 집단2 문학치료 5회기 녹취록(2017.12.09.)

탈북과정을 경험하지 않은 (구)소련 노동자 출신이며, 다른 탈북민에 비하여 신체도 건장하고 늘 자기 의견을 솔직하게 말하는 성향이었으며, 이국땅에서 살아버틴 과거와 기술력에 대한 자부심도 있었다. 자신은 이 이야기에서 통쾌함을 느꼈다고 하면서도, 두만강을 건넌 탈북민들이 왜 비극형의 결말을 지지하는지에 대해서도 충분히 이해할 수 있다는 말이었다.

비극형 결말에 대한 선호는 탈북민들의 심정을 대변하는 특성이었다. 〈해와 달이 된 오누이〉의 결말을 두고 명백한 해피엔딩으로 해석하는 경우도 있으나, 간혹 비극으로 해석하는 경우도 흔히 있다. 결말에 대한 해석이 두 갈래로 갈라지는 현상인데, 탈북민들 가운데는 해피엔딩의 가능성을 외면하는 경우가 많다. 이 지점에서 탈북 트라우마의 징후를 발견할 수 있다. 탈북 과정에서 경험한 공포, 약자의 위치에서 쉽게 좌절할 수밖에 없었던 삶에 대한 회한이 작품에 대한 반응으로 드러난 것이다.

비극형을 지지하는 3명의 탈북민은 탈북민G씨와는 달랐다. 가장 비극형 결말을 강하게 주장했던 탈북민H씨와 탈북 경험이 떠오른다던 탈북민J씨는 탈북과정에서 신체적 상해를 입고 오랜 시간 투병을 견뎌냈다. 탈북과 한국사회 적응으로 누적된 피로감을 누구보다 실감하고 있었다. 그리고 탈북민I씨는 탈북민G씨와는 달리 기술직이 아닌 탈북민 관련 사회봉사직으로 일하고 있는데, 북한에서 신분적 한계를 느꼈는데 한국에 와서도 "짧은 가방끈" 때문에 원하는 바를 성취하기 어렵다는 말을 했었다. 그리고 탈북민들을 지원하는 일을 하면서, 안타까운 상황에 놓인 탈북민들을 자주 목격했고 쉽게 유혹에 넘어가 실패하는 사례가 꼭 오누이의 상황과 유사하다고 했다. 이들의 반응은 탈북 후 한국 사회로 이주하면서 누적된 피로감과 목숨을 걸고 탈북한 이후에도 여전히 약자로 살 수밖에 없다는 현재 상태에 대한 실망감에서 비롯된 것으로 보인다. 이러한 반응은 탈북 트라우마가 단지 공포스러운 탈북과정에서만 비롯된 것이 아님을 확인시켜준다. 탈북 후 한국사회 적응과정에서 지속적으로 축적된 실망감이 세상에 대한 긍정적 신념을 약화시킨 것으로 해석된다.

▶ 탈북과 적응으로 누적된 피로, 그리고 비극형 서사에 대한 지지

요약하면 집단2(한국 입국 10년 경과)는 호랑이가 오누이를 위협하는 장면과 극심한 공포를 경험한 장면에 몰두하고 비극형의 서사를 지지하는 반면, 집단1 (한국 입국 초기)은 비교적 오누이가 하늘로부터 구원되는 장면을 떠올리고 현재 탈북에 성공한 지점에 대한 큰 만족도를 표하며 이야기를 즐기는 차이점이 있었다. 이는 탈북 후 새터에서 적응하는 기간에 따른 반응의 차이라고 할 수 있다. 집단1은 새터에 이제 막 도착하여 한국사회에 대한 경험이 적고 다양한 꿈과 희망을 품고 있을 수 있기에 오누이의 성공에 대해 긍정하는 반응이 가능했을 것으로 보인다. 그와는 달리 집단2는 한국살이의 시간이 길어짐에 따라 집단1에 비하여 좌절 경험이 많고, 오랜 시간 스트레스에 노출되어 있어서 기적과 같은 성공에 대해 부정하는 반응을 보인 것으로 해석된다.

〈해와 달이 된 오누이〉 결말부에 담긴 환상성은 충분히 비극적 결말로 해석될 수 있다. 그것 자체가 문제라고는 할 수 없지만, 행복한 결말의 가능성에 대한 부정은 조정의 필요가 있다. 하늘의 구원과 오누이가 해와 달이 되었다는 결말에 대해서 비현실적이라고 부정하는 이해 방식은 삶을 운영할 때 자신과 세상에 대한 신념을 신뢰하지 않는 내면과 관련될 가능성이 있다. 구비설화에 제시된 비현실적 행운에 대한 해석은 삶에 대한 긍정적 신념, 의지와 용기에서 비롯된 풍부한 문학적 상상력이라고 할 수 있다.[42] 그렇기 때문에 이 이야기의 행복한 결말

---

42 필자는 북한 애니메이션 〈오누이와 나무꾼〉에서 그려진 현실적 결말과 달리, 이 구비설화에서 그린 하늘의 구원과 오누이의 성공에 대해서 "오누이의 의지와 용기는 오롯이 자신에게서 비롯되어야 한다. 그 누구도 구원해주지 못하고, 의지할 수 없는 환경에서 오누이는 오로지 자기 힘으로 질곡에서 빠져나와야 한다는 것이 이 옛이야기의 핵심이다. 벗어날 수 없을 것만 같은 호랑이의 위협에서 빠져나와야 한다는 의지와 용기, 그 원동력은 어디에서 발현될 것인가. 이 이야기는 그것이 바로 하늘, 삶에 대한 신념에서 비롯된다고 전한다. 절망 속에서도 희망을 찾아내는 삶에 대한 긍정적인 신념이 그 의지와 용기의 근간이었다는 것이다. 세상과 인생살이에 대한 확고한 신념은 자신 내면에 품은 세계관과 가치판단에 대한 강한 자신감이고, 자신에 대한 신념과 확신이다. / 오누이가 하늘의 해와 달이 되었다는 결말은 오누이가 그러한 신념의 증표가 된다는 것으로 해석될 수 있다. 삶에 대한 긍정적 신념이 광명한 빛이 되어 세상의 모든 이들에게 밝음과 따사로움을 주게 되었다는 바는 오누이의 성공 사례를 통해 더욱 굳건해

에 대한 불신 혹은 지지는 탈북민의 내면과 관련하여 중요하게 살펴봐야 할 지점이다.

탈북민은 북한에서 탈출을 결심했던 상황, 탈북 과정의 공포와 충격, 그리고 체제 반대편인 한국에서 적응하며 살아가는 문제 등 여러 어려움에 봉착해왔다. 게다가 현재의 삶이 불행하다고 느껴지면 과거의 불행과 중첩되면서 정신적 고통이 깊어지고, 한국생활에 더욱 힘들어 하며 악순환이 반복된다. 즉 탈북 이후 새로운 공간에 적응을 위해 피로가 누적되면서, 삶의 만족감을 찾지 못하고 심리적 고통이 가중된 경우도 있다는 것이다.

이 점은 한국 거주 기간이 길수록 자살 충동률이 높다는 조사결과에 상응한다. 2016년 조사 결과 1년 간 자살에 대한 생각을 가졌던 탈북민의 비율이 17.4%에 이르는데, 그 중에는. 비교적 한국 거주 기간이 길수록 응답 비율이 높았다(1~3년 미만 11.8%, 3~5년 미만 17.0%, 5~10년 미만 17.6%, 10년 이상 18.5%) 이는 한국살이의 고충이 이들의 정신건강에 치명적인 영향을 미치는 요소임을 드러내는 결과이다.[43] 결국 탈북민의 한국살이는 이들의 질적 행복을 충족해주기보다 좌절감과 우울을 가중할 수 있다는 것이다.

탈북민이 경험한 트라우마는 한국에 안착하였다고 해결되는 상처가 아니다. 오히려 한국살이가 그들에게 반복적으로 좌절감을 줄 수 있다. 체제 반대편에서 이주한 탈북민의 문제는 "한반도의 분단 역사와 관련되어 있으며, 그 상처는 개

지는 경지를 구현하는 것으로 행복한 결말, 승리 이상의 의미를 지닌다."라고 분석한 바 있다. (박재인·한상효, 「설화 〈해와 달이 된 오누이〉에 대한 북한의 현대적 수용 방식 고찰」, 『고전문학과 교육』 32, 한국고전문학교육학회, 2016, 220면.)

이와 관련하여, 신동흔은 〈심청전〉과 〈흥부전〉의 결말에 대해서 "환상적 결말은 작품 전반수의 현실적 서사와 긴밀한 상호 조응관계를 이루고 있으며, '하늘의 이치[天道]'를 극적으로 전면화한 형상으로서의 의의를 지니는 바, 고난의 현실을 넘어선 좋은 날의 도래에 대한 사람들의 믿음과 의지를 함축하고 있다."고 논의한 바 있다. (신동흔, 「판소리문학의 결말부에 담긴 현실의식 재론 -〈심청전〉과 〈흥부전〉을 중심으로」, 『판소리연구』 19, 판소리학회, 2005, 313면.) 이러한 논의로 볼 때 비현실적이라고 평가 받을 수 있는 환상적 결말을 지지하고 호응할 수 있는 내면은 이러한 믿음과 의지와 관련될 수 있다.

43 남북하나재단, 『2016 북한이탈주민 정착실태조사』, 남북하나재단, 2017, 431면.

인의 것이 아니라 같은 구조 속에서 반복적으로 재생산되고 집단적으로 경험하고 있는 성격의 트라우마"[44]로 봐야 한다. 그리고 북한에서 떠나올 수밖에 없었던 상황, 탈북과정의 경험, 그리고 체제 반대편인 한국사회에서 경험한 상처 등[45] 탈북민의 생애사를 포괄한 범위에서 다루어야 한다. 이러한 포괄적 개념으로 볼 때 단선적인 시선이 아닌 복합적인 관점으로 탈북민의 축적된 피로와 반복적으로 가해진 상처의 복합적 성격을 이해할 수 있다.

② '내 삶의 동아줄'에 대한 탈북민들의 생각과 문학치료 효과

여기에서는 탈북민 집단2(한국 거주 10년 이상 경과)를 대상으로 문학치료를 진행한 과정을 논의하려고 한다. 집단2의 5명 가운데 3명이 〈해와 달이 된 오누이〉의 줄거리 가운데 '호랑이의 위협 - 오누이가 느끼는 공포'에 몰두하고 비극형의 결말을 지지한다는 점을 중심으로 살펴보고자 한다. 이에 대한 문학치료는 해피엔딩의 결말도 인정할 수 있도록 내면에 새로운 서사의 길내기를 시도하는 것에 목적을 두었다. 즉 이 옛이야기의 행복한 결말에 대한 이해를 돕는 활동을 주로 실행하였다. 문학치료 활동은 첫째 오누이의 명백한 성공을 그려내는 북한 애니메이션 〈오누이와 나무군〉을 감상하는 것이고, 둘째 '동아줄'에 주목하여 세상에 대한 긍정적인 신념을 돋우는 창작활동을 진행하는 것이었다.

▶ 북한 애니메이션 〈오누이와 나무군〉 감상

북한 애니메이션 〈오누이와 나무군〉[46]도 우리에게 매우 친숙한 옛이야기를 변

---

44 역사적 트라우마를 연구한 김종곤은 탈북민의 상처를 고려할 때, "개인적 트라우마로 환원되지 않으면서 동시에 난민/이주민과 구분되는 탈북자라는 특수성을 놓치지 않는 개념으로서의 의미도 간과할 수 없다"고 주장했다. 이는 한반도의 분단 역사와 관련되어 있으며, 그 상처는 개인의 것이 아니라 "같은 구조 속에서 반복적으로 재생산되고 집단적으로 경험하고 있는 성격"을 지닌다는 것이었다. (김종곤, 「남북분단 구조를 통해 바라본 '탈북 트라우마'」, 『문학치료연구』 33, 한국문학치료학회, 2014, 205~228면.)

45 김종군·정진아, 「탈북자의 역사적 트라우마와 탈북 트라우마의 현재적 양상」, 『코리언의 역사적 트라우마』, 선인, 2012, 120면.

46 이 애니메이션의 제목은 북한의 표기법에 따라 '나무군'으로 제시한다.

형시킨 작품이다. '해님달님' 혹은 '해와 달이 된 오누이'라고 불리며 한반도 전역에서 전승되어온 설화의 일부분이 변형되어 애니메이션으로 제작되었다. 본래 이야기는 오누이가 하늘이 내려준 동아줄을 타고 호랑이의 위협에서 벗어나 하늘로 올라가 해와 달이 된다. 그런데 이 애니메이션은 이웃 청년 장쇠가 '동아줄'을 내려주고, 오누이는 장쇠의 가르침을 받고 능동적 실천에 대해서 깨우치는 결말로 대체되어 있다.

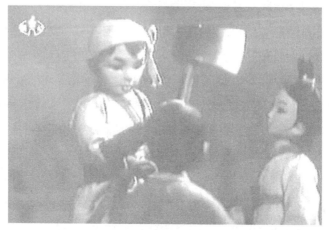

그림 12: 북한 애니메이션 〈오누이와 나무군〉 속 장쇠의 이미지

이러한 개작은 주체문예이론에 제시된 아동문화 요건에 부합되는 내용이며, 영웅 장쇠의 형상은 북한사회에서 주장하는 수령의 이미지와 닮아 있다. 즉 사상 교육적 목적으로 구비설화의 결말이 변형된 애니메이션이라는 것이다.[47]

이 작품을 탈북민들에게 제공한 까닭은 그들이 유년시절 많이 접한 분위기의 작품을 통해서 오누이의 성공을 이해하길 바래서였다. 그리고 이 애니메이션은 위압적인 호랑이를 물리치는 과정을 아주 현실적으로 그려내어 명백한 오누이의

---

47 박재인·한상효, 「설화 〈해와 달이 된 오누이〉에 대한 북한의 현대적 수용 방식 고찰」, 『고전문학과 교육』 32, 한국고전문학교육학회, 2016, 215면.

승리를 보여주기 때문에 오누이의 성공을 불신하는 이들에게 적절한 작품이라고 판단했다.

애니메이션을 감상한 후 탈북민들은 이 작품이 북한의 주체사상을 의미하고 있음을 알고 있었고, 그에 대한 거부감을 보이기도 했다.

> 탈북민G : 하늘에서 하느님이 동아줄을 내려주는데, 여기서는 김일성이 어린
>   애들을 구해주었다. 결국에는 김일성 장군님만 믿고 따르라.
> 탈북민J : (북한 사상이) 다 나왔어요.
> 탈북민I : 자력갱생! 옆집 형님은 김일성을 이렇게 한 거 같고. 김일성을 숭배
>   하는. 우상화시키는 거를 이용한 거 같고.[48]

그런데 필자가 장쇠라는 인물이 장군님을 형상화한다는 점을 제외하고 보면 이 작품이 어떻냐고 물었다.

> 탈북민I : 재밌죠!
> 탈북민G : 범에게 물려가도 정신만 차리면 산다는 이야기지 뭐.
> 탈북민H : 반대점이 있어요. 해와 달이 오누이는 잡혀 먹지만, 여기서는 심성
>   이 고우면 살아남고 악하면 벌을 받는다. 여기서는 오누이가 살잖
>   아요.[49]

북한의 사상교육적 목적을 제하고 보면 재미있게 감상할 수 있다고 대답했으며, 애니메이션이 지향하는 의미를 정확히 파악하는 반응을 보였다. 그리고 가장 적극적으로 비극형 결말을 지지하던 탈북민H는 원래의 이야기와 다르게 권선징악의 주제가 드러난다고 구별했다. 오누이가 승리하는 서사의 가능성도 어느 정도 인정한 것이다.

---

48 집단2 문학치료 5회기 녹취록(2017.12.09.)
49 집단2 문학치료 5회기 녹취록(2017.12.09.)

▶ 가장 인상 깊은 장면 그리기

오누이가 승리하는 서사의 가능성을 열어 둔 뒤, 필자는 두 이야기 가운데 탈북민들이 어떤 이야기를 선호하는가를 확인할 수 있는 활동을 진행하였다. 옛이야기와 애니메이션을 포함하여 가장 인상 깊었던 장면을 그림으로 그리는 활동을 진행하였다.

먼저 오누이가 승리하는 서사를 지지했던 탈북민G는 부지런한 나무꾼 장쇠의 모습을 그렸고, 이웃 아주머니에게 약을 가져다 주는 모습이 좋았다고 했다. 그리고 비극형과 성공형 중 그 어느 것에도 긍정하지 않았던 탈북민F는 나무꾼에 의해서 오누이가 목숨을 구하는 장면이 인상적이었다고 답했다. 두 사람은 북한 애니메이션의 장면을 인상깊은 장면으로 꼽았으며, 장쇠의 활약에 집중하는 반응을 보인 것이다.

반면 비극형 서사를 지지했던 3명의 반응은 각기 달랐다. 먼저 가장 적극적으로 비극형 결말을 지지했던 탈북민H는 생각을 바꾸지 않았다.

> 탈북민H: 호랑이가 포악한 짐승이니까. 그것을 표현하려고 했는데. 오누이는 잡아먹혔지만, 하늘이 원혼을 알아줘서.[50]

가장 인상 깊은 장면으로 오누이가 호랑이에게 잡혀 먹고 원혼이 되었다고 표현했다. 애니메이션을 통해 오누이가 승리하는 서사도 존재한다고 인정했지만, 여전히 그녀의 내면에서는 비극형의 서사가 더 크게 자리 잡혀 있는 것이었다. 탈북민J의 경우는 호랑이의 포악성에 집중한 반응이었다.

---

50 집단2 문학치료 6회기 녹취록(2017.12.16.)

그림 13: 탈북민J가 그린 호랑이

탈북민J: 아까 영화에서 엄마가 달래를 따러갔잖아요. 그때 호랑이가 따라오
　　　는 모습을 그렸어요.[51]

　그녀는 오색찬란한 색상으로 호랑이를 그렸는데, 귀신같이 무서운 모습으로
그려보고 싶었다고 했다. 이 옛이야기를 처음 들었을 때 탈북 과정에서 개 20마
리가 뒤쫓았던 장면을 떠올린 것처럼 그녀는 여전히 호랑이로 인한 공포를 재경
험하고 있었다.
　이전과 다른 반응을 보인 경우는 탈북민J의 배우자 탈북민I였다.

51　집단2 문학치료 6회기 녹취록(2017.12.16.)

■ 오늘 감상한 이야기 가운데 가장 마음에 드는 장면을 골라 그림으로 그려 보세요.

해와 달이 된 오누이
⟨Sun and moon⟩

그림 14: 탈북민가 그린 ⟨해와 달이 된 오누이⟩

> 탈북민I: 해와 달, 우리 여보하고 행복하게 살자고. [청자: 탈북민J씨 오늘
>   잠 못자겠네. 아주 설레여서 잠을 다 잤네.][52]

비극형의 서사를 지지하던 그는 이번 활동에서 오누이가 해와 달이 된 장면을 가장 인상 깊은 장면으로 꼽았다. 그리고 해와 달이 된 오누이를 그려 놓고, 우리 부부의 모습이라고 했다. 고난을 겪은 우리 부부도 오누이와 같이 해와 달이 되어 행복하게 살고 싶다는 표현이었다. 탈북민I의 반응은 승리서사에 대한 가능성을 인정하는 방향으로 변화하였다.

---

52 집단2 문학치료 6회기 녹취록(2017.12.16.)

▶ 내 삶의 동아줄은?

이후 오누이에게 내려진 하늘의 동아줄이 정말 불가능한 것인지를 생각해보는 시간을 가졌다. 필자는 탈북민들에게 '나의 삶에서 동아줄은?'이라는 질문을 주고, 신중히 생각한 본 다음 그 내용을 작성하도록 요구했다.

이는 탈북민 집단2의 반응에서 착안한 활동이었다. 적응 초기의 탈북민은 아직 한국살이의 현실로부터 노출되지 않아 희망과 긍정의 힘이 샘솟아 있는 경우가 많아서, '하늘의 동아줄'과 같은 나의 삶에서 일어날 기적과 행운을 기대하는 긍정성을 보였다. 그리고 탈북과정에서 경험한 기적과 행운의 힘을 신뢰하고 있었다. 필자는 탈북민 집단2 역시 입국 초기에는 그러한 긍정성을 품고 있었는데, 오랜 한국살이로 인하여 어느새 자기 삶에 대한 신념이 약화된 것이라 판단하였기 때문에, 잊었던 기억을 상기할 만한 활동을 진행한 것이었다.

'나의 삶에서 동아줄은?'이라는 활동에서 탈북민들의 반응은 두 갈래로 갈리었다. 먼저 남성들은 직업과 관련된 사항을 이야기했다.

> 탈북민G: 특히 난 한국에 와서 동아줄을 잡기 위해서 일용직 3개월, 노가다 3개월 여러 가지로 날품팔이로 이 사회에서 절망감을 많이 갖고 살았어요. 그러던 중에 탈북민 단체에서 캐피탈호텔 회장님을 만났는데 그때부터 이 회사에서 몸을 담그고 일을 하게 되었어요. 제일 오래 일을 했어요. 사람이 살아가면서 운도 좋아야 하지만, 사람을 잘 만나야 한다는 걸. 이게 나의 동아줄이에요. 한국사회가 이렇게 돌아가는구나 하고 많이 배웠죠.
> 동아줄을 잡는 것은 나의 몫이다. 사랑의 손길, 희망의 손길을 뻗었을 때 잘 잡아야 한다. 그러지 못하면 남의 탓을 해요. 내 패배의 원인을 내탓을 하는 것이 아니라, 패배의 원인을 남한테로 돌아간다고.[53]

---

53 집단2 문학치료 6회기 녹취록(2017.12.16.)

먼저 탈북민G는 직장을 얻게 된 상황을 떠올리며 그때 자신을 채용했던 사장님이 '동아줄'과 같았다고 말했다. 그리고 동아줄을 잡을 수 있는 것도 능력이라며, 행운이 닥쳐왔을 때 잘 잡아야 한다는 말을 했다. 오누이가 승리하는 서사를 지지했던 그는 비교적 이 옛이야기가 지닌 의미를 잘 이해하는 편이었다.

> 탈북민I: 읽으면 안 되는데. (일부분은 빼고 읽으며) 오늘이 있어서 감사하고 내일의 희망이 있어 감사하고. 이웃들에게 말 한마디 따뜻하게 도와주고. 빛과 소금이 되고 싶고, 멘토가 되고 싶고. 수많은 장쇠가 나타나길 바라고.[54]

그리고 탈북민I는 아내에 대한 고마움을 담은 부분은 읽으면 안 된다고 하고 나서, 탈북민들의 멘토가 되고 싶은 소망을 밝혔다. 그 역시 직업과 관련된 사항이었다. 그리고 이 세상의 어둠으로부터 많은 이들을 구원해줄 영웅에 대한 기대도 이야기했다.

이에 반해 여성들은 가정과 부부관계에서 '동아줄'의 의미를 발견하였다.

> 탈북민H: 신랑(탈북민G)에 대해서 썼어요. 북한에서 어려운 삶을 살다가 3국을 거쳐 한국에 왔어요. 어려움을 겪다 보니까 몸이 많이 아파요. 허리도 수술하고 여러 가지로 병이 많았어요. 그 어둠 속에서 이 신랑을 만났어요. 병을 고치려고 병원을 안 가본 데가 없고. 그러다가 죽으려고 병이 너무 힘드니까. 막 약 먹고 죽을까 싶다가도. 그런 생각을 하다가도 신랑의 따뜻한 마음과 말 한 마디에, 집 전세라도 내놓고 병을 고쳐 줄래니까 그냥 살아라. 죽지 말고. 그래서 고생을 많이 했어요. 그래서 제가 생명의 은인이라고 지금까지 그냥 아무 것도 없이 만났어요. 궤짝하나 놓고 빈몸에 만나서. 지금은 상황이 많이 나아졌죠. 신랑 덕에 내가 살지 않았나.

---

54 집단2 문학치료 6회기 녹취록(2017.12.16.)

한국도 나를 받아줘서 고맙지만, 정부도 정부지만, 몸이 아프니까 고통 속에서 이 어둠 속에서 사는데 이 삶을 만났어요. 나를 살려 보겠다고 안 가본 데가 없고 못한 게 없어요. 병원에 다녀도 약을 먹어도 안 되니까. 그러다가 이렇게라도 걸어 다니니까. 그래서 난 신랑에 대해서만 쓴 거예요. 그 고마움.[55]

탈북민H는 한국에서 만난 배우자 탈북민G가 자기 삶의 동아줄이었다면서 그에 대한 고마움을 표현했다. 이 이야기를 듣고 탈북민G는 "나는 이 양반이 이렇게 감동을 먹고 사는 줄 몰랐어요. 나는 가장 사소하게 도와주는 걸로만 생각했지. 오늘 처음 보네."라며 놀랐다.

동아줄의 기적을 믿지 않았던 탈북민H는 가장 가까운 곳에서 자기 삶의 기적과 행운을 발견했다. 남편의 사랑을 믿고 의지하며, 그에 대한 고마움으로 살아버렸다는 것이었다. 결국 병마와 싸우며 좌절하고 싶을 때마다 그녀를 일으켜 세웠던 것은 하늘의 구원과 같은 남편의 사랑 덕분이었다. 이렇게 그녀는 하늘의 동아줄로 생명력을 보전했던 신화와 같은 기억을 분명히 가지고 있었음에도 승리의 서사를 불신했던 것이다.

그리고 탈북민J는 처음에 발표하고 싶지 않다고 거절했는데, 탈북민H의 발표를 듣고 난후 자신도 똑같은 이야기를 썼다고 말했다.

탈북민J: 마음이 그래서 안 썼어요. 언니랑 똑같아요. … 집에 환자가 있으면 남자가 환장을 하는 거예요. 병원은 안 가본 데가 없어요. 지금은요. 내가 바로, 어떤 일을 바로 말을 못하는가 하면은요. 예전에는 잘했어요. 지금은 우울증으로 우울증을 앓고 있으니까. 우울증 약을 먹고 있거든요. … (우울증을) 선생님들도 감당 못했어요. 신랑(탈북민I)도 속상해서 왜 그러냐고, 왜 그러냐고. 그 말도 안 들려

55   집단2 문학치료 6회기 녹취록(2017.12.16.)

요. 그거를 감당을 못하는 거예요. 10년을 지나니까 이제 좀 괜찮아졌어요. 탈북과정 때문에 그런 거 같아요.[56]

허리가 다 주저앉고, 우울증으로 힘들 때 남편이 끝가지 자기 병을 고치기 위해 안 가본 병원이 없었다며 고생 많았다고 말했다. 이 말을 들은 그녀의 남편 탈북민I는 아까 발표 때 안 읽은 부분은 아내에 대한 이야기였다며, 북한에서 모두가 자신을 피할 때 나와 결혼해준 아내가 동아줄이라고 말했다. 두 사람은 부끄러워하면서도 눈가에 눈물이 고였다. 한국 입국 후 부부갈등 경험했던 이들이기 때문에, 서로의 진심이 더욱 애잔하게 느껴졌던 것이다.

필자는 이들이 자기 삶에도 존재했던 동아줄의 힘을 기억해내는 것을 보고, 〈해와 달이 된 오누이〉 이야기에 대해 다시 설명했다. 입국 초기 집단2의 사례를 이야기하며, 비극형 결말을 지지하는 반응을 비교하고, 만만치 않은 한국살이로 오랜 시간 스트레스에 노출된 탈북민들의 고충 때문에 삶에 대한 긍정적인 신념을 잊은 것을 수 있다고 말했다. 그리고 이들은 자유로운 토론시간을 가지며, 〈해와 달이 된 오누이〉과 함께 자기 삶에 대한 이야기를 털어 놓았다.

이 이야기로 활동하는 시간 중에 가장 소극적인 반응을 보였던 탈북민F가 먼저 이야기를 시작했다.

> 탈북민F: 대한민국에 왔다는 자체가 제일 그렇다고 생각해요. 북한에서 붙잡혀 나갔다가 12월에 걸어나왔다가 그 찬물에 강파를 헤집고 나온다는 것이 몸이 허약해질대로 허약해지니까. 그럴 때 생각하면 … 내가 대한민국에 왔으니까. 여기 오지 못하고 거기 있었다면 죽었겠지. 그렇지, 간단하지.[57]

---

56   집단2 문학치료 6회기 녹취록(2017.12.16.)
57   집단2 문학치료 6회기 녹취록(2017.12.16.)

탈북민F는 덤덤하게 어조로, 만약 한국으로 오지 않았다면 '죽었을 것'이라고 말했다. 한국에 온 일 자체가 그에게는 오누이가 하늘의 구원을 받은 과정과 같았던 것이다.

그에 이어 탈북민G도 무사히 한국에 온 과정을 말했다.

> 탈북민G: 보는 건 많지. 돈은 없지. 눈은 풍년이죠. 인천공항에 내리니까 아 여기가 천국이구나. 고속도로가 딱 눈에 들어오는데 이런 천국이 있어. … (같이 탈출했던 사람은) 대사관에 들어왔다가 친구가 부른다고 다녀왔다가 잡혀갔어요. 순간 유혹에 넘어가서. 다 되었다고 생각했겠지. 죽었겠지. [청자: 죽었지.] 대사관에 들어간 거까지 아는데[58]

처음 한국에 도착해서 발달한 도시 풍경을 보고 '천국'이라고 느꼈다는 것이었다. 그리고 자신과 달리 포악한 권위자의 속임수에 넘어간 친구의 좌절을 보면서, 그 위험에 빠지지 않고 무사히 탈출하여 천국에 도착한 일이었다고 말했다. 그리고 잡혀간 친구의 비극을 떠올리며 숙연해졌다.

가장 적극적으로 비극형을 지지하던 탈북민H는 탈북 당시 기적과 같이 살아난 일을 이야기했다.

> 탈북민H: 압록강 물에 떠내려 가다가 나무에 걸려 살았어요. 머리가 길어서 살았다, 그거 때문에 살았어요. 옷도 다 벗겨져서 내의만 남고 물살에 휩쓸렸는데, 허리까지 오는 긴 머리가 나무 등걸에 걸려서 겨우 산거야. 그때 자라가 받쳐준 거야. 하느님께서 나무 등걸이는 내 준거지. 신화 같은 이야기가 다 있어요. 그런 장면을 잊을 수 없지. 귀인도 여럿이 만났어요. 어려운 문턱에 서면 귀인을 만나요. 죽을

58 집단2 문학치료 6회기 녹취록(2017.12.16.)

라 하면 누군가 나를 도와주고. 여기 와서도 죽을라 했는데 신랑을
만나고.[59]

두만강 물살에 쓸려 익사할 뻔했는데, 긴 머리가 나뭇가지에 걸려 떠내려가지
않고 살았다는 이야기였다. 그녀는 그런 '신화' 같은 이야기가 다 있었다며, 잊을
수 없는 장면이라고 했다. 필자는 그렇게 탈북민의 삶에서도 하늘의 동아줄과
같은 행운과 기적이 가득한데 왜 오누의의 승리가 불가능하다고 생각하느냐고
물었다.

> 탈북민I: 초심을 잃어서 그러지 그때 정신으로 살아야 하는데 망각하고 사는
> 거지. 행복이 뭔지, 고난이 뭔지 금방 잊어먹어요. 사람은. 어려운
> 것을 금방 잊어 먹어요.[60]

옆에서 듣고 있던 탈북민I는 한국에 처음 도착할 때 초심을 잊어서 그렇다고
대신 대답했다. 행복과 고난에 대한 생각을 금방 잊어버린다는 것이었다. 탈북
민I 역시 비극형의 결말을 지지했었는데, 오누이의 승리가 불가능하다고 판단했
던 것은 현재의 삶에 타성이 젖어서 그랬다며 성찰적 반응을 보였다.

이러한 과정을 거쳐 비극형 결말을 선호하던 탈북민 H, I, J는 자기 삶에서도
존재했던 동아줄을 기억해냈다. 그리고 〈해와 달이 된 오누이〉의 승리형 결말에
대해서도 인정하는 모습을 보였다. 그렇다고 이 문학치료 활동이 그들의 내면을
획기적으로 변화시킨 것은 아니었다.

마지막 회기에는 그동안 감상했던 작품 가운데 가장 마음에 드는 작품과 불편
했던 작품을 꼽아보는 활동을 진행했다. 그때 탈북민F를 제외한 4명은 모두 〈해
와 달이 된 오누이〉를 선택했다. 남성들은 약자를 괴롭히는 강자의 횡포를 이야

---

59   집단2 문학치료 6회기 녹취록(2017.12.16.)
60   집단2 문학치료 6회기 녹취록(2017.12.16.)

기했고, 탈북할 때 자신을 뒤쫓던 개가 떠오른다고 한 탈북민J는 여전히 탈북 당시의 공포 때문이라고 했다.

▶ 비극형 서사에 대한 기억을 바꾸지 않았던 탈북민H

이어 가장 적극적으로 비극형의 결말을 지지하였다가 자기 삶에서도 동아줄과 같은 행운과 기적을 발견했던 탈북민H는 가장 불편했던 작품으로 비극형 〈해와 달이 된 오누이〉를 이야기했고, 최종 창작품으로 비극형 스토리에 맞추어 자신이 어린 시절부터 경험한 아픈 기억을 글로 썼다. 5명 가운데 유일하게 〈해와 달이 된 오누이〉를 가지고 자신의 이야기를 창작한 사례였다.

■ 탈북민H가 창작한 〈해와 달이 된 오누이〉[61]

엄마와 오누이는 가난 속에서 하루하루를 죽지 못해 살아가고 있었다. … **누구도 오누이를 도와줄 사람도 없고 도와주지도 않았다.** 결국 호랑이는 그 불쌍하고 가엾는 오누이를 잡아 먹고 말았다. 하늘도 어린 생명들의 영혼을 달래주어 해와 달이 되지 않았나 싶다. 지금 우리 사회에서도 일어나고 있는 현실이다. 저도 해와 달이 된 오누이처럼. …
(비극적인 유년시절과 탈북하기까지의 과정 서술)
해와 달이 된 오누이는 호랑이에 잡혀먹었어도 하늘에서 오누이의 영혼을 달래주지만, 지금의 북한 현실은 반대로 독재자 때문에 북한 주민들은 인권유린, 인권침해, 구문, 학대, 공개총살, 창살 없는 감옥에서 고통스럽게 살아가고 있다. **포악한 호랑이가 약한 짐승을 억누르고 잡아 먹듯이 북한 독재자도 이 포악한 호랑이와 다름이 없다.**

그녀가 창작한 이야기에서 호랑이로부터 위협당하는 오누이가 승리할 수 없었던 가장 큰 이유는 '가난하고 약하며 외로운 존재'이기 때문이다. 그녀는 오누이

---

61   집단2 문학치료 9회기 활동집(2018.01.06.)

가 "가난 속에서 죽지 못해 살아가는" 인물들로 그렸다. 그리고 약한 오누이는 위험에 처했지만 누구도 도와주지 않았다고 했다. 그녀가 신념화한 비극형 서사의 핵심은 오누이의 헤어나올 수 없는 처지에 있었다.

그리고 그녀는 비극형 서사를 신념화하는 까닭에 대해서 설명하듯, 이 이야기는 지금 현실에도 일어나는 일이라고 표현했다. 그리고 유년시절과 탈북하기까지의 과정을 들었다. 이어 많은 북한 주민들을 위태롭게 한 지도층이 여전히 건재한 상황을 들어 포악한 호랑이와 같다고 표현했다. 그녀의 내면에서는 악한 강자는 잘 살고, 힘 없는 착한 사람들은 강자의 횡포로부터 벗어날 수 없다는 서사적 논리가 강하게 자리 잡혀 있던 것이었다. 이 점은 이 이야기를 강자의 횡포로 해석했던 탈북여성B와 아주 닮아 있는 모습이었다. 탈북여성B 역시 불우하고 고통스러운 유년시절을 겪었던 공통점이 있었다.

그리고 탈북민H는 마지막 창작활동을 마친 후 개인적인 말을 건네며 한국에 데려오지 못한 자식들이 있다고 말했다.[62] 그녀는 이 이야기에 대해서 말할 때 늘 '어린 아이들'이라는 말을 강조하곤 했다. 어린 아이들에게 닥친 비극이 과거의 쓰라린 기억과 닮아 있기 때문에 그녀는 승리의 서사를 쉽게 내면화할 수 없었던 것이다. 이러한 안타까운 경험이 호랑이의 횡포에 괴로워하는 어린 오누이에 대한 감정이입을 강화하는 요인일 것이며, 비극형 결말을 신념화하는 데 중요한 영향을 미쳤을 것으로 판단된다.

끝내 탈북민H는 비극형 결말을 지지하였으나, 활동 마무리에 다른 반응도 보였다. 필자가 여전히 비극형을 지지하는 그녀의 반응에 아쉬움이 남아 아버님을 만난 일이 하늘의 동아줄이었다고 하신 점이 참 인상적이었다고 말했다.

> 탈북민H: 아고! 그게 또 생각이 안 나는 거예요. 에이 그걸 썼어야 하는데
> 생각이 안나…[63]

---

62 이 대화는 탈북민H의 동의를 얻어 이 연구에 제시하였다.
63 집단2 문학치료 10회기 녹취록(2018.01.06.)

탈북민H 역시 감동적인 스토리를 또 잊었다는 점에 아쉬움을 표현했다. 필자는 아직까지는 탈북민H의 내면에 동아줄의 기적보다 비극형 결말의 서사가 더 큰 비중을 차지하고 있기 때문이며, 그것은 오누이가 당한 일을 그 누구보다도 진지하고 신중하게 여긴다는 증거라고 말하고 활동을 마무리했다. 비록 〈해와 달이 된 오누이〉를 성공의 스토리로 기억을 바꾸는 일에 실패하였지만, 탈북민H의 마음 속에 자기 삶의 동아줄을 기억해낸 것만으로도 문학치료 활동의 효과가 있었다고 판단된다.

(3) 이주와 성공의 고전서사와 자아실현의 문제[64]

① 고전서사 감상 활동에서 드러난 탈북 트라우마

문학치료 현장에서 발견된 탈북민들의 특성 가운데 하나는 가족과 고향을 등졌다는 죄의식이다. 이는 〈내 복에 산다〉와 유사한 서사구조의 작품들을 감상하는 과정에서 드러났으며, 이 프로그램에서는 〈내 복에 산다〉에 대한 이해를 돕기 위해 좌절형, 공격적 승리형의 부녀대립서사를 함께 살펴보았고, 북한영화 〈온달전〉을 감상했다. 그리고 죄의식에 대한 치유과제를 본격화하기 위해 가족을 떠났다가 국모가 되어 자기 욕망과 아버지의 욕망을 동시에 실현한 〈심청전〉을 함께 살펴보았다. 그리고 이 프로그램에서는 이주와 성공의 고전서사로 〈주몽신화〉와 〈홍길동전〉을 활용하였다. 두 이야기는 '① 기존 공간에서 겪는 억압과 한계, ② 기존 공간에서 탈출, ③ 이주 후 물질적 성취, ④ 사회적 자아실현'의 서사구조를 명확히 보이고 있는 작품이다. 〈주몽신화〉는 주몽의 생애만 집중하였을 때 위의 영웅서사 구조를 쉽게 이해할 수 있는 간명한 텍스트이고, 〈홍길동전〉은 '사회적 자아실현'의 문제 섬세하게 다가갈 수 있는 장면을 포함하고 있

---

64 이 글은 박재인, 「탈북민 대상 문학치료 사례 연구 -'이주와 성공'의 고전서사와 자아실현의 문제를 중심으로-」, 『다문화사회연구』 11-2, 숙명여대 아시아여성연구원, 2018, 75-103면에 발표한 논문을 수정·보완한 것이다.

어 두 이야기를 함께 다뤘다.

다음은 이 작품들에 대한 감상 활동 중 탈북민들이 드러낸 특성에 대한 논의이다. 〈내 복에 산다〉와 〈심청전〉을 통해 '가족과 고향에 대한 죄의식'을 발견할 수 있었고, 〈주몽신화〉와 〈홍길동전〉을 통해 '무력감 내지 무망감' 등을 확인할 수 있었다.

▶ 집 떠나온 아픔을 생각나게 하는 이야기 〈내 복에 산다〉

〈내 복에 산다〉는 많은 탈북민에게 '탈북하게 된 사연'을 떠올리게 하는 작품이다. 이전 사례인 탈북여성B는 셋째딸과 자신을 비교하며, 집에서 나오게 된 상황을 말했다. 이와 같은 반응은 이번 사례에서도 드러났다. 북한에서 소련에 노동자로 파견되었다가 부당한 노동 착취에 환멸을 느끼고 탈출한 탈북민G는 〈내 복에 산다〉를 감상하고 자신의 사연을 이야기했다. 그는 자기 아버지가 불우했다고 말했다. 자신의 처지는 불우하면서도 나라에 충성하는 미련하고 착한 아버지였다는 것이다. 그리고 북한의 체제에서 착한 아버지가 행복하게 되기에는 어려웠다고 했다. 그러한 인생이 자기 삶에서도 보인다는 것이다.

> 탈북민G(남): 나는 그런 길을 걸은 거잖아. 몸을 팔아서 국가에 도움을 줄라
> 고. (그런데) 가족은 못 살리고 나는 도망쳐 나온 것처럼 돼버리고.
> 가족을 못 살리고 도망쳐 나온 것으로 된 거잖아요.[65]

그는 자신의 의도는 그러하지 않았지만, 결국에는 가족을 잘 살게 하지도 못하고 도망친 처지가 되었다며 안타까워했다. 그래도 북에 있는 가족들에게 전자제품을 사준 것이며, 북을 떠나올 때 어머니에게 몇 달 간의 생활비를 마련해 드린 것을 이야기하며, 스스로를 위로하기도 했다.

---

65 집단2 문학치료 3회기 녹취록(2017.11.25.)

탈북민F(남): 북한에서 가난했던 시절이 많이 생각나고. 아버지가 내가 13살
때 세상을 떠나셨고, 좋은 고등학교 가고 싶었는데 못갔지. 그 담부
터 술 담배 지독하게 배웠지. 그까짓 거 뭐 될 대로 되라 하고,
쌈박질도 많이 하고 … 도문 앞에 한 3개월 있다가, 중국에 고모가
있었거든. '거기 한번 가보자' 했지. 사실은 북한을 배반하려던 게
아니고. 내가 장손이고 울 아버지가 외아들이니까 할머니는 가지
말라는 거야. 그래도 갔지 뭐. 중국 있다 보니까 할머니가 '북한
나오지 마라, 너 나오면 죽는다' 그러는 거야. 그랬다가 (북한에)
영 못 들어갔지.[66]

탈북민F(남)도 그러했다. 그는 사실 북한을 배반하려고 했던 것이 아니라, 방
황 끝에 중국으로 건너갔다가 다시 돌아가지 못했을 뿐이라고 자신의 탈북에 대
해서 변명같은 이야기를 털어 놓았다. 탈북민들은 흔히 '배신자'의 오명을 받는
다. 고향에서는 나라를 배신한 정치범이 되고, 한국에서는 자기 혼자 잘 살자고
가족을 위험에 빠뜨린 사람이라고 비난한다. 이 사이에서 탈북민들은 자신의 이
주에 특별한 죄의식을 느낄 수밖에 없다.

〈내 복에 산다〉가 자극하는 죄의식의 반응은 이 서사에 대한 온전한 이해라고
할 수 없다. 이는 〈내 복에 산다〉 서사의 앞부분에만 집중한 경우에 해당한다.
셋째딸은 '내 복에 살아요'라고 당차게 이야기했을 뿐 사실은 집에서 쫓겨난 것이
다. 그리고 셋째딸은 자기 복으로 살아가는 주체적 존재임을 증명하고 아버지
와 재회하여 자기 주장의 정당성을 입증한다. 탈북민의 죄의식 반응은 전체 줄거
리를 통찰하지 않고 자신들의 상처에 맞닿는 장면에만 몰두한 것이거나, 셋째딸
이 이룬 성공에 대한 부담감으로 인하여 더욱 죄의식을 자극 받았을 경우에 해당
될 것이다.

필자는 탈북민들이 흔히 〈내 복에 산다〉의 앞 장면(아버지와 셋째딸의 갈등

---

66   집단2 문학치료 3회기 녹취록(2017.11.25.)

장면)에만 반응한다는 점에 대한 대안으로 부녀갈등서사의 좌절형, 승리형과 함께 다루었다. 좌절형을 통해 자신의 욕망을 죽이고 사는 삶의 비극을 이해하게 하여 북을 떠나왔다는 죄의식을 해소하게끔 하고, 승리형을 통해서는 주변을 고려하지 않은 욕망 추구의 문제점을 살피도록 하며 죄의식에 대한 성찰을 유도했다.

탈북민I(남)과 탈북민J(여)는 부부관계인데, 이들은 〈내 복에 산다〉의 관련 작품들을 보며 자신들의 이야기를 털어 놓았다. 관련 작품은 아버지의 반대에 좌절하여 상사뱀이 된 딸의 이야기 〈상사뱀과 상사바위〉이며, 자신을 욕망을 위해 아버지를 죽인 공격적 승리형의 부녀대립서사 〈최영장군의 딸〉이야기이다. 이 이야기들은 가족의 반대에 저항하여 결혼하고, 탈북하기까지의 이들이 살아온 삶에 부합되었다.

> 탈북민I(남): 우리 집사람이 여기 나오는 장군의 딸 비슷해요. 장모가 나한테 시집 못 가게 말렸어요. 북한에서는 성분제도가 있잖아요. 북한에서 아빠가 자살했으니까 저 집에서 반대를 한 거예요. 좋은 집안이어서. 이 사람은 자꾸 그 생각을 할 거예요.[67]

먼저 탈북민I(남)는 이 이야기들을 듣고 아내의 심정을 예측하고 있었다. 성분이 좋지 않은 자신에게 시집와서 탈북하고, 그 과정에서 신체적 장애를 얻은 아내에 대한 미안함이 드러났다. 탈북민J(여)는 과장된 웃음으로 답하고 한참을 조용히 있다가, 얼마 후 다음과 같은 이야기를 하였다. 상사뱀 이야기와 똑같은 꿈을 꾸었다고 했다.

> 탈북민J(여): 꿈에 구렁이가 내 몸을 감아버렸어요. 풀 수가 없는 거야. 꿈에 어떤 아가씨가 (내가) 못 풀고 있으니까, 시집 갈 때 주는 그 거울을

---

67 집단2 문학치료 3회기 녹취록(2017.11.25.)

앞에다 놓으라는 거예요. 시집갈 때 거울을 받잖아요. 큰 거울.
그저 거울을 놓으니까 꿈에 구렁이가 싹- 풀고 나가는 거예요.[68]

탈북민J(여)가 말한 구렁이 꿈은 마치 이 부부의 사연을 빗댄 것 같았다. 이들 부부는 우여곡절 끝에 탈북하였지만, 한국살이는 기대와 달랐다. 남편만 믿고 따라왔지만, 부부관계는 나빠졌으며 아내는 허리 부상으로 신체적 장애를 얻었기에 상당 시간 어려움을 겪었다. 탈북민J(여)는 자신이 심각한 우울증을 앓았고 입원 치료를 받은 경험이 있으며, 현재 우울증 약을 복용 중이며 그로 인하여 기억력이 상당히 감퇴되었다고 호소했다. 또한 그녀는 과격한 방식으로 음주를 즐기는 편이었으며, 술을 마셔야 허리의 고통은 물론 머리가 복잡한 것도 해소될 수 있다고 했다. 그래도 남편과 자신의 협력으로 현재는 어느 정도 문제가 해결되었다고 말했다. 위의 꿈은 부모님이 반대한 결혼과 탈북이 남긴 불행의 한(恨)에 대한 것과 같았다.

▶ 가족과 고향을 떠나온 사람들의 죄의식

이러한 감상 과정을 거친 후, 〈심청전〉의 이야기를 통해 이들이 죄의식으로부터 해방될 수 있도록 돕고자 했다. 출천대효를 그린 〈심청전〉은 탈북민의 죄의식을 더욱 자극할 수도 있지만, 자세히 보면 심청은 아버지와 서로의 욕망이 상충하는 문제에서 '기존 공간에서의 탈출 - 성공 후 재회'라는 방식으로 상생의 결말을 맞이한다. 자기를 실현하는 과정에서 아버지의 소망을 이루게 돕고, 아버지를 부양하고자 하는 과정에서 자기를 실현하는 문제해결 방식을 보여준다.

필자는 참여자들에게 〈심청전〉을 통해 출천대효의 상징인 심청 역사도 자신과 아버지의 욕망이 충돌하는 문제에서 자신의 욕망도 충족하고 아버지의 소망도 성취하게 하는 상생의 전략을 취했다고 설명했다. 심청은 이주 직후 물질적 성취를 이루고, 이후 이주 공간에서의 자아실현을 이룬다고 설명하고, 이에 따라 심

---

68 집단2 문학치료 3회기 녹취록(2017.11.25.)

청의 성공을 이주 후 물질적 성취와 사회적 자아실현으로 나누어 보고 자기 삶에 적용하는 활동을 진행했다.

탈북민들은 물적 성취와 자아실현의 성공을 잘 구분하여 이해하는 편이었다. 그러나 자기 삶에서 자아실현의 장면을 찾는 일은 구체적이지 않았다.

> 탈북민H(여): 물적 실현은 여기 와서 지원 받고 사는 거, 자아실현은 어려운 사람들 돕고. 용궁에서 어머니와 재회하고. 대한민국이 어머니와 제2의 어머니와 상봉한 기분이다.[69]

> 탈북민G(남): 앗 나도 그런데. 심청이를 보면서 뭘 느꼈냐면, 복지는 우리 국민이 누려야 할 의무이다. 권리이기도 하지만 의무이다. 잘사는 사람들은 복지를 누리지 않아도 되지만, 못 사는 사람들은 복지를 받아야 해요. 탈북민들도 잘 찾아서 복지를 누려야 해요.[70]

탈북민H(여)의 경우 물적 성취와 자아실현을 잘 구분하고 있었지만, 자아실현에 대해서는 다소 피상적 수준으로 '사회 봉사' 문제를 언급했다. 그러다가 곧장 용궁에서 어머니와 재회한 장면을 들어 대한민국에서 살게 된 것이 어머니와 상봉한 일과 같다고 했다. 심청이가 용궁으로 가서 어머니와 재회하고 다시 태어나 귀한 존재가 되었다는 지점에서 자신의 탈북과 이주의 삶을 대입한 것이었다. 그러니까 내면의 안정과 물적 성취에 대한 것은 확신하고 있으면서, 자아실현의 문제는 애매한 답변에 그쳤다는 것이다.

탈북민G(남)도 역시 한국 입국이 어머니와 상봉한 일과 같다고 했다. 그러면서도 물적 성취와 자아실현을 구분하는 것에 대해서는 말하지 않았고, 다만 대한민국의 복지제도를 잘 파악하여 누리는 것이 국민의 권리이자 의무라고 했다.

---

69 집단2 문학치료 8회기 녹취록(2017.12.30.)
70 집단2 문학치료 8회기 녹취록(2017.12.30.)

자신에게 주어진 물적 지원의 활용 문제를 자아실현의 문제로 전치하고 있는 답변이었다. 그 역시 자신의 욕망도 추구하면서 아버지의 욕망 성취도 도모하였던 심청의 자아실현의 가치를 이해하기 어려워했다.

비슷한 경우로, 탈북민J(여) 역시 자아실현의 가치를 찾으려 하지 않았다. 탈북으로 신체적 장애를 입고 우울증을 경험한 탈북민J(여)는 자신을 이곳으로 데려온 남편에 대한 불만 대신 탈북해서 얻은 고통을 자주 언급했고, 남편 또한 자기 병 때문에 너무 고생이라는 이야기만 했다. 그리고 북한 가족에 대해서 일절 말하지 않았다. 그러나 다른 사람들에 비하여 극심한 외로움을 호소하였기에 죄의식의 문제로부터 자유롭다고 확신할 수 없었다. 또한 그녀는 〈심청전〉을 듣고 유난히 냉정한 표정을 지으며, 약간 화가 난 듯한 모습으로 심청의 이야기를 거부하고 지금 현재 자기의 고민은 다른 문제라고 이야기하는 반응을 보였다.

> 탈북민J(여): 아니요. 오늘 들었던 것이 문제인 거가 아니고. 나는 탈북했을
> 때 나를 구해준 가족이 생각나서. 그거를 고맙다고 해야하는데.
> 태국에 들어왔는데 그때 도와준 사람들[71]

〈심청전〉을 통해 자극된 '죄의식'의 문제를 두고, 그녀의 남편은 자꾸 그녀가 북한의 가족과 고향 생각이 날 것이라고 추측하였지만, 그녀는 오히려 가족이야기를 하지 않았다. "오늘 들었던 것이 문제가 아니다"라며, 탈북 과정에서 도움받은 사람들의 이야기로 화제를 돌리고, 자극된 죄의식을 회피하는 모습을 보였다. 그녀는 종종 노동 강도나 부의 문제에 있어서 한국살이가 북한에서는 사는 삶보다 힘들다고 고백하기도 했는데, 북을 떠나온 일에 대해 특별한 감정이 있을 듯했지만 구체적으로 언급하지 않았다.

정리하면, 북을 떠나온 일에 대한 죄의식과 그것과 관련된 자아실현의 가치를 발견하는 문제는 생각보다 쉽지 않았다. 자아실현의 과제에 부담을 느낀 탈북민

---

71   집단2 문학치료 8회기 녹취록(2017.12.30.)

은 물적 성취를 자아실현의 가치로 전치시켜 사고하는 경향을 보였고, 탈북민들의 이러한 반응은 한국사회에서 자신의 꿈을 펼치고 자아실현할 수 있는 기회를 만나기가 어렵다고 비관하는 습관에서 비롯된 것으로 판단되었다.

▶ 만만치 않은 한국살이에서 비롯한 무력감

〈주몽신화〉와 〈홍길동전〉을 감상하고, 탈북민들은 '이주와 성공'의 영웅서사 구조를 더욱 잘 이해하였으며, 작품 속 주인공들의 이주 후 확보한 물적 성취에 대해서도 쉽게 파악하는 편이었다.

그 다음 활동으로 '사회적 자아실현'의 문제를 이야기하기 위해, 〈홍길동전〉을 중심으로 활동하였다. 평생 꿈에 그리던 병조판서직을 제안 받고도 해외로 떠나는 장면을 들어 사유 활동을 진행하였다.

"홍길동은 왜 떠날까요?"라는 질문을 던져 보았다. (구)소련 노동자로 있다가 탈출한 탈북민G(남)은 다음과 같이 답했다.

> 탈북민G(남): 꼴도 뵈기 싫어. 자꾸 죽일려고 하니까. 병조판서고 뭐고, 어짜 피 죽일 것이니까. (그런데) 홍길동이가 왜 피하기만 했을까? 왕을 없애버리고 자기가 왕이 될 생각을 못했을까? 나는 이게 의문스러워요. … 탈북자들하고 비슷하지 않을까요? 병조판서가 되었다고 해서 양반이 된 건 아니니까 형을 형이라고 부르지도 못했는데 … 나만의 세상을 만들고 싶었을 거야. 왕의 아들도 아니고, 사람들 한테 무시를 당하니까. 알에서 태어나고 짐승에게로 버려졌기도 했으니까. 가만 보니까 자기 억압을 받지 않으려고. 거가 가면 자꾸 쫓아 오니까 나라를 왕성하게 세운 것 같아. (고구려도) 제일 큰 나라였자나.[72]

---

72   집단2 문학치료 7회기 녹취록(2017.12.23.)

그는 홍길동이 병조판서가 된다 하여도 홍길동을 향한 위협은 사라지지 않을 것이기 때문에 떠났다고 해석했다. 그리고 홍길동이 왜 왕을 없애고 자기가 왕이 되려는 생각을 하지 않았을지 의문스럽다고 하였다. 어차피 바뀌지 않을 세상에 대한 불신과 평생 존재감을 억압했던 국가에 대한 저항의식을 기대하는 반응이었다. 〈주몽신화〉와 혼동하는 모습도 보였지만, 결국에는 영웅들의 건국 목적은 위협받지 않을 수 있는 '나만의 세상'을 만드는 데에 있다고 해석했다.

탈북민I(남) 역시 유사한 반응이었다. 그는 탈북할 수밖에 없었던 자신의 처지에 빗대어 이야기했다.

> 탈북민I(남): 내 같은 경우는 아버지가 분신자살했으니까 군대도 안 보내주고 대학도 안 보내줘요. 공장에 여자가 700명 되요. 여자들 친해 봐도 아빠가 그런 걸 알면 다 도망가요. 그래서 내가 이건 아니다 싶어서, 옛날에는 농촌 여자가 도시로 시집오는데, 나는 내가 농촌으로 시집간 거죠. 집안이 반대한 거예요. 그런데 저 여자가…[73]

그는 이전의 발언과 같이 아버지의 자살로 자신의 신분에 문제가 있었고, 그것으로 사회적 지위 향상을 꿈꿀 수 없었던 상황을 말했다. 그리고 많은 여성이 그런 자신을 피했지만, 아내만큼은 어려움을 감수하고 자신과 결혼했다는 말이었다. 그의 말에서는 늘 자신과의 인연을 위해 많은 것을 감수할 수밖에 없었던 아내에 대한 미안함이 있었다. 그래서 끝내 말을 이어 가지 못했다.

이렇게 탈북민들은 〈홍길동전〉이 평생 소원을 성취한 이후 고향을 떠나고자 결심한 까닭에 대해서 자신의 경험을 빗대어 사유했다. 언제라도 세상은 자신의 존재를 위협하거나 신분적 제약으로 억압할 것이라는 의혹으로, 세상에 대한 부정적 신념을 드러내며 이 나라를 떠난 홍길동의 행적을 해석하였다. 이 점은 〈해와 달이 된 오누이〉에서의 반응과도 유사했으며, 탈북민들이 떠나온 고향과 이주

---

73 집단2 문학치료 7회기 녹취록(2017.12.23.)

한 공간에서 자신을 어떠한 존재로 인식하는가와 관련된 반응이라고 할 수 있다.

▶ 어떠한 나라를 꿈꾸는가?

필자는 이 활동을 통해서, 홍길동이 어린시절부터 경험한 문제에서의 근본적인 원인 해결이 가능하지 않은 이상 자아실현은 만족할 수준이 되지 않았을 것이라는 답변을 끌어내기를 유도했다. 즉 탈북민의 자아실현은 기존 공간을 떠나온 그 이유에서 비롯될 수 있고, 그 갈망을 해소하는 길에서 찾을 수 있다고 본 것이다. 그래서 다음 질문은 주몽과 홍길동이 기존 공간을 떠나 새롭게 세운 나라의 모습에 대한 것이었다. 대체로 탈북민들은 자신들이 삶에서 가장 갈등했던 문제를 들어 설명했다.

> 탈북민G(남): 눈물이 없는 나라. … 우리 아들은 뭐 하고 있을까 서른두 살인데. [연구자: 아버님 닮아서 키가 크겠죠.] 뭘 먹고 키가 … 유리왕자는 원래 있던 거예요?
>
> 탈북민I(남): 양반 이런 신분제도를 없애고. 상놈 양반 이런 거 없는 누구나 행복하고, 자유롭고.
>
> 탈북민H(여): 어지러운 세상을 바로 잡고, 가난한 사람들 위주로 그런 나라.[74]

탈북민G(남)는 자신의 회한을 담아 소망을 이야기했고, 주몽이 유리왕에게 새로운 나라를 물려주었다고 하니 북에 두고 온 아들에 대한 그리움을 계속 이야기했다. 탈북민I(남)는 사회에서 규정한 신분적 한계를 직접 경험한 인물이기 때문에, 홍길동의 아픔에 몰입하며 평등하고 자유로운 세상을 세웠다고 말했다. 탈북민H(여)는 이주와 성공의 고전서사에서 가난한 약자들의 고통을 자주 이야기

---

74 집단2 문학치료 7회기 녹취록(2017.12.23.)

했었는데, 이번에도 가난한 사람들이 보호받는 나라를 꿈꾼다고 말했다.

이렇게 '자신이 원하는 세상을 구축한다'는 영웅들의 성공을 통해 탈북민들은 자신들 인생에 평생 한(恨)으로 맺혀 있는 지점, 갈망하는 소망과 관련하여 '자아실현'의 그림을 그리는 일은 가능했다.

▶ 나의 자아실현은?

그러한 단계까지 진행된 후 앞서 〈심청전〉 감상 활동에서와 같이 이 영웅서사의 구조에 따라 이야기를 다시 상기하며 물적 성취와 자아실현을 구분하여 사유하는 활동과 자신의 삶에서 물적 성취와 자아실현을 꼽아보는 활동을 진행해보았다.

이전보다 원활하게 진행될 것이라 예상되었으나 결과는 예상과 달랐다. 필자는 '영웅들의 나라 건국은 위대한 업적인데, 우리가 살아가는 방식에서도 그러한 가치가 발견되기도 한다. 예컨대 여러분들은 이곳에 와서 가정을 보호하고, 자녀들을 한국 주민 못지않은 인재로 양육하기 위해 여러 분들만의 세상을 만들어내고 있지 않느냐. 내가 꾸린 가정에서, 혹은 내가 가까이 지내는 인간관계에서 실현하는 가치와 소망, 그런 의미에서의 자아실현이다.'라고 설명했다. 탈북민들은 필자의 의도를 이해하였지만, 그러면서도 자기 삶에서의 자아실현을 뚜렷하게 발견하지 못했다. 단지 스스로 이주 후 지금까지 자아실현의 문제에 대해 깊이 사유한 적이 없다는 사실을 자각할 뿐이었다.

삶에서의 안정감, 환경의 안락함은 물적 성취에 해당하고, 여기에서 말하는 자아실현의 문제는 탈북민들의 마음 속에 풀리지 않는 지점과 관련이 있다. 영웅들도 그 지점으로부터 문제해결을 도모하다가 진정한 자아실현 단계에 이른 것이다라는 필자의 설명은 계속되었다. 그럼에도 이전 〈심청전〉에서의 반응과 같이 물적 성취와 자아실현의 영역을 구분하지 않는 발언을 반복한 경우가 있었다. 여성 참가자들이 주로 그러했는데, 이들은 현재 신체적으로 위약한 상태로 이곳에서 무엇도 할 수 없다고 말하는 특징이 있었다. 신체적 제약으로 자아실현을 꿈꿀 수 없다고 단정한 까닭에, 지금 누리는 행복에 가치를 부여하는 모습이었다.

남성들의 경우도 유사했지만, 그들은 물적 성취는 이뤘으나 자아실현 영역의 성취는 이루지 못했음을 자각하는 반응들이었다. 먼저 탈북민F(남)의 사례의 경우, 자신이 먼저 탈북해 열심히 돈을 모아 북의 아내와 아들을 탈북시켰다. 무슨 사연인지 구체적으로 알 수 없으나 현재 아내와는 이별하였고, 아들은 독립하여 살고 있다. 외로움을 많이 느끼는 그는 건강도 좋지 않았다. 말이 잘 통하지 않고 자주 다투는 중국인 여인과 그녀의 아들과 동거하는데, 그녀가 자신을 떠날까 봐 걱정하는 일이 많았다. 평소 그는 북한에서 가족들을 다 데리고 온 일에 대한 자부심이 컸다. 그러나 그는 자아실현의 문제에서는 뜻밖에 비관적인 대답을 하였다.

> 탈북민F(남): 도적떼의 두목이 되었다. 주몽은 물적 성취는 말 한 마리를
> 얻었고, 세 사람을 만나가지고. 그게 되니까 나라를 세운다는 계획
> 이 나왔지. 사회적 성취는 고구려 나라를 세웠고. 아들에게 물려주
> 었고. 나라를 세웠다는 게.
> 연구자: 아버님의 삶에서는 요?
> 탈북민F(남): 물적 성취는 안정이 첫째가 안정이고. 내 아들도 다 데려왔고.
> 연구자: 자아실현 부분은요?
> 탈북민F(남): 그거는 없지.[75]

홍길동의 물적 성취와 자아실현의 영역을 잘 구분해내는 통찰력을 지니고 있는 반면, 자기 삶에서 자아실현은 빈칸으로 두었다. 자아실현을 이룬 바는 없다고 대답하고 문학치료 활동 내내 침울한 모습을 보였다. 활동이 끝날 무렵에 다시 물으니, 탈북민F(남)는 이전 〈심청전〉 활동에서 보였던 다른 탈북민의 반응

---

75 집단2 문학치료 7회기 녹취록(2017.12.23.)

처럼 물적 성취 영역을 자아실현 영역으로 대체하여 대답하는 모습을 보였다.

> 탈북민F(남): 아들 데려 왔으니까, 내 삶의 질이 향상된 거고. 그게 목표였으
> 니까. 먹고 살 걱정 없고. 아들 데려왔으니까. 아들이 그런다니까
> "아버지 나 진짜 잘 데려왔습니다." (아들이) 감자 옥수수 안 먹는
> 다고 질려서, 그런 걸 보면 참 자기를 잘 데려왔다 그러지.[76]

탈북민F(남)은 아들을 이곳에 데려온 일을 자아실현의 업적으로 전환하여 사유하고, 아들의 행복을 들어 그 근거를 말했다. 아들을 데려온 것으로 자신의 의무를 다하였다고 말하며, 인생에서의 자아실현의 가치를 찾으려고 노력했다. 필자는 그가 자신과 가족의 탈북에서 자아실현의 의미를 찾는 것도 긍정적이지만, 이주 공간의 삶에서도 자아실현의 의미를 찾았으면 좋겠다고 말했다.

또 다른 경우로 탈북민G(남)와 탈북민I(남)는 자아실현의 어려움을 이야기하며 무력감을 토로했다. 그것은 학업에 대한 것이었다.

> 탈북민G(남): 내가 머리가 좋고 좀 배웠으면 북한학을 하고 싶다는 꿈을
> 꿔본 적 있어요. 대학에서 공부한 사람들은 아무리 해도 북한 사람
> 을 따라올 수가 없죠. 우리는 몸에 배어 있으니까. 북한학에 대한
> 책을 보면은요. 학교에서 배우지 않아도 우리는 다 이해할 수 있잖
> 아요. 공부 끈이 없다보니까 엄두가 안 나죠. 꿈은 꿔봤어요.
> … 한국 사람들이 더 많이 알죠. 근데 또 반대로 우리 탈북과정에
> 대한 이야기를 하면 한국 사람들은 이해를 못해요. 우리는 직접
> 체험을 했으니까. 이해를 못하지. 이해를 못한다니까. 이해를 하더
> 라도 설마 그럴까 하겠지. 종편 방송에서 하는 이야기는 너무 또
> 오바해서 이야기하고.[77]

76　집단2 문학치료 7회기 녹취록(2017.12.23.)
77　집단2 문학치료 7회기 녹취록(2017.12.23.)

탈북민I(남)는 본래 이전 활동에서부터 홍길동에 심취했고, 자신이 지금 하는 일이 홍길동이 해낸 일들과 비슷하다고 말한 바 있다. 그래서 이번 프로그램에 참여하면서 자신을 주인공으로 한 〈홍길동전〉을 창작하리라 다짐했으나, 자아실현의 문제에서는 무력한 모습을 보였다.

> 탈북민I(남): 꿈은 꾸지만 우리가 가는 데는 여기까지고. 정주영이 저기까지
> 면 우리는 여기까지고.[78]

작은 일부터 시작하여 큰 부자가 된 정주영의 예를 들며, 그와 자신의 차이를 설명했다. 그것은 마치 이주와 성공의 고전서사 속 영웅과 자신을 큰 괴리가 있다고 인식하는 듯했다. "우리는 여기까지"라는 말에서 알 수 있듯이, 고전 속 영웅들과 같은 자아실현은 자기 삶에서는 불가능하다고 판단한 것이었다.

요컨대, 이전 〈심청전〉 감상에서는 물적 성취를 자아실현으로 전치하는 반응들이 주를 이뤘다면, 〈주몽신화〉나 〈홍길동전〉의 반응에서는 영웅들의 자아실현이 자기 삶에서는 부재했다는 현실을 자각했다. 여기에서 중요한 점은 영웅들의 자아실현을 물적 가치로만 평가하여 상대적으로 자신의 인생을 저평가하는 수준에 머무는가 혹은 자기 삶에서 자아실현의 문제가 신중히 고려되지 않아서 공허함과 무망감의 원인이 되었다는 성찰로 이어지는가의 갈림길에 서 있다는 것이다. 이 이후의 문학치료는 그 점에 초점을 맞추어 진행하였다.

② 창작 활동을 통해 본 자아실현의 문제

이전 논의와 달리 이글에서는 '이주와 성공'의 고전서사에 대한 탈북민의 이해 방식을 근거로 죄의식과 무력감 내지 무망감이라는 문제와 함께, 창작활동에서 드러난 '자아실현'의 과제에 대해서 논하고자 한다. 탈북민이 고전서사를 통하여 자신의 생애사와 유사점을 발견하고 자신의 삶을 성찰할 수 있는가를 중심으로

---

78 집단2 문학치료 7회기 녹취록(2017.12.23.)

살펴본다는 점은 이전 논의와 같다. 그런데 시론적 연구인 탈북여성E의 사례에서는 기존 공간과의 건강한 분리와 독립 문제를 이야기했다면 여기에서는 새터에서 살아가는 문제에 대해 집중하였다고 할 수 있다. 특히 자아실현의 문제는 자신을 사회적 약자로 인식[79]하고 있는 탈북민들에게 부담스러운 과제임에 틀림없지만, 그럼에도 탈북민의 현재 삶의 행복을 가름하는 요인인 것도 사실이었다. 이번 사례를 통하여 새터에서 어떠한 존재로 살아갈 것인가를 화두로 사유가 탈북민들에게 어떠한 의미를 지니는지 확인할 수 있었다.

▶ 떠나올 수밖에 없었던 이유, 그것으로부터 찾는 자아실현의 길

위에서 살펴본 작품 반응은 한국살이가 지속될수록 강화되는 무망감과 불행에 대한 원인에 해당되었다. 본고는 목숨을 건 탈북 이후에서 계속되는 좌절과 비관이 탈북 트라우마에 포함된다고 보며, 현재 이주 공간에서의 삶이 만족스럽지 않을 때 생기는 문제들에 주목했다.

탈북민들은 죽을 고비를 경험하고 낯선 자본주의 사회에 적응하기 힘들었다. 탈북과 이주로 피로는 누적되고, 그것을 보상할 만한 행복을 찾기 어려웠던 것이 문제였다. 먹고 살기에 바쁘고, 적응하기에도 벅찼던 삶이 탈북 트라우마의 중요한 지점을 차지한다는 것이다.

탈북민이 질 높은 삶을 희망하고 행복을 추구하는 것 자체는 문제가 아니다. 문제는 한국 주민의 일부가 누리는 물질적 성취만을 보고, 한국 주민 못지않은 질 높은 삶을 욕망한다는 데에 있다. 자본주의에 대한 몰이해, 한국사회에 대한 오해가 문제라는 것이다. 필자가 대한 탈북민 가운데 20대 여성은 다음과 같이 말했다.

---

79 한국사회에서 탈북민은 한민족으로서의 동질성으로 외국인 노동자나 결혼이주여성과는 다른 범주로 인정되지만, 문화적 이질성 때문에 차별과 배제를 경험하는 소수자로 취급되기 마련이다.(성정현, 「탈북여성들에 대한 남한사회의 '종족화된 낙인'과 탈북여성들의 공동체 형성 및 활동」, 『한국가족복지학』 53, 한국가족복지학회, 2016, 79–115면.)

탈북여성: 이 사회에서 어떻게 살아갈지 막막해요. 저는 명품 가방 사주는
　　　　　남친도 없고요. 친구들은 남친이 가방도 사주고, 신도 사준다는데.

　탈북여성의 발언은 일부의 상황을 전체로 확대하는 오류에 해당한다. 한국살이에 만족하지 못하는 탈북민 가운데 대다수는 그러한 오해에 빠져있다. 특히 한국 주민의 일부만 가지고 높은 학력과 권력, 풍요로운 환경 등 그와 비교하여 이주 공간에서의 진정한 행복에 대해 비관하는 성향이 그러한 문제를 자초하기도 한다. 그래서 한국사회 내에서 사회적 약자로 자신의 위치를 확정하고 무력함을 느끼는 것이며, 위의 고향을 등진 것에 대한 죄의식과 무력감은 꿈을 꾸더라도 실현하기는 어렵다는 비관에서 비롯된 것이라고 판단된다. 탈북민들이 흔히 경험하는 사기를 당하는 일, 알코올중독에 빠지는 일 등과 같은 좌절은 단번에 한국 사회의 상류층의 삶을 획득하고 싶은 근거 없는 낙관, 허망한 기대이기 때문이다.

　근거 없는 낙관과 허망한 기대는 한국살이 경험으로 무참히 깨지고, 기대와 다른 냉정한 현실은 탈북민들에게 더욱 큰 강도의 좌절로 다가온다. 그럴 때 자기 삶에 비관하거나 탈북과 이주를 후회하면, 가족과 고향을 등진 죄의식과 삶에 대한 무력감이 더욱 증폭될 수 있다. 그래서 필자는 비관과 후회의 감정을 긍정적으로 전환하고, 죄의식과 무력감의 근원적 해결책으로 '자아실현'에 주목하였다.

　여기서 말한 '자아실현'이란, 일과 직업에서의 성공에 한정되지 않는다. 고전 속 영웅들과 같이 자신이 기존 공간에서 떠나올 수밖에 없었던 문제에 대한 근본적인 해결에 가깝다.

　〈내 복에 산다〉 셋째딸이 자기 정당성을 입증한 뒤 아버지와 관계를 회복하고 궁극적으로 아버지의 깨달음을 이뤄냈듯이, 심청이 맹인아버지의 개안을 성취하면서 만백성을 인자함으로 포용하는 성덕을 발휘하는 황후로 거듭난 것처럼, 홍길동이 병조판서직을 제안받았음에도 자신이 주인이 되는 세상을 만들기 위해 또 다시 미지의 세계로 나아갔던 것과 같이 '자아실현'은 자기 문제에 대한 근본

적 해결에 가깝다.

자기 삶에서 자아실현의 의미를 찾지 못하는 이들에게 적용될 문학치료 단계는 심우도(尋牛圖)처럼 자신이 갈망해왔던 것은 결국 자신에게 있다는 철학을 깨우치는 일이었다. 자아실현의 과제는 그들이 고향을 떠나온 이유와 직결되어 있으며, 질 높은 만족감과 행복은 그 문제를 직면하고 해결의 길을 열어가는 것에서 시작될 수 있다는 것이다. 즉 문학치료의 최종 단계는 진정한 행복 질 높은 삶은 이주 공간에서의 자아실현에 있음을 깨닫고, 그것은 물질적 가치척도로 재단할 수 없는 것이라는 진실을 내면화하는 과정이라고 할 수 있다.

필자는 영웅들의 이들의 과업 성취는 단순히 한 나라를 건국했다는 데에 머물지 않는다는 점과 이들의 자아실현은 결국 이들이 애초에 기존 공간을 떠나올 수밖에 없었던 문제에 대한 해결과 관련된다고 했다. 이 영웅들은 자신의 소망을 이뤄가는 과정에서 다수의 소망을 함께 성취해가면서, 자신의 과거 경험과 같은 두려움과 억압에 좌절하지 않는 세상을 구축하는 일을 이뤄낸 것이지 그들의 위업에 크기에만 집착할 필요는 없다고 말했다. 그 위업은 가정과 나를 둘러싼 인간관계에서도 실현될 수 있는 것이라고 설명했다.

▶ 최종 창작물들

10회기 가운데 9회기에는 지금까지 감상한 이야기들을 상기하게 하고, 가장 마음에 드는 작품과 불편했던 작품을 발표하도록 했다. 그리고 마지막 10회기에는 작품을 창작했다.

이전 활동에서 아들을 한국에 데려온 것이 자아실현의 목적지였다고 말한 탈북민F(남)은 가장 마음에 든 이야기는 〈돌노적 쌀노적〉이라고 했다. 그리고 불편했던 작품은 〈내 복에 살아요〉인데, "얼마나 숯을 팔아야 부자가 되느냐. 얼마나 고생을 해야 하나"라는 이유로 설명했다. 낮은 위치에서 부자에 이르는 과정에 대한 부담감을 직접적으로 표현했다. 자아실현의 문제에 있어서, 또 어떤 꿈을 꾸고 최선을 다하는 일에 대한 부담감과 피로를 드러낸 것으로 보였다. 환갑

이 다 되어가는 연령대와 지병을 앓고 있는 상태이기에 그런 반응이 충분히 가능했다.

그렇다면 그는 어디에서 자아실현의 의미를 찾을 수 있을까? 탈북민F(남)은 최종 창작물에서 자신의 존재적 의미를 '생명력'에서 찾고 있었다.

■ 탈북민F(남)의 창작물: 죽음을 이겨낸 나![80]

…대장암이라는 병을 앓게 되었다. 아무 것도 먹지 못하면서 핏똥을 누면서 생활하다 보니 나의 몸은 쇠약해질 대로 쇠약해졌다. … (치병을 위해 돌아온 고향에서) 온갖 수모를 당하고 수용소에서 나왔다. 나와서 보니 내가 어떻게 해야 하지? 어데로 가지? 참 걱정이 많았다. … 살얼음 치는 두만강을 건너 오늘 날 이렇게 대한민국으로 오게 되었다. … 중국에 들어와 고모 친척, 어머님의 병간호 도움을 얻고 다시 일어섰다. 여기서 다시 이 땅을 밟지 않으리! 나에게는 조선, 조국은 없다는 결심 하에 죽더라도 대한민국으로 가야만 산다는 일념으로 2002년 북경 대사관에 들어감으로 대한민국으로 오게 되었습니다. … 대한민국(내나라)로 참 오기를 잘했다고 생각한다. 대한민국에서 여유로운 삶으로 아들과 함께 행복하게 지내고 있습니다.

대장암이라는 큰 병을 지닌 채 탈북했다는 이유로 온갖 수모를 당했다가, 살얼음 치는 두만강을 건너 대한민국으로 왔고, 북한의 가족들을 모두 탈출시켰다는 자신의 살아온 이야기가 서술된 작품이었다. 그의 이야기는 '기존 공간에서 겪는 억압과 한계 - 기존 공간에서 탈출하는 이주 과정 - 이주 후 물질적 성취 - 이주 공간에서의 사회적 자아실현'에 맞추어 있었는데, 특히 자아실현은 아들과 함께 사는 행복함에 있었다.

죽음이라는 큰 위기를 극복하고 대한민국으로 이주해온 과정에서 큰 의미를 찾는 일은 긍정적이다. 하지만 그는 현재 아들과 떨어져 살고 있고 언제 자신을 떠날지 모르는 중국인 모자와 동거하고 있기 때문에, 자신이 목숨 바쳐 지키려

---

80 집단2 문학치료 9회기 활동집(2018.01.06)

했던 가족과 함께 행복하게 사는 삶을 희구하는 것이 아닌가 하는 걱정이 들었다. 앞서 불편한 작품으로 〈내 복에 산다〉를 들며, 얼마나 더 고생을 해야 부자가 되는가를 고민했던 그였기에 가족의 재결합에 많은 물자가 필요하다는 생각을 한 것은 아닐지 우려되었다.

그럼에도 그는 탈북 당시부터, 중국에서 살았을 때에도 어머니와 처자식과 함께 살고 싶은 소망으로 위기를 극복해 오며 생존했다는 점은 영웅 못지않는 자아실현의 요목으로 평가될 수 있다. 그리고 중요한 지점은 그가 스스로 그것을 발견했다는 것이다. 이전에는 자아실현의 성과는 없었다고 대답한 반응이었다가, '죽음을 이겨내고' 가족들을 한국으로 데려온 지점에서 영웅적 면모를 발견한 것은 문학치료 과정에서 변화된 지점이다.

현재 병을 앓고 있는 탈북민은 5명 가운데 3명이었다. 이들은 다른 2명보다 활력이 부족하기도 했지만, 내면의 열정을 가득했다. 그리고 그것에 대한 스스로의 갑갑함을 느끼기도 했으나, 여성들은 대체로 자신에게 주어진 삶 안에서 '자아실현'의 의미를 찾는 일에 능숙한 편이었다. 부부관계 및 가정 내에서 자신의 존재감과 역할을 확인하여 자아실현의 가치를 찾아내었다.

탈북민H(여), 탈북민J(여)는 영화 〈온달전〉을 가장 인상 깊은 작품으로 꼽았다. 그리고 탈북민H(여)는 "예쁜 공주와 장군 온달이 서로의 부족한 모습을 채워주는" 것에 호감을 표현하였는데, 한국에서 만난 지금의 남편과의 관계가 그렇다고 설명했다. 몸이 아픈 자신은 "새벽부터 일 나가는 남편의 식사를 챙기고, 신상을 돌봐주는 것으로 내 할 도리를 한다"며 〈온달전〉의 서사와 자신의 인생을 견주어 설명했다.

> 탈북민H(여): 어려울 때 같이 이겨냈잖아요. 북한에서 부부로서 살았는데, 여기 와서 같이 사는 게 10%, 20% 드물어요. 근데 저희는 잘 살고 있으니까.[81]

---

81 집단2 문학치료 10회기 녹취록(2018.01.06)

그녀는 아픈 그녀를 끝까지 지켜준 남편에게 감사하다고 말하며, 여기에서 만난 부부인연을 유지한다는 점에 큰 의미를 부여했다. 많은 탈북민들의 탈북과 이주 과정을 거치면서 가족 해체의 아픔을 겪는다. 그에 비하면 자신과 남편은 잘 살고 있다는 것이었다.

그 말을 듣고 있던 남편 탈북민G(남)도 동의하며, 고향을 떠나면서 첫 부인과 헤어지고 계속해서 제짝을 찾는 일을 헤맸는데 그것이 인생을 꼬이게 하는 원인이 되더라, 지금의 짝을 만나니 생활도 안정되고 가산도 늘더라며, 제짝을 잘 만나는 일의 중요성을 말했다. 이렇게 이들 부부는 서로의 존재를 통해서 이주 후 삶에서 자아실현의 성과를 발견하고 있었다.

그는 북한학을 공부하는 일을 잘 할 수 있을 것 같지만 가방끈이 짧아 실현하기 어렵다고 했었다. 그리고 9회기에 감동적인 작품으로 〈심청전〉을 꼽으며 효도하지 못하는 현실이 한스럽다고 말했다. 이에 필자는 당신이 러시아로 떠난 일은 심청이와 같은 희생이 아니었느냐, 심청 역시 지극한 희생만 실천한 것은 아니며 자아를 실현하는 과정에서 아버지의 소망도 성취해드린 것이라고 말했다. 그러자 그는 "세상 일은 한치 앞도 모르니까."라며 조심히 미래의 희망을 기대했다. 그러면서도 그는 자아실현을 포함한 창작 활동에서 악한 강자가 승리하는 세상의 불합리함에 대한 글을 썼다. 최근 실직하게 되었다며 세상에 비관하는 말을 잔뜩 늘어놓았다. 그러면서도 현재의 배우자에 대한 감사함과 인연의 소중함을 상기하기도 했던 것이다.

탈북민J(여)는 〈온달전〉의 이야기를 잘 간추려 하나의 동화로 창작했다. 탈북 후 부상을 입고 부부관계의 불화를 경험한 그녀는 소통할 친구도 없어 외로움에 힘들어 하고 한국사회의 노동 강도를 이겨내지 못하겠다고 하며 한국살이의 고충을 털어놓은 바 있다. 특히 부부관계 불화는 그녀에게 심한 상처를 가중하기도 했다. 그러는 그녀가 〈온달전〉을 줄거리로 마지막 활동을 마무리 지은 것이다.

> ■ **탈북민J(여)의 창작물: 온달전**[82]
> 온달이가 처음에는 죽지못해 거지로 살아갔다. … 온달이한테로 가던 도중에 공주가
> 만났는데 여우귀신이라고 하여 돌려보낸다. … 엄마가 나와서 보더니 귀신은 아니구
> 먼 어서 안으로 들라고 하라면서 … 그래서 온달이와 공주가 만나 혼인을 하고 대왕마
> 마가 승낙을 하여 전장에 나간다. 전장에서 승리한다.

탈북민J(여)는 우울증 증세라고 하며, 문학치료 활동에 잘 집중하지 못하거나
활동을 거부하는 반응을 많이 보였었는데, 마지막 창작 활동만큼은 다른 참여자
들보다 능동적이고 수월하게 참여했다. 그런데 영화 〈온달전〉의 줄거리를 잘 기
억하여 줄글로 써내었다. 10회기의 활동 중에 가장 열심히 참여하였고, 그 창작
물도 가장 성의 있게 만들었다.

부부관계에 어려움을 경험하고 이주 후 삶에서 우울감에 젖어 있던 그녀는 교
회를 통해 상담을 받아 보았는데 남편을 칭찬하고 존중하는 일이 가정을 지킬
수 있는 힘이라고 했다면서, 우울증으로 다른 일은 못하지만 남편을 칭찬하고
모두 남편의 덕이라고 말하는 일만큼은 최선을 다한다고 말했다. 가족이 반대한
결혼, 탈북 후 가족 해체의 위기 속에서 그녀는 〈온달전〉의 공주와 같은 모습에
서 자존감과 극복의지를 발견하고자 하는 듯했다.

애초에는 한국사회에서 탈북민들을 인도하는 홍길동을 꿈꾼다고 했던 탈북민
I(남)는 작품 속 영웅들과 자신의 처지가 큰 격차가 있다고 판단하며 자기 삶 속
에서 자아실현의 의미를 찾는 일을 어려워했다. 홍길동과 같은 성취는 어려울
것이라고 단념하면서도 그는 9회기에 가장 재미있고 감동적인 이야기로 〈홍길
동전〉을 꼽았다. 그리고 영웅 서사 구조에 맞추어 대구성한 자신이 살아온 이야
기를 마지막 창작물로 발표했다.

---

82 집단2 문학치료 9회기 활동집(2018.01.06)

■ 탈북민I(남)의 창작물: 강남을 찾아서[83]

… (아버지는) 대가족을 먹여 살리기 위해 구소련 극동지방에 임업 트럭기사로 해외 파견을 갔다 그때 당시 성분이 나쁜 사람들만 러시아에 보냈다. … 그때부터 나는 동생과 앓는 어머니를 돌보며 중학교에 다니며 공부는 공부대로 열심히 하여 … 어머니와 동생이 죽은 사연을 알고 … 밤낮없이 술로만 사시던 아버지가 1987년 휘발유로 분신을 기도했으며 … 외롭게 저 혼자 남겨 놓고 한많은 세상을 떠났습니다. 당시 졸업생이던 저는 군대도, 대학에도 못가고 반역자의 아들이라는 성분으로 보이지 않는 차별과 멸시를 느껴야만 했습니다. … 반역자의 낙인이 찍힌 저는 연애도 제대로 할수 없을 만큼 따돌림 왕따를 당했으며 꾹 참고 이겨내기 위해 지금의 아내를 만나 장모가 반대함에서 불구하고 결혼하여 시골(농장)으로 갔었다. … 2004년 8월 한국에 있는 삼촌의 권유로 탈북하여 한국행을 선택했고 … 2006년 아내와 아들딸과 상봉하였다.

그의 창작물에서는 〈홍길동전〉과 같이 사회적 기준에 의하여 제 기량을 마음껏 표출하지 못했던 불우한 젊은 시절의 이야기가 장황하게 서술되어 있었다. 특히 아버지의 분신 자살 사건에서 애달픈 정조가 느껴졌고, 그에 대한 깊은 상처를 드러냈다. 그리고 가족을 모두 데리고 나와 서울에서 살아가는 현재에 만족한다고 했다.

> 탈북민I(남): 똑같아요. 홍길동이 신분이 그래가지고 아버지를 아버지라 부르지 못하고. 북한정권에서 나도 딱 낙인 찍혔잖아요. 병조판서도 싫고 세상을 뒤집지 못할 바에야 나만의 세상으로 가잖아요. 저는 영웅시대, 정주영 그걸 보는데 딱 우리를 보는 거 같아요. 원래 이야기에서는 소 한 마리를 팔아서 와서 현대 대기업 회장이 되잖아요. 내가 나도 고향을 등지고 왔잖아요. 지금 이 순간에 만족

---

83 집단2 문학치료 9회기 활동집(2018.01.06)

하고….[84]

그는 홍길동전이 자신의 삶과 똑같았다고 했고, 정주영 회장의 삶도 그러했다고 말했다. 고향을 등지고 떠나온 것이 비슷하고, 자신은 지금 삶에 만족한다고 했다. 그리고 미래에 대한 소망을 밝혔다.

> 탈북민I(남): 먼 미래 언제 일지 모르지만, 남북이 통일되면 고향에 가보았으면 좋겠다 해요. 그리고 우리 애들이 공부를 잘해서 아빠가 못 이룬 꿈을 이뤄주었으면 좋겠죠. 북한에서 원래 꿈이 대학 가는 거였거든요. 딸이 아니고, 아들이 공부를 잘해. 아들이 내 못 이룬 꿈을 이뤄주었으면 하는 바램이지.[85]
> 내가 여기 와서 느끼는 게 나는 가족을 다 데리고 왔잖아요. 보고 싶은 사람도 없고. 고향 그리운 사람들은 아픈 거지만 정말 아프거든요. 다른 사람들과 비교하면 내가 많이 미안해. 다른 탈북민한테. 미안해요. 제일 안타까운 게 북한사람들이 동료들을 위해서 사기치고. 도와줄 수 있는 건 도와줘야 하는데….

자주 "가방끈이 짧다"는 하소연을 해왔던 그는 북한에서부터 꿈이 대학 진학이었다고 말하며 공부 잘하는 아들이 이뤄주었으면 좋겠다고 했다. 그는 전체 회기 후반부로 진행될수록 문학치료 활동지에 인물명이나 지명을 한자로 적어본다거나 영어단어에 대해서 물어보는 등 지식과 관련된 호기심과 열의를 표현하고 했는데, '자아실현'의 문제가 자극될수록 못다 이룬 꿈에 대한 갈망이 샘솟았기에 그런 반응을 보였던 것으로 추측된다. 현재 한국살이에서 자신이 이루고 싶은 꿈에 '학업'이 있으나, 쉽게 도전하지 못하고 공부 잘하는 아들에 대한 기대로 전환된 모습이었다.

---

84 집단2 문학치료 10회기 녹취록(2018.01.06)
85 집단2 문학치료 9회기 녹취록(2018.01.06)

그리고 영웅들과 자신의 삶의 거리감을 느꼈던 그는 끝내 홍길동과 같은 자아실현 문제에 대해서 체념하는 경향이 있었으나, 영웅서사에 맞추어 살아온 이야기를 작성한 후에는 탈북민들에 대한 연민을 이야기했다. 자신은 가족들과 함께 있어 덜하지만 고향과 가족을 그리워하는 사람들을 보면 "내가 많이 미안하다"는 감정을 밝혔다. 가족을 그리워하는 탈북민들에 비해 자신은 이렇게 가족들과 함께 행복하게 살고 있는데, 그것이 참 미안하다는 표현이었다. 그리고 그는 자신이 다른 탈북민들을 도와야 하는 존재임을 자각하며, 성찰적 반응을 보였다. "도울 수 있는 것은 도와야 하는데…"라고 말끝을 흐렸는데, 활동 초기와 달리 선뜻 홍길동과 같이 약자들을 위한 지도자가 되겠다는 포부를 당당히 밝히진 않았다. 자신이 주인공인 〈홍길동전〉을 쓰겠다던 당당함은 사라졌지만, 탈북민들에 대한 관심과 애정은 변치 않아 탈북민들의 리더가 되는 자아실현은 자신이 할 수 있는 범위와 형태로 재구성될 수 있을 것이라 기대해본다.

▶ 자아실현, 그 어려운 과제를 향하며

지금까지 탈북민의 문학치료 활동을 통하여 그들이 고전서사를 감상하는 활동에서 어떤 트라우마 징후를 드러내는지 살펴보았다. 이주와 성공의 고전서사를 감상하며, 이주 공간에서 자아를 실현하는 일에 성공한 주인공들을 살펴보면서 가족과 고향을 등진 죄의식과 고된 한국살이에서 오는 무력감을 드러내기도 하였다. 탈북민들은 대체로 탈북과 한국입국 후 물적 성취 영역에 대해서는 확연하게 인지하고 있었으나, 자기 삶에서 자아실현의 의미는 잘 발견하지 못하는 특징이 있었다. 필자는 이러한 문제가 이주 후에도 여전히 삶에 만족하지 못하고, 심하면 탈북을 후회하는 비극의 원인이 된다고 판단하였다.

그리고 이주 공간에서 자신의 존재적 의미를 찾아낸 영웅들의 행적을 다시 살피고, 자기 삶과 견주어 재창작하는 활동을 통해서 '자아실현'의 문제와 치유 효과를 도모하려고 했다. 5명의 탈북민들은 '이주와 성공'의 고전서사 구조에 맞추어 자신의 삶에서 '자아실현'의 문제를 탐색했다. 그 결과, 현재 질병을 앓고 있는 탈북민 F, H, J의 경우는 지금 상황에서 획기적인 변화와 발전을 기대하지 않는 편이었으나, 가정의 행복과 그 안에서 자신의 역할을 재발견했다. 가난을 소재로 한 옛이야기와 〈내 복에 산다〉 및 〈심청전〉에 주목했던 탈북민F는 자신이 '생존'을 위해서 탈북했다는 점, 건강을 회복하는 어려움 속에서도 가족들의 탈북을 성공시켰다는 점에 의의를 두고 자아실현의 가치를 깨닫는 변화를 보였다.

그리고 유달리 〈내 복에 산다〉형 이야기에 적극적인 반응을 보였던 탈북민J는 〈온달전〉의 평강공주와 같은 역할을 해왔다는 점에서 자아실현의 성취를 확인하였다. 남편의 뜻에 따라 탈북하여 신체적·정신적 질병에 시달려왔던 J였기에 가정의 행복을 유지하기 위해 자신이 해온 일에 대해서만큼은 자기만족이 컸던 것이다.

그리고 〈홍길동전〉에 대해 주목했던 탈북민G와 I는 몸이 불편했던 이들보다 역동적인 반응을 보이기도 했고, 한국살이에 대한 자신감을 보이기도 했다. 그러나 회가 거듭할수록 탈북민으로서 이 사회에서 살아가는 어려움과 학력에 대한 콤플렉스를 들어내는 등 무력감과 무망감을 보이는 특징이 있었다.

마지막 회기 때 실직의 아픔을 경험한 탈북민G는 '이주와 성공'의 고전서사를 활용한 재창작 과제를 잘 해내지 못하고 집중하지 못했다. 북한과 다를 바 없는 한국사회의 부조리한 면에 강한 비판을 내놓으며, 평생을 일자리 문제로 고생해야 한다는 한탄을 거듭했다. 그러나 그의 아내(탈북민H)의 발표를 들으며 끈끈하게 이어져온 부부관계에 대한 만족감으로 이주 후의 삶에 대한 만족도를 표현했다.

마지막으로 홍길동과 같이 탈북민들의 리더가 되고 싶다던 탈북민I는 문학치료의 회가 거듭날수록 현실적 한계를 체화하고 체념하는 모습으로 변해가는 특징이 있었다. 북한에서 신분적 한계와 억압을 경험했던 그가 여전히 그 한계를 재경험하고 있다는 점에서 그만의 탈북 트라우마를 확인할 수 있었던 것이다. 그럼에도 그는 많은 탈북민들이 경험하는 아픔과 고통을 애처롭게 여기고, 그들을 도와야 한다는 사명감을 잃지 않으며 성찰적 사고를 거듭하는 모습을 보이기도 했다. 특히 '자아실현'을 주제로 한 최종 창작물 발표에서는 탈북민들에게 진정한 도움이 되고 싶다는 의미에서 '빛과 소금'이 되고 싶다는 꿈을 이야기했다. 애초에 '리더'가 되고 싶다는 소망에서 변화된 모습이었다. 이 문학치료 활동이 계기가 되어 이전보다 현실적인 자기 점검이 가능하고, 진정성 있는 자아실현의 탐색이 가능한 상태로 나아간 것이라 짐작되었다.

이방인으로서 한국사회 시민의 정체성을 재구성하는 존재[86]로서 탈북민에게 이주 공간에서 어떻게 살아갈 것인가의 문제는 중요하다. 그래서 이 문학치료 프로그램은 '이주와 성공'의 내용을 담은 고전서사를 통해 '자아실현'의 깨달음을 유도하는 과정에 집중했다. 이 점은 우리 사회의 다문화 문제, 탈북민의 적응 문제에 긍정적인 기여를 할 수 있다고 생각한다. 그리고 이러한 논의는 탈북 트라우마에 대한 인문학적 치유 방안으로서의 연구 성과라는 의의와 함께, 같은 민족의 나라이지만 낯선 공간에서 살아가는 탈북민들의 애환을 이해할 수 있는 학적 자료에 해당하며, 한국사회 적응 문제에 대한 다문화 관련 해법을 탐색할 수 있는 연구 성과라고 할 수 있다. 이렇게 탈북민들과 함께 하는 문학치료 현장 경험과 연구 분석 성과를 축적하면서, 향후 탈북민의 삶에 실질적으로 기여하는 인문학 연구로 거듭나기를 기대해 본다.

86　이희영, 「새로운 시민의 참여와 인정투쟁」, 『한국사회학』 44-1, 한국사회학회, 2010, 207-241면.

IV

탈북민들의
신화(神話)를 위하여

1. 탈북민들의 창작 활동

탈북민을 위한 문학치료는 주로 감상과 창작 활동으로 이뤄진다. 여기에서는 그간 필자가 진행했던 문학치료 활동 결과를 소개하려고 한다. 이 글에서 논의한 탈북민에 대한 연구 내용 이외에도 많은 인문지식을 창출할 수 있는 소중한 자료들이기 때문이다. 이들의 창작물은 당사자들의 동의를 받고 공개하는 것이다.

문학치료 프로그램에서는 우선 고전서사를 제공하고, 그에 따른 재창작 활동을 진행한다. 이때 탈북민들은 자신이 직접 작가가 된다는 즐거움으로 옛이야기를 그대로 재현한 동화작품을 창착하기도 하고, 자신의 인생이 녹아든 '수필형' 창작품을 발표하기도 한다. 여기에 담은 탈북민들의 작품은 다수의 옛이야기를 활용한 동화 작품과 '이주와 성공'의 고전서사 재창작 활동, 그리고 '살아온 이야기'를 담은 창작물이다. 맞춤법이 틀린 표현 등을 수정하지 않고 이들이 기술한 그대로 제시하며, 이 중 문해력에 어려움을 호소하는 이들은 그들이 그린 그림을 대신하여 수록하였다.

(1) 옛이야기를 활용한 동화 창작 활동

① 2017년 1월 동화창작 프로그램에 참여한 이○○(여, 1995년생)의 작품

봉이 김선달

먼 옛날 한 선비가 살고 있었다. 그 이름은 봉이. 그를 말하자면, 잔머리와 바람보다 빠른 손과 발, 누구보다 잘난 외모, 외모만큼 뛰어난 머리를 지닌 선비였다.

어느 날 선달은 지나가다 똥을 싸고 싶어져서 보니 변소간이 없었다. 그렇죠. 선달은 방법이 있다.

그림 15: 이○○(여, 1995년생)의 작품

선달은 큰 나무 위에 올라가 돈 주머니를 꺼내서 그 주머니에 똥을 쌌다. 그리고
똥을 어떻게 처리할까 생각하다, '에라, 모르겠다' 그냥 들고 가는 도중 어떠한 놈이
그 주머니를 훔쳐갔다.

봉이는 놀람과 웃음을 참을 수가 없었다. 한편 그 도독은 따끈따끈한 주머니가 궁금하
여 그 주머니에 손을 넣어보니 '어이쿠, 이게 뭐인가' 김이 몰몰 나는 똥이 있었다.
한편 봉이는 걸음을 멈추지 않았다.

② 2017년 1월 동화창작 프로그램에 참여한 김○○(여, 1955년생)

청개구리

옛날 옛적 어느 큰 강 마을에 청개구리 엄마와 아들이 살고 있었다. 외아들이라 귀중하다고 어야 어야 받들어 키웠다. 배짱이 세진 아들 청개구리 아들은 엄마 말을 등한시 잘 안 들었다. 엄마 개구리가 산에 가서 나무 해오라면 강에 가서 고기잡이하고, 강에 가서 고기 잡아 오라면 산에 가서 놀고 오고 정반대로 어긋나갔다.

청개구리 엄마는 어느 날 중병에 걸려 오래 앓다가 죽기 전에 아들에게 "아들아, 내가 죽거들랑 강에 다 묻어다오." 죽은 엄마를 보며 눈물 흘리던 청개구리는 엄마 소원대로 하였다.

큰물이 난리 나니 어머니 묘지가 물에 잠기고 말았다. "개굴개굴, 내 엄마 묘가 떠나가네. 내 엄마 물에 떠나가네."

③ 2017년 1월 동화창작 프로그램에 참여한 박○○(여, 1969년생)

나무꾼과 선녀의 사랑이야기

저는 이글을 읽으면서 나무꾼이 선녀를 안해로 맞아 재미있게 살다가 결국에는 마지막에 죽게 되는 이야기를 통해서 그 어느 곳에서 살아가던지 결말이 온 가족이 다 행복하게 오래 오래 살다가 세상을 떠나는 것으로 끝났으면 더 좋았을 것이라는 생각이 듭니다.

나무꾼이 가난해서 장가를 못 가게 되니 할 수 없이 선녀의 옷을 감추어 놓고 그 선녀와 결혼하게 된다. 하지만 안해는 살다가 부모님 생각에 하늘나라에 올라가게 된다.

나무꾼은 선녀와 아이들이 보고 싶어 하늘에 갔으나 인간 세상에 계시는 어머니가 보고 싶어 내려온다. 하지만 아내가 한 부탁대로 행동하지 않아 결국 죽게 된다.

그림 16: 박○○ (여, 1960년생)의 작품

④ 2017년 1월 동화창작 프로그램에 참여한 김○○(여, 1990년생)

재미있는 이야기, 가화만사성, 사랑하는 우리 가족
행복이 넘친 처녀와 총각

나무꾼이 냇가에서 나무를 하는데 사슴이 포수에게 쫓겨서 숨겨줬다. 사슴이 나무꾼에게 신세를 갚는다며 보름달에 선녀가 우물에서 멱을 감는데 그 중 셋째 선녀 옷은 감추고 아이 셋은 낳거든 옷을 내주라고 했다. 나무꾼은 사슴이 알려준 대로 셋째 선녀 옷을 감추자 다른 두 선녀는 하늘로 올라갔지만 셋째 선녀는 옷이 없어 못 올라가고 있었다. 나무꾼이 선녀를 데리고 와서 함께 살았다.

선녀가 아이 둘을 낳고는 옷을 잃어 버려 천상에 못 올라간다고 늘 한탄을 했다.
나무꾼이 안타까워서 선녀에게 옷을 내줬다. 그러자 선녀가 옷을 입고 아이들을 옆구
리에 끼고 하늘로 올라갔다.

나무꾼이 아내를 잃어버리고 홀아비가 되어 사는데 어느 날 사슴이 왔다. 그러더니
보름달 우물에 가면 두레박이 내려와서 물을 올릴 때 세 번째 두레박에 타라고 했다.
나무꾼이 두레박을 타고 천상으로 올라가 보니 선녀가 아이들과 함께 있었다.

나무꾼이 천상에서 선녀와 함께 살려고 하자 장인은 딸하고 살려면 인간에게 활을
쏘라고 했다. 나무꾼이 활을 쏘자 어느 집 외아들 겨드랑이에 맞았다. 그래서 아이가
죽어버렸다. 선녀는 얼른 사람을 보내 그 아이를 구원하였다. 결국 장인의 시험에
다 통과되어 드디어 승인 받아 선녀와 재미나게 살게 되었다.

그러던 어느 날 나무꾼이 선녀와 애기랑 다 데리고 인간 세계에 내려와 어머니랑,
온 가족이 모여 재미나게 아내랑 같이 오래오래 살았다.

그림 17: 김ㅇㅇ(여, 1990년생)의 작품

④ 2017년 1월 동화창작 프로그램에 참여한 최ㅇㅇ(여, 1970년생), 박ㅇㅇ(여, 1973년생), 정ㅇㅇ(여, 1987년생)의 그림: 설화 〈손 없는 색시〉 중 인상 깊은 장면 그리기

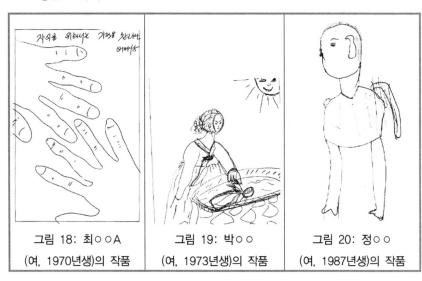

| 그림 18: 최ㅇㅇA | 그림 19: 박ㅇㅇ | 그림 20: 정ㅇㅇ |
| (여, 1970년생)의 작품 | (여, 1973년생)의 작품 | (여, 1987년생)의 작품 |

(2) 이주와 성공의 고전서사 재창작 활동

① 2016년 8월 문학치료에 참여한 탈북여성E(여, 1991년생)

가난한 홀아버지 밑에서 자란 3형제는 아버지가 물려 준 물품들을 이용해서 가난을 이기고 예쁜 아내와 아이들을 낳고 행복하게 살았다. 그러던 중에 마을에 자신감 있고 당찬 아가씨가 나타나, 자기와 결혼하면 복을 받아 앞으로 만사형통할 것이니 자기와 결혼할 남자를 구한다고 했다. 그때 마을에서 성실하지만 무엇을 해도 잘 안 되는 청년이 자기와 결혼해달라고 부탁한다. 그래서 이 남자는 여자를 만나 그 동안 잘 풀리지 않던 일들이 술술 잘 풀려 아내와 알콩달콩 예쁘게 살았다. 그러다 이 부부는 청룡이 날아오르는 태몽을 꾸고 아들을 낳게 되는데, 이 아이는 워낙 영특하고 주위 어른들로부터 많은 사랑과 예쁨을 받는다. 이때 가난한 홀아버지의 둘째아들의 아들이 이를 질투하여 어느 날 이 아이를 데리고 놀다가 산골에 버리고

온다. 그리하여 젊은 부부의 미움을 받기도 했지만 마을 어른들의 사랑을 독차지하여 기뻐했다. 몇 년이 지난 후 마을에 3천명의 군인을 이끈 잘 생기고 체력 좋은 사내가 나타나는데 이는 바로 젊은 부부의 아들이었다. 이를 본 둘째아들의 아들은 두려움에 떨었지만 젊은 부부의 아들은 그를 집에 초청하여 서로 철이 없을 때 일어난 일이고, 그 일로 자기가 촌구석에서 농사나 지었을 내가 군사 3천명을 거느리는 사람이 되었다며 오히려 고맙다고 했다. 이후 두 사람은 쌍두마차와 같이 서로 힘을 합쳐 작은 산골마을을 한 나라의 거대한 수도로 만들었다.

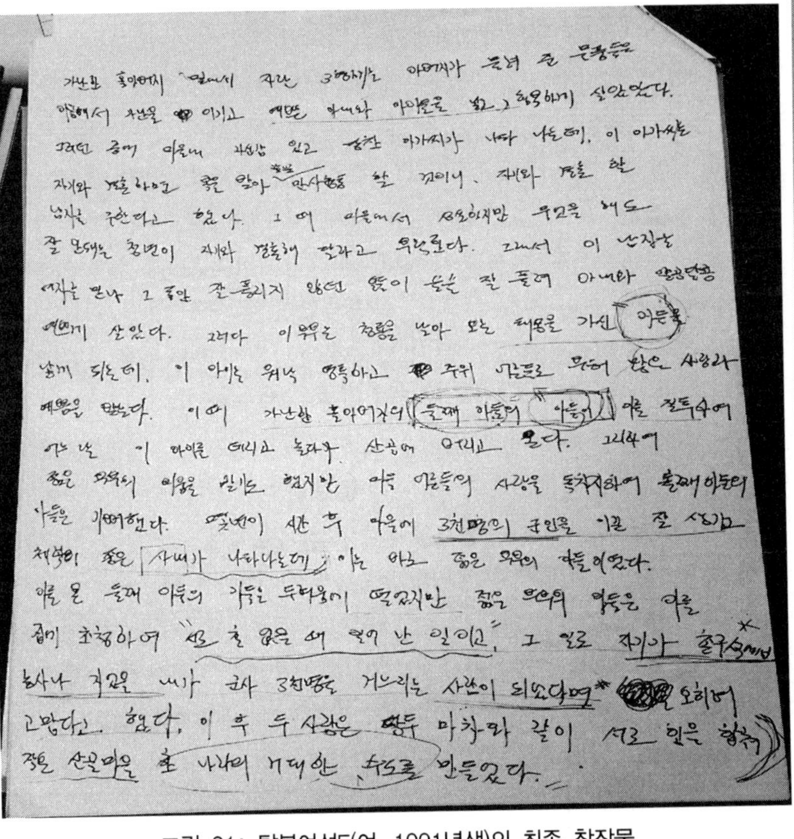

그림 21: 탈북여성T(여, 1991년생)의 최종 창작물

② 2017년 1월 동화창작 프로그램에 참여한 김○○(여, 1989년생)

주몽 이야기

하백의 딸 유화가 아버지의 허락 없이 하늘 신의 아들과 부부의 연을 맺고 지상으로 쫓겨났다. 그 나라의 왕이 지나가다 그 여자를 발견하고 자신의 별궁에 머물게 하였다. 이 여자가 빛을 품고 잉태하여 알을 낳았다. 왕이 몇 번이고 그 알을 버리려고 하였으나, 온갖 짐승들이 보호로 알이 보전되자 다시 여자에게 가져다 주었다. 그렇게 태어난 남자아이 주몽은 비범하게 활을 잘 쏘았다.

왕의 태자가 주몽의 뛰어남을 시샘하여 모함하였고, 주몽은 말을 기르는 천한 일을 하게 되었다. 주몽은 어머님의 가르침대로 좋은 말을 골라내어 일부러 야위게 하였다. 왕이 야윈 말을 보고 주몽에게 주었고, 주몽은 궁에서 떠날 준비를 하였다. 주몽은 집을 떠날 때 차마 발길을 떼지 못하니 어머니가 말하길, "너는 어미 걱정을 하지 말라."하고는 오곡종자를 싸서 보내려하였다. 그러나 주몽은 살아 이별하는 마음이 애절하여, 그만 종자 주머니를 잃어 버렸다.

어머니와 눈물의 이별을 하고 궁에서 떠난 주몽은 말을 타고 먼 길을 달려 경치가 매우 아름다운 어느 땅에 이르렀다. 주몽은 이곳에 정착하여 살기로 결심하고 짐을 풀었다. 그런데 주몽에게는 말 한 마리와 화살이 가진 것의 전부였다. 앞으로 살아갈 걱정에 한 숨을 쉬고 있던 그때 주몽의 눈앞에 새 한 마리가 날아가는 것을 보았다. 주몽은 화살로 새를 쏘아 맞혔고, 새는 떨어지면서 주몽에게 오곡종자를 선물했다. 종자로 땅에 농사를 지어 주몽은 잘살게 되었다.

그런데 주몽이 살고 있는 땅이 비옥하고 아름답다는 소문이 퍼져 땅을 빼앗으려는 나라가 많았다. 주몽은 뛰어난 활 솜씨로 적군을 물리쳤고, 무사히 땅을 지켜냈다. 어머니가 몹시 그리웠던 주몽은 어머니를 모셔와 이곳에서 함께 살았으며, 자신이 사는 곳의 이름을 고구려라고 지었다. 그는 나중에 고구려의 왕이 되었다.

해와 달이 된 오누이

엄마와 오누이는 가난속에서 하루하루를 죽지못해 살아가고있었다. 그러던 어느날 엄마가 밭에 일하러 간 사이 오누이만 있는 집에 호랑이가 나타났다. 오누이는 배고픔과 엄마를 기다리다 밖에서 우당탕 하는 소리에 엄마인줄알고 호랑이의 꾀임에 문을 얼어 주었다. 그 순간 호랑이는 어린 남매를 잡아먹으려고 하는 순간 오누이는 나무에 올라갔다.

오누이는 하루종일 엄마를 기다리며 배고픔에 지쳐 있었지만 엄마는 오질않고 그 위험한 상황에서도 살아보겠다고 나무위에 올라갔지만 누구도 오누이를 도와줄사람도 없고 도와주지도 않았다.

결국 호랑이는 그 불쌍하고 가엾는 오누이를 잡아 먹고 말았다.

하늘도 어린 생명들의 영혼을 달래주러 해와 달이 되지 않았나 싶다.

지금 무이 사회에서도 일어나고 있는 현실이다.

저도 해와 달이 된 오누이처럼.

제가 태여난 후 1살만에 아버지가 돌아가셨다. 어머니는 7형제를 먹여살리라니 살길이 막막하여 저와언니는 남의집에 입양을갔다.

너무 가난하여 먹을 것도 입을 것도. 학교에 입고 갈 옷과 신발이 없어 언니들이 입던 옷을 짤라 입고가면 창피해서 잘사는집애들이 부럽기만했다.

하루는 도시락을 싸야되는데 먹을것이 없다보니 엄마가 죽을써서 싸갈수없으니 그냥 갔다. 학교에 가서 점심시간에 너무 창피하여 골목에가서 혼자 펑펑 울었다. 난 왜 이렇게 가난할까? 아버지가 없어서일까? 엄마는 오로지 자식들을 위해 평생을 고생만 하시다 간 것이 너무 가슴아프다. 지금의 북한의 현실이다.

해와 달이 된 오누이는 호랑이에 잡혀먹었어도 하늘에서 오누이의 영혼을 달래주어 지금의 북한 현실은 반대로 독재자 때문에 북한의 주민들은 인권유린, 인권침해, 고문, 학대, 공개총살, 창살없는 감옥에서 고통스럽게 살아가고 있다.

포악한 호랑이를 약한 짐승을 억누르고 잡아먹듯이 북한 지도자도 이 포악한 호랑이와 다름이없다.

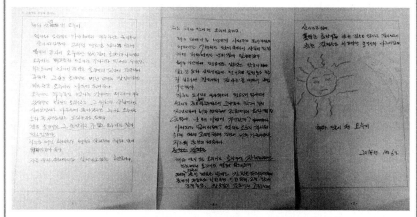

그림 22: 탈북민H(여, 1962년생)의 최종 창작물

③ 2017년 11월~2018년 1월 문학치료 활동에 참여한 탈북민U(여, 1972년생)

온달전

온달이가 처음에는 죽지 못해 거지로 살아갔다. 마지못해 동양살이하며 엄마를 모시고 살아갔다. 정말불쌍하게 살아갔다.

하루하루를 사는게 정말 고독하게 살아갔다.

그런데 하루 태왕마마가 공주를 싣고 거리를 지나갔다. 그러다 온달이를 매맞는것보고 공주가 마구울기 시작을 했다. 그랬더니 대왕마마가 공주더러 바보온달이한데 시집을 보낸다고 했다.

그랬더니 공주가 그냥 울었다.

그다음부터 온달이는 무슬을 익이기 시작했다.

언제면 적들과 싸우겠는가 그 한가지 생각에 무술을 계혹 하기 시작했다.

그러던 어느날 대왕마마께서 우로에게 공주를 시집보내겠다고 하신다. 그리하여 공주는 바보온달이한테로 떠나게 된다.

온달이한테로 가던도중 공주가 만난는데 여우귀신이라고 하여 돌려보낸다. 그러나 공주는 그냥 따라간다.

온달이네 집까지 따라갔다 마구간에서 잔다

엄마가 나와서 보더니 귀신은 아니구면 어서 안으로 들라고 하라면서 안으로 들어간다.

그래서 온달이와 공주가 만나 혼인을 하고 대왕마마가 승낙을하여 전장에 나간다.

전장에서 승리한다.

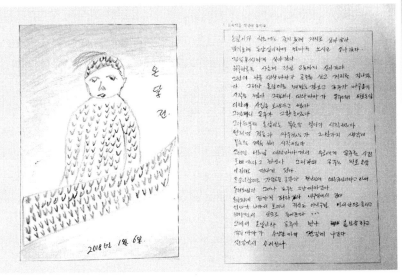

그림 23: 탈북민J(여, 1972년생)가 재창작한 〈온달전〉

④ 2018년 2월 문학치료에 참여한 탈북민K(여, 1997년생)

꾀동이 오누이

먼 옛날 어느날 어느 마을에 두 오누이와 어머니가 살고 있었답니다. 엄마는 두 오누이를 항상 집에 두고 혼자 일하러 멀리로 나가곤 했답니다. 하루는 입으로 돌아올 시간이 훨씬 지났는데도 엄마는 돌아오지 않았답니다.

두 오누이는 엄마가 많이 걱정되고 무서웠답니다.

그런데 그 순간 호랑이가 두 오누이 집에 찾아왔습니다. 호랑이는 문을 두드리며 "애들아 엄마가 왔다"하며 엄마목소리를 내며 두 오누이를 불렀답니다. 두 오누이는 엄마목소리와 다르다고 생각하고 창문으로 내다보았답니다. 그랬더니 배가 엄청 큰 늙은 호랑이가 엄마옷을 입고 서 있는것이였습니다. 두 오누이는 무서웠지만 엄마를 잡아먹은 호랑이를 가만두자니 참을수가 없었던것이였습니다. 그래서 두 오누이는 창문을 열고 달아났습니다. 호랑이는 두 오누이를 보고 쫓아가다가 금방 먹은 엄마 때문에 목이 마르기 시작하였습니다. 호랑이는 우물부터 찾아 마시고 다시 오누이를 잡아야겠다고 생각하고 우물로 갔습니다. 우둔한 늙은 호랑이는 목이 너무 마르다 못해 우물을 보자마자 온몸을 다 넣고 마시기 시작하였습니다. 이때라고 생각한 두 오누이는 호랑이를 뒤에서 밀어 우물에 빠져넣었습니다.

그 후부터 마을에서는 호랑이를 이긴 〈꾀동이 오누이〉이라고 이들을 불렀답니다. 이들은 엄마를 잡아먹은 호랑이를 복수하고 항상 엄마를 그리며 서로서로 화목하게 살았답니다.

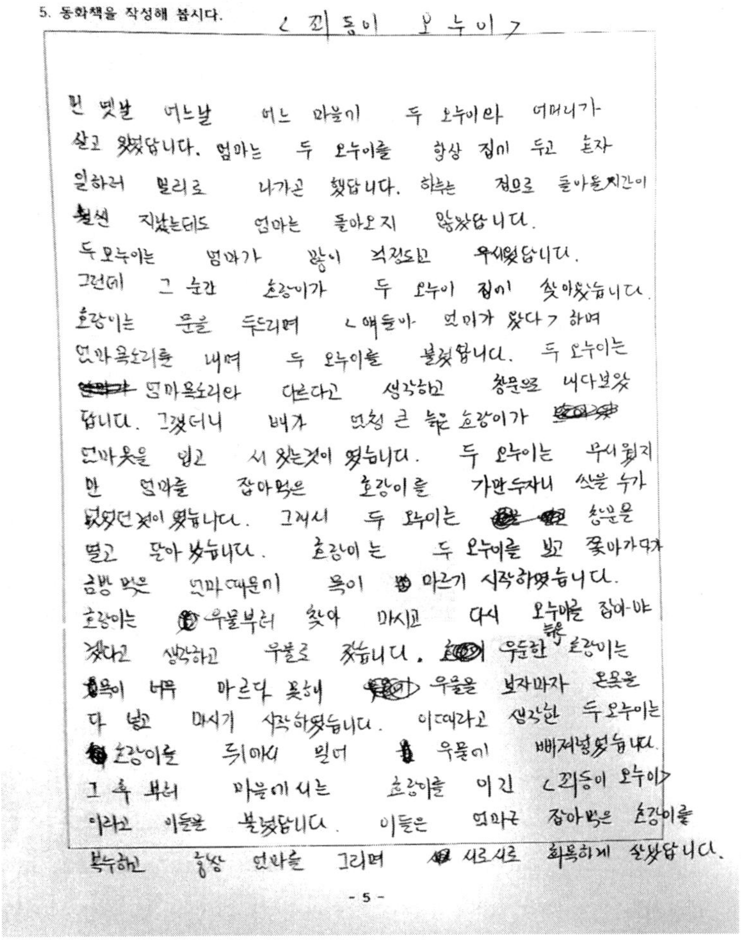

5. 동화책을 작성해 봅시다.

< 꾀동이 오누이 >

빈 옛날 어느날 어느 마을이 두 오누이와 어머니가 살고 있었답니다. 엄마는 두 오누이를 항상 집이 두고 혼자 일하러 멀리로 나가곤 했답니다. 하늘는 점으로 돌아올지간이 훨씬 지났는데도 엄마는 돌아오지 않았답니다.

두 오누이는 엄마가 많이 걱정도고 우시였답니다. 그런데 그 순간 호랑이가 두 오누이 집이 찾아왔습니다. 호랑이는 문을 두드리며 < 애들아 엄마가 왔다 > 하며 엄마목소리를 내며 두 오누이를 불렀습니다. 두 오누이는 엄마 목소리라 다른다고 생각하고 창문으로 내다보았답니다. 그겄더니 배가 엄청 큰 늙은 호랑이가 엄마 옷을 입고 서 있는것이 있었습니다. 두 오누이는 무서웠지만 엄마를 잡아먹은 호랑이를 가만두가니 쓴는 누가 있었던것이 있습니다. 그래서 두 오누이는 상문을 떨고 달아 났습니다. 호랑이 는 두 오누이를 보고 쫓아가다가 금방 먹은 엄마때문이 목이 마르기 시작하였습니다. 호랑이는 우물부터 찾아 마시고 다시 오누이를 잡아야 겠다고 생각하고 우물로 갔습니다. 에 우둔한 호랑이는 목이 너무 마르다 못해 우물을 보자마자 온몸을 다 넣 마시가 시작하였습니다. 이때라고 생각한 두 오누이는 호랑이를 뒤에서 밀어 우물이 빠져넣었습니다.

그 후 부터 마을에 서는 호랑이를 이긴 < 꾀동이 오누이 > 이라고 이들을 불렀답니다. 이들은 엄마를 잡아먹은 호랑이를 복누하고 울상 엄마를 그리며 서로서로 회목하게 살았답니다.

- 5 -

그림 24: 탈북민F(여, 1997년생)의 최종 창작품

(3) '살아온 이야기'를 담은 창작 활동

① 2017년 1월 동화창작 프로그램에 참여한 최○○B(여, 1970년생)

기구한 여성의 운명

옛날 옛적에 한 여성이 살고 있었다. 어느 날 그 여성은 생각지 못한 운명의 남자를 만났다. 그때부터 그 여성의 인생은 꽃길이 아닌, 험한 길을 가게 되었다. 자식을 낳고 살면서 행복하다고 생각한 여성의 꿈은 한순간에 물거품이 되고 말았다.

왜 그런지 나 역시 오늘 생각해 보고 있는데, 내가 이 세상에 대하여 너무 몰랐다. 너무 부모의 품에서 곱게 삶을 살았다는 것을 너무 몰랐다. 다 나 같이 삶을 살았다고 생각을 하고 생활을 하였는데 살아가는 인생을 그렇지 않았다. 사는 것이 고통이고 말 그대로 지옥이다. 다 사는 것이 내 마음대로 된다고 생각을 하였는데 인생은 그렇지 못하고 굴곡이 너무 많으니 삶의 의욕이 점점 떨어졌다. 이것이 인생이가하고 생각하였는데 그것이 전부가 아니었다.

내가 생각하는 것이 전부가 아니고, 이 세상은 내가 생각하는 것보다 더 크고 더 넓은 것이었다. 해보지도 못한 일을 하며 살자고 하니 내가 너무 가여워 보였고, 내가 왜 이곳에 와 있는지도 그 여성은 몰랐다. 한 해가 가고 두 해가 가면서 인생에 대해 돌이켜 보며 생각하니 너무도 세상을 몰랐고 별나라에 온 것도 잠시나마 몰랐던 것 같다.

그러면 내가 사는 이 세상은 어떤 세상인가? 그 여성은 생각해 볼 때 착취하는 자가 없고, 괴롭히는 놈도 없고, 내가 능력으로 일하며 살 수 있는 새 세상 이런 곳이 천국이라는 곳을 몰랐던 것이다. 누구나 사는 것이 다 행복하고 내가 사는 것이 전부가 아니고 넓고 넓은 이 세상이야말로 천국이고 행복한 지상낙원이다.

여러 번 다시 생각해 보아도 파란만장의 인생이 꿈 같이 이루어진 것이 참 생각만 하여도 꿈과 같다고 생각하고, 해님과 같은 나의 인생에 대하여 다시 한 번 생각하였다. 나의 운명은 새 땅에서 이렇게 바뀌었다.

그림 25: 최○○B(여, 1970년생)의 최종 창작물

② 2017년 1월 동화창작 프로그램에 참여한 김○○(여, 1974년생)

삶의 닻을 찾아

그림 26: 김○○(여, 1974년생)의 최종 창작물

지난 세월 너무 모르고 살았던 북한에서의 세월들, 또 뜻하지 않은 운으로 2년 전에 대한민국의 모습에 대하여 짧게 볼 수가 있었던 게 저의 탈북 개척의 시발점이다. 그 후 기회를 만들어 대한민국에 대하여 자꾸 알아보고 싶었고 외국의 현실을 알고 싶었고 또 철창 속의 북한 정치에 대하여 느낌을 갖게 되었다.

그리하여 저의 시누이와 서로의 의견을 토론 중, 세상 밖에 나가보고 싶었고 또 발전되고 문명한 나라에 대한 그리움, 환상을 가지고 탈북의 실을 개척하여 압록강을 넘어, 또 중국, 라오스, 태국으로 하여 대한민국에 도착하였다. 제가 북한에서 대한민국(녹화물)을 보았을 때 30년 정도 뒤떨어졌다고 생각을 했는데 현실에 도착해 보니 50년 정도 경제와 문화, 인민생활 모든 부분이 뒤떨어졌다는 것을 느끼게 되었다. 허나 대한민국이 내가 생각했던 그런 나라, 만만한 나라가 아니라는 것에 대하여 알게 되었다. 어지하면 국정원에 들어 와서 후회도 해본 적도 있을 만큼. 발전된 대한민국이 저의 삶이 만만치 많은 아닐 것이라는 생각을 가지었으나 두렵지 않다. 내가 결심하고 선택하여 걸어온 길이 후회가 없게 도전을 해보려 한다.

성공을 위하여 진정한 삶을 위하여 끊임없이 만들어 가려 합니다.
삶의 닻을 찾아

③ 2017년 1월 동화창작 프로그램에 참여한 송○○(여, 50세)

엄마로서 당당하게 살고 싶다

세상에 유일한 3대 세습 국가, 독재자의 국가에서 살다가 자유의 품을 찾아 어렵게 한국땅에 도착했지만 정착에 있어서 수많은 어려움과 좌절감이 저를 너무 괴롭혔다. 북한에서 대학을 졸업하고 내과의사를 하면서 제 나름대로 엘리트라고 자처하면서 살아왔지만 한국에 와서 자기 자신에 대한 당당함이 하루아침에 무너져버렸다. 우선 탈북민에 대한 주변사람들의 곱지 않은 시선, 언어의 장벽, 취업, 나이 모든 것이 너무 너무 힘들었다.

기본은 취업이 문제이다. 우선 나이가 쉰을 넘다보니 공무원이 꿈이 저에게 있어서 현실에 부닥치게 되었고 한국 사람들도 선뜻 다가가지 않는 식당, 요양보험사, 일용 직이 전부가 되었다.

한국에서 일자리를 구하려고 해도 첫째도, 둘째도 자격증이 중시되기에 한식조리사 공부에 도전해보기로 하였다. 모든 것을 내려놓기로 하였다. 공부를 하면서 다시 한 번 의망과 용기를 되찾게 되었다.

강의 선생님들로부터 격려의 말씀을 듣고 공부는 나이에 불과하지 않는 구나를 깨닫고 의사고시를 시작해보려고 도전에 도전을 거듭해 보려 한다. 북한과 한국과의 교육 차이는 있지만, 통일된 탁불민의 선구자로서의 당당함을 보여주기 위해 이를 악물고

해보려고 한다. 그래도 나는 행운아이요.

독재의 폐쇄된 국가에서 한 점의 빛을 보기 위해 고사리 같은 손을 내밀고 있는 북한 동포들을 비하면….

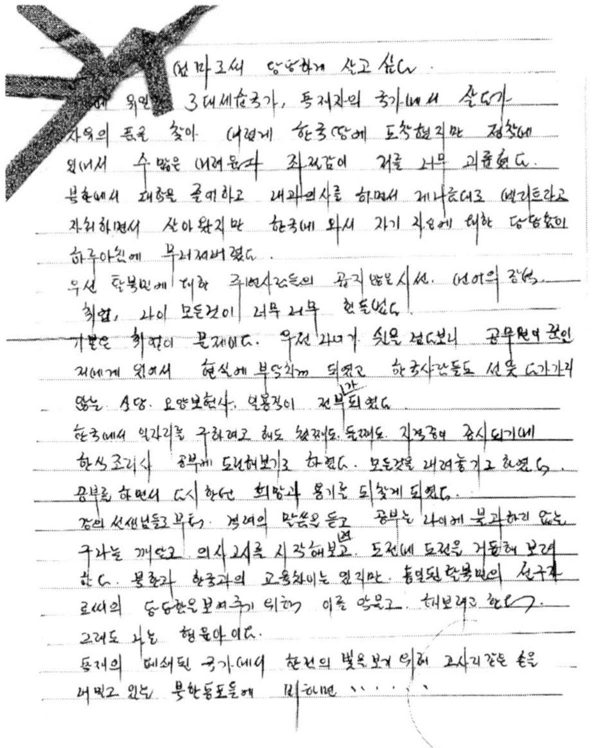

그림 27: 송○○(여, 50세)의 최종 창작물

④ 2017년 1월 동화창작 프로그램에 참여한 김○○(여, 1978년생)

부모님의 사랑

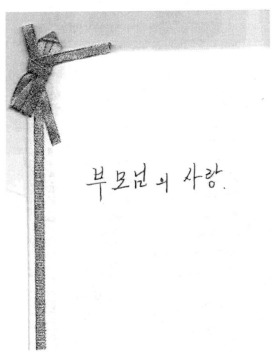

그림 28: 김○○(여, 1978년생)의 최종 창작물

가정의 행복을 꾸미며 노력하고 있는 한 가정이 있었습니다. 그 가정의 안해는 생활의 전부인 자식들을 위해 생의 모든 것을 다 바쳐 한 걸음 한 걸음 앞으로 나아가고 있었습니다. 그의 자식 4남매는 부모님의 따뜻한 사랑 속에 무럭무럭 자라 성장하여 나아갔고 철없던 그 시절에는 사랑이 무엇인지, 이것이 엄마와 아빠의 응당 주고 자식으로서 응당 받으며 살아야 하는 것인 줄 알았습니다.

어느 날 부터인지 그것이 어머니와 아버지의 자식을 위한 얼마나 녹 깊은 사랑이었는 가를 알게 되었고 알게 되었습니다. 사랑이란 무엇입니까? 곁에 있을 때 알고 있던 것이었지만 헤어지면 더욱 느껴지는 것이 사랑입니다.

그의 자식들이 어느 날 그의 곁을 떠났을 때 그 사랑이 얼마나 소중한 것에 대하여 알게 되었고 영원한 그 사랑에 1/100도 보답할 수 없는 자식의 도리를 생각하며 언제든지 그 사랑에 보답하기 위해 항상 노력하고 있습니다. 부모님들의 자식을 위한 사랑은 이 세상에서 제일 변함없는 사랑이라고 생각합니다.

⑤ 2017년 11월~2018년 1월 문학치료 활동에 참여한 탈북민F(남, 1957년생)

죽음을 이겨낸 내!

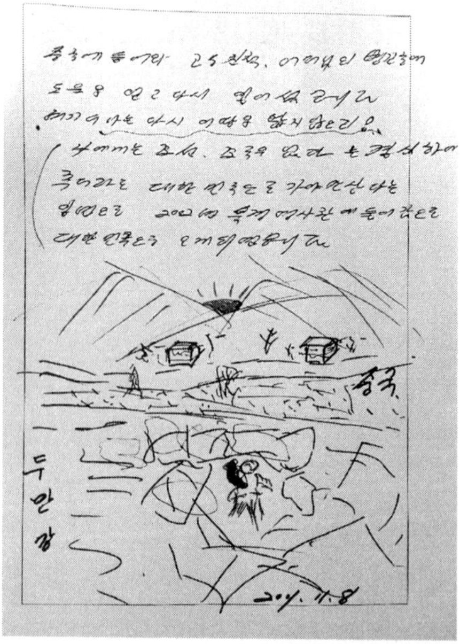

그림 29: 탈북민F(남, 1957년생)의 최종 창작물

중국에서 숨어지내기란 참 어려웠다. 집이 없고 참 이런 세상에서 살기란? 살아보지 않은 사람들은 모를 것이다. 중국에서 잡혀가기란 몇 번이었던가?

그러던 2001년 9월 중순 중국공안에 붙잡혀 북송되게 되었다.

저의 고모는 중국 공안에 아는 분들을 통하여 몇 번씩 빼내올려고 노력하였으나 잘 되지않아 나는 북송되어 무산 보위부에 이송되었다.

무산보위부 감옥에 갇혀 있으면서 중국에는 왜 갔냐? 언제 갔냐? 남조선사람들과 접촉한 적 있냐? 교회에 간 적 있냐? 무엇을 했내 등 고문과 매맞기를 수십번 당하면서 있다가 청진 능포으로 이송되었다. 문제는 여기서부터였다.

무산보위부에서 찬물만 먹어서 그런지 금방 대장암이라는 병을 앓게 되었다. 아무것도 먹지 못하면서 피똥을 누면서 생활하다보니 나의몸은 쇠약해질대로 쇠약해졌다. 먹는것이란 통강냉이(옥수수) 삶은 것이 몇알 뿐이다.

2003년동안 먹은것도 없지만 아무것도 먹지 못하고 생활하고 있다보니 반장이 집경소 측에 이 사람은 아무것도 먹지못하는 환자라고 알렸습니다. 집경소에서 나를 관찰하여 보니 사실이고 또 내가 얼마 살지못할 것 같으니 나에게 여기서 나가면 어데 가겠는가 하면서 나는 아무도 없는 고향 덕천으로 가겠다고 답하고 수용소에서 나왔습니다. 나와서보니 내가 어떻게 해야 하지? 어데로 가지? 참 걱정이 많았습니다. 고향으로 가자니 아들과 안해가 있지만 살아갈길이 막막하고 중국으로 가자니 몸이 쇠약하고, 그래도 나는 결심하였습니다. 가야만 산다고

내가 살기위해서는 이땅을 떠나 중국에 가야 한다고!!! 그리하다가 굳은 마음을 먹고 또 다시 중국으로 향 했습니다.

2007. 11. 8 일 입동 추위!! 상상을 해도 살얼음치는 두만강. 두만강을 몇 번이고 엎어지고 일어서면서 중국에 들어옴으로서 오늘날 이렇게 대한민국으로 오게되었습니다. 중국에 들어와 고모 친척, 어머님의 병간호에 도움을 받고 다시 일어섰습니다. 여기서 나는 다시 이땅을 밟지 않으리!

나에게 조선, 조국은 없다는 결심 하에 죽더라도 대한민국으로 가야만 산다는 일념으로 2002년 북경 영사관에 들어감으로 대한민국으로 오게되었습니다.

나는 대한민국(내나라)으로 참 오기를 잘했다고 생각합니다.

내가 대한민국에 오지 않았다면 나는 죽은 몸이되어 몇 년을 못한다고 하였습니다. 그런데 나는 오늘까지 대한민국에서 여유로운 삶으로 아들과 함께 행복하게 지내고 있습니다. 대한민국 파이팅!

늑대와 여우

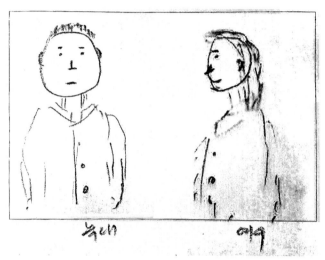

그림 30: 탈북민G(남, 1958년생)의 최종 창작물

늑대는 힘이 강하고 무엇이든 다 잡아먹는 극악무도한 무서운 놈이고
여우는 교활하고 깜찍한 남의등을 처먹고사는 나쁜 놈이다.
나는 한국에 와서 늑대와 여우같은 사람들을 수없이 보아왔다.
한국에서는 일자리가 없는 것은
하루도 한국에 와서 일자리에 대한 걱정을 하지 않을 날이 없었다.
일용직을 전전하다. 일은 일대로 되고 보수를 제대로 받지 못하는 심정을 누가 알겠
나. 일을 시켰으면 일한만큼의 대가로 지불해야 하는 것은 당연한 이치이다.
한국의 사장들은 일을 시켜먹고 돈은 적게 주려고 늑대같은 심보를 가지고 있다.
여우같은 사장들은 일하러가면 일한 계약을 그럴듯하게 하고 일이 끝나면 돈을 지불
할 때 이런저런 핑계를 대가며 적게 주거나 일꾼들의 약을 올리는 한다.
늑대는 힘으로 남것을 제마음대로 빼앗고 여우는 사람을 숙여 남의것을 빼앗아 제것

으로 만든다.

대한민국 사장들이 다 그런 것은 아니지만 이러한 사람들이 더러있기 때문에 이사회가 부정부패가 없어지지않고있는 것이 아닌가

북한도 마찬가지이다.

말로만 민주주의 헌법을 지키라고 하지만 법이 제대로 지켜지지 않고 있다.

직원으로 있던 시절 김일성 3부자는 근로자들에게 10개를 생산하면 9개를 정부에서 가져가고 근로자들에게는 1르포의 인금밖에 주지않는다.

그래서 이 세상은 자본주의 사회나 자본주의 사회나 강한자와 약한자 만이 가지려는 자 빼앗기고 사는 자로 나누어지는 양육강식의 일이 계속 반복되어 세월이 돌아가고 있다. 이러한 늑대같은 자와 여우같은 자들의 세상이 아닌 국민이 국문이 되어 잘사는 세상을 우리가 만들어야 된다고 생각한다.

⑦ 2017년 11월~2018년 1월 문학치료 활동에 참여한 탈북민(남, 1968년생)

강남을 찾아서

어느 옛날에 함경도 동해바다가옆 청진의 한 해방산 밑 어느 집 밤새 불이 꺼질줄 몰랐습니다.

안동김씨의 장손인 아기가 새벽잠을 깨우며, "으앙" 울음을 터뜨리며 이세상에 태여났다. 그 이름은 김ㅁㅁ이다. 어머니의 고향 청나라로 가라는 의미에서 할아버지가 동네 어르신들과 함께 만드신 호명이였다.

1970년대 당시의 세상은 김일성 봉건 동재의 사회주의 하에서 굶주림을 이겨내며 많은 발전을 하였다. 당시 아기는 작은 모유로 인해 영양상태가 안좋았으며 탈수와 탈진의 영양부족으로 실신상태로 시병원에 입원하여 작은 이마에 링거를 맞으며 10명중에서 3명만 구사일생으로 살아났던 것이다. (아마는 하나님이 살려주신 것)

당시 어머니는 방직공장에서 일했고 7남매의 맏이로서 대가족을 먹여살리기 위해

구소련 극동지방에 임없 트럭기사로 해외파견을 갔었다.

3년후 러시아에서 돌아오신 아버지(그때당시 성분이 나쁜 사람들만 러시아에 보냈다)를 따라 회령시의 작은 시골의 임산에 이사를 해야 했다.

당시 아버지는 일하던도중 굴러오는 통나무에 허리를 다쳐 사회보장(장애)으로 재활치료를 오랜기간 했었다.

당시 어린 나는 무녀독남으로 부모님과 온집안의 사랑으로 금과 옥처럼 키워졌다. 당시 유치원 인민학교에 입학한 나는 총명하고 공부를 잘해 4년의 인민학교 전과정 수석으로 졸업했었다. 80년대에 들어와 아버지 해외 러시아 파견근무를 가려고 결심하고 10년차 나는 여동생과 산후탈로 아프신 어머니를 두고 러시아로 다시 갔었다. 그때부터 나는 동생과 앓는 어머니를 돌보며 중학교에 다니며 공부는 공부대로 열심히하여 예능소조(수학, 영어) 방과후 공부를 하였다. (당시 미술천재로 김하경 만남이 있었다.)

그러던 중 여동생은 태여나서 9달만에 모유가 아닌 암죽(찹쌀가루, 설탕)을 먹어 소화불량으로 꽃도 피워보지 못하고 산야에 작은 돌무덤이 되었다.

지금도 잊혀지지 않는 1984년 9월 2일 첫 2학기 개교 수업을 마치고 집문을 열면서 "엄마"라고 부러도 아들 왔어 하던 어머님의 대답이 없었다.

그렇게 아무도 없이 고향땅에 한번도 못가보고 미국에서 보고픈 사람들 못본 채로 외로히 쓸쓸하게 눈을 감지 못하고 뜨신 채로 돌아가셨다.

저는 동생과 어머니를 먼저 보내고 화영의 할머니 집에서 자라게 되었다.

러시아에 가신지 3년이 되어 아버지는 러시아에서 귀국했으나 어머니와 동생이 돌아간 사연에 눈물만 흘리시다 휴가로 몇 달 있다가 다시 러시아에 들어갔다.

중학교 졸업하기전 1986년에 완전 귀국을 했다.

그러던중 밤낮없이 술로만 사시던 아버지가 1987 2월 20일 휘발유로 분신을 기도했으며 전신 3도 45% 화상으로 회령시병원 응급실에 입원하였으며 수혈이 필요했으나 반역되라는 죄아닌 죄로 수혈을 거부받고 2월 27일 새벽에 이세상에 외롭게 저혼자 남겨놓고 한많은 세상을 떠났습니다.

당시 졸업해이던 저는 군에도 대학에도 못가고 반역자의 아들이라는 성분으로 보이지 않는 차별과 멸시를 느껴야만 했습니다. 사회에 나와 트렉터 양성소 유선도검업

기능공학교 졸업 후 회령점지응장 운수 노동자로 들어갔으며 온갖 동원(평양 수도건설, 11호 군사시설 건설, 명천 칠보산 도로 경성 두루봉도로)에 시달렸다.

그러던중 아버지가 돌아간 후 90년대초부터 구소련이 붕괴되고 북한의 경제가 주춤하며 식량공급은 제대로 안되여 노동자 농민들이 힘들어 하기 시작했다. 반역자의 낙인 찍인 저는 연애도 제대로 할수없을만큼 따돌림 왕따를 당했으며 꾹 참고 이겨내기 위해 지금의 아내를 만나 장모가 반대함에도 불구하고 결혼하여 시골로(농장)으로 갔었다.

그러니 임시적으로 기근을 이겨냈지만 90년 중반부터는 군량미 등 농사지은 식량을 수탈해가고 365일중 50%식량만 주다보니 농촌에서도 아사자가 나왔다.

이후 저는 야간대학(통신) 우등으로 (3년) 졸업, 기사자격 수료하고 기계화 작업반 트랙터 기사로 일하던 중 2004년 4월 25일 제방도로를 달리던 중 전복하여 구사일생으로 살아내였다.(이마에 15cm 흉터, 한국에서 성형수술 하였음) 차는 망가짐 이후 2004년 8월 한국에 있는 삼촌의 권유로 중국에 돈 가지러 3일 약속(아내와) 하고 탈북하여 혼자 고민하던중 한국행을 택하여 2004년 9월 한국에 입국하였다. 2년간 악착같이 브로커비를 마련하여 아내와 아들딸 당시 3세, 6세 2006. 4월에 한국에서 상봉하였다.

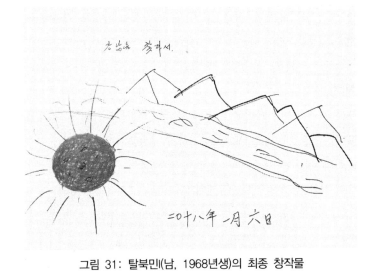

그림 31: 탈북민(남, 1968년생)의 최종 창작물

2. 탈북민 문학치료의 성과와 과제

필자는 2013년 '탈북민을 위한 문학치료' 연구를 시작하였다. 애초에는 16개 기초서사의 자기서사진단도구를 활용한 방식으로 시작되었고, 이를 기반으로 필자는 〈'이주와 성공'의 고전서사를 활용한 문학치료〉 프로그램을 구안하였다. 그래서 연구의 과정을 그대로 담아 Ⅱ장에는 〈자기서사진단도구를 활용한 문학치료〉를, Ⅲ장에는 〈'이주와 성공'의 고전서사를 활용한 문학치료〉 활동을 보고하는 내용으로 구성했다.

2013년부터 2018년까지 필자는 40여 명의 탈북민들과 문학작품을 감상하고 많은 이야기를 나누었다. 때로는 상담사가 견지해야 할 중요한 지점을 놓치며 이들의 이야기에 심취하고, 이들보다 먼저 눈물을 보이는 등 늘 부족한 모습이었다. 그럼에도 필자가 만난 탈북민들은 대다수 중도 포기 없이 끝까지 프로그램에 참여하였고, 전 회기에 걸쳐 진심으로 응해주었다. 글을 쓰기 어려운 이들은 그림으로 대신하여 최종결과물을 만들며 정성을 보여주었다.

그리고 작지만, 문학치료 성과가 발견되기도 했다. 활동 초기와 활동 후반에 보인 반응이 차이를 보였고, 작품 줄거리를 기억하는 방식도 변화하였다. 그리고 문학치료 활동을 경험한 대상들은 아무에게도 지금까지 하지 않은 이야기를 꺼내놓기도 하고, 자신도 인지하지 못했던 자기 특성을 발견하게 되었다고 고백하기도 했다.

이 연구를 진행하면서 확인한 바는 탈북 트라우마라는 것이 유독 탈북민에게서만 발견되는 것은 아니라는 점이다. 고향과 가족을 떠나올 수밖에 없었던 사연은 한국사회의 지난 날 모습과도 닮아 있고, 이주한 공간에서 문화적 이질감을 겪거나 사회 전환을 경험한 사람들에게 나타나는 모습이기도 했다. 탈북민의 상처는 인류의 역사의 한 지점이기도 하면서, 인류의 역사에서 반복되고 있는 문제이기도 했다.

탈북민을 위한 문학치료는 탈북과 이주의 내 삶은 어떤 의미를 지니는가, 그리고 목숨을 건 탈북 후 이주 공간에서 나는 어떤 사람으로 살아갈 것인가에 대한 사유의 시간이었다고 할 수 있다. 그리고 이주와 성공의 고전서사 속 영웅들은 서사의 분기점에서 어떠한 길로 나아가며 '자아실현'을 이루는가를 살피며, 자신의 인생을 '비극'에서 '영웅의 신화(神話)'로 조금씩 바꿔가는 것이다. 이 글에 담은 사례 보고가 모두 이러한 문학치료 성과를 이룩한 성공 사례라고 할 수는 없으나, 그러한 길로 가고 있는 여정을 담고 있는 것임에는 분명하다.

(1) 탈북민을 위한 문학치료의 성과와 기대효과

이 연구는 탈북민 맞춤형 인문학적 치유 방법론을 개발하고, 실제적인 문학치료 활동으로 그 효과를 검증하는 연구를 목표로 하였다. 그 과정에서 한민족의 고전서사에 대한 탈북민 특유의 반응이 발견되며, 그와 더불어 그들의 '생애담'도 이끌어 낼 수 있었다.

이 자료는 탈북민의 정신건강 연구를 위한 토대자료가 될 수 있으며, 또한 문학치료 활동의 창작물은 그들의 '이주와 성공'에 대한 인식과 경향성을 파악할 수 있는 중요한 자료가 될 수 있다. 궁극적으로는 문학치료 성과를 확장시킬 수 있고, 인문학의 효용성을 확인하는 실천적 연구가 될 수 있다는 점이다.

> ▶ 학문적·사회적 기여도
> · 탈북민 정신건강 개선이라는 사회 문제에 대한 인문학적 실천 연구
> · 문학연구의 지평 확장 및 문학치료학의 활성화
> · 탈북민 문제에 대한 근본적 대안 마련으로 사회통합에 기여
>
> 이 연구는 탈북민 정신건강 개선이라는 사회 문제에 대한 인문학적 실천 연구이다. 고전서사를 활용한 탈북민 문학치료 프로그램 개발 연구는 탈북민 정신건강 서비스 현장에 활용될 수 있도록 실효성이 검증된 프로그램으로 완성하는 것이 목적이었다.

이 연구를 통하여 탈북민 정신건강 개선이라는 사회 문제에 대한 인문학의 실효성이 증명되는 구체적인 실천이 이루어진다고 할 수 있다. 그리고 문학치료 프로그램의 상용화를 통해 문학연구의 새로운 지평이 확장되고, 문학치료학의 본격적인 활성화가 시작될 수 있을 것이다. 또한 탈북민 대상의 문학치료 연구는 그들의 적응과 심리 치유 문제에 대해 근본적 대안 마련을 가능하게 하며 한국 사회의 문제 해결에 효용성을 발휘하며 사회통합에 기여한다.

▶ 〈고전서사를 활용한 탈북민 문학치료 프로그램〉 활용 방안
· **탈북민 정신건강 관련 기관에서의 활용**
· **탈북민 문해력 · 인문교양 · 직업적성 교육으로의 활용**
· **한국 주민 대상의 통일교육 현장에서의 활용**

이 프로그램의 1차적 활용 방안은 탈북민 정신건강 관련 기관에서의 활용이다. 탈북민의 정착지원을 담당하는 하나원과 하나센터, 혹은 각종 관련 시설에서 탈북민에 대한 인문학적 치유 프로그램으로 상용화되도록 이 연구는 효과 검증 작업과 질적 연구에 주력하였다.

그 뿐 아니라 이 프로그램은 탈북민 문해력 · 인문교양 · 직업적성 교육으로의 활용될 수 있다. 이 프로그램은 고전문학 작품을 감상하고, 새로운 작품으로 창작하는 활동이 포함되어 있어 다양한 교육 효과를 동반한다. 탈북민 적응 문제 가운데 심각한 요인으로 대두되는 문해력 문제에도 효과적이며, 우리의 고전문학을 향유하고 그 속에 담긴 철학을 사유하기에 인문교양 교육으로서도 충분할 것이다. 또한 문학교육, 창작교육의 성격을 지니기에 탈북민의 진로적성 교육의 역할도 가능하다.

또한 이 프로그램은 탈북민 뿐 만 아니라, 한국 주민 대상의 통일교육 현장에서의 활용될 수 있다. 그간의 통일교육은 피상적 차원에서 분단의 역사를 알리고 평화의 필요성을 주장하는 데에 머물렀고, 현재는 이전보다 창의적이고, 정서적인 콘텐츠의 통일교육이 필요한 상황이다. 이 프로그램 결과물은 탈북민에 대한 한국주민들의 인식 개선을 유도할 수 있는 정서적인 콘텐츠가 될 수 있다. 탈북민이 무엇을 느끼고, 어떻게 사유하는지, 그들이 창작한 탈북신화를 통해서 한국주민들은 탈북민과의 소

통과 통합의 지점을 마련해 볼 수 있다. 이에 이 연구 성과는 학교 및 사회에서 이루어지는 각종 통일교육 현장에서 활용될 것으로 전망한다.

▶ 탈북민의 반응과 창작물을 포함한 연구보고서의 활용 방안
· **문학치료사 및 통일교육강사 교재 역할**
· **인문학+정신건강+통일학 융합학문 연구자료로 활용**

이 연구결과는 문학치료사 및 통일교육강사 교재 역할을 할 수 있다. 이 프로그램은 문학치료사 양성 과정에서 현장 실습을 가능하게 하고, 기획단계에서 시뮬레이션 및 결과분석 과정까지의 연구 성과는 문학치료 방법론을 익히고 훈련하는 데에 중요한 교재가 될 수 있다. 그리고 프로그램 내에 다양한 자기서사진단검사를 실행하고, 창작활동을 통한 치유 효과를 도모하고 있기 때문에, 문학치료학의 총체적인 방법론을 검토할 수 있는 중요한 교육자료가 될 수 있다. 탈북민은 우리의 통일 과제에 중요한 대상이기 때문에 문학치료사뿐 만 아니라, 통일교육강사를 위한 교육에도 이 연구 결과가 활용될 수 있을 것이다.

현대 사회는 전공에 대한 해박한 지식을 바탕으로 다양한 학문 분야의 연구 성과들을 융합하고 활용할 수 있는 연구자에 대한 수요가 증가하고 있다. 또한 이러한 연구자를 배출할 수 있는 교육 과정에 대한 요구가 강해지고 있다. 이 연구는 인문학을 포함한 탈북민 문제에 관한 사회학, 정치학, 역사학, 심리학, 통일인문학 등 다양한 학문과의 연계가 가능하다. 특히 이 프로그램의 운영 과정과 실효성에 관한 분석 연구는 융합학문적 성격을 지향하고 있으며, 융합학문의 기획, 연구과정, 결과 분석에 대한 새로운 자료로서 가치가 있다. 이러한 연구의 시작으로 사회적 요구에 부응할 수 있는 학문후속세대의 교육 방안이 마련될 수 있을 것으로 보인다.

(2) 탈북 신화(神話)의 남은 과제들

문학치료 과정에서 탈북민들에 들은 이야기는 수없이 많았다. 그 가운데는 웃음이 나는 재미난 이야기도 있었다.

내가 여기를 오니까요. 강원도에서 오신 분이요, 절 보고 어떤 소리를 하냐면, 장터가 나왔더라고요. 장터에 엿이 있더라고요. 노란 엿하고 깜장 엿이 있었어요. 그래서 우리 애들보고 북에서 직행을 했으니까 보니까 (여기 음식들이) 다 우리 입맛에 안 맞아요. 그래가지고 제가 물어봤어요. "이 엿 먹을래? 저 엿 먹을래?" 이랬어요.

거기서 나쁜 점이 뭐겠어요. 근데 뒤에서 어르신이 같이 듣더니, 하는 소리가 '무슨 애들을 저런 식으로 교양하냐고' 그러는 거예요. 그래서 제가 주변을 보니까 나 밖에 없어요. 분명이 엿이 노란 엿하고 깜장 엿이 있으니까 "노란 엿 먹을래? 깜장 엿 먹을래?" 이렇게 안 물어보고 "이 엿 먹을래? 저 엿 먹을래?" 이렇게 했어요. 그랬더니 그 분이 그렇게 이야기 하시는 거예요. 그래서 제가 장사꾼보고 "저보고 그러시는 거예요?" 그랬더니 "네" 그러는 거예요. "왜요?" 물었죠. 아, 그래서 우리가 하나원에서 제일 먼저 나왔을 때 배운 게 뭐냐면요. 상대방한테 말을 할 때 그 분이 조금 인상을 찌푸리게 되면 '이북에서 좋은 말이 대한민국에 나쁜 말이 될 수 있고, 대한민국에서 좋은 말이 이북에서 나쁜 말이 될 수 있다.' 그거부터 살피라고 하더라고요. 그래서 제가 제까닥 물어봤어요.

그 사람한테 "제가 무슨 말 잘못 했어요?" 그러니까 아 사실은요. 대한민국에 선 엿이라는 게 나쁜 소리래요. 욕이라는 거예요. 그래서 "그러면 한 가지 물어 볼게요. 이걸 뭐라고 말해야 하나요?" 그러니까 그 분이 말 못하시는 거예요. 엿이 분명히 엿이니까. "그러고 보니까 그 말도 맞네요." 그러는 거예요.

이 이야기는 한국 입국 초기의 탈북여성이 해준 이야기이다. 그녀는 한국에 오자마자 경험한 에피소드를 이야기했다. 북에서 온 지 얼마 되지 않아 한국 음식이 입에 맞지 않은 자녀들에게 음식을 권하는 모습을 보고, 한 한국 주민이 비난을 하였다. 왜 그런가 하니 그녀가 자녀들에게 음식을 권하는 말을 듣고 한국 주민이 그녀가 욕을 했다고 느낀 것이었다.

그녀는 하나원에서 배운 내용을 떠올리며, 곧장 자신의 말이 한국 주민에게 오해를 불러 일으켰다는 사실을 깨달았다. 그런데 여기에서 탈북여성의 대응이 심상치 않았다. "엿을 엿이라고 부르지 않으면 무엇이라고 해야 하는가?"라는 그녀의 질문은 한국 주민의 비난을 멈추게 하였다.

탈북민들이 한국사회에서 겪는 일은 다양하다. 그 가운데는 한국 주민의 편견과 오해에서 비롯된 것이 많았다. 이들을 만나면 만날수록, 이들의 이야기를 들으면 들을수록 한반도의 분단 현실이 아주 차갑게 느껴졌다. 왜 이들은 목숨을 걸고 분단의 경계를 넘어왔음에도, 여전히 살고 싶은 땅에서 살아가지 못하는 것일까?

탈북민들은 한국사회에서 다양한 이름으로 살아간다. 때로는 남과 북이 단절된 분단체제에서 북한 소식을 전해주는 북한 사람으로, '먼저 온 미래'로 불린다. 그리고 때로는 간첩으로, 때로는 중국 조선족보다 하대 받는 외국인 노동자로 불린다. 문학치료 활동 과정에서는 이에 대한 탈북민들의 목소리를 직접적으로 들을 수 있었다.

탈북민들이 한국 사회에서 살아가는 일의 고충을 고백할 때 가장 많이 하는 말은 '생계' 문제였다. 노동의 가치를 인정받지 못하는 불공정한 대우가 이들을 괴롭히는 큰 문제였다. 그 가운데 탈북민들은 중국 조선족보다 좋은 대우를 받지 못한 현실에 대해서 힘들어 하였고, 탈북민을 무시하는 조선족들에게 큰 반감을 갖고 있었다.

여기선 중국 사람하고 같이 일하지 말아야 해요. 알바를 처음 나갔는데 중국
사람 둘이 일하는데 한국 분들보다 우리는 더 없이 봐요.

연변도 옛날에 조선 땅이잖아요. 그런데도 중국조선족들은 더해요. 그래서
한국 사람보다도 중국 사람한테 먼저 당하거든요.

한국 사람들에게 받는 차별과 멸시보다 중국 조선족들이 더 심하다는 것이었
다. 한국에 입국한 후 취직하는 과정에서, 일용직 노동이나 서비스직으로 일할
때 직접적으로 충돌하는 지점은 중국 조선족들과의 갈등이었다. 한정된 일자리
를 두고 경쟁하는 관계로 파악하고, 몇몇의 조선족들은 탈북민들을 매도하고 일
자리에서 밀어내었다. 그리고 탈북민들 중 많은 이들이 탈북과정에서 중국 체류
경험이 있는데, 그곳에서 불법체류자인 탈북민은 죄인 아닌 죄인으로 살아야 했
고 어떤 사람들은 이들의 약점을 이용하기도 했다. 탈북민들은 한족보다 조선족
들이 더하다며, 그때 조선족들이 더 못 살게 굴었다고도 한다. 이러한 과거의
기억과 현재의 문제가 중첩되어 조선족에 대한 반감이 증폭되기도 한다. 이러한
갈등들은 코리언 디아스포라가 한국사회에서 어떠한 의미로 존재하는가를 성찰
하게 한다.

그리고 탈북민들에게 향하는 나쁜 유혹들이 있다. 이들은 한국사회에 입국하
여 정부로부터 지원을 받는다. 그 가운데 많은 탈북민들은 사기를 당하고, 새로
운 삶을 시작할 수 있는 기반을 통째로 잃어 버린다. 탈북민이 유혹에 넘어가
재산을 잃은 사연은 어디에나 있었다.

모든 부모들이 한국부모나 북한부모나 똑같아요. 교육하는 첫째가 돈을 꾸지
말아라. 돈을 꿔주지 말아라. 그것부터 배워야 해요.

한 탈북민은 남이나 북이나 모두 함부로 돈을 꿔주지 말아야 한다는 것부터
배워야 한다고 말했다. 불합리한 세상에 대한 의혹의 시선은 탈북 후에도 바뀌지

않았다. 자유와 법이 지켜주는 대한민국도 약자들이 살기 힘든 세상이긴 마찬가지였기 때문이다. 많은 탈북민들이 세상과 자기 삶에 대한 긍정적 신념이 부족한 까닭은 '탈북 후에서 바뀌지 않는 세상' 때문이었다.

그리고 그들을 더욱 깊은 좌절에 빠뜨리는 문제가 있었는데, 그것은 바로 탈북민에 대한 왜곡의 시선이다.

> 그때 당시 (청취불능) 시절인데 여론을 호도해서 그 사람을 간첩으로 만들었잖아. 그 사람은 어디서 이것을 보상받느냐고, 간첩이 아니래. 만든 간첩이래, 만든 간첩. 물론 조금이라도 영향은 있겠지만은 요만한 것을 이만하게 만들어서. 텔레비전에서 나오는데, 내가 보기에도, 북한 사람으로 보는 시선이 있잖아. 아니구나 그랬지.
> 먹기 살기 힘들어서 거짓 진술을 할 수 있는데, 그걸 거짓진술을 하도록 강요한 사람들은 무엇이냐고! 호도하려는 의도가 있었던 거지. 공권력들이 그런 데 가담이 되니까 그냥 멍청이가 되는 거야.
> …
> 아닌 건 아니라고 했어야지, 왜 그렇다고 해가지고. 으휴. 유혹에 빠진거야. 평생 벌 거리를 해준다 그래 가지고 했는데, 3년 반 감옥 갔다 오니까 이제 아니잖아.
> …
> 이게 북한을 한일자로 테두리로 그어 놓고 거기에다 자꾸만 그래서 문제가 되는 거지. 그렇게 발언하는 탈북민들이 아니라, 그걸 추궁하는 세력이 나쁜 거지. 그런데 빠지면 판단이 흐려진다니까.

위의 자료는 한 탈북민이 발언한 내용이다. 그는 지난 정권에서 탈북민을 간첩으로 매도한 사건을 이야기했다. 그는 "북한 사람으로 보는 시선이 있잖아", "북한을 한일자로 테두리 그어 놓고 거기에다 자꾸만 그래서"라며, 한국사회에 뿌리 깊게 박힌 탈북민에 대한 편견과 오해를 이야기했다. 그리고 그것을 이용하며 이익을 취하는 부정한 권력에 대해 비판을 하고, 그 가운데 힘없는 탈북민은 "그냥 멍청이"가 될 뿐이라고 한탄하였다.

촛불집회, 태극기집회 다 그런거지. 좌와 우를 가르고…. 통일이 되면 없어질
는지 모르겠는데, 없어지면 다른 방향으로 흐르겠죠. 근데 통일이 되지 않았
으니까.

그는 한국사회에서 집단 형태로 사회문제에 관여하는 참여방식을 비난했다. 특히 좌우 우로 갈려 갈등하는 모습을 들어, 통일이 되면 없어질지 모르지만 그때 가면 또 다른 모습으로 사회 갈등을 출몰할 것이라고 예견하였다. 그리고 아직은 "통일이 되지 않았으니까"라며, 남북 분단으로 인해 파생되는 사회문제를 고민하며 생각에 잠겼다.

분단으로 야기된 사회갈등에서 가장 힘이 든 것은 탈북민이다. 분단된 한국사회 속, 분단과 관련된 사항들에서 탈북민은 늘 죄인이었고, 그 분노를 대신 받는 존재였다. 이 문제는 통일이 되면 나아질까? 탈북민들은 통일된 한반도의 미래를 비관하고 있었다.

2018년 4월 남북 정상회담이 성사되었다. 모두들 남과 북의 화해와 평화 통일에 대한 기대로 들뜬 마음을 감추질 못했다. 그러는 가운데 탈북민들은 기뻐하지 않았다.

"다들 북한에 가도 우리는 못가요."
"이제 세상이 조금씩 달라지고 있어요, 어머님. 대북관계 역사상 처음으로
북한의 정상이 '탈북자'를 언급하기 시작했고요. 여러분들의 생명과 삶은 세
계적인 차원에서 소중한 인권으로 보호될 수 있고요."
"(말을 막으며) 선생님! 선생님은 그게 가능할 거라고 생각해요? 70년을 안
바뀌었어요, 70년을. 아이고 참."

필자의 서툰 참견이 탈북여성을 화나게 하였다. 살기 위한 탈출은 분단시대에
도, 통일시대에도 '죄'일 뿐이었다. 탈북민들도 기뻐할 통일은 어떤 모습일까?
상상도 하기 힘들 정도로 어렵다. 분단 70년의 골은 너무 깊었고, 그 가운데 유
랑하는 탈북민의 마음과 몸은 여전히 갈 곳이 없으며, 통일 후에도 길이 뚜렷이
보이지 않는 것이었다. 필자가 탈북 트라우마는 치유되기 어렵다고 생각한 까닭
은 바로 여기에 있었다.

그럼에도 희망을 가질 수 있는 것은 제 스스로 힘을 내는 이들이 있기 때문이
다. 문학치료 활동에서 경험했던 바, 많은 탈북민들은 탈북과 이주의 고난을 겪
어오면서 스스로를 성찰하고, 더 나은 삶을 위해 도전을 거듭하고 있었다.

어느날 문학치료 현장에서 '탈북민들은 지원을 받는 것에 익숙해져 나태하다'
는 이야기가 나왔다. 그에 대한 한 탈북민들의 의견이다.

> 그건 한국과 북한이 달라서 그래요. 거기는 사회주의라서 조금만 일해도 똑같
> 이 나누고, 힘들면 쉬엄쉬엄 해도 임금은 똑같고. 한국은 일한 만큼 주니까.
> 어릴 때부터 북한 교육을 받은 사람들이 한 번에 바뀌기 힘들죠. 태어나면서
> 부터 그렇게 교육을 받고 몸에 뱄으니까.

한 탈북민은 자신들에 대한 평가에 대해 '북한에서 살아온 방식' 때문이라고
분석했다. 정부의 지원을 받으면서 그것에 익숙해져 나태해진 것이 아니라, 북
한에서 살아온 방식이 그러했다고 변호했다. 정부의 지원에 맛이 들려 일을 하지
않으려고 한다는 것은 일부의 편견이라는 말이었다.

그리고 따끔한 비판도 있었다.

> 탈북민들이 이해를 못하는 것이 자기 주제를 파악을 못하는 거예요. 내가
> 왔으니까 한국사람들이 저 만큼 버니까 나도 저만큼 벌어야지. 그 수준에
> 똑같이 할려니까 힘든 거예요.
> 내 능력에 맞게, 신체에 맞게 일을 찾아가고. 내가 못할 것 같으면 공부를

해서까지 훤한 직종에 들어가서, 다른 사람은 200만 원 벌더라도 나는 100만
원 짜리다 이렇게 일을 해야 하는데. 마음가짐이 이렇게 안 되는 거지. 주제에
맞는 일을 찾아야지.

...

제가 보니까 우리 탈북자들이 적응하기 힘든데, 높이를 한국 사람하고 똑같이
보는 거예요. 그러면 안 되요. 한국 사람들도 일부 한국 사람들을 보는 거예
요. 탈북자들도 혹해서 은행보다 15% 더 준다 그럼 당하는 거예요. 사기당하
는 거예요. 유혹당해서.

...

보는 건 많지. 돈은 없지. 눈은 풍년이죠.

탈북민들이 직업 전선에서 나태해지는 지점과 자주 나쁜 유혹에 빠지는 일에
대한 소견이다. 이 발언을 한 탈북민은 한국사람들의 생활 수준 만큼 욕망하는
탈북민들의 문제를 지적하였다. 그리고 턱 없이 좋은 대학에 입학한다던가 하는
무절제한 지원책에 대해 비판하였고, 그것이 오히려 독이 될 수 있음을 말했다.
그는 "눈은 풍년이죠."라며 탈북민들이 한국사회를 바라보는 시선과 나쁜 유혹
에 빠지는 원인 대해 간명하게 설명하였다. 한국에 입국한 적응 초기의 탈북민들
이 경계해야 할 문제를 지적하는 발언이었다.

이러한 성찰의 의견과 함께, 자신의 성공 사례를 무용담으로 이야기하는 경우
도 많았다. 그 안에는 체제 반대편 한국사회에서 버텨온 힘의 실체가 발견되기도
하였다.

탈북자들은. 거기서 자기가 일어서야 해요. 왜냐하면 내가 정확하다고 하면
걔네들 찍소리도 못해요. 내가 똑똑하게 굴면 그렇죠.

아니 근데 다른 데 가보니까 그 다음에는 안 되겠더라고 다시 생각해보니까
이렇게 다 당할 수만은 없더라고. 그래서 "처음이다" 이런 말은 하지 말고

해봐야 되겠다. 그래서 안 되겠더라고 그래서 편의점에 가서 이게 참이슬이요, 카스요 다 배웠어요. 다 배워야 되겠다.

그래서 어느 날 순대국집 가서 사장님보고 나 중국 사람이라고 그랬어요. 북한 사람이라고 하기 진짜 싫더라고요. 내가 북한 사람인지 중국 사람인지 모르잖아요. 그래서 내가 나 중국 사람이라고. 거짓말했죠. (일을) 해봤냐고 그래서 해봤다고 그랬어요.
한국 사람들이 시간당 7천원 받으니까 나도 7천원 받겠다고 했어요. 다른 데서는 처음 보고 5천원이나 6천원 줘요. 나도 똑같이 일하는데 그렇게 받으니까 슬픈 거예요. 그래서 내가 그거 말 알아먹고 그런 일로 해서 적게 받는 건 불공평하단 말이에요. 나는 일전이라도 더 벌어야 하는데 그게 시간 따지면 하루에 6시간이면 6천원이나 밑지는 거예요. 그걸 한 달을 계산해 봐요. 그걸 막 따져보니까 안되겠더라고. 그 다음부터 7천 원씩 받기로 했어요.

탈북민들의 적응 무용담에서는 그들이 생존력을 확인할 수 있다. 한국사회를 모른다고 무시당할 때 주저 않지 말고 "거기에서 일어나라"는 탈북여성의 말, "처음이라 잘 몰라요."라고 하지 말고 도전해봐야 된다는 것, 나도 한국 사람들과 동등한 대우를 받겠다는 당당한 요구 등이 그러했다. 이들의 발언에는 강한 힘과 지혜가 담겨져 있었다. 필자가 문학치료를 통해 그들이 스스로 발견하고자 했던 삶에 대한 긍정적 신념과 자아실현은 바로 이러한 발언들과 같았다.
아직 탈북민을 위한 문학치료는 완성 단계가 아니다. 필자 스스로도 역량이 부족하다고 생각하고, 탈북민들의 탈북과 이주도 아직 끝나지 않았기 때문이다.

나도 처음에 와서 느낀 게 뭐냐면 북한에서 추운 지방에서 자란 소목이라고 칩시다. 나무. 그걸 한국에 가져 왔어요. 따뜻한 남쪽에. 그러면 그 나무가 이쪽에서 적응하기 힘들어요. 그러니까 어느 정도의 시간과, 적응 시간이 필요하다.

어떤 탈북민은 자신들의 삶을 추운 지방에서 자란 소목이 따뜻한 남쪽으로 옮겨 심어진 상황에 비유하였다. 추운 북쪽 나무는 따뜻한 남쪽 땅에서 적응하기 힘이 든다는 것이었다. 그래서 적응의 시간이 필요하다는 말이었다.

이 말은 한국 주민뿐만 아니라 탈북민들 자신들에게도 들려주고 싶은 말일 것이다. 성급한 결론은 비관에 빠질 수밖에 없다. 탈북민들이 신화를 완성하기 위해, 한국 주민은 따뜻한 시선으로 기다려줄 수 있어야 하며, 탈북민 스스로도 여여히 갈 마음이 필요하다.

참고 문헌

□ **주요 자료**

2013년, 2014년, 2016년, 2017년, 2018년 탈북민 활동지 및 녹취록.

정운채 외, 『문학치료 서사사전』 1 · 2 · 3, 문학과 치료, 2009.

□ **학술저서와 학술논문**

강미정, 「탈북민의 탈북경험담에 나타난 트라우마 분석」, 『문학치료연구』 제30집, 한국문학치료학회, 2014.

강정구, 「탈북이주민 문화의 시적 수용: 탈북이주민 시의 개념과 특질을 중심으로」, 『외국문학연구』 35, 한국외대 외국문학연구소, 2009.

김박문, 『우리 나라 옛이야기(1) 해와 달』, 문학예술출판사, 주체93(2004).

김성민, 「분단과 통일, 그리고 한국의 인문학」, 『대동철학』 53, 대동철학회, 2010.

김성민, 박영균, 「인문학적 통일담론과 통일인문학: 통일패러다임에 관한 시론적 모색」, 『철학연구』 제92집, 철학연구회, 2011.

김성민 외, 『소통, 치유, 통합의 통일인문학』, 선인, 2009.

김성민 외, 『코리언의 역사적 트라우마』, 선인, 2012.

김성민 외, IHU REPORT 제5호 『탈북민의 국내 적응을 위한 인문치유 모델』, 통일인문학연구단, 2017.

김영희, 「"아버지의 딸"이기를 거부한 막내딸의 입사기(入社記) ─구전이야기 〈내 복에 산다〉를 중심으로─」, 『온지논집』 18, 2008.

김우정, 『분노가 대인관계효능감에 미치는 영향: 분노조절과 정서인식의 명확성의 매개효과』, 가톨릭대학교 석사학위논문, 2014.

김일렬, 「홍길동전(완판 36장본)」, 『한국고전문학전집』 25, 고려대학교 민족문화연구소, 1996.

김정애, 「구술담과 문학치료 활동을 통해 본 탈북민 P씨의 남한 적응 요인과 그 의미」, 『통일인문학』 65, 건국대 인문학연구원, 2016.

김종곤, 「"역사적 트라우마" 개념의 재구성」, 『시대와 철학』 24-4, 한국철학사상연구회, 2013.

김종곤, 「남북분단 구조를 통해 바라본 '탈북 트라우마'」, 『문학치료연구』 33, 한국문학치료학회, 2014.

김종군, 「구술을 통해 본 분단 트라우마의 실체」, 『통일인문학 제51집, 건국대 통일인문학 연구단, 2011.

김종군, 「구술생애담 담론화를 통한 구술 치유 방안 –『고난의 행군시기 탈북자 이야기』를 중심으로」, 『문학치료연구』 26, 한국문학치료학회, 2013.

김종군, 탈북청소년의 한국살이 이야기』, 경진출판사, 2015.

김종군, 「탈북청소년 구술에 나타난 엄마의 해체와 자기치유적 말하기」, 『문학치료연구』 44, 한국문학치료학회, 2017.

김종군 · 정진아, 고난의 행군시기 탈북자 이야기』, 박이정, 2012.

김종군 외, 「탈북 트라우마에 대한 인문학적 치유 방안의 가능성 – 구술 치유 방법론을 중심으로 –」, 『통일문제연구』 29-2, 평화문제연구소, 2017.

김현경, 「난민으로서의 새터민의 외상(trauma) 회복 경험에 대한 현상학적 연구」, 이화여대 박사학위논문, 2006.

김혜미, 「한부모의 이성 관계를 거부하는 아동에 대한 문학치료 사례 연구 –설화에 대한 반응을 중심으로」, 『겨레어문학』제45집, 2010.

나경수, 「남매일월설화의 신화론적 고찰」, 『한국언어문학』 제28집, 한국언어문학회, 1990.

나지영, 「문학치료학적 관점에서 본 탈북 청소년의 자기서사 진단 사례 연구」, 『통일인문학』 제52집, 건국대학교 통일인문학연구단, 2011.

나지영, 「설화 〈내 복에 산다〉의 재창작을 통한 탈북 청소년의 문해력 신장 사례 연구」, 『고전문학과 교육』 제23집, 한국고전문학교육학회, 2012.

남북하나재단, 『2016 북한이탈주민 정착실태조사』, 남북하나재단, 2017.

노제운, 「해와 달이 된 오누이에 나타난 변형된 모성, 나르시시즘적 욕망」, 『어문논집』제47집, 민족어문학회, 2003.

마이클 J. 툴란 저, 김병욱 · 오연희 역, 『서사론: 비평언어학 서설』, 형설출판사, 1993.

박상옥 외, 「탈북민의 안정적 직업생활을 위한 교육요구—인문학 교육적 접근의 필요성」, 『Andragogy Today: International Journal of Adult & Continuing Education』 제14집 2호, 한국성인교육학회, 2011.

박영균, 「분단의 아비투스에 관한 철학적 성찰」, 『시대와 철학』, 한국철학사상연구회, 2010.

254

박영균, 「코리안 디아스포라의 민족공통성 연구방법론」, 『시대와 철학』 22-2, 한국철학사
　　상연구회, 2011.

박영균, 「통일의 인문적 비전 - 소통으로서 통일론」, 『시대와 철학』 24-3, 한국철학사상
　　연구회, 2013.

박재인, 「탈북여성B의 구비설화에 대한 이해 방식과 자기서사」, 『고전문학과 교육』 26,
　　한국고전문학교육학회, 2013.

박재인, 「탈북여성의 부모밀치기서사 성향과 죄의식」, 『구비문학연구』 39, 한국구비문학
　　회, 2014.

박재인, 「탈북과 적응이 남긴 문제에 대한 문학치료학적 접근-적응에 성공한 탈북여성의
　　사례를 중심으로」, 『고전문학과교육』 30, 한국고전문학교육학회, 2015.

박재인, 「서사적 상상력과 통일교육」, 『통일문제연구』 28-1, 평화문제연구소, 2016.

박재인, 「이주와 성공의 고전서사를 활용한 탈북민 대상 문학치료 사례 연구」, 『문학치료연
　　구』 41, 한국문학치료학회, 2016.

박재인, 「'고향'으로서의 북녘, 통일을 위한 정서적 유대 공간으로의 가능성」, 『통일인문
　　학』 71, 건국대 인문학연구원, 2017.

박재인, 「〈심청가〉를 통해 본 고통의 연대와 국가 역할에 대한 문학적 상상력」, 『구비문학
　　연구』 46, 한국구비문학회, 2017.

박재인, 「탈북민 대상 문학치료 사례 연구 -'이주와 성공'의 고전서사와 자아실현의 문제를
　　중심으로-」, 『다문화사회연구』 11-2, 숙명여대 아시아여성연구원, 2018.

박재인, 「〈해와 달이 된 오누이〉에 대한 탈북민의 반응과 문학치료 효과」, 『인문사회21』
　　9-4, 아시아문화학술원, 2018.

박재인·한상효, 「설화 〈해와 달이 된 오누이〉에 대한 북한의 현대적 수용 방식 고찰」,
　　『고전문학과 교육』 32, 한국고전문학교육학회, 2016.

박정세, 「'해와 달이 된 오누이' 민담에 투영된 역사적 현실과 민중의 희망」, 『신학사상』
　　94집, 한국신학연구소, 1996.

백낙청, 『한반도식 통일, 현재진행형』, 창비, 2006.

柄谷行人, 송태욱 역, 『탐구1』, 새물결, 1998.

성정현, 「탈북여성들에 대한 남한사회의 '종족화된 낙인'과 탈북여성들의 공동체 형성
　　및 활동」, 『한국가족복지학』 53, 한국가족복지학회, 2016.

송두율, 민족은 사라지지 않는다, 한겨레신문사, 2000.

신동흔, 「판소리문학의 결말부에 담긴 현실의식 재론 -〈심청전〉과 〈흥부전〉을 중심으로」, 『판소리연구』 19, 판소리학회, 2005.

알래스데어 매킨타이어, 『덕의 상실』, 문예출판사, 1997.

우종민, 『북한이탈주민 정신건강서비스 및 연구개발을 위한 기획연구』, 국립서울병원, 2014.

이관일, 「일월설화 연구」, 『국어국문학』 71호, 국어국문학회, 1976.

이부영, 『한국민담의 심층분석』, 집문당, 1995.

이인경, 『화자의 개성과 설화의 변이』, 서울대학교 석사학위논문, 1992.

이지영, 「〈해와 달이 된 오누이〉의 전승과 그 특징에 관한 연구」, 『한국문화연구』 제15집, 이화여대 한국문화연구원, 2008.

이희영, 「새로운 시민의 참여와 인정투쟁」. 『한국사회학』 44-1, 한국사회학회, 2010.

임석재, 『한국구전설화 · 평안북도 편 Ⅱ』(임석재 전집2), 평민사, 1988.

임정택, 『논쟁 - 독일통일의 과정과 결과』, 창작과 비평사, 1991.

정성미, 「탈북민의 언어 표현과 치유-사례를 중심으로」, 『우리말교육현장연구』 제9집 1호, 우리말교육현장학회, 2015.

정운채, 「고전문학 교육과 문학치료」, 『국어교육』 113, 한국국어교육연구학회, 2004.

정운채, 「인간관계의 발달 과정에 따른 기초서사의 네 영역과 〈구운몽〉 분석 시론」, 『문학치료연구』 3, 한국문학치료학회, 2005.

정운채, 「자기서사진단도구 개발을 위한 기초서사척도」, 『고전문학과교육』 14, 한국고전문학교육학회, 2007.

정운채, 「문학치료학의 서사이론」, 『문학치료연구』 9, 한국문학치료학회, 2008.

정운채, 「자기서사진단검사도구의 문항설정을 위한 예비적 검토」, 『겨레어문학』 제41집, 겨레어문학회, 2008.

정운채, 「자기서사진단검사도구의 문항설정」, 『고전문학과 교육』 제17집, 한국고전문학교육학회, 2009.

정운채, 「프랑스의 서사이론과 문학치료학의 서사이론」, 『문학치료연구』 제17집, 한국문학치료학회, 2010.

정운채, 「심리학의 지각, 기억, 사고와 문학치료학의 자기서사」, 『문학치료연구』 20, 한국문학치료학회, 2011.

정운채, 「자기서사의 변화 과정과 공감 및 감동의 원리로서의 서사의 공명」, 『문학치료연구』 25 , 한국문학치료학회, 2012.

조셉 캠벨 저, 이윤기 역, 『천의 얼굴을 가진 영웅』, 민음사, 1999.

조현설, 「〈해와 달이 된 오누이〉형 민담의 창조신화적 성격 재론」, 『비교민속학』 제33집, 비교민속학회, 2007.

주디스 허먼 저, 최현정 역, 『트라우마-가정폭력에서 정치적 테러까지』, 플래닛, 2007.

최빛내·김희경, 「탈북 여성의 외상 경험과 성격병리가 심리 증상에 미치는 영향」, 『상담 및 심리치료』 23-1, 한국심리학회, 2011.

최정윤 저, 『심리검사의 이해』 제2판, 시그마프레스, 2010.

통일인문학연구단, 『코리언의 역사적 트라우마』, 선인, 2012.

통일인문학연구단, 『식민/이산/분단/전쟁의 역사와 코리언의 트라우마』, 선인, 2015.

통일인문학연구단, 『탈북민의 적응과 치유 이야기』, 경진출판, 2015.

통일인문학연구단, 『고전문학을 바라보는 북한의 시선 1』, 도서출판 박이정, 2012.

하은하, 「결혼 이주 여성의 자아존중감 강화를 위한 〈내 복에 산다〉형 설화의 문학치료적 의미: 베트남 설화집 『영남척괴열전』 소재 〈일야택전〉과 〈서과전〉을 중심으로」, 『구비문학연구』 33, 한국구비문학회, 2011.

허성애, 「〈해와 달이 된 오누이〉 설화의 구조와 의미」, 『청람어문학』 13, 청람어문교육학회, 1995.

황인덕, 「〈내 복에 먹고 산다〉형 민담과 〈삼공본풀이〉 무가의 상관성」, 『어문연구』 18, 어문연구학회, 1988.

Mark Turner, The Literary Mind, New York, Oxford: Oxford University Press, 1996, p.V.

Park, Jai-in, 「Study on the Development of Healing Programs For North Korean Refugees Using Classical Narratives」, 『S/N Korean Humanities』 2-2, 2016.

【부록】 탈북민에게 제공된 고전서사 줄거리 자료

〈자기서사진단도구를 활용한 문학치료〉 프로그램에서는 정운채, 「자기서사진 단검사도구의 문항설정을 위한 예비적 검토」, 『겨레어문학』 41, 겨레어문학회, 2008.에 제시한 줄거리 자료를 그대로 활용하였다. 이후 〈'이주와 성공'의 고전 서사를 활용한 문학치료 활동에서는 영상자료를 제외한 고전서사 줄거리는 다음 과 같은 자료를 제공하였다.

① 설화 〈맷돌과 북과 나팔로 성공한 삼 형제〉

이 이야기는 정운채 외, 『문학치료 서사사전』 1, 문학과 치료, 2009, 925-926 면.의 제목과 줄거리를 그대로 따랐다.

---

(1)옛날에 어떤 홀아비가 아들 셋을 데리고 살았는데, 온 식구가 늘 여기저기 돌아다 니며 밥을 구걸했다. (2)어느 날 큰아들이 아버지에게 매일 구걸해서 먹고 살 수는 없으니 먹고 살 일을 하나 일러 달라고 하자 아버지는 죽기 전에 말해 주겠다고 했다. (3)아버지가 죽을 때가 되자 첫째에게는 맷돌을 둘째에게는 북을 셋째에게는 대평수로 살라고 했다. (4)세 형제가 아버지를 묻고 돌아오는 길에 큰형은 형제 셋이 각자 세 가닥 길에서 각각 나누어지자고 했다. (5)첫째는 맷돌을 짊어지고 가다가 큰 들판에 이르렀는데 날이 저물어 큰 둥구나무 위로 올라갔다. (7)삼경이 되자 사방 에서 시퍼런 불이 번쩍번쩍 거리더니, 도깨비 떼들이 나무 밑으로 몰려왔다. 첫째는 무서워서 숨도 못 쉬고 가만히 있었다. (8)도깨비들은 어떤 방망이를 꺼내더니 "밥 나와라 뚝딱"을 외치며 금세 상을 차렸다. (9)그 모습을 본 첫째가 배가 너무 고파 담배나 피려고 불씨를 툭탁 켰는데 밑에 있던 한 도깨비가 마른하늘에서 번개가 번쩍인다고 했다. (10)그 말을 들은 첫째가 가지고 있던 맷돌로 벼락 소리를 내자, 밑에 있던 도깨비들이, 생벼락이 내린다며 모두 달아나 버렸다. (11)첫째는 나무 아래로 내려와 남은 음식을 배터지게 먹고, 도깨비 방망이를 가지고 떠났다. (12)첫째

가 근처 주막으로 가서 계속 "돈 나와라 뚝딱"을 외치자 돈이 한가득 쌓이게 되었다. 주막쟁이는 첫째가 돈이 많은 것을 보고 자신이 중매를 설 테니 장가를 들라고 했다. (13)첫째는 그렇게 해서 좋은 처녀를 만나 장가를 가고, 집을 짓고 잘 살게 되었다. (14)한편, 둘째는 북을 짊어지고 재를 넘다가 날이 저물어 소나무 위로 올라갔다. (15)그때, 호랑이 한 마리가 사람 냄새를 맡고 나무 밑으로 다가왔는데, 무서워진 둘째가 북을 둥둥 쳤다. (16)둘째가 "둥둥 둥닥쿵 둥둥 둥닥쿵"하며 계속 북장단을 치자 호랑이가 실룩 실룩 춤을 췄는데, 북소리를 들은 산중 호랑이들이 좌다 모여들어 실룩실룩 춤을 췄다. (17)호랑이들이 한참동안 신명나게 춤을 추고 있었는데, 마침 중국에서 돌아오는 수십 명의 장사꾼들이 그 재를 올라오고 있었다. 호랑이들이 장사꾼들이 잔뜩 몰려오는 소리를 듣고 춤추다 말고 모두 도망가 버렸다. (18)둘째가 꾀를 부려 중국 장사꾼들을 쫓아가서는 너희들 때문에 나라에 진상하려고 잡은 호랑이 서른 마리를 놓쳤다며 이 사실을 고발하게 되면 목숨을 구할 수 없을 것이라며 위협을 했다. (19)그 말을 들은 장사꾼들은 목숨만 구해달라며 자신들이 가져온 짐을 다 내려놓고 갔다. (20)둘째는 그 짐으로 큰 부자가 되고 좋은 처녀에게 장가를 가서 잘 살았다. (21)셋째는 계속 여기저기 빌어먹으며 다니다, 잘 곳이 없어 어떤 동네 앞에 짚을 쌓아 놓은 곳으로 갔는데, 그 짚 틈새에 문이 하나 달려 있었다. (22)셋째가 그 문을 열고 들어가자 병풍이 둘러 있고, 이불이 깔려 있었다. (23)셋째는 병풍 뒤에 들어가 있었는데 잠시 뒤 어떤 각시가 와서는 왔느냐고 물었다. 셋째가 왔다고 하자 각시는 음식을 잔뜩 내려놓으며 우선 이것을 먹고 있으라고 했다. (24) 여자가 사라지자 셋째는 나와서 차려진 음식을 먹고 다시 병풍 뒤로 들어갔다. 얼마 후 어떤 남자가 들어오더니 빈 그릇을 보고는 여자가 왔다 갔다고 말했다. (25)조금 뒤 각시가 다시 들어오더니 두 남녀가 동품을 했는데 여자가 전라감사, 평안감사를 안고 누운 것처럼 기쁘다며 좋아했다. (26)병풍 뒤에 숨어서 모든 것을 지켜보던 셋째는, 감사 어른 나가는데 대평소가 어디 갔느냐며 대평소를 불었다. (27)남자와 각시는 사람들 눈을 피해 몰래 방을 꾸미고 살림을 차렸던 것이라 셋째에게 살려달라 며 논문서와 돈을 잔뜩 갖다 주었다. 그래서 셋째도 부자가 되었다.

② 〈가난한 아들 도와준 아버지의 혼〉

이 이야기는 정운채 외, 『문학치료 서사사전』1, 문학과 치료, 2009, 2면.의 제목과 줄거리를 그대로 따랐다.

> (1)조실부모한 형제가 있었는데, 형은 가난했지만 동생은 부자였다. (2)매년 부모님 제삿날이 되면 동생이 음식을 다 장만해 왔는데, 한 해에는 비가 너무 많이 내려서 동생이 강을 건널 수가 없어 제사에 참석하지 못했다. (3)형이 동생을 계속 기다리다가 어쩔 수 없이 집에 있던 좁쌀로 제사상을 마련했는데, 혼신이 형을 불쌍히 여기고 어떻게든 도와주어야겠다고 생각했다. (4)혼신이 살아 있을 때 자기와 친하던 부자 친구를 찾아갔는데, 친구에게 자기 큰아들에게 논 좀 줄 수 있겠느냐고 부탁했다. 혼신은 형제의 아버지였고, 죽은 아버지의 혼신이 살아 있는 친구를 찾아가 부탁한 것이었다. (5)부자 친구가 죽은 친구의 큰아들을 찾아가서 돈 다섯 마지기를 주었다. (6)그 후로 아들이 부자가 되어 부모님 제사를 잘 지내게 되었다.

③ 〈돌 노적 쌀 노적〉

이 이야기는 정운채 외, 『문학치료 서사사전』1, 문학과 치료, 2009, 804면.의 제목과 줄거리를 그대로 따랐다.

> (1)어느 마을에 윗집과 아랫집이 있었는데 윗집은 부자로 잘 살았고 아랫집은 가난해서 어렵게 살았다. (2)하루는 일곱 살 먹은 손자가 가족회의를 열어 윗집의 장자는 마당에 노적가리를 쌓아 놓고 창고에도 나락이 가득한데 우리는 나락이 없으니 돌 노적이라도 쌓아 보자고 했다. (3)열 명의 식구들이 어린 손자의 의견에 찬성하고 다음날부터 집을 나갔다가 돌아올 때면 돌을 하나씩 가지고 왔다. (4)일곱 살 먹은 손자는 매일 식구들이 돌을 가져오는 것을 하나하나 확인했다. (5)그렇게 몇 달이 지나자 집 주변에는 돌이 하나도 눈에 띄지 않게 되었다. (6)가을이 되었는데, 하루는 추수를 하느라 바쁘게 일하고 식구들이 밤늦게 돌아오면서 피곤하니까 돌을 주워오지 않았다. (7)식구들이 밥을 먹는데 손자가 약속을 지키지 않았다고 말도 하지 않고 돌아앉아서 밥을 먹지 않는 것이었다. 식구들은 손자에게 피곤해서 그랬다며 한 번만 그냥 넘어가자고 했는데, 손자는 절대로 그럴 수 없다며 돌 하나 주워오기로 한

약속도 지키지 못하니까 가난을 벗어나지 못하는 것이라고 했다. (8)식구들이 손자에게 져서 밤중에 나가 돌을 주어 오게 되었는데, 마침 그 속에 금덩이가 있었다. (9)윗집의 장자가 밤중에 소변을 누러 나왔다가 아랫집에서 번쩍거리는 것을 보고 '돌 노적을 쌓는다더니 금덩이가 있는가보다. 저걸 먹어야겠다.'는 욕심이 났다. (10)다음날 장자는 하인을 시켜 아랫집의 주인을 불렀다. 장자는 그 동안 이웃에 살면서 언젠가 도와주려고 마음먹었다며 그냥 주기보다는 돌 노적과 나락 노적을 바꾸자고 했다. 아랫집 주인은 고맙다면서 나락 노적을 먼저 달라고 했다. (11)그렇게 마당에서 나락 노적을 옮기는데 손자가 윗집으로 와서 구경을 했다. 장자는 일꾼들에게 나락 노적을 옮기게 하면서 제일 위에 하나는 서운하니까 남겨 두라고 했다. (12)그런 후 아랫집에서 일꾼들이 돌 노적을 옮기는데 손자가 장자처럼 제일 위에 하나는 서운하니까 남겨 두라고 했다. (13)그날 밤 장자는 돌 노적에서 금빛이 나는 곳을 찾아보았으나 아무리 둘러보아도 찾을 수가 없었다. 장자가 쌓은 돌을 전부 허물고 찾아봐도 금덩이가 보이지 않자, 제일 위에 있었던 것이 금덩이였다는 것을 깨닫고 적선한 셈 치게 되었다.

④ 〈개똥 모아 살림 일으킨 며느리〉

이 이야기는 정운채 외, 『문학치료 서사사전』 1, 문학과 치료, 2009, 88면.의 제목과 줄거리를 그대로 따랐다.

(1)어느 가난한 집에 시집간 며느리가 시집간 지 일 년이 지나 식구들을 모두 불러 모았다. 그리고 앞으로 논에 찰벼를 심자고 하였다. 찰벼로는 밥을 해도 많이 먹지 못하는데, 며느리는 식구들에게 일 년 동안 찰벼로 밥을 지어 먹였다. (2)일 년이 지난 후, 며느리는 집안 식구에게 나갔다 들어올 때마다 개똥을 주워 모으라고 했다. (3)이 집안에서 몇 해 동안 개똥을 모았는데, 이웃에 사는 유지가 그것을 보고 이 집에 논을 부치라고 주면 잘 할 것 같았다. 유지는 이 집에 찾아와 논 몇 마지기를 줄 테니 농사를 지어 보라고 하였다. (4)이 집에서 개똥을 거름삼아 농사를 지으니 농사가 아주 잘 되었다. 그래서 점점 가난한 집 살림이 늘어나게 되었다. (5)집안에 곰 같은 사람이 들어오면 망하지만, 계산이 빠른 사람이 들어오면 괜찮다.

⑤ 〈내 복에 산다〉

이 이야기는 정운채, 「자기서사진단검사도구의 문항설정을 위한 예비적 검토」, 『겨레어문학』 41, 겨레어문학회, 2008, 369-340면.을 그대로 따랐다.

(1) 딸 삼형제를 키우는 부자 집에서 하루는 아버지가 딸들에게 누구 덕에 먹고 사느냐고 물으니 큰 딸과 둘째 딸은 부모님 덕에 먹고 산다고 대답했으나 셋째 딸은 내 복에 먹고 산다고 말했다. (2) 아버지는 화가 나서 셋째 딸을 지나가는 숯장수에게 내주며 데리고 가라고 하니 셋째 딸은 당당하게 숯장수를 따라 나섰다. (3) 셋째 딸은 남편에게 내일은 숯을 굽지 말고 숯 굽는 곳에 있는 검은 돌을 지고 나가 제값을 받고 팔아 오라고 하였다. (4) 남편은 검은 돌을 지고 가서 시장에 내놓고 하루 종일 기다렸는데 저녁때가 되자 어떤 노인이 나타나서 생금덩이라며 많은 돈을 주고 그 돌을 샀다. (5) 숯구이 부부는 큰 부자가 되어 잘 살았으나 부인이 부모 생각에 병이 나자 남편에게 거지 잔치를 석 달 열흘만 하자고 하였다. (6) 거지 부부가 되어 거지 잔치에 참석한 부모를 만나게 된 부인은 부모를 극진히 모시며 잘 살았다.

⑥ 〈내 복에 산다〉 형 중 좌절의 서사: 〈상사뱀과 상사 바위〉

이 이야기는 정운채, 『문학치료 서사사전』 2, 문학과 치료, 2009, 1588면.을 그대로 따른 것이다.

(1)거제의 한 원님이 딸을 데리고 부임을 했는데, 딸이 하인과 눈이 맞아 사랑을 하게 되었다. (2)원님이 그 사실을 알고는 둘이 만나지 못하게 했다. 결국 하인이 말라 죽고 말았는데 죽어서 구렁이가 되어 처녀의 몸을 감았다. (3)아무리 해도 떨어지지 않자 사람들은 상사가 들었다며 장승포 능개 마을 바위에 가면 상사를 뗄 수 있다고 했다. (4)원님이 딸을 데리고 능개 마을로 갔는데 구렁이가 결국 떨어지지 않고 처녀의 정기를 빨아 먹어 처녀도 죽고 말았다. (5)그래서 아직 까지도 그 바위를 상사바위라 부른다.

⑦ 〈내 복에 산다〉 형 중 승리의 서사: 〈최영 장군 전설〉

이 이야기는 송분임(여,60), 〈최영 장군 전설〉 강화군 내가면 설화10, 『한국 구비문학대계』 1-7, 887~888면.의 내용을 요약한 것이다.

---

(1)최영장군은 칼로 목을 베면 수만 리를 갔다가도 다시 붙곤 했다. (2)최영장군에게 딸이 있었는데, 최영장군이 사위가 자기만큼은 돼야 한다고 했다. (3)딸이 신랑감이 마음에 드는데 아버지만큼 재주가 없었다. (4)딸이 아버지가 죽어야만 자기가 시집을 갈 수 있을 것 같아, 매운재를 준비했다. (5)딸이 아버지 목을 베고 그 자리에 매운재를 뿌리자, 최영장군이 다시 붙지 못했다. (6)최영장군이 목이 떨어져 덕물산에 가 만신들이 모시게 되었다. (7)만신들에게 최영장군, 임장군, 조장군, 구각장군, 천하 영웅관운장군, 또 각구신령이 다 실린다.

---

⑧ 〈내 복에 산다〉 형 중 상생의 서사: 〈바보 온달과 평강공주〉

이 이야기는 정운채, 『문학치료 서사사전』 1, 문학과 치료, 2009, 1113면.을 그대로 따른 것이다.

---

(1)옛날에 궁에 공주가 하나 있었는데, 밤낮 울어대고 개구쟁이 노릇을 했다. 임금이 딸에게 나중에 바보 신랑에게 시집간다고 했다. (2)공주가 시집 갈 나이가 되자, 바보 온달 아니면 안 간다고 했다. (3)공주가 패물을 싸가지고 바보 온달을 찾아 나갔다. 바보 온달이 어머니를 모시고 사는데, 공주가 가서 같이 살겠다고 했다. 공주가 바보 온달에게 글과 활쏘기를 가르쳤다. (4)하루는 나라에서 시험을 봤는데 사냥해서 짐승을 많이 잡는 사람이 대장이 된다고 했다. 온달이 나갔는데, 장원 대장 으로 뽑혔다. (5)온달이 싸움대장으로 나가 죽었는데, 시체가 땅에서 떨어지지 않았 다. (6)밤중에 공주가 추도를 하자 시체가 떨어져서 장사를 지냈다.

---

⑨ 〈해와 달이 된 오누이〉

이 이야기는 박재인·한상효, 「설화 〈해와 달이 된 오누이〉에 대한 북한의 현 대적 수용 방식 고찰」, 『고전문학과 교육』 32, 한국고전문학교육학회, 2016, 200-201면.을 그대로 인용하였고, 그 줄거리는 임석재, 『한국구전설화·평안북도 편Ⅱ』(임석재 전집2), 평민사, 1988, 125-127면.을 따라 요약된 것이다.

> (1) 홀어미가 가난한 살림에 젖먹이 어린 아기와 대여섯 살 된 아들딸을 데리고 살고 있었다. 하루는 품일을 하고 개떡을 얻어 돌아오는데, 범이 나타나 개떡을 달라고 하더니, 이어 머릿수건과 저고리, 치마 등을 요구하다가 온 몸통을 잡아먹었다.
> (2) 범은 어머니의 의복을 입고 오누이의 집에 가서 어머니 흉내를 내며 문을 열어 달라고 했는데, 아이들은 목소리와 손이 다르다며 거부하다가 이내 곧 문을 열어 주었다. 방안에 들어온 범은 아기를 안고 윗목으로 가서 잡아먹었다. 오독오독 하는 소리를 듣고 아이들이 먹을 것을 나눠 달라고 하자 호랑이가 아기 손가락을 던져 주었다. 아이들은 호랑이 정체를 눈치 채고, 똥이 마렵다는 핑계로 도망가 우물가에 있는 나무 위로 올라갔다.
> (3) 범은 우물에 비친 아이들의 모습을 보고 아이들이 그 속에 들어가 있는 줄 알았는데, 아이들은 그 모습이 우스워서 소리 내어 웃다가 나무 위로 피신한 사실을 들켜버렸다. 범이 나무 위로 올라갈 방도를 물으니 처음에는 기름칠을 하고 올라오라고 속였다가, 다시 물으니 도끼질로 올라왔다고 말했다.
> (4) 범이 아이들 있는 곳까지 올라오게 되자, 아이들은 하늘에 대고 우리를 살리시려거든 새 동아줄을 내려주고 죽이시려거든 썩은 동아줄을 내려달라고 빌어서, 하늘이 내려준 새 동아줄을 타고 올라갔다. 하늘로 간 사내아이는 달이 되고, 딸은 해가 되었다. 범도 이를 따라했는데, 하늘에서 썩은 동아줄을 내려주어 수수밭 위로 떨어져 죽었다. 범이 수숫대에 찔려 피를 흘리며 죽었는데, 그래서 수숫대가 붉다고 전해진다.

⑩ 〈주몽신화〉

다음 줄거리는 『삼국사기』, 『삼국유사』, 〈동명왕편〉에서 전하는 고구려건국신화를 요약한 것으로, 통일인문학연구단, 『고전문학을 바라보는 북한의 시선 1』, 도서출판 박이정, 2012.을 참조하였다. 문학치료 활동 당시 중요한 장면을 설명할 때는 원문을 제공하였다.

(1) 하백의 딸 유화는 아버지의 허락 없이 해모수와 부부의 연을 맺고 우발수로 쫓겨났다. 금와왕이 유화를 거두어 별궁에 머물게 하였더니, 유화가 빛을 품고 잉태하여 알을 낳았다. 금와왕이 몇 번이고 그 알을 버리려고 하였으나, 온갖 짐승들의 비호로 알이 보전되자 다시 유화에게 가져다 주었다. 그렇게 태어난 주몽은 비범하게 활을 잘 쏘았다.

(2) 부여 금와왕의 태자 대소가 주몽을 뛰어남을 시샘하여 모함하였고, 주몽은 말을 기르는 천한 일을 하게 되었다.

(3) 주몽은 어머니의 가르침대로 준마를 골라 일부러 야위게 하여 준마를 얻고자 하였다.

(4) 주몽은 금와왕으로부터 준마를 얻고 떠날 준비를 하였다. 주몽이 이별할 때 차마 떠나지 못하니 어머니가 말하길, '너는 어미 걱정을 하지 말라.'하고는, 오곡 종자를 싸서 보내려 하였다. 그러나 주몽은 살아 이별하는 마음이 애절하여, 보리종자를 그만 잊어 버렸다.

(5) 주몽은 어머니와 하직하고 오리, 마리, 협부 등의 벗과 함께 부여의 성에서 나왔다. 대소의 무리가 그들을 추격하였지만, 천지의 도움으로 주몽의 무리는 무사히 강을 건널 수 있었다.

(6) 주몽의 무리는 졸본부여에 도착할 수 있었다. 주몽이 큰 나무 밑에서 쉬는데 비둘기 한 쌍이 날아왔다. 주몽이 '아마도 신모께서 보리 종자를 보내신 것이리라.'하고, 활을 쏘아 한 화살에 모두 떨어 뜨렸다. 새의 목구멍을 벌려 보리 종자를 얻고 나서 물을 뿜으니, 비둘기가 다시 살아서 날아갔다. 주몽은 고구려라는 나라를 세웠다. 훗날 부여에서 아들 유리가 찾아와 그에게 왕위를 물려주었다.

⑪ 〈홍길동전〉

다음 줄거리는 〈홍길동전(완판 36장본)〉을 요약한 것으로, 김일렬, 「홍길동전(완판 36장본)」, 『한국고전문학전집』 25, 고려대학교 민족문화연구소, 1996, 74~181면.을 참조하였다. 문학치료 활동 당시 중요한 장면을 설명할 때는 원문을 제공하였다.

① 홍승상은 청룡이 자신의 입으로 들어오는 꿈을 꾸고 여종 춘섬과 접촉하여 홍길동을 낳았다. 길동은 온갖 경서와 병서를 통달하여 신이한 능력을 갖추게 되었다. ② 서자로 태어난 길동이 호부호형을 하지 못하고 사람대접도 받지 못하는 현실을 견딜 수 없어 하였다. 홍승상은 길동이 안타까웠으나, 그를 위하여 호되게 꾸짖었다. 길동이 출가할 뜻을 밝히자, 그의 아버지는 호부호형을 허락하고 빠른 시일 내에 집에 돌아올 것을 당부하였다. 길동은 자신을 타이르는 어머니와 대감께 하직 인사를 드리고 집을 떠났다. ③ 집을 떠난 길동은 도적들의 소굴로 찾아갔다. 길동이 글을 지어 도적들을 설득하고, 그들의 우두머리가 되었다. 해인사의 재물을 터는 일을 지휘하여 성공하자 도적들은 기뻐하였고, 더욱 길동을 따랐다. 길동은 자신의 무리를 활빈당이라 명명하고 팔도를 휘저었다. 당시 임금은 활빈당의 우두머리를 잡으려고 하였으나, 결국 잡을 수 없었다. 홍길동이 자신의 평생 소원이 병조판서라고 하자, 임금은 그 소원을 들어주고 조정에 두리라 결정하였고, 홍길동은 도적질을 그만 두었다. ④ 홍길동은 임금을 알현하여 조선을 떠나겠다고 하직인사를 올렸다. 그리고 임금에게 벼 삼천 석만 달라고 부탁하였다. ⑤ 홍길동은 삼천 명의 군사를 거느리고 성도라는 곳에 도착하였다. ⑥ 홍길동은 그곳에 궁궐을 세우고 통치하였는데, 3년이 지나자 그 나라의 무기와 군량이 넘쳐서 누구도 대적할 수 없었다. 홍길동은 망당산에서 처녀들을 납치한 요괴를 무찌르고 처녀들을 구원하였다. 처녀의 부모들은 그를 사위로 맞았다. 이후 아버지가 돌아가신 사실을 알게 되자 홍길동은 고향을 찾아가, 모친과 해후하고, 홍대감 부인과 형과 화해하고, 아버지 시신을 자신의 섬으로 이장하였다. 홍길동은 이웃의 율도국과 대적하여 승리하고, 그 나라의 왕위에 올랐다. 홍길동은 72살에 왕위에서 물러나 선도를 닦다가 승천하였다.

⑫ 〈심청가〉

다음 줄거리는 〈김연수본 심청가〉을 요약한 것으로, 김진영 외 편저, 『심청전 전집』 1, 박이정, 1997, 111-190면. 을 참조하였다. 문학치료 활동 당시 중요한 장면을 설명할 때는 원문을 제공하였으며, 그 내용은 박재인, 「〈심청가〉를 통해 본 고통의 연대와 국가 역할에 대한 문학적 상상력」, 『구비문학연구』 46, 한국 구비문학회, 2017, 189-222면. 을 따랐다.

이십여 세의 나이에 눈이 먼 황주 도화동의 심봉사가 곽씨부인과 함께 살고 있었다. 곽씨부인은 부지런히 품팔이를 하면서 생계를 꾸려나가는 한편, 심봉사와 함께 명산대찰을 찾아다니며 아이 낳기를 빌었다. 상제께 득죄해 인간 세계로 쫓겨난 서왕모의 딸이 심봉사와 곽씨부인의 딸로 점지되고, 심청이 탄생한다. 그러나 과로를 한 탓에 산후별증이 난 곽씨부인이 죽고, 심봉사는 부인의 초상을 치른다. 심봉사는 슬픔을 이기지 못해 잠시 실성발광하나 젖동냥으로 심청을 길러내고, 심청은 동냥을 자청해 아버지를 봉양한다.

심청이 자라나 열다섯 살이 되자 미색과 효심에 대한 소문이 원근에 자자하게 되고, 이를 알게 된 승상부인이 심청을 불러다 모녀의 의를 맺는다. 심청이 승상부인 댁에 간 줄 모르고 내내 심청을 기다리던 심봉사는 발을 헛디뎌 물에 빠진다. 이때 마침 올라오던 몽은사 화주승이 그것을 보고 심봉사를 구한다. 물에서 나온 심봉사가 자신의 눈 먼 처지를 비관하자, 화주승은 부처님께 공양미 삼백 석만 시주하면 눈을 뜰 수 있다고 이야기한다. 심봉사는 눈을 뜰 수 있다는 말에 덜컥 시주를 약속하지만, 화주승이 심봉사 집안의 가세를 걱정한다. 그러자 심봉사는 오히려 큰소리치며 권선문(勸善文)에 자신의 이름을 적게 한다. 화주승이 떠난 후에야 심봉사는 만일 부처님께 시주하는 일에 허언(虛言)하면 앉은뱅이가 될 수도 있다는 말을 떠올리며 후회한다. 심청은 집으로 돌아와 이 일을 전해 듣고, 목욕재계한 후 나아가 자신의 몸을 대신해서라도 무사히 공양미 삼백 석을 시주할 수 있게 해달라고 빈다.

하루는 남경 선인들이 인당수 제수를 구하는 소리가 들려오고, 심청은 그들에게 자신의 몸을 팔아 공양미를 마련한다. 아버지에게는 수양딸로 가게 되었다고 속이고, 어머니의 묘를 찾아가 하직 인사를 올린다. 남경 선인들을 따라 떠나기로 한 날이 되어서야 심청은 심봉사에게 사실을 알리고, 부녀는 통곡한다. 승상부인이 이 소문을 듣고 심청을 불러 자신이 공양미를 대신 주겠다고 설득하나, 심청은 선인들과의 약속을 지키겠다는 뜻을 밝힌다. 승상부인은 심청의 모습을 화상으로 그려 간직하고, 심청은 떠난다.

인당수에 도착한 심청은 풍랑 가운데 몸을 던지지만, 용왕의 명을 받은 팔선녀에 의해 구출된다. 심청은 용궁으로 들어가 환대를 받고, 어머니 옥진부인과도 상봉한다. 심청은 연꽃을 타고 다시 세상 밖으로 환생하게 되고, 연꽃을 발견한 선인들이 황제께 진상한다. 황제는 연꽃에서 나온 심청을 황후로 맞이한다. 그 사이 승상부인은 망사대를 짓고 도화동 사람들은 타루비를 세워 심청의 넋과 효심을 기린다.

한참을 울며 지내던 심봉사는 뺑덕어미와 부부의 연을 맺고, 뺑덕어미는 심봉사의 재산을 탕진한다. 이때 심황후의 제의로 맹인잔치가 열리고, 심봉사는 관가로부터 노자를 받아 잔치에 참석하러 간다. 뺑덕어미도 함께 길을 떠나지만 황봉사가 뺑덕어미를 유인해 도망가 버리고, 심봉사는 목욕을 하던 도중에 의복까지 도둑 맞는다. 다행히 무릉태수를 만나 의복과 갓, 망건, 노자, 담뱃대 등을 얻어 황성에 도착하고, 여기서 안씨맹인을 만나 연을 맺는다. 심황후는 맹인잔치에 아버지가 보이지 않아 홀로 탄식하다가, 예부상서를 불러 봉사 점고를 시킨다. 심봉사가 나와 자신의 사연을 아뢰면서 심청과 심봉사 부녀가 드디어 상봉하고, 심봉사는 부처님의 도술로 눈을 뜬다. 잔치에 참석한 여러 맹인들도 눈을 뜨지만, 황봉사만은 괘씸죄로 한 쪽 눈만 뜨게 된다. 심봉사는 부원군이 되고, 안씨부인에게는 정절부인 교지가 내려지며, 무릉태수, 장승상 댁 부인과 그의 아들, 귀덕어미 등도 모두 상을 받는다.